feelings
* emotional eBooks

Rebekka Wedekind, 1986 geboren, schrieb bereits im Alter von zehn Jahren ihren ersten Roman. Er war ganze vier Seiten lang und ein Weihnachtsgeschenk für ihre Mama. Seither begleitet sie die Faszination für das geschriebene Wort und ihre Geschichten wurden länger und länger. Meistens widmet sie sich dramatischen Liebesgeschichten, in denen sie ihre Protagonisten vor allerlei Herausforderungen stellt. Rebekka wohnt in Süddeutschland, reist gerne, liebt guten Kaffee und verbringt freie Zeit oft an ihrem Lieblingssee.

Rebekka Wedekind

Keeping Faith – Farben der Liebe

Roman

feelings
* emotional eBooks

Besuchen Sie uns im Internet:
www.facebook.de/feelings.books

FSC
www.fsc.org
MIX
Papier aus verantwortungsvollen Quellen
FSC® C083411

Originalausgabe November 2019

Ein Imprint der Verlagsgruppe Droemer Knaur GmbH & Co. KG, München

Redaktion: Sonja Popp
Covergestaltung: ZERO Werbeagentur, München
Coverabbildung: © FinePic®, München
Druck und Bindung CPI books GmbH, Leck, Germany
ISBN 978-3-426-21722-1

Für Hali

♥

Du bist für immer in allem, was ich tue, Mama.

»Our memory is a more perfect world than the universe;
it gives back life to those who no longer exist.«
[Guy de Maupassant]

Playlist

Konstantine – Something Corporate
Don't Give Me Those Eyes – James Blunt
Paradise (Acoustic Version) – George Ezra
Shake Away – Michael Patrick Kelly
Unsteady – X Ambassadors
Zeit Reif – Xavi
Praying – Kesha
House – Joshua Moss
Kreise – Johannes Oerding
Tough – Lewis Capaldi
Running Away – Midnight Hour
Rewrite The Stars – Zac Efron & Zendaya
Is It Love? – Rea Garvey
I Might – Tom Grennan
Don't Give Up On Me – Andy Grammar
Dusk Till Dawn – Zayn & Sia
Think About You – Delta Goodrem
Please Don't Lie – Hugo Helmig
Through Glass – Stone Sour
Lost Without You – Freya Ridings
White Light Moment – Tove Styrke
Be Strong – Delta Goodrem
Killing Me – Luke Sital-Singh
On My Shoulder – Westlife
Flares – The Script
La Camisa Negra – Juanes

1

Ich hatte Freunde zu Besuch, als ich sie das erste Mal sah. Ihre Haare waren zu einem strengen Zopf zusammengebunden, die Augen empört aufgerissen, als sie in meine Wohnung gestürmt kam.

»Geht das auch etwas leiser?«, rief sie und baute sich, die Hände in ihre Hüften gestemmt, vor meinem Fernseher auf. Zwei Dinge waren es, die mir gleichzeitig durch den Kopf schossen. Wieso schaffte es Dan nie, die Tür hinter sich zuzumachen, wenn er neues Bier geholt hatte, und wer war diese dunkelhaarige Schönheit mit den Farbflecken am ganzen Körper, die auf diese unkonventionelle Art und Weise in meine Wohnung geplatzt war?

Mason schien sich dasselbe zu fragen. »Wer ist das, Ben?«

Ich hatte keine Ahnung, aber es gefiel mir nicht, dass sie sich mitten vor den Bildschirm stellte, auf dem wir gerade zockten. Jake war offenbar ebenfalls dieser Meinung. »Hey Lady! Was zur Hölle soll das?«

»Ich sehe nichts mehr«, protestierte nun auch Dan.

Die Jungs saßen fassungslos darüber, in ihrem Spiel unterbrochen worden zu sein, auf dem Sofa und hielten die Controller noch immer in den Händen.

»Was ist dein Problem, Puppe?« Ich schmiss Mason meinen Controller zu und erhob mich. Bevor wir auch nur den Ansatz einer Antwort bekamen, zog sie bereits den Stecker des Fernsehers aus der Wand. Augenblicklich wurde der Bildschirm schwarz, und meine Freunde schnappten entsetzt nach Luft.

»Bist du verrückt geworden?«

»Ey, Tussi, ich hätte gewonnen!«

»Verdammte Scheiße, bist du irre?!«

Ich stand einfach nur sprachlos daneben. Und das war etwas, was mir wirklich selten passierte. Sehr selten.

»Es gibt Leute hier im Haus, die schlafen wollen!«, fauchte sie, als sie wieder zu uns herumwirbelte und das Kabel auf den Boden schmiss. In ihrem Blick lag etwas Bedrohliches, und für einen Moment hatte ich wirklich Angst um meinen Fernseher. Es hätte mich nicht gewundert, wenn sie ihn umgeworfen oder versucht hätte, ihn aus meiner Wohnung zu schleppen. Ich glaubte zwar nicht, dass sie es geschafft hätte, dafür war sie zu klein und zu zierlich, aber ich wollte nichts riskieren.

»Ich wäre euch wirklich sehr dankbar, wenn ihr eure postpubertären Kindereien auf ein erträgliches Level herunterfahren könntet.«

»Stell dich nicht so an.« Jake stand auf, griff nach dem Kabel und steckte den Bildschirm wieder ein. »So laut sind wir gar nicht.«

»Keiner von euch hat mein Klopfen gehört!«

»Es ist noch nicht einmal Mitternacht«, meckerte Dan und wandte sich nun an mich. »Wirf sie raus, Ben, und lass uns weiterzocken.«

Bevor ich die Chance hatte, etwas dazu zu sagen, platzte sie von Neuem.

»Oh, keine Sorge. Ich gehe freiwillig … Sobald ihr leiser seid.« Demonstrativ verschränkte sie die Arme vor der Brust und baute sich zwischen Dan und dem Fernseher auf. Die Farbreste an ihren Armen und Beinen irritierten mich. Das sah nicht danach aus, als hätte sie tatsächlich im Bett gelegen und wäre von uns vom Schlafen abgehalten worden.

»Du hast mir gerade den Sieg versaut«, knurrte Jake. »Wenn jemand kein Recht hat, Forderungen zu stellen, dann du, Fräulein.«

»Fantastisch. Die Herren sind also nicht nur unverschämt, sondern auch noch sexistisch.«

»Dann geh doch.« Jake verdrehte die Augen. »Meine Güte. Es

zwingt dich niemand, hier zu sein. Mach das Spiel wieder an, Maze.«

»Erst, wenn ihr den Scheiß leiser macht und nicht alle drei Sekunden durch die Gegend grölt.« Sie stand unbeweglich mitten in meinem Wohnzimmer, versperrte uns die Sicht und starrte meinen Kumpel nieder. Leider – oder zum Glück – war Jake niemand, der sich leicht unterkriegen ließ. Er hielt ihrem Blick problemlos stand. Ein belustigtes Lächeln erschien auf seinen Lippen.

»Willst du dich ernsthaft mit mir anlegen, Mädchen? Was du hier betreibst, ist Hausfriedensbruch.«

Das war der Moment, in dem ich begriff, dass das Ganze gleich richtig eskalieren würde, wenn ich nicht einschritt.

»Sorry.« Ich setzte ebenfalls ein beschwichtigendes Lächeln auf und trat zwischen die beiden. Schadensbegrenzung. »Das war keine Absicht. Wir sind ab sofort leiser.«

»Was? Bist du bescheuert?« Jake drehte sich ruckartig in meine Richtung und sah mich wütend an.

Okay. Ich seufzte. Mein Plan hatte eindeutig Lücken. Nun war es nicht nur unsere unbekannte Besucherin, die an die Decke ging, sondern auch noch Jake.

»Wir zocken hier ständig, und noch nie hat sich jemand beschwert. Weil wir verdammt noch mal nicht laut sind.«

»Doch, seid ihr.«

»Sind wir nicht.«

»Doch!«

»Himmel.« Jake begann in seiner Hosentasche zu kramen und zog sein Portemonnaie hervor. »Hier. Das sollte reichen.« Mit diesen Worten hielt er ihr fünf Dollar entgegen, die nicht nur ich verblüfft beäugte.

»Was soll ich damit?«, fragte sie, und für einen Augenblick sah ich Verwunderung über ihr Gesicht huschen, ehe sie sofort wieder ihre Maske aufsetzte und ihn grimmig musterte. »Steck dir dein Geld sonst wohin.«

»Kauf dir Ohrstöpsel. Vielleicht gibst du dann Ruhe.«

»Nice, Man.« Dan hielt Jake die erhobene Hand entgegen, in die selbiger mit seiner freien Hand einschlug. Mason hatte Mühe, sich ein Lachen zu verkneifen. Ich hatte jeglichen Widerstand aufgegeben und grinste breit. Für etwa 2,75 Sekunden.

»Na gut.« Mit einem Mal war sie beängstigend ruhig, und das überraschte mich weit mehr als die Furie, die vor ein paar Minuten in meine Wohnung gestürmt war. »Ganz wie ihr wollt.« Sie zuckte mit den Schultern. »Dann rufe ich eben die Polizei.«

»Mach doch.« Jake.

»Werde ich.« Damit machte sie auf dem Absatz kehrt und stapfte davon.

Scheiße!

So, wie sie hier hereingeplatzt war, hatte ich keinerlei Zweifel daran, dass sie ihre Drohung wahr werden lassen würde. Und wenn ich eine Sache nicht wollte, war es, die Polizei in meiner Wohnung zu haben.

Ehe ich begriff, was ich tat, eilte ich ihr hinterher und warf Jake einen bösen Blick zu. *Halt bloß die Klappe!* Im Nu hatte ich mich an ihr vorbeigedrängt und in ihren Weg gestellt. Mit einer Hand stieß ich die Tür hinter meinem Rücken zu, um sie am Gehen zu hindern.

»Was soll das?«, keifte sie und versuchte, sich an mir vorbeizudrängen.

»Mein Kumpel ist ein Trottel«, entgegnete ich und lächelte sie entwaffnend an. »Er ist mit drei Brüdern aufgewachsen und hat keine Ahnung, wie man sich einer Frau gegenüber benimmt.«

»Aber du, ja?« Sie runzelte die Stirn, ehe sie den Kopf schüttelte. »Es interessiert mich nicht, was für eine Kindheit ihr genossen habt. Was ihr hier veranstaltet, ist Ruhestörung. Tut mir leid, dass ich das um diese Uhrzeit ganz und gar nicht mehr lustig finde.« Sie kam näher. »Und jetzt lass mich durch!«

»Ohrstöpsel …«, hörte ich es in diesem Augenblick vom Sofa. *Jake, verdammt!*

Offenbar wirkte dieses Wort wie ein Trigger bei ihr. Wutentbrannt wirbelte sie herum und wollte zurück zur Couch stapfen. Im nächsten Moment schnellte meine Hand an ihren Arm, um sie davon abzuhalten, Jake in der Luft zu zerreißen. »Ich denke, das reicht.« Mit diesem einen Satz schaffte ich es, ihre Aufmerksamkeit wieder auf mich zu ziehen.

Und dann fiel der Groschen. Natürlich.

»Du bist meine neue Nachbarin!«, platzte es aus mir heraus. Anders konnte ich mir diesen fast schon amüsanten Auftritt ihrerseits nicht erklären.

»Du bist ja von der ganz schnellen Sorte, Pinkerton.« Sie blickte mich abschätzig an.

»Pinkerton?« Von wem zum Teufel sprach sie?

»Hä?«

»Was?«

»Wer soll das sein?«

Immerhin war ich nicht der Einzige, der nicht wusste, um wen es sich bei diesem Pinkerton handelte. Auch meine Jungs schienen keine Ahnung zu haben.

»Ja, genau, wie ich bereits sagte …« Sie verdrehte die Augen. »Von der ganz schnellen Sorte.«

»Ja. Sorry. Mann.« Ich zeigte mit dem Finger erklärend auf mich selbst. »Wir sind nicht ganz so flott im Denken.«

»Hab ich gemerkt.« Sie starrte mich zwar immer noch vorwurfsvoll an, doch ihre Wut schien nicht mehr ganz so groß zu sein wie noch vor ein paar Sekunden. 0,7 Prozent hatte sie verloren. Mindestens. Gut möglich, dass es auch 0,75 waren. Meine Worte hatten ihr wohl tatsächlich etwas den Wind aus den Segeln genommen. Lächelnd machte ich einen Schritt auf sie zu und hielt ihr meine Hand entgegen. »Hey, ich bin Ben.«

»Faith.« Sie betrachtete meine Hand argwöhnisch, griff aber nicht nach ihr.

Auch gut.

»Faith von nebenan.« Nun grinste ich breit. »Schön, dich kennenzulernen. Diese Idioten dort drüben sind Maze, Jake und Dan.« Ich wandte meinen Blick in ihre Richtung und sah sie mahnend an. Es galt, Faith zu besänftigen, und das konnte ich nicht alleine.

»Willst du ein Bier?«, fragte ich und sah mich suchend um. Dan war gerade erst mit Nachschub zurückgekommen, als der Trottel die Tür offen gelassen hatte. Etwas Alkohol würde sie hoffentlich runterholen und die Idee, die Polizei wegen ein bisschen Lärm zu rufen, aus ihren Gedanken eliminieren. Ich hatte noch nicht einmal den halben Raum nach einer noch verschlossenen Flasche abgescannt, als sie den Kopf schüttelte.

»Ich trinke nicht.«

Okay. Sie war also immer noch sauer. Oder Alkoholikerin. Vielleicht auch beides.

»Ein Wasser?«, versuchte ich es erneut, doch auch das lehnte sie ab. Hilfe suchend warf ich einen Blick über ihre Schulter zu Dan. Er sah mich ideenlos an und auch Jake, gerade Jake, wirkte nicht so, als käme er mit einer zündenden Idee um die Ecke.

»Gut, auch kein Wasser«, murmelte ich und kratzte mich nachdenklich am Hinterkopf. Vielleicht wollte sie einfach noch einmal eine Entschuldigung wegen des Lärms hören? Ich hatte keine Ahnung.

Mason war derjenige, der die Situation schließlich rettete. »Was haltet ihr von einem Deal?«

Neugierig drehte ich mich zu ihm um. »Was meinst du?«

»Wir zocken. Wenn Faith gewinnt, bekommt sie, was sie will.« Er zuckte mit den Schultern.

»Du willst, dass ich gegen euch spiele?« Faith sah ihn abwägend an. »Und dann seid ihr ruhig?«

»Wenn du dich traust«, bestätigte er. »Du darfst dir auch aussuchen, gegen wen du antreten willst«, schob er großzügig hinterher. Grinsend nickte ich ihm hinter Faiths Rücken zu. Großartige Idee. Es gab nur eine Art von Joystick, mit der Frauen wirklich umgehen konnten und die hatte nichts mit Mario Kart zu tun. Ich kannte kein einziges weibliches Wesen, das Spaß am Spielen mit Konsolen hatte, geschweige denn gut darin war. Was vielleicht auch der Tatsache geschuldet war, dass ich mir gar nicht erst die Möglichkeit gab, eine Frau näher kennenzulernen. Ich hatte kein Interesse an einer Beziehung und war jedes Mal froh, wenn meine aktuelle Eroberung am nächsten Morgen ohne größere Diskussionen das Weite suchte. Für den Moment war mein Kampfgeist jedenfalls geweckt. Ich würde Faith spielend leicht besiegen und ihr zeigen, dass man sich mit uns lieber nicht anlegte und dann …

»Du!« Faith zeigte auf Jake. »Ich will gegen dich spielen.«

Was?

Ich hatte mir bereits vorgestellt, wie ich in die erhobenen Hände meiner Kumpels einschlug, weil ich heroisch unseren Männerabend gerettet hatte, und nun wollte sie gegen *Jake* antreten?

»Mit dem größten Vergnügen.« Mit einem gehässigen Grinsen auf den Lippen ließ Jake sich auf die Couch fallen und angelte nach einem der Controller. »Wir nehmen natürlich Mario Kart und die Regenbogenstrecke.«

»Natürlich.« Sie nickte, setzte sich neben ihn und schnappte sich einen eigenen Controller. Ich hatte keinen Schimmer, was hier gerade geschah. Da befand sich auf einmal eine Frau in meiner Wohnung, die wir bis vor fünf Minuten noch nicht gekannt hatten, brüllte uns an, riss die halbe Steckdose aus der Wand, und plötzlich saß sie auf meinem Sofa, biss sich auf die Lippen – die zugegebenermaßen ziemlich sexy waren – und nahm die Herausforderung, die ihr gestellt worden war, widerstandslos an. Mason hing über der Sessellehne, auf der ich eben noch gesessen hatte, und starrte auf den Bildschirm. Dan kam mit zwei neuen Bierflaschen angelaufen und drückte mir eine davon in die Hand, während Faith ihre Figur auswählte. Jake tat es ihr gleich.

Keine Sekunde später hing Faith ihn ab. Sie zockte ihn ab, gnadenlos und mit ordentlich Vorsprung. Sprachlos betrachteten wir die Zahlen, die uns auf dem Fernsehbildschirm entgegenleuchteten. Faith hatte mal eben einen neuen Rekord aufgestellt. Einfach so. Auf der beschissenen Regenbogenstrecke.

Jake war der Erste, der seine Sprache wiederfand und knurrend ein einziges Wort von sich gab. »Revanche!«

»Sicher?« Ihre Stimme klang stichelnd. Und zum ersten Mal, seit sie in meine Wohnung gestürmt war, erschien so etwas wie ein Lächeln auf ihren Lippen. Es wirkte spöttisch.

»Leg los.« Jakes Ehrgeiz war geweckt. Konzentriert fixierte er den Bildschirm.

»Was ist mit dir los, Mann?« Dan war immer näher an den Fernseher gerückt. »Mach sie fertig. Ich will noch nicht nach Hause.«

Dieses Mal startete Faith. Und obwohl er um jeden Preis gewinnen wollte, hatte Jake erneut keine Chance gegen sie. Sie blies sich eine Haarsträhne aus dem Gesicht, die sich aus ihrem Zopf gelöst hatte, und fuhr die Regenbogenstrecke ein zweites Mal fehlerfrei. Als wäre es ein Kinderspiel. Völlig fasziniert beobachtete ich dieses mystische, wunderschöne Wesen von nebenan dabei. An ihren Fingern klebten Farbreste, die karierten Shorts, die sie trug, entblößten Beine bis in den Himmel, ihre Zehennägel waren knallrot lackiert, und es war deutlich sichtbar, dass sie unter ihrem Top keinen BH trug. Ich konnte es nicht fassen. In unserer Mitte befand sich eine Zockerqueen, die sich augenscheinlich nicht daran störte, dass sie voller Farbe und halb nackt in unserer Runde saß. Ich war niemand, der sich leicht beeindrucken ließ, aber ich konnte nicht leugnen, dass es erfrischend war, eine Frau kennenzulernen, die nicht genervt die Augen verdrehte, sobald sie eine Konsole sah. Die Jake ganz im Gegenteil gerade mit Leichtigkeit abhing und schon wieder mit einigem Abstand als Erste ins Ziel fuhr. Und ganz offensichtlich war ich nicht der Einzige, dem das aufgefallen war. Mason ließ seinen Blick ungeniert über Faith gleiten. Von oben nach unten und wieder zurück. Als er bemerkte, dass ich ihn beobachtete, nickte er mir anerkennend zu. Ganz eindeutig hatte sie ihn genauso beeindruckt wie mich.

»Scheiße, Jake!« Dan verpasste ihm einen Schlag auf den Hinterkopf. »Was kannst du eigentlich?«

Fluchend warf Jake den Controller zur Seite, stand auf, griff nach einem Bier und trank die halbe Flasche auf einmal leer. Dann trat er gegen die Couch, was ich mit einem »Ey, du Penner!« quittierte.

»Tja.« Im Gegensatz zu Jake legte Faith den Controller ordentlich auf dem Tisch ab. Dann stand sie auf und bahnte sich ihren Weg an den Jungs vorbei. »Gute Nacht.«

»Hey!«, widersprach Dan. »Was ist mit mir?« Die pure Verzweiflung stand ihm ins Gesicht geschrieben ob des drohenden Endes unserer Zockerei. »Ich will auch gegen dich antreten.«

»Sorry. Die Abmachung lautete anders.« Unbeeindruckt lief sie weiter auf die Tür zu. Was vermutlich besser so war. Ich war mir nicht sicher, ob Jakes Ego es verkraftet hätte, sie noch einmal gewinnen zu sehen.

»Ach, komm schon«, rief Dan ihr hinterher. Faith ignorierte ihn. Und sie ignorierte auch, wie die drei zu diskutieren begannen, woran Jakes Fehler gelegen hatten.

»Ich will nichts mehr von euch hören«, sagte sie und drehte sich zu mir um. »Ansonsten hast du die Polizei schneller da, als dir lieb ist, verstanden?«

»Wenn du mich in Handschellen sehen willst, musst du nur fragen, Süße.« Es war ein letzter Versuch, die Stimmung zu lockern.

Ich scheiterte kläglich.

»Ernsthaft? Gibt es wirklich Frauen, die auf so einen plumpen Quatsch reinfallen?« Faith verdrehte die Augen und wartete eine Reaktion meinerseits gar nicht erst ab. Wortlos verließ sie das Wohnzimmer.

Verdammt. »Warte!«, rief ich ihr hinterher, sprang auf und eilte ihr nach. »Ich bring dich zur Tür.« Ehe ich michs versah, legte ich ihr wie selbstverständlich eine Hand auf den Rücken. Nur, um sie quasi im selben Augenblick wieder sinken zu lassen, als ich spürte, wie sie sich anspannte. Geschickt drehte sie sich von meiner Hand weg und blickte noch einmal zu meinen Freunden, die intensiv in ihre eigene Diskussion vertieft waren. Meine Augen folgten ihrem Blick.

»Ich würde ja gerne behaupten, dass sie nicht immer so sind, aber … das wäre eine Lüge.« Ich zuckte mit den Schultern und folgte Faith aus meiner Wohnung in den Flur. Aus einem Impuls heraus zog ich die Tür hinter mir zu. Als sie ins Schloss fiel, blieb Faith überrascht stehen.

»Du musst mich nicht begleiten. Mein Apartment ist keine vier Meter von deinem entfernt.« Sie deutete mit dem Daumen über ihre Schulter, wo sich in der Tat eine mit meiner identische Tür befand.

»Ich weiß.« Ich nickte und suchte fieberhaft nach etwas, was ich sagen konnte. Es gab keinen vernünftigen Grund, wieso ich sie hätte begleiten müssen. Außer vielleicht … »Ich will nur sichergehen, dass du mir nicht doch noch die Bullen auf den Hals hetzt.«

»Angst?«

»Ein bisschen.« Ich grinste schief. »Wann bist du eigentlich eingezogen?« Ich hatte nichts bemerkt.

»Am Mittwoch.«

Drei Tage also. Das erklärte, wieso ich sie noch nicht zu Gesicht bekommen hatte. Mein Praktikum im Krankenhaus hatte mir in den letzten Tagen einige Doppelschichten abverlangt und dazu geführt, dass ich mich wie nach einem Flug um die halbe Welt fühlte. Ich hatte Jetlag, war nachts hellwach und tagsüber fürchterlich müde.

»Dann … herzlich willkommen in der Nachbarschaft.« Ich lehnte mich gegen die Wand. »Solltest du mal Zucker oder Salz brauchen …« Small Talk. Das war immerhin besser als nichts darauf zu erwidern, auch wenn es mich wahrscheinlich nicht besonders interessant machte.

»Lass mich raten. Dann bist du mein Mann?« Ihre Stimme triefte schon wieder vor Sarkasmus.

»Nein.« Ich schüttelte den Kopf. »Eigentlich habe ich nie etwas da.«

»Okay.« Ihr Blick sprach Bände. Sie hatte mich durchschaut und hielt mich für genau den Vollidioten, der ich war. Aber hey, das war immerhin besser als Arschloch. Es waren die kleinen Dinge.

»Ich … geh dann mal rein.« Sie öffnete ihre Tür, ehe sie noch einmal innehielt und mich fest ansah. »Und ich hoffe wirklich sehr, dass ihr euch an den Deal haltet.«

»Werden wir«, versprach ich und stockte. *Schlaf gut*. Das war es, was ich hatte sagen wollen. Und was mir im Hals stecken blieb, als Faith ihre Tür schloss.

Okay. Wow. Ich konnte nicht einmal behaupten, dass ich soeben einen Korb kassiert hatte. Und doch fühlte es sich genauso an, als ich kehrtmachte und zurück in meine Wohnung schlich, in der noch immer drei Männer auf mich warteten. Sie standen in einer Reihe an die Couch gelehnt und musterten mich eingehend. Ich fing einfach damit an, die leeren Bierflaschen und Chipstüten zusammenzusammeln. Eine Weile sahen sie mir schweigend und mit verschränkten Armen dabei zu.

Schließlich war Mason, mein bester Kumpel und ehemaliger Mitbewohner, derjenige, der sich traute und mich ansprach. »Ben?«

Ich ignorierte ihn.

Er wartete eine Weile.

Dann erneut: »Ben?«

»Was?« Ich blickte kurz auf, ehe ich den ganzen Müll mit den Händen zusammenschob.

»Was war das?«

»Das …« Ich seufzte. »… war meine neue Nachbarin.«

»Das meinte ich nicht, und das weißt du.«

Mir war klar, dass er wissen wollte, warum ich sie auf den Flur begleitet hatte. Was dort draußen passiert – oder vielmehr nicht passiert – war. Sie waren es nicht gewohnt, dass ich weiblichen Besuch bis an die Tür brachte. »Eine andere Antwort wirst du aber nicht von mir kriegen.« Ich kickte meine herumliegenden Schuhe in den Flur und zog mir mein T-Shirt über den Kopf. Ein eindeutiges Zeichen für meine Besucher, dass es an der Zeit war zu gehen. Und nur für den Fall, dass sie meine Geste nicht verstehen wollten, schob ich zusätzlich ein »Wir haben verloren, also ist der Abend hiermit beendet« hinterher. »Und diese Tatsache ist nicht meine Schuld.«

Mein Blick fiel auf Jake, der die Augen verdrehte. »Bedank dich lieber bei Maze, er hat den Vorschlag gemacht.«

»Und da ist die Tür.« Ich nickte mit dem Kopf in besagte Richtung.

»Kiss and tell«, flötete Dan. Mir war völlig schleierhaft, was in ihn gefahren war, aber ich griff trotzdem nach einem Kissen und warf es ihm entgegen. Lachend wehrte er meine kleine Attacke ab. Wie auch immer. Es war mir egal, was sie glaubten. Ich war einfach nur froh, dass sie mir keine weiteren Fragen zu Faith stellten. Was hätte ich denn sagen sollen? *Ich kenne sie nicht, aber sie ist interes-*

sant? Heiß? Wahrscheinlich hätten sie mich ausgelacht, weil ich mich wie ein zwölfjähriger Teenie anhörte, der zum ersten Mal eine halb nackte Frau gesehen hatte.

»Raus jetzt!«, murrte ich und versuchte, möglichst einschüchternd auf die drei zuzugehen.

»Schon gut.« Mason grinste und hob abwehrend die Hände. »Wir gehen ja schon.« Er scheuchte Jake und Dan vor sich her, ehe er sich noch einmal halb zu mir umdrehte und ein tonloses »Ruf mich an!« formte.

Meine Wohnung war längst leer, als ich immer noch mitten in meinem Wohnzimmer stand und Löcher in die Luft starrte. Es war in der Tat eine ganze Weile her, dass ich zum letzten Mal Sex gehabt hatte. Was nicht an mangelnden Angeboten, sondern schlicht und einfach an zu wenig Zeit lag. Mein Praktikum in der Klinik hatte vor drei Monaten begonnen, und obwohl ich es anfangs noch ganz amüsant gefunden hatte, mit einer willigen Krankenschwester – oder Ärztin – nach der anderen zu schlafen, war mir irgendwann klar geworden, dass ich nicht in diesem Tempo weitermachen konnte. Ein Krankenhaus war mit Sicherheit nicht viel besser als das College oder die Highschool. Irgendwann hätte es Gerüchte gegeben, falls es diese nicht sowieso schon gab. Und da ich meinen Job wirklich mochte, hatte ich angefangen, wenn auch nicht ganz freiwillig, Prioritäten zu setzen. Was bedeutete, keine weiteren Kolleginnen mehr anzufassen.

Ein Seufzen entwich mir. Sex war überfällig. Und es nervte mich, dass dieser Gedanke gleichzeitig Faiths Gesicht vor meinem inneren Auge entstehen ließ. Ja, sie war hübsch. Ja, sie hatte Beine bis zum Mond, die in High Heels bestimmt noch umwerfender gewesen wären. Und ja, ich hatte ihre Nippel durch ihr Top gesehen. Aber das waren bei Gott nicht die ersten gewesen, die ich in meinem Leben hatte bewundern dürfen.

Es verblüffte mich nach wie vor, wie selbstverständlich sie sich in diesem Outfit zwischen meine Kumpels gesetzt hatte. Als wäre es ihr völlig egal, was diese willige Meute Mittzwanziger von ihr hielt. Vermutlich war dem sogar so gewesen. Sie hatte einfach nur gewinnen wollen. Was wirklich schade war. Sie war heiß. Ich brauchte nur an mir nach unten zu blicken, um jede andere Aussage bezüglich ihres Aussehens Lügen zu strafen. Leider war Faith nicht hier, um mir aus meiner Misere zu helfen. Von daher blieb mir nur meine Hand.

2

Zwei Tage später bekam ich die Gelegenheit, mich zu revanchieren. Schlaflos wälzte ich mich in meinem Bett hin und her und versuchte den Bass, der aus Faiths Wohnung drang, zu ignorieren. Normalerweise hätte ich mir einfach Stöpsel – ja, mir ist die Ironie durchaus bewusst – in die Ohren gepackt und selbst Musik gehört, bis ich eingeschlafen wäre, doch … es war eben Faith, die mich mit ihrem Krach am Schlafen hinderte. Die Furie, die den Abend mit meinen Jungs gesprengt hatte.

Ich war nicht wirklich genervt, als ich die Bettdecke zurückschlug, das Schlafzimmer verließ, in den Flur trat und nebenan an ihre Tür klopfte. Ich nutzte schlichtweg die Chance, die sich mir bot, um ebenfalls in ihren Abend zu platzen und ihr ein bisschen die Laune zu verderben. Ich malte es mir bereits bildlich aus, während ich die Klingel betätigte. Einmal. Dann noch einmal.

Faith hörte mich nicht.

Für einen kurzen Moment war ich enttäuscht, als ich zurück in meine Wohnung ging. So hatte ich mir das nicht vorgestellt. Doch dann fiel mein Blick auf das Fenster. Ein Grinsen machte sich auf meinem Gesicht breit. Kurz entschlossen kletterte ich hinaus auf die Feuertreppe. Vielleicht würde es helfen, an ihr Fenster zu klopfen. Selbst wenn sie mich nicht hören würde, würde sie meine Bewegungen bemerken und so auf mich aufmerksam werden. Als ich ihr Fenster erreicht hatte, stellte ich fest, dass die Scheibe ein paar Zentimeter nach oben geschoben war. Ich musste nicht klopfen, ich konnte es genauso machen wie sie und mich selbst in ihre Wohnung lassen. Behutsam schob ich das Fenster ganz auf. Ihre Musik war so laut, dass sie nichts davon hörte. Ich stieg über die Fensterbrüstung in ihr Wohnzimmer und genoss den Anblick, der sich mir bot. Faith stand mit dem Rücken zu mir, einen großen Pinsel in der Hand und musterte mit schief gelegtem Kopf die

Leinwand vor sich. Ich brauchte ihr Gesicht nicht zu sehen, um zu wissen, dass ihr Blick kritisch war. Vermutlich sah sie das Bild ebenso begeistert an, wie sie Jake mehrfach bei mir gemustert hatte. Ihre aggressive Musikauswahl glich fast schon einer Kriegserklärung. 3,81 Sekunden gönnte ich mir, während derer ich sie einfach nur betrachtete. Wieder steckte sie in kurzen Shorts und einem Top mit Spaghettiträgern, und mir wurde klar, dass das nicht ihr Pyjama war, sondern das Outfit ihrer Wahl, wenn sie malte. Ihre Beine wirkten erneut endlos lang und waren mit Farbe vollgespritzt. Im nächsten Moment tauchte sie den Pinsel auf ihrer Farbpalette ein und malte weiter. Faith war offensichtlich in ihrem Element. Sie nahm nichts um sich herum wahr, hörte nicht, wie ich ein paar Schritte durch ihre Wohnung lief und nach der Quelle des Lärms suchte. Auf einem halbhohen Regal befand sich ein alter CD-Player, den sie dem Lautstärkeregler nach zu urteilen bis zum Anschlag aufgedreht hatte. Ich war mir nicht sicher, was sie damit bezwecken wollte, doch ich war bereit, es herauszufinden. Mit einer schnellen Handbewegung drehte ich leiser, bis nichts mehr von der Musik zu hören war.

Ruckartig wirbelte sie herum.

»Ich weiß nicht, ob du es wusstest«, sagte ich mit einer gewissen Genugtuung in der Stimme, »aber es gibt Leute in diesem Haus, die um diese Uhrzeit schlafen wollen.« Ich deutete auf die große Uhr an ihrer Wand. Es war mittlerweile nach eins in der Nacht, und meine Schicht begann in nicht einmal fünf Stunden.

»Wie bist du hier reingekommen?«

»Da du weder deine Klingel noch mein Klopfen gehört hast, habe ich beschlossen, einen etwas unorthodoxen Weg zu nutzen.« Ich nickte in Richtung des Fensters.

»Du bist … durch das Fenster?« Sie sah mich böse an. »Das ist Hausfriedensbruch!«

»Dann sind wir jetzt ja quitt.« Ich grinste noch immer.

»Äh, nein? Sind wir nicht. Ich bin durch die offene Tür in deine Wohnung gekommen. Du … hier … das … das hier ist Einbruch.« Es war eindeutig, dass sie mit der Situation überfordert war. Ein lautes Lachen drang aus meiner Kehle.

»Du könntest die Polizei rufen und mich anzeigen«, schlug ich vor, lehnte mich an ihre Couch und verschränkte die Arme vor der Brust. »Du könntest mir aber auch etwas zu trinken anbieten, und wir vergessen die ganze Sache.«

Anstatt meiner Aufforderung nachzukommen, blieb sie vor ihrem Bild stehen und sah mich feindselig an. »Was willst du, Ben? War ich zu laut?« Nun kam Leben in sie, als sie auf den Player zulief und die Musik wieder lauter drehte. Allerdings lange nicht mehr so ohrenbetäubend wie zuvor. »Tut mir leid. Zufrieden?«

Es wäre leicht gewesen zu nicken, mich für ihr Entgegenkommen zu bedanken und wieder zu gehen. Im Prinzip hatte ich bekommen, was ich wollte. Die Musik war leiser, und auch den kleinen Schlagabtausch, den ich hatte ausfechten wollen, hatte sie mir geliefert.

Faiths Blick lag auf mir, die unausgesprochene Frage hing zwischen uns im Raum. Was wollte ich noch hier? Ich hatte keine Ahnung, aber gehen war es auf jeden Fall nicht.

»Willst du, dass ich dich zur Tür begleite?« Faith war gut. Sie hatte genau gemerkt, dass ich sie mit denselben Kommentaren gefoppt hatte wie sie mich.

»Falls es deiner Aufmerksamkeit entgangen ist … ich habe nicht die Tür benutzt.«

»Dann bringe ich dich eben zum Fenster.« Sie verdrehte die Augen, ehe sie auf mich zukam und eine galante Bewegung mit der Hand nach links machte. »Hier, bitte, Peter Pan. Soll ich Tinkerbell spielen und dich ganz nach draußen begleiten?« Ihre Stimme ließ keinen Zweifel daran, dass sie genervt war, und ihre Worte erinnerten mich unweigerlich an Mason und seine Freundin Daria und ihre bescheuerten Spitznamen füreinander. Irgendwann hatte er angefangen, sie Tink zu nennen, und mir bis heute nicht verraten, wie es dazu gekommen war. Mit einem Mal fand ich diese Sache gar nicht mehr so dämlich. Wäre nicht Daria schon seine Tink gewesen, hätte ich es mir durchaus vorstellen können, Faith von nun an so zu nennen. Und sei es nur, um sie zu ärgern.

Meine Augen folgten ihrer Handbewegung zum Fenster. Das war aber auch schon alles, was ihr folgte. Ich lehnte immer noch an der Couch mitten in Faiths Wohnzimmer, als mir auffiel, dass dieser Raum nicht wie ein typisches Wohnzimmer aussah. Überall standen größere und kleinere Staffeleien, auf denen halb fertige Bilder zu sehen waren. Daneben befanden sich große, mit Wasser gefüllte Gläser, in denen unzählige Pinsel steckten. Einige Tuben Farbe lagen herum, genau wie alte Lappen und einige Kästen mit Wasserfarben.

»Du malst«, stellte ich fest, was unübersehbar war, und machte automatisch einen Schritt auf das Bild zu, das sie sich vor ein paar Minuten noch selbst angesehen hatte. Ich hatte es kaum erreicht, als Faith sich auch schon dazwischendrängte und meine Sicht versperrte.

»Ja, ich male, Pinkerton«, bestätigte sie und verschränkte die Arme vor der Brust. Nun wirkte sie nicht mehr feindselig, sie war es. »Und jetzt raus hier!«

»Okay.« Ich hob abwehrend die Hände. »Kein Grund, mich direkt rauszuschmeißen.« *Und mich schon wieder als Pinkerton zu bezeichnen.* Ich würde diesen Namen dringend googeln müssen.

»Es ist nach Mitternacht, und ich habe dich nicht eingeladen.« Sie musterte mich vorwurfsvoll.

»Du erinnerst dich an vor zwei Tagen?« Ich ließ meine Arme wieder sinken und grinste.

Ein Schnaufen war die Folge. »Das ist doch kindisch.« Womit wir wieder bei Tinkerbell wären.

»Ach.« Nun lachte ich richtig. »Was du nicht sagst.«

Ich sah, wie sie tief Luft holte und sichtlich darum bemüht war, ihre Fassung zu wahren. Im nächsten Augenblick begann sie auf eine Art und Weise zu lächeln, die ich nicht anders als *sexy as hell* beschreiben kann.

»Würdest du jetzt bitte gehen, Ben?«, säuselte sie. Ihre Stimme klang zuckersüß, und für einen kurzen Augenblick hatte ich Mühe, mir nicht anmerken zu lassen, wie irritierend ich sie in diesem Moment fand. Sie warf mich raus, klang dabei aber gleichzeitig wie eine griechische Sirene. Das passte nicht zusammen.

Anstatt ihrer Bitte nachzukommen, ließ ich mich auf ihrem Sofa nieder und schüttelte den Kopf. Grinsend natürlich. Es machte mir viel zu viel Spaß, sie zu ärgern, als dass ich nun gegangen wäre. Wie auf Knopfdruck verschwand ihr Lächeln, und das Funkeln in ihren Augen kehrte zurück.

»Du machst mich wahnsinnig«, stöhnte sie frustriert auf. »Verschwinde aus meiner Wohnung.«

»Sicher, dass du nicht doch die Polizei rufen willst?« Das Eis, auf dem ich mich befand, war mit Sicherheit äußerst dünn, und trotzdem konnte ich es einfach nicht lassen. Mit einem Mal fühlte ich mich wieder wie auf dem College. Mit dem einzigen Unterschied, dass meine Kommilitoninnen damals versucht hatten, mich nicht aus, sondern in ihrem Zimmer zu halten. Belustigt lehnte ich mich zurück und verschränkte die Arme in meinem Nacken.

Im nächsten Moment traf mich etwas Nasses im Gesicht. Perplex fasste ich mir an die Nase und griff direkt in feuchte Farbe. Ganz langsam führte ich meine Hand näher zu meinen Augen. Wasserfarbe. Dieses Miststück hatte tatsächlich mit ihrer blöden Farbe nach mir gespritzt. Ich sah auf und blickte direkt in Faiths provozierendes Gesicht.

»Gehst du nun?«, fragte sie herausfordernd.

Wortlos stand ich auf, rieb mir die Farbe von der Nase, umrundete ihre Couch und lief gelassen zum Fenster.

»Geht doch«, hörte ich sie murmeln, als ich stehen blieb. Blitzschnell griff ich nach einem der großen Pinsel in den Gläsern und schwang ihn in Faiths Richtung. Augenblicklich ergoss sich ein Wassertropfenmeer über sie. Sie quietschte auf und versuchte sich schützend die Hände vors Gesicht zu halten. Allerdings war es dafür längst zu spät. Grauschwarze Tropfen liefen ihr über die Wangen und tropften auf ihre nackten Schultern und weiter zu ihrem Top.

»Bist du noch ganz dicht?«, schrie sie und fuhr sich mit den Handrücken über das Gesicht. Dunkle Streifen bildeten sich auf ihren geröteten Wangen.

»Du hast angefangen«, erwiderte ich. Den Pinsel hielt ich immer noch wie eine Waffe in meiner Hand.

»Mit Farbe!«, zischte sie. »Das ist nicht halb so eklig wie dieses alte Wasser.«

»Oh.« Ich nickte. »Richtig. Entschuldige bitte.« Mit zwei Schritten stand ich neben dem kleinen Tisch, auf dem allerlei Farbtuben verstreut lagen. »Wie unbedacht von mir.« Ganz ruhig langte ich nach einer der Tuben. Faiths Blick verfolgte jede meiner Bewegungen.

»Wehe! Der Kram ist teuer. Lass die Finger davon!«

»Ich kauf dir neue.«

Als sie kapiert hatte, dass ihre Worte nichts an meinem Vorhaben ändern würden, machte sie selbst zwei Schritte von mir weg. Erfolglos. Ehe sie sichs versah, stand ich mitsamt der Tube vor ihr und drückte sie kräftig zusammen. Ein Farbstrahl ergoss sich und traf sie leider nur am Kinn, weil sie es geschafft hatte, ihren Kopf schnell genug zur Seite zu drehen. Die restliche Farbe landete an ihrem Hals und rutschte über ihr Dekolleté zu ihren Brüsten.

Konzentrier dich, Ben!, befahl ich mir in Gedanken. *Augen nach oben.* Ich hätte ihre Oberweite nur zu gerne genauer betrachtet, doch mir war klar, dass ich den Kampf eröffnet hatte. Niemals würde Faith mich damit durchkommen lassen.

Ich hatte recht. Seelenruhig nickte sie. »Alles klar.« Dann sah ich, wie sie ihre Hand an ihren Hals legte und fast schon quälend langsam den Weg auf ihrer Haut entlanggleiten ließ, den auch die Farbe zurückgelegt hatte. Sie kam ihren Brüsten immer näher und näher und … Scheiße, was machte sie da? Ihre Hand verteilte die Farbe großflächig auf ihrer Haut. Wie in Trance beobachtete ich sie dabei und stürzte mich damit in mein Verderben. In meins und in das meines Schwanzes.

In der nächsten Sekunde war ihre Hand von ihrem Ausschnitt verschwunden und rieb die stinkende Farbe grob über mein Gesicht. Ein zufriedenes Lächeln bildete sich auf ihren Lippen, während ich nur noch nach Luft schnappen konnte.

»So.« Sie machte einen Schritt von mir weg und betrachtete ihr neuestes Werk. »Grün steht dir nicht.«

»Aha.« Ich trat wieder einen Schritt auf sie zu. »Dir übrigens auch nicht.« Das war gelogen. Sie sah verdammt entzückend aus mit der ganzen Farbe auf ihrem Körper. »Vielleicht sollten wir das ändern.« Ich zog eine zweite Tube hinter meinem Rücken hervor und schraubte die Kappe ab. »Blau geht klar, oder?«

Als ich die Tube vor ihr Gesicht hielt, schloss sie eilig die Augen und verzog das Gesicht, während sie darauf wartete, dass ich zudrückte. Doch anstatt ihr eine neue Ladung Farbe ins Gesicht zu klatschen, hielt ich die Tube über ihren Kopf. Im Nu landete die hellblaue Pampe auf ihrem Haar. Erschrocken kreischte sie auf und schlug die Hände schützend auf ihren Kopf.

»In die Haare? Bist du bescheuert?« Ihre Finger versanken in der hellen Farbe. »Das Zeug krieg ich nie wieder raus.«

Meine Antwort war ein Schulterzucken. »Nicht mein Problem.«

»Raus!« Faith schaffte es, dieses eine Wort gefährlich und verzweifelt zugleich klingen zu lassen. »Sofort!«

Als ich mich nicht bewegte, presste sie ihre Hände auf meine Brust und schob mich vor sich her zum Fenster. Erstaunt, wie viel Kraft in dieser kleinen Person steckte, wehrte ich mich nicht dagegen. Mit einer Hand hielt sie mich an meinem T-Shirt fest, mit der anderen schob sie das Fenster komplett auf. »Hau ab!«

Ich hatte keinen Schimmer, was an ein bisschen Farbe in den Haaren so viel schlimmer war als an Farbklecksen im Gesicht, aber offenbar hatte ich eine unsichtbare Grenze überschritten. Der Schalk in Faiths Blick war verschwunden und reiner Wut gewichen. Wortlos kam ich ihrer Aufforderung nach und kletterte hinaus auf die Feuertreppe. Ich hatte mich noch nicht einmal richtig umgedreht, als sie auch schon das Fenster zuknallte. Ein letzter Blick meinerseits zeigte Faith, wie sie mich durch die Glasscheibe anfunkelte. Dann zog sie die Vorhänge zu.

»Okay …«, murmelte ich und kletterte die paar Meter zurück zu meinem eigenen Fenster. Als ich wieder in meiner Wohnung stand, wurde mir das ganze Ausmaß unserer kleinen Auseinandersetzung bewusst. Mein T-Shirt war komplett ruiniert, meine Hände waren in Farbe getunkt, und ein Blick in den Spiegel verriet mir, dass auch meine Haare einige Farbspritzer abbekommen hatten.

Großartig.

Mir blieb also gar nichts anderes übrig, als zu duschen. Ich schlüpfte aus meinen Klamotten, stellte das Wasser an und bedauerte, dass Faith mich nicht unter meine Dusche begleitete.

Meine Haare waren noch immer feucht, als ich mich kurze Zeit später mit einer Flasche Bier und einer Zigarette in der Hand auf die Feuertreppe setzte. Meine Wohnung lag nicht sonderlich hoch, im vierten Stock eines Fünfgeschossers, und ich mochte es, in dunklen Nächten dort zu sitzen und dem Lärm der Stadt zu lauschen. Meistens verschlug es mich hierher, wenn mir ein Schichtwechsel bevorstand und ich abends einfach nicht müde wurde. Und ganz eindeutig war die Feuertreppe nun auch der Ort, an den es mich zog. Einfach deshalb, weil ich zum Schlafen viel zu aufgedreht war, nachdem ich mit Faith die Schlacht der Farben bestritten hatte. Noch war ich mir unschlüssig, wer von uns beiden als Sieger daraus hervorgegangen war. Ich, weil ich ihr immerhin die Haare ordentlich eingesaut hatte, oder sie, weil sie mir damit die kläglichen Reststunden meines Schlafes gestohlen hatte.

Meine Füße steckten in furchtbar kitschigen, flauschigen Hausschuhen, die meine Schwester mir im vergangenen Jahr zu Weihnachten geschenkt hatte, als ich es mir auf der Treppe bequem machte. Ich hätte es niemals zugegeben, doch die Teile waren großartig. Besonders dann, wenn man zu faul war, ein sauberes Paar Socken zu suchen oder einfach nur warme Füße haben wollte.

Ich war hellwach, als ich mir eine zweite Zigarette anzündete. Und ich hätte mir liebend gerne auch noch ein zweites Bier gegönnt, doch der drohende Dienstbeginn in wenigen Stunden hielt mich in dieser Nacht davon ab. Die Zigaretten mussten reichen.

Ich hatte gerade die dritte beendet und die Kippe über die Brüstung geschnippt, als ich ein schwaches Quietschen links von mir vernahm. Ich blickte mich um und erkannte, dass ein Fenster nach oben geschoben wurde. Ein Bein erschien. Dann noch eins. Kurz darauf stand Faith auf ihrer eigenen Feuertreppe, zog das Fenster wieder ein Stück nach unten und setzte sich mit dem Rücken zu mir. Für einen Moment sah ich sie einfach nur an. Im fahlen Licht des Mondes und in ihren hellen Klamotten wirkte sie fast wie ein Geist. Ihre langen, nun wieder sauberen Haare fielen ihr in sanften Wellen über die Schultern. Hätte ich nicht gewusst, dass sie braun waren, hätte ich auf schwarz getippt. Ich hörte sie leise atmen, ehe sie ein kleines Seufzen ausstieß.

»Willst du dich wieder auf mich stürzen?«

Meine Stimme ließ sie zusammenschrecken. Mit einer Hand hielt sie sich an der Feuertreppe fest, als sie zu mir herumwirbelte.

»Verflucht, Ben!« Sie schnappte nach Luft. »Du hast mich erschreckt.«

»Tut mir leid.« Ich schmunzelte. »Aber zu meiner Verteidigung sei gesagt, dass ich zuerst hier saß. Eigentlich stellt sich also vielmehr die Frage, wieso du still und heimlich in mein Territorium eindringst. Hast du Farbe dabei, um mich zu verjagen?«

»Ich …« Sie verstummte und schien nicht zu wissen, was sie zu ihrer Verteidigung sagen sollte. Es war niedlich, wie sie mich aus großen Augen ansah und kein Wort hervorbrachte. Ich genoss es, sie ein wenig auf die Folter zu spannen und so zu tun, als erwarte ich tatsächlich eine Antwort, ehe ich sie erlöste.

»Schon gut. Ich denke, wir können uns darauf einigen, dass meine Feuertreppe groß genug für uns beide ist«, bot ich ihr großzügig – und vielleicht auch als Friedensgebot – an.

Faiths Antwort ließ auf sich warten. War sie ernsthaft sauer auf mich? Wegen etwas Farbe in den Haaren? Ich ging fast schon davon aus, dass sie gleich aufstehen und wieder gehen würde, als sie doch zu sprechen begann.

»*Deine* Feuertreppe?« Sie hob eine Augenbraue, und ein spöttisches Grinsen erschien auf ihrem Gesicht. Gott, sie war wirklich verdammt sexy.

Dennoch schaffte ich es, »*Meine* Feuertreppe!« zu bestätigen. »Aber du könntest dich … einkaufen«, schlug ich nonchalant vor und knubbelte an dem Etikett auf meiner Bierflasche herum. Ein eindeutiges Zeichen dafür, dass ich nervös war, auch wenn mir mein Verstand sagte, dass es nicht einen einzigen Grund dafür gab. Faith war nur eine normale junge Frau, die hier auf einmal neben mir saß. Regenbogenstrecke-Champion und Göttin der Farben hin oder her.

»Einkaufen?« Ihre Stimme klang kritisch, als sie die Beine übereinanderschlug und mich abwartend musterte. »Definiere das.«

»Nun ja.« Ich dehnte die beiden Worte mit Absicht. Um die Spannung zu erhöhen und um mir selbst mehr Zeit zu verschaffen. »Ein Bier hier, eine Packung Eis da. Gerne auch mal Salz und Zucker.«

Ich hatte es geschafft, sie lächelte. Und zum ersten Mal sah es echt aus. »Tut mir leid, dich enttäuschen zu müssen, aber ich bin auch niemand, dessen Küche gut ausgestattet ist.«

»Also kein Salz?«

»Und kein Zucker.«

»Sehr schade.« Ich sah sie gespielt enttäuscht an. Und spürte, wie die Arbeit, die meine Hand in der Dusche verrichtet hatte, bereits wieder nichtig wurde. Fantastisch, Ben, wirklich fantastisch. Unauffällig drehte ich meine Beine vorsorglich ein Stück von ihr weg, nur um mich sogleich selbst lautlos auszulachen. Ich verhielt mich zweifellos wie ein präpubertärer Teenie.

»Das Einzige, was ich in Massen dahabe, ist Farbe.«

»Was du nicht sagst.« Ich grinste. »Sorry für … den Einbruch. Hältst du es mir zugute, dass ich wenigstens nichts kaputt gemacht habe?«

Sie bedachte mich mit einem vielsagenden Schweigen. Scheiße. »Hab ich doch?«

»Mein Boden ist mit Farbflecken übersät.«

»Oh.« Ich lächelte entschuldigend. »Sorry?«

Zu meiner Beruhigung winkte sie ab. »Das wäre früher oder später sowieso passiert.«

»Warum?«

»Ich passe nicht immer auf, wenn ich male.«

»Beschallst du dabei jedes Mal die ganze Nachbarschaft?«

»Ich war wirklich zu laut, oder?« Sie vergrub ihr Gesicht kurz hinter ihren Händen, ehe sie an ihren Fingern vorbeilinste und mich wieder ansah. »Sorry.«

Ich zuckte mit den Schultern. »Du hast Glück, dass Mrs Forester schwerhörig ist.«

»Wer ist Mrs Forester?«

»418. Rechts.« Ich deutete mit dem Daumen in besagte Richtung. »Und meines Wissens nach auch die älteste Mieterin hier. Was sie nicht versteht, kompensiert sie mit viel Geplapper.« Ich trank einen Schluck, dann widmeten sich meine Finger wieder dem Etikett. »Aber laut meiner Mom ist sie auch sehr nett. Sie unterhält sich immer mit ihr, wenn sie zu Besuch ist. Würde mich nicht wundern, wenn sie das nächste Mal auch bei dir klingelt.«

»Bei mir? Wieso?« Faith runzelte die Stirn, und ich entdeckte einen kleinen Farbrest in ihren Haaren, den sie wohl übersehen hatte.

»Du bist neu und damit spannend.« Ich setzte die Flasche wieder an meine Lippen. »Ich würde dir ja einen Schluck anbieten, aber ich glaube nicht, dass du mein Angebot annehmen würdest, richtig?«, tippte ich und legte den Kopf schief. »Dabei bin ich wirklich nicht giftig, versprochen.«

Und wieder hatte ich es geschafft. Faith lachte leise, und es klang umwerfend. »Das ist nicht der Grund, wieso ich dein Angebot wieder abgelehnt hätte.«

Erneut stieg der Verdacht *trockene Alkoholikerin* in mir auf. »Sondern?«

»Ich mag einfach kein Bier.« Ihren Worten folgte ein Achselzucken. »Mochte ich noch nie.«

»Wie kann man denn Bier nicht mögen?« Auch das war eine neue Erkenntnis. Dass es Menschen gab, denen Bier nicht sonderlich schmeckte, hatte ich schon einmal gehört, bisher aber für einen Mythos gehalten. Doch dass nun leibhaftig jemand vor mir saß, der Bier sogar kategorisch ablehnte … Ich wusste nicht, was mich in diesem Moment mehr verblüffte. Faiths deutlich ersichtliche Leidenschaft für das Zocken, dass sie hier saß und mir zur Abwechslung einmal nicht an die Gurgel ging oder aber ihre vehemente Ablehnung gegenüber dem besten Getränk der Welt. »Was trinkst du denn dann, wenn du ausgehst? Gar nichts?«

Sie zuckte mit den Schultern. »Wasser.«

»Wasser.« Ich wiederholte ihre Antwort langsam. Ungläubig.

»Wasser«, bestätigte sie noch einmal und erhärtete damit meine Vermutung, es mit einer trockenen Alkoholikerin zu tun zu haben.

»Warum?« Ich wollte sie nicht verscheuchen, weshalb ich nicht mit klareren Worten nach ihrem Grund dafür fragte.

Ihre Antwort war eine Gegenfrage. »Warum nicht? Und was machst du denn da mit der armen Flasche?« Ehe ich michs versah, hatte sie mir das Bier aus der Hand genommen und strich über das inzwischen ordentlich ramponierte Etikett.

»Meinst du, ich habe ihre Gefühle verletzt?« Mein Blick fiel auf ihre Finger.

»Weil du sie quasi ausgezogen hast?« Sie sah auf. »Ja, ich glaube schon.«

»Verdammt.« Gespielt betroffen drückte ich mir die Hände an die Brust. »Denkst du, sie verzeiht mir, wenn ich mich ehrlich und aufrichtig entschuldige?«

»Keine Ahnung. Frag sie.« Sie hielt mir die Flasche etwa auf Augenhöhe entgegen und schwenkte sie leicht hin und her. »Leg los.«

»Werte Kalthopfenschale.«

Ich hörte Faith kichern.

»Bitte vergebt mein unbedachtes Verhalten.« Um meinen Worten Nachdruck zu verleihen, ging ich kurzerhand auf die Knie, rutschte Faith und meinem Bier entgegen und erhob die Hand zum Schwur. »Ich gelobe feierlich Besserung. Vor Zeugen.«

»Was immer dich nachts ruhig schlafen lässt, Ben.« Faith grinste kurz. Dann deutete sie mir an, wieder aufzustehen, und hielt sich meine Flasche ans Ohr. Einen kurzen Augenblick tat sie so, als lausche sie aufmerksam. Dann gab sie mir die Flasche zurück. »Sie verzeiht dir.«

»Gott sei Dank.« Fast schon behutsam nahm ich ihr das Bier wieder ab und streichelte über den Flaschenhals. Faith hatte es mir kaum überreicht, als sie ihre Beine anzog und ihre Arme um ihre Knie schlang.

»Ist dir kalt?«

»Ein bisschen.«

»Moment.« Ich verschwand durch mein geöffnetes Fenster, lief schnurstracks auf meine Couch zu und zog die Decke von der Lehne, die dort seit Monaten hing und nie benutzt wurde. Ich war einfach zu selten zu Hause. Hastig schüttelte ich sie einmal aus, ehe ich mit der Decke in der Hand zurück auf die Feuertreppe kletterte.

»Hier.« Ich hielt sie ihr entgegen.

»Danke.« Sie wirkte ehrlich überrascht, als sie sich darin einwickelte. »Das wäre nicht nötig gewesen, ich hätte …«

»Faith!«, unterbrach ich sie und sah sie vielsagend an. Ich war nicht der Gentleman, für den sie mich gerade hielt. Ich hatte durchaus eine eigene Agenda, die ich mit dieser Aktion verfolgte. Mein Körper war immer noch hellwach, und ich wollte schlichtweg nicht, dass sie ging, nur weil sie fröstelte.

»Danke«, wiederholte sie noch einmal und klang fast schon schüchtern.

»Kein Problem.« Ich lächelte und trank einen Schluck. Weil ich nun doch etwas verlegen war und nicht wusste, was ich anderes hätte entgegnen sollen. Diese Situation war nichts, womit ich mich auskannte. Entweder klopfte ich charmante Sprüche, oder ich war ein Arschloch. Beides endete zumeist damit, dass ich eine Affäre für die Nacht fand. Mich einfach so mit einer Frau zu unterhalten, weil ich Spaß daran hatte, war mir seit Ewigkeiten nicht mehr passiert.

»Also, Faith … was verschlägt dich nach Chicago?«

»Das, was meistens der Grund für einen Umzug ist.« Sie stoppte, ehe sie meinen forschenden Blick beantwortete. »Die Arbeit.«

»Was arbeitest du denn?«

»Ich bin Journalistin. Du?«

»Arzt. Oder vielmehr Assistenzarzt in Ausbildung. Ich mache gerade ein Praktikum im Saint Joseph's. Was auch der Grund ist, warum ich mitten in der Nacht hier sitze. Schichtwechsel.« Dass auch sie einen ordentlichen Teil dazu beitrug, musste sie nicht unbedingt erfahren.

»Ah.« Sie nickte. »Okay.«

»Und du? Warum bist du hier?« Mir fiel auf, dass sie mir bisher nicht verraten hatte, warum sie hier saß und nicht in ihrem Bett lag. Nicht, dass es mich störte. Ganz im Gegenteil. Ich hatte nur schlicht nicht damit gerechnet, dass sie genauso aufgedreht war wie ich aufgrund unserer kleinen Farbenschlacht.

»Vollmond.« Sie zeigte mit dem Kinn nach oben in den Nachthimmel. »Ich kann dann immer schlecht schlafen.« Der Mond war nicht zu sehen, versteckte sich hinter einer dicken Wolkendecke. Aber ich erinnerte mich an die vergangenen Nächte, in denen es nicht wirklich dunkel gewesen war.

»Aber ich glaube, ich sollte allmählich trotzdem ins Bett. Solange ich es nicht wenigstens versuche, kann ich auch nicht einschlafen, nicht wahr?«

Ich konnte nicht leugnen, dass ihre Worte schlüssig waren. Leider. Scheinbar hatte ich doch nichts mit ihrer Anwesenheit auf der Treppe zu tun, und sie war nur herausgekommen, weil sie an Schlafstörungen litt.

Also nickte ich, wenn auch widerwillig.

»Wann musst du raus?«

»Zu früh.« Mit diesen Worten stand sie auf, streifte sich die Decke ab und reichte sie mir. »Danke.« Das Lächeln auf ihren Lippen spiegelte sich nicht in ihren Augen wider, und ich fragte mich unweigerlich, warum das so war. Was versteckte sie hinter ihren geröteten Wangen, den langen Haaren und den kurzen Antworten, die zwar nicht unfreundlich, aber doch distanziert gewesen waren?

»Gute Nacht, Ben.« Wieder wartete sie eine Erwiderung gar nicht erst ab, sondern schob das Fenster nach oben und kletterte zurück in ihre Wohnung. In der einen Sekunde war sie noch da, in der nächsten verschwunden, und ich saß erneut alleine auf der Feuertreppe.

Obwohl ich es eigentlich gewohnt war, hier ohne Begleitung zu sitzen, fühlte es sich mit einem Mal nicht mehr richtig an. Und daran war einzig und alleine Faith schuld.

3

Die Morgendämmerung hatte bereits begonnen, als ich ins Bett gekrabbelt war, nur um nach einer Stunde schlechten Schlafs wieder zurück ins Krankenhaus zu fahren und meine Frühschicht anzutreten. Ich war müde und schlecht gelaunt, als ich mich umzog, mein Namensschild an meine Brusttasche klemmte und mich beim diensthabenden Oberarzt meldete. In Faiths Wohnung war alles still gewesen, als ich gegangen war. Ja, ich hatte gelauscht, ehe ich mich auf den Weg gemacht hatte, und nein, ich war nicht sonderlich stolz darauf. Ich hatte keine Ahnung, was ich mir davon erhofft hatte. Mir war klar gewesen, dass sie mit Sicherheit nicht um halb sechs bei mir klingeln und mit frischen Brötchen vor der Tür stehen würde. Ich wusste ja noch nicht einmal, wie sie dieses Gespräch auf der Treppe einschätzte. Oder mich. Ich hielt es für ein gutes Zeichen, dass sie mir keine Vorwürfe wegen des Farbenmissbrauchs gemacht und sich zum ersten Mal normal mit mir unterhalten hatte. Hieß das, dass sie mich genau so anziehend fand wie ich sie? Oder war ich in der vergangenen Nacht eben zufällig da gewesen, und sie hatte sich wohl oder übel mit mir unterhalten müssen?

Wie treudoofe Hunde folgten meine Kollegen und ich Doktor Whitaker von einem Patienten zum nächsten, jeder mit einem Notizheft in der Hand. Oberschenkelfraktur, frisch operiert. Bandscheibenvorfall, Entlassung in zwei Tagen nach Beendigung der Schmerztherapie. Eine Schusswunde, die die Rippen getroffen hatte. Leider keine Seltenheit in Chicago. Gebrochenes Becken nach einer Mountainbike-Tour. Zertrümmerte Fingerknochen infolge eines Arbeitsunfalls.

Ich war gerne Arzt. Es machte mir Spaß, mit den Patienten nicht nur über ihre Krankheiten und Probleme zu sprechen, sondern auch ein bisschen zu scherzen. Doch heute war einfach nicht mein

Tag, und das frustrierte mich noch mehr. Und als dann auch noch angekündigt wurde, dass ich nach meiner Zehnstundenschicht nicht nach Hause gehen durfte, sondern über Nacht bleiben musste, hatte ich endgültig die Schnauze voll. Vielleicht war das der Grund, dass ich Grace' Avancen an diesem Abend nachgab und mich gut eine Stunde nach Schichtwechsel mit ihr in einem der Pausenräume traf. Zehn Minuten. Dann hatte ich immerhin so viel Frust abgebaut, dass ich glaubte, den Rest der Nacht unbeschadet zu überstehen.

»Lass uns das bald mal wieder machen.« Lächelnd band sie sich ihre Hose zu, stellte sich auf ihre Zehenspitzen und drückte mir einen festen Kuss auf die Lippen. »Das war unglaublich.« Fast tat mir ihr Übereifer leid. Die vergangenen zehn Minuten waren lieblos und zweckerfüllend gewesen und somit weit entfernt von unglaublich.

Ich wartete ein paar Minuten, ehe ich es ihr gleichtat und den Raum verließ. Im Dienstzimmer traf ich auf die restlichen armen Gestalten, die dasselbe Los wie ich erwischt hatten. Nachtschichten waren langweilig, sofern kein Notfall eingeliefert wurde. In dieser Nacht blieb alles ruhig. Das gab uns genug Zeit, einen abgetrennten Bereich der Notaufnahme für den morgigen Blutspendetag vorzubereiten, und bescherte mir anschließend sogar noch ein paar Stunden Schlaf im Bereitschaftsraum.

Es war kurz nach acht, und ich hatte bereits zwei Liter Kaffee intus, als mein Handy vibrierte. Neugierig, wer mich im Dienst anrief, zog ich mein Telefon aus der Kitteltasche. Für eine Sekunde hatte ich die unrealistische Hoffnung, es möge Faith sein, doch im gleichen Moment fiel mir ein, dass das überhaupt nicht möglich war. Wir hatten keine Nummern getauscht, und es hätte auch überhaupt keinen Grund für sie gegeben, mich anzurufen.

Ein prüfender Blick auf das Gerät in meiner Hand verriet mir, wer so früh am Morgen störte. Natürlich. Ich hatte insgeheim schon darauf gewartet.

»Dein Ernst?«, blaffte ich meinen Anrufer an und klemmte mir das Telefon zwischen Ohr und Schulter, um gleichzeitig meine Schuhe neu binden zu können. Wenn man mich nicht kannte, hätte man mich für einen ungehobelten Holzkopf halten können, der keinerlei Anstand besaß. Bei Daria war ich mir allerdings sicher, dass sie genau wusste, wie sie meine Worte zu nehmen hatte. Sie war ebenso wenig auf den Mund gefallen wie ich, weshalb sie meine zugegebenermaßen wenig freundliche Begrüßung einfach ignorierte.

»Okay, ich habe mich jetzt wirklich lange genug zusammengerissen und dich nur deshalb nicht schon vor zwei Tagen angerufen, weil ich es Mason versprochen habe, aber … verdammt, Ben! Ich sterbe vor Neugierde!«

Meiner Meinung nach klang sie viel zu lebendig, als dass sie sich tatsächlich im Sterbeprozess hätte befinden können, aber ich verkniff es mir, sie auf diese kleine Ungereimtheit in ihrer Aussage hinzuweisen. Frauen mochten es nicht, wenn sie korrigiert wurden. Das hatte ich in meiner Kindheit, als kleiner und einziger Bruder von vier Schwestern, schmerzhaft lernen müssen. Nicht nur einmal hatte ich in solchen Situationen einen Tritt gegen mein Schienbein eingesteckt, wenn ich sie in ihren Aussagen verbessert hatte.

Also versuchte ich es auf eine andere Art und wich ihrem Vorwurf zunächst mit einer Gegenfrage aus. »Ich habe keinen Schimmer, wovon du redest, und eigentlich habe ich gerade auch wirklich keine Zeit dafür. Ich arbeite, Daria.«

»Und ich platze vor Neugierde!«, wiederholte sie eindringlich. »Fünf Minuten wirst du ja wohl haben.«

Ich seufzte. »Was genau willst du wissen?«

»Hallo? Deine neue Nachbarin? Faith?« Niemand schaffte es, entrüstet so bezaubernd zu klingen wie Daria. »Wieso kenne ich sie noch nicht?« Und niemand schaffte es, mich so schnell in eine Ecke zu drängen, in der ich gar nicht sein wollte. Unweigerlich erinnerte ich mich an die Zeit vor fünf Jahren zurück, als Mason sie kennengelernt und ständig in unsere Bude mitgebracht hatte. Sie war anders gewesen als die Mädchen, mit denen wir sonst zu tun gehabt hatten. Es hatte mir nie Probleme bereitet, Frauen kennenzulernen, und doch war da Neid gewesen. Ich hatte Mason um seine tolle Freundin beneidet und mir zum ersten Mal im Leben auch jemanden an meiner Seite gewünscht, der am nächsten Morgen nicht das Gefühl in mir auslöste, flüchten zu müssen.

Es war mir bisher nicht gelungen.

»Woah, langsam, Daria.« Ich richtete mich auf und griff nach der vollen Kaffeekanne. Wer auch immer dafür zuständig war, stets für frischen Kaffee sorgen zu müssen, nahm seine Aufgabe äußerst ernst. Ich hatte die Kanne noch nie leer angetroffen. Was ich, ehrlich gesagt, sehr zu schätzen wusste. Was Kaffee anging, war ich noch schlimmer als Mason. Ohne Koffein in meiner Blutbahn war ich zu nichts zu gebrauchen. Ich goss mir eine Tasse ein, schüttete ordentlich Zucker dazu und überlegte mir gleichzeitig, wie ich Darias romantische – und falsche – Vorstellung von Faith direkt im Keim ersticken konnte. »Ich habe sie selbst erst einmal getroffen. Als die Jungs da waren.« Es erschien mir klug, mein gestriges nächtliches Aufeinandertreffen mit Faith nicht zu erwähnen. Ich wollte nicht noch zusätzlich Öl ins Feuer gießen.

Es blieb still am anderen Ende der Leitung. Fast hätte ich geglaubt, dass Daria umgefallen war. Doch nach mittlerweile fünf Jahren Freundschaft wusste ich, dass sie es mir nicht so einfach machen würde. Sie hatte Wünsche und Hoffnungen, wollte mich genauso glücklich vergeben sehen wie sich selbst und würde nicht aufgeben, bis ich ihr zumindest die Hälfte ihrer Fragen beantwortet hatte. Und da ich leider im Moment nirgends gebraucht wurde und niemand meinen Namen rief, hatte ich nicht einmal eine Ausrede.

Ich war ein notorisch schlechter Lügner und nicht erst einmal von Daria bei dem Versuch ertappt worden, mich mithilfe einer kleinen Notlüge aus der Affäre zu ziehen. Mason hatte mir daraufhin den Kopf gewaschen und mich schwören lassen, seine Freundin nie wieder anzuschwindeln. Ich hatte mich daran gehalten – meistens.

»Wieso hast du sie seither nicht mehr gesehen?«

Ich lachte belustigt auf. »Weil ich arbeite? Überleg doch mal, wann ich dich das letzte Mal gesehen habe, und du weißt, dass du meine Lieblingsfrau bist.«

»Erzählst du das auch deinen Schwestern?«

»Manchmal.« Ich zuckte mit den Schultern, obwohl sie mich nicht sehen konnte. »Der Zweck heiligt die Mittel.«

»Du bist ein Idiot.«

»Ich weiß«, bestätigte ich ihre Worte. »Du magst mich trotzdem.«

»Das tut nichts zur Sache. Lenk nicht ab, Benton.«

Die Tatsache, dass sie meinen kompletten Namen benutzte, gefiel mir nicht. Sie kündigte mir damit an, dass diese Unterhaltung noch lange nicht zu Ende war.

»Was willst du von mir, Daria? Komm zum Punkt.«

»Entschuldige, dass ich mich für dein Leben interessiere. Das ist kein Grund, zickig zu werden.«

Ergeben schloss ich die Augen und holte tief Luft. Scheinbar befand ich mich schon wieder auf dünnem Eis, auch wenn mir nicht ganz klar war, was genau ich falsch gemacht hatte.

»Sorry.« Besser, ich entschuldigte mich. Wofür auch immer. »Ich bin einfach nur müde. Extra lange Frühschicht mit anschließender Nachtschicht, und es wird auf jeden Fall noch einmal mindestens vier Stunden dauern, bis ich den Kittel hier an den Nagel hängen darf.« Vier Stunden, die sich garantiert wie Kaugummi ziehen würden. Ich hasste diese Blutspendetage. Es gab nichts Langweiligeres, als Menschen zu beaufsichtigen, denen etwas Lebenselixier abgezapft wurde. Die meisten taten mir nicht einmal den Gefallen, wenigstens in eine kurze Ohnmacht zu fallen.

»Mein Beileid.« Ihre Worte klangen nicht so, als wären sie ehrlich gemeint, aber ich beschloss um des Frieden willens, darüber hinwegzusehen. »Danke.«

»Können wir trotzdem kurz über Faith reden?«

Und wieder entwich mir ein Seufzen.

»Ich kann dir nur erzählen, was du mit Sicherheit sowieso schon weißt.« Mason war zwar mein bester Freund, aber er war auch eine Tratschtante. Daria gegenüber konnte er nichts geheim halten. Die beiden waren einfach eins *dieser* Paare. »Sie ist in meine Wohnung geplatzt, hat uns zur Sau gemacht, bei Mario Kart abgezogen und ist wieder verschwunden.«

»Magst du sie?«

Das war typisch Daria. Und eigentlich war es gleichzeitig auch eine Eigenschaft, die ich an ihr schätzte. Sie hatte kein Problem damit, mich ohne Umschweife zu fragen, was sie wissen wollte.

Ich wählte meine Worte mit Bedacht, ehe ich ihr antwortete. »Sie ist ganz nett.« Von meiner kleinen Privatparty in der Dusche nach Faiths unerwartetem Besuch musste Daria nichts wissen, genauso wenig wie von unserer Farbenschlacht und der anschließenden Unterhaltung auf der Treppe.

»Das beantwortet nicht meine Frage.« Hartnäckigkeit. Das wiederum war eine von Darias Eigenschaften, auf die ich gut und gerne hätte verzichten können. Sie ließ sich nicht mit billigen Ausreden abspeisen.

»Ich kenne sie kaum …«, versuchte ich es erneut, doch auch damit ließ sie mich nicht durchkommen.

»Dann lern sie kennen.«

»Würde ich vielleicht sogar tun, wenn ich nicht rund um die Uhr im Krankenhaus wäre.«

»Ich mag deinen Job nicht. Er nimmt dich viel zu sehr in Beschlag.«

»Das war mir aber klar, bevor ich mit dem Medizinstudium angefangen habe.«

»Kannst du nicht wechseln?«

»Daria …«

»Ja, schon gut, tut mir leid. Ich weiß, dass du deinen Job gerne machst, und das freut mich ja auch, aber … dir ist schon klar, dass es nicht gesund ist, wie sehr dein Privatleben darunter leidet? Wann hast du deine Eltern zum letzten Mal gesehen? Oder deine Schwestern? *Mich?*« Sie klang nicht vorwurfsvoll, als sie mir einen Nadelstich nach dem anderen verpasste. Da schwang Sorge in ihrer Stimme mit und vielleicht auch etwas Trübsal, weil es in der Tat schon einige Wochen her war, dass ich mich das letzte Mal bei ihr hatte blicken lassen.

»Am Wochenende habe ich frei.« Eigentlich hatte ich vorgehabt, meine beiden freien Tage zum Schlafen zu nutzen, was für meinen nach Ruhe und Erholung dürstenden Körper wohl auch die weitaus bessere Alternative gewesen wäre. Doch mir war klar, dass man Freundschaften nicht ewig mit den Füßen treten konnte. Auch dann nicht, wenn sie bereits seit Jahren solide bestanden. »Lass uns etwas unternehmen.«

»Meinst du das ernst?«

»Natürlich.«

»Können wir Faith mitnehmen?«

Bevor ich protestieren konnte, lachte Daria am anderen Ende der Leitung auch schon los. »Nein, Scherz, ich hab nur Spaß gemacht. Aber ich würde mich wirklich freuen, dich mal wieder zu sehen. Samstag um elf bei uns?«, schlug sie vor. »Dann kannst du immerhin ein bisschen ausschlafen.«

»Sehr zuvorkommend von dir.«

»So bin ich. Du kannst dir ja noch überlegen, was du machen willst. Nur bei Kino streike ich.«

»Huh?« Das war neu. »Warum?« Seit wann ging sie nicht mehr gerne Filme anschauen?

»Du glaubst doch nicht ernsthaft, dass ich dich nach Wochen einmal wieder zu Gesicht kriege, und dann verbringen wir unsere gemeinsame Zeit schweigend in einem abgedunkelten Raum? Ich bitte dich.«

Ich nippte an meinem Kaffee. »Alles klar. Kein Kino. Verstanden.«

»Und jetzt los, geh Menschenleben retten.«

»Du traust mir an diesem verregneten Morgen aber verdammt viel zu.«

»Ich traue dir immer viel zu, Mister. Vor allem in Bezug auf Exemplare der weiblichen Spezies.«

»Heißt das, was ich befürchte, dass es heißt?«

»Am Samstag wirst du gelöchert«, bestätigte sie mir meinen Verdacht, und obwohl ich sie nicht sah, wusste ich, dass sie breit grinste. Dieses Grab hatte ich mir dann wohl selbst geschaufelt. Daria schien zu glauben, dass sich in den paar Tagen, die es bis Samstag noch dauerte, einiges tun konnte. Ich verkniff mir, ihr zu sagen, dass ich bis dahin durcharbeiten und Faith und ihre Farben mit ziemlich hoher Wahrscheinlichkeit nicht mehr sehen würde.

»Kann's kaum erwarten. Bis dann.« Mit diesen Worten beendete ich unser Gespräch und steckte mein Telefon im selben Moment in meinen Kittel, als ich Grace auf mich zukommen sah.

»Morgen«, grüßte sie mich, blickte kurz nach links und nach rechts, und als sie sich sicher war, dass wir alleine waren, reckte sie sich mir entgegen, um mein Gesicht zu erreichen. »Du siehst müde aus«, flüsterte sie an meinem Ohr und biss sanft in mein Ohrläppchen. »Wollen wir das ändern?«

Ich war nicht davon überzeugt, dass Grace allzu viel gegen meine Müdigkeit ausrichten konnte, wenn nicht einmal Kaffee es schaffte, meine Lebensgeister zu erwecken. Aber ich protestierte nicht, als sie nach meiner Hand griff und mich mit sich zog. In meiner Vorstellung war es allerdings nicht Grace, mit der ich schlief, sondern Faith. Und ich wollte gar nicht so genau wissen, was diese Tatsache über mich aussagte.

Gegen neun füllte sich die Notaufnahme immer mehr mit bereitwilligen Blutspendern. Wir hatten alle Hände voll zu tun, einen nach dem anderen zu untersuchen und ihnen Blut abzunehmen. Ich hatte keine Ahnung, wie viel Zeit vergangen war, bis ich endlich dazu kam, einen Schluck Wasser zu trinken. Nur um ihn im selben Moment beinahe wieder auszuspucken. Am Ende des Raumes stand Grace. Und neben ihr Faith. Mit Müh und Not gelang es mir, meinen Becher zu leeren. Dann eilte ich mit schnellen Schritten auf die beiden zu. Es sah nicht so aus, als würden sie einander kennen, aber ich ging lieber auf Nummer sicher. Faith durfte nichts von Grace und mir erfahren.

»Hey, Grace …« Ich lächelte meine Kollegin an, während ich mich zwischen sie und Faith stellte. »Ich übernehme die Dame hier, danke.« Grace bedachte mich mit einem fragenden Blick, ehe sie mit den Schultern zuckte und ein »Okay« von sich gab. Das war zum Glück alles, was sie sagte, bevor sie sich um einen der anderen Spender kümmerte.

»Ben.« Im Gegensatz zu Grace lächelte Faith nicht, als sie mich ansah.

»Hallo, Faith.« Ihre fehlende Freude, mich zu sehen, hielt mich nicht davon ab, sie anzustrahlen. »Mit dir habe ich nun wirklich nicht gerechnet.« Sie war meiner professionellen Meinung nach zu dünn, um überhaupt Blut spenden zu dürfen. Doch da sie sich in diesem Raum befand, schien sie den Gewichtstest bestanden zu haben. Die Kollegen wussten hoffentlich, was sie taten.

Ich begleitete sie zu einer freien Liege und deutete ihr an, Platz zu nehmen. »Alles in Ordnung? Willst du was trinken?«

»Nein.« Sie schüttelte den Kopf und krempelte sich den Ärmel ihrer Bluse nach oben. »Leg los.«

»Hast du es eilig?«, fragte ich, während ich ihrer Aufforderung nachkam und die Stelle desinfizierte, an der ich sie piken würde. Heute waren bedauerlicherweise keine Farbkleckse auf ihrer Haut zu finden.

»Warst du schon öfter Blut spenden?« Ablenkung half bei Nervosität in den meisten Fällen. Ich hatte mir sagen lassen, dass ich gut darin war, die Leute in ein Gespräch zu verwickeln, sodass es ihnen gar nicht mehr auffiel, wenn ich die Nadel setzte.

»Wirklich?« Ich begutachtete ihre Armbeuge noch einmal intensiv. »Man sieht gar keine Einstichstelle.« Bei Menschen, die häufiger zum Blutspenden kamen, bildete sich oftmals eine Art kleines Loch in der Haut, da das Blut immer an derselben Stelle abgenommen wurde. Bei Faith erkannte ich nichts dergleichen.

»Das liegt daran, weil ich bisher immer den rechten Arm dafür benutzt habe.«

»Oh?« Mein Blick wanderte zu ihrem anderen Arm. »Darf ich?«

Ihre Antwort war ein gleichgültiges »Wenn du willst«. Behutsam krempelte ich ihr den anderen Blusenärmel nach oben. Und da war das Loch.

»Wow.« Ich grinste, als ich den Stoff wieder nach unten zog. »Du bist ja ein richtiger Spender-Junkie.« Ich hatte witzig sein wollen, doch allem Anschein nach war Faith heute nicht gut drauf. Sie zuckte lediglich mit den Schultern und nickte auf ihren linken Arm. »Können wir dann anfangen?«

»Klar. Verrätst du mir nebenbei, warum du nun den Arm wechselst?« Das war ungewöhnlich.

»Es ist ungeschickt beim Malen.« Das war alles, was sie dazu sagte.

»Also bist du Rechtshänderin?«

Sie nickte.

»Ich will es einfach nur hinter mich bringen.« Sie beobachtete jede meiner Bewegungen genau und wirkte nicht sonderlich begeistert davon, hier zu sein. Ich hoffte, dass nicht ich der Grund für ihren Unmut war, sondern einfach nur Nervosität. Oder meinetwegen Angst. Viele Leute fürchteten sich vor einer Spritze, auch wenn ich persönlich nicht dazu zählte. Es war mir ein Rätsel, wieso man vor diesem kleinen Stich in die Haut Angst haben sollte.

»Du weißt, dass man auch mit links potenzielle Einbrecher mit Farbe attackieren kann?« Es war ein weiterer Versuch, lustig zu sein. Und vielleicht mehr darüber herauszufinden, wie Faith zu unserer nächtlichen Farbattacke stand. Ihr Schweigen machte mir allerdings einen Strich durch die Rechnung. Sie erwiderte nichts und beobachtete stattdessen meine Finger, die ihren Arm für die Blutentnahme vorbereiteten. Einen Moment lang wartete ich, ob sie doch noch etwas antworten würde. Sie tat es nicht. Also konzentrierte ich mich auf ihre Armbeuge und die Nadel in meiner Hand und bemerkte trotzdem, wie sie angespannt die Augen zusammenkniff, als ich in ihre Haut stach. Sie hielt sie fest geschlossen, bis ich ihr aus einem Impuls heraus leicht über den Handrücken strich. Also doch Angst.

»Du kannst die Augen wieder aufmachen, Faith«, sagte ich ruhig. »Ich bin fertig.«

Es dauerte einen Moment, dann leistete sie meinen Worten Folge und öffnete ihre Augen.

»Danke«, murmelte sie und starrte auf ihre Armbeuge, in der die Nadel steckte.

»Hat alles problemlos geklappt«, bemerkte ich. »Du hast gute Venen.«

Das entlockte ihr immerhin ein Viertel eines Lächelns.

»Wie geht es dir? Übelkeit? Schwindel?« Ich legte meine Hand an ihre Stirn. Kein Schweiß.

Sie verneinte.

»Das ist mein siebtes Mal.«

»Kannst du mir kurz in die Augen sehen?« Es war der Arzt, der aus mir sprach. Zumindest versuchte ich, mir das weiszumachen. Faith schien meinen kleinen Anflug von Egoismus nicht zu bemerken. Sie kam meiner Bitte sofort nach und hielt meinem Blick stand. Ihre Augen waren dunkelgrün, wobei sich um die Pupillenränder ein fast schon goldener Kranz zog. Und in ihrem linken Auge befand sich ein kleiner brauner Punkt, der dort eigentlich nicht hingehörte. Eine Pigmentstörung, die nur auffiel, wenn man ihr ganz genau in die Augen sah. Ich beschloss, mir diesen Fakt zu merken. Vielleicht würde ich sie irgendwann damit beeindrucken können.

Ich straffte meine Schultern und wandte den Blick von ihr ab, um einen letzten prüfenden Blick auf meine gesetzte Nadel zu werfen. Sie funktionierte einwandfrei. »Gut. Ich denke, ich kann dich jetzt alleine lassen.« Wenn ich ehrlich zu mir selbst gewesen wäre, hätte ich zugeben müssen, dass ich gerne bei ihr sitzen geblieben wäre. Ich wollte herausfinden, warum sie heute so wortkarg war. Irgendetwas sagte mir, dass es nicht nur an dem Zugang lag, den ich ihr in die Vene gelegt hatte.

Sie nickte schweigend.

»Sollte dir schwindelig werden oder du dich sonst irgendwie unwohl fühlen …«

»Werde ich mich melden.« Sie beendete meinen Satz nickend. »Ich mache das hier nicht zum ersten Mal, schon vergessen?«

Mein Blick lag immer noch auf ihr, als ich von einem Kollegen angesprochen wurde. »Ben? Kannst du mir kurz helfen?«

»Sicher. Was gibt's?« Widerwillig kam ich seiner Bitte nach, drehte mich um und fand mich sogleich neben einer Liege wieder, auf der nicht nur eine Spenderin lag, sondern auch ein kleines Mädchen saß. Ich schätzte den blonden Zwerg auf maximal fünf Jahre. Mein Kollege gab mir wortlos zu verstehen, was er von mir wollte. *Ablenkung.*

»Hallo.« Ich setzte ein strahlendes Lächeln für die junge Dame auf und ging vor ihr in die Hocke. »Wen haben wir denn da?«

»Lissa«, murmelte sie so leise, dass ich sie kaum verstehen konnte, und vergrub ihr Gesicht in ihrem mitgebrachten Teddybären.

»Liz?«, wiederholte ich absichtlich falsch und zog eine Augenbraue nach oben.

»Nein!« Ihr Gesicht tauchte hinter dem Kuscheltier auf und musterte mich empört. »Lissa!«, sagte sie noch einmal und betonte dabei jeden einzelnen Buchstaben ausführlich. Ich nahm an, dass die Frau auf der Liege ihre Mutter war. Sie beobachtete den kleinen Schlagabtausch zwischen uns belustigt.

»Oh.« Theatralisch legte ich mir eine Hand an die Brust. »Das tut mir furchtbar leid, Prinzessin. Lissa.« Dieses Mal betonte ich ihren Namen richtig. »Wie kann ich das jemals wiedergutmachen?« Ich tat so, als müsste ich schwer überlegen, und legte mir einen Finger nachdenklich auf die Lippen. Lissa kicherte und drückte ihren Teddy fest an sich.

»Ah. Ich weiß.« Ich ließ meine Hand wieder sinken. »Du magst bestimmt Süßigkeiten, oder?«

Wie ich erwartet hatte, war ein heftiges Kopfnicken, das Lissas blonde Locken wackeln ließ, die Folge.

»Dann weiß ich ein Geheimversteck, wo wir hinmüssen. Kommst du mit?« Ich hielt ihr meine Hände entgegen, und nach einem kurzen vergewissernden Blick zu ihrer Mutter ließ sich das kleine Mädchen von der Liege in meine Arme fallen. »Schokolade oder lieber Gummibärchen?«, fragte ich sie, während ich mit ihr und dem Teddy auf dem Arm durch den Raum lief.

»Beides!«, stieß sie hervor und lachte laut auf, als ich sie aus großen Augen ansah.

»Beides?«, hakte ich nach und trat in einen Nebenraum, wo ein paar Kleinigkeiten zu essen und zu trinken für die Spender aufgebaut worden waren. Und wie ich vermutet hatte, stand auch eine große Schale mit Süßigkeiten auf dem Tisch. Lissas Augen begannen noch mehr zu strahlen, als sie sah, wie üppig die Auswahl war. Sie musste sich wie im Schlaraffenland fühlen, und für einen Moment beneidete ich sie, weil es so einfach war, eine Fünfjährige glücklich zu machen und von der Nadel abzulenken, die soeben in den Arm ihrer Mutter gestochen wurde.

»Na los«, forderte ich sie auf und setzte sie auf dem Tisch neben der Schüssel ab. »Such dir was aus.«

»Wirklich?« Es war eindeutig, dass sie ihr Glück nicht fassen konnte.

»Ja«, bestätigte ich ihr. »Sieh mal, ich nehme auch was.« Ehe sie sichs versah, hatte ich mir bereits einen Schokoriegel geschnappt, halb aufgerissen und hineingebissen. »Aber du darfst es niemandem verraten, ja?«, bat ich sie kauend und zwinkerte ihr kurz zu. Sie nickte eifrig, stieß ein »Okay!« aus und begann dann, ihren Blick über die Süßigkeiten gleiten zu lassen. Offensichtlich war es für sie gar nicht so einfach, sich zu entscheiden. Die junge Lady erinnerte mich an meine Nichte. Ashley hatte ebenfalls eine Wissenschaft daraus gemacht, wenn es darum ging, sich für eine Süßigkeit entscheiden zu müssen. Ganz im Gegensatz zu mir. Ich nahm einfach immer das Erste, was mir in die Hände fiel. Mit vier älteren Schwestern hatte ich nie viel Zeit gehabt, mir länger zu überlegen, worauf ich Lust hatte. Bis ich mich entschieden hatte, waren all die guten Dinge immer schon weg gewesen.

Es dauerte eine ganze Weile, bis Lissa und ihre Begleitung, der dunkelbraune Teddybär, mit ihrer Wahl zufrieden waren. Den Weg zurück zu ihrer Mom legte sie neben mir zu Fuß zurück. Auf den letzten Metern begann sie zu laufen und »Mommy! Guck mal!« zu rufen. Sie strahlte, als sie bei ihrer Mutter ankam und ihr die mitgebrachten Schätze zeigen konnte.

»Super.« Ihre Mutter lächelte scheinbar begeistert, als sie sich Lissas Beute genauer anschaute. »Hast du dich auch artig bedankt?«

Lissas Strahlen verschwand sofort, und an seine Stelle trat das schüchterne Mädchen von vor einer Viertelstunde. Sie senkte ihren Blick und schüttelte den Kopf.

»Dann musst du das wohl noch nachholen.« Ihre Mom legte ihr eine Hand auf den Rücken und zwang ihre Tochter sanft, aber bestimmt, sich zu mir umzudrehen. Den Blick fest auf den Boden gerichtet, hörte ich sie ein gedämpftes »Danke« murmeln.

»Richtig.« Ich imitierte ihre Kopfbewegung. »Profi.« Damit tippte ich mir an den nicht vorhandenen Hut und trat den Rückzug an. Was in diesem Fall bedeutete, dass ich mich zwar von ihr entfernte, sie aber nicht aus den Augen ließ. Faith schloss die Augen und zeigte keinerlei Regung auf ihrem Gesicht. Sie lag einfach nur da und rührte sich nicht, was mir äußerst seltsam erschien. Es gab genug andere Spender, mit denen sie sich hätte unterhalten können, während sie wartete. Manche lasen in einem Buch oder blätterten in einer der bereitgelegten Zeitschriften. Andere hörten mit ihren Handys Musik. Lediglich Faith schien daran kein Interesse zu haben. Ich hätte gerne gewusst, was in diesem Kopf vor sich ging. Doch sie war niemand, der leicht zu durchschauen war.

»Schon gut.« Ich ging noch einmal neben ihr in die Hocke und pikte sie vorsichtig in den Bauch. »Gern geschehen, Prinzessin.«

Ich verabschiedete mich von den beiden und wollte mich gerade dem nächsten Spender widmen, als mein Blick auf den Platz fiel, an dem sich Faith befand. Oder vielmehr befunden hatte. Der Stuhl war leer, und Faith war verschwunden. Automatisch wanderten meine Augen in Richtung Ausgang, doch die Tür war geschlossen, und von meiner neuen Nachbarin war weit und breit nichts zu sehen. Im selben Moment tauchte Grace vor mir auf.

»Ah, Ben, da bist du ja.« Mein Blick haftete immer noch an der Tür. »Ich hab dich schon überall gesucht.«

Bei Grace war ich mir nie sicher, ob sie wirklich eine fachliche Frage hatte – oder ob sich dahinter einfach nur der Wunsch versteckte, in meiner Nähe zu sein. Ich zwang mich, sie offen und ohne Erwartung anzusehen.

»Diese eine Spenderin, schlank, etwas kleiner als ich, dunkle Haare?«

Faith. Sie sprach von Faith.

»Was ist mit ihr?«

»Sie hat mich gebeten, ihr die Nadel zu ziehen. Sie war fertig.« Grace' Hand lag an meiner Brust, und wenn schon ihre Stimme nichts verraten hatte, sprachen ihre Finger eine gänzlich andere Sprache. Wenn es nach ihnen gegangen wäre, hätten wir uns bereits wieder auf dem Weg zu einer schnellen Nummer befunden. »Ich hoffe, das war okay?«

Was hätte ich groß darauf erwidern sollen? *Nein, war es nicht? Ich wollte das erledigen? Wo ist sie hin?* Nichts davon war meinem Gegenüber angemessen.

»Warum soll es das nicht gewesen sein?« Ich entschied mich für eine Gegenfrage. Diese Taktik mochte bei Daria versagen, doch ich war nicht gewillt, sie gänzlich aufzugeben.

»Na ja, ich dachte bloß … weil du ihr ja vorher auch unbedingt selbst den Zugang legen wolltest. Es schien, als würdest du sie kennen.« Grace war clever. Ich enttarnte ihre Aussage als genau das, was sie war: ein Versuch, herauszufinden, wer Faith für mich war. Und damit schoss sie sich selbst ins Aus. Es war nur ein Funken an Eifersucht, den sie mir somit zeigte, doch aus einem Funken wurde irgendwann eine Flamme und aus einer Flamme ein loderndes Feuer, und das war nichts, was ich riskieren wollte.

»Flüchtig«, war daher alles, was ich dazu sagte. Mehr ging sie schlicht und ergreifend nichts an.

Mit meiner nichtssagenden Antwort schien sie nicht gerechnet zu haben. Irritiert sah sie mich an, während ich krampfhaft versuchte, ihrem Blick auszuweichen. Ich hasste es, Frauen wehzutun, doch es war fairer, wenn Grace von Anfang an wusste, woran sie bei mir war, und nicht irgendwelchen falschen Erwartungen hinterherlief. Nur weil ich ein paar Mal mit ihr geschlafen hatte, hieß das nicht, dass wir uns auf dem Weg zu einer Beziehung befanden. Je eher Grace das verstand, umso besser für sie.

Wortlos ließ ich sie stehen und machte mich auf die Suche nach einem neuen Spender.

Zu meiner Erleichterung folgte sie mir nicht, und ich konnte mich einem Herrn mittleren Alters widmen.

4

Normalerweise begab ich mich am Ende einer Doppel- oder Dreifachschicht auf direktem Weg ins Bett. Ich verließ das Krankenhaus, holte mir unterwegs noch einen Kaffee, der so schwarz wie die Nacht war, und trank ihn auf der zwanzigminütigen Fahrt nach Hause. Dann duschte ich und kroch für möglichst viele Stunden unter meine Decke. Es dauerte selten länger als ein paar Minuten, bis ich eingeschlafen war, obwohl sich einiges an Koffein in meinem Blut befand. Nicht erst einmal hatte mich ein Kollege im Dienst darauf aufmerksam gemacht, dass ich mich vielleicht besser in der Nähe der Kardio aufhalten sollte. Nur für den Fall der Fälle. Meistens hatte ich locker abgewunken und von Mason erzählt. Dieser Idiot hatte vor einigen Jahren unzählige Tassen Kaffee in dem Café bestellt, in dem Daria damals arbeitete, um sie möglichst oft zu sehen – und er hatte sie alle getrunken.

Das Einzige, was an diesem Abend normal war, war der doppelte Kaffee, den ich auf der Heimfahrt in mich schüttete. Dieses Mal war ich darauf angewiesen, dass das Zeug wirkte. Als ich im Stockwerk ankam, in dem meine Wohnung lag, blieb ich nicht vor meiner Tür stehen, sondern lief ein paar Meter weiter bis zu Faiths Apartment. Für einen Augenblick überlegte ich, ob ich wirklich klingeln sollte. Dann beschloss ich, dass mein Grund für einen unangemeldeten Besuch bei ihr ausreichend war und drückte den Knopf.

Es dauerte ein paar Sekunden, bis ich Schritte hörte. Und es vergingen noch einmal fünf, ehe Faith mir öffnete.

»Hi.« Ich lächelte sie an und hielt ihr mein Mitbringsel entgegen.

Irritiert wanderte ihr Blick zwischen meinen Händen und meinem Gesicht hin und her, ehe sie mich fragend ansah. »Hallo?«, kam es unsicher von ihr.

»Ich wollte nur nachsehen, wie es dir geht.«

Sie wirkte immer noch äußerst überrascht, mich zu sehen, und sagte keinen Ton. Also sprach ich weiter. »Du warst heute Morgen so schnell verschwunden, und da dachte ich mir, dass ich lieber kurz vorbeikomme und mich vergewissere, dass dich deine Blutspende nicht aus den Latschen gehauen hat.«

»Und deshalb bringst du mir Blumen mit?« Voller Skepsis blickte sie zwischen mir und dem Grünzeug, das ich noch immer in meinen Händen hielt, hin und her. Mein Blick folgte ihrem. Sie hatte mir meine krude Geschichte nicht abgenommen.

»Ja.« Ich sah wieder auf und setzte mein charmantestes Lächeln auf. »In Schweden macht man das so, wenn man jemanden das erste Mal in seiner neuen Wohnung besucht. Und nicht durch ein Fenster einsteigt.«

»Und du weißt das, weil?«

»Ich Schwede bin. Zumindest zur Hälfte. Meine Mom kommt aus einem kleinen Kaff in der Nähe von Stockholm.« Ich zuckte mit den Schultern und hielt ihr die Blumen noch etwas näher entgegen. Zögerlich nahm sie sie mir ab.

»Und eigentlich musst du mich jetzt auch reinlassen, damit ich mir deine Wohnung ansehen kann. Also … richtig ansehen. Nicht so halb wie vorgestern. Mit Traditionen sollte man nämlich nicht brechen. Das bringt Unglück.« Es war dreist, sie anzulügen. Ich hatte keine Ahnung von solchen Dingen und war definitiv kein abergläubischer Mensch, aber vielleicht glaubte Faith an derlei Dinge.

Eigentlich hätte mir ihr Zögern Zeichen genug sein sollen, um den Rückzug anzutreten. Nur ein paar Meter weiter wartete ein äußerst gemütliches Bett auf mich. Doch der Anblick, den sie mir bot, mit den Blumen in der Hand, einem ungläubigen Ausdruck auf dem Gesicht und einem Streifen dunkelroter Farbe quer über ihrer Wange, erinnerte an ein angeschossenes Reh, das sich verstecken und seine Wunden lecken wollte. Genau deshalb rechnete ich damit, dass sie sich zwar für die Blumen bedanken, mich anschließend aber wegschicken würde. Ich hatte gesehen, dass sie nicht sonderlich blass war und es ihr dem Anschein nach gut ging. Der offizielle Grund für meinen Besuch hatte sich somit also mehr als erledigt. Umso erstaunter war ich, als sie schließlich doch zur Seite trat und eine halbwegs einladende Handbewegung mit den Blumen vollführte. »Komm rein.«

»Ernsthaft?«

»Mach schon, bevor ich es mir anders überlege.« Sie verdrehte die Augen, aber mir entging das flüchtige halbe Lächeln nicht, das gleichzeitig auf ihren Lippen erschien. Es war nur leider viel zu schnell wieder verschwunden. Mit festen Schritten ging sie voran und forderte mich mit einem Fingerzeig auf, ihr zu folgen.

»Küche«, sagte sie, als sie wieder stehen blieb. Ihre Küche war vielmehr eine Kochnische, die noch kleiner war als meine eigene. Ich blieb im Türrahmen stehen und beobachtete sie dabei, wie sie in die Hocke ging, eine Schranktür öffnete und ein Glas hervorzog, das wohl als Blumenvase fungieren musste. Sie stellte die Blumen hinein, öffnete den Wasserhahn und ließ frisches Wasser hineinlaufen. Mit dem vollen Glas in den Händen drehte sie sich zu mir um und bedeutete mir mit einer Kopfbewegung, ihr Platz zu machen. Ich trat ein paar Schritte rückwärts. Faith huschte an mir vorbei, stellte die Blumen auf einem Tisch ab und drehte sich neben einigen Umzugskartons, die kreuz und quer verteilt standen und noch nicht ausgepackt waren, einmal im Kreis. »Wohn-, Ess- und Arbeitszimmer in einem. Und hinter der Tür dort drüben ist mein Schlafzimmer.«

»Du hast kein Bad.«

»Doch. Aber dafür muss man durchs Schlafzimmer.«

»Verstehe.« Ich rang mir ein Schmunzeln ab. »Ist das nicht etwas … unpraktisch?«

Sie zuckte mit den Schultern. »Nein.«

»Das heißt, wenn ich dich jetzt fragen würde, ob ich deine Toilette benutzen darf, würdest du …«

»Würde ich dich vermutlich lassen. Oder dich in deine Wohnung rüberschicken. Ich bin mir noch nicht ganz sicher.«

»Hmm.« Ich lehnte mich wieder an die Couch. Mein Blick fiel auf den Boden, wo tatsächlich einige Farbkleckse von gestern zu sehen waren. Ich grinste, als ich in die Hocke ging und mit der Hand über die Flecken fuhr.

»Kriegst du das wieder weg?«

»Ja.«

»Wirklich?« War die Farbe nicht schon längst in den Boden eingesickert?

»Spezialreiniger.«

»Okay.« Ich nickte. »Ich habe keine Ahnung von Kunst«, gestand ich, erhob mich wieder und linste über Faiths Schulter. »Bist du gut?«

»Es geht nicht darum, gut zu sein«, widersprach sie und schüttelte vehement den Kopf.

»Sondern?«

»Das ist … kompliziert.« Sie seufzte und schien mit den Worten zu ringen. »Was ich male, hat keine tiefere Bedeutung. Es ist nur ein Hobby.«

»Aber möchte man in seinem Hobby nicht automatisch gut sein? Der Footballspieler, der Baseballspieler, der Möchtegernautor … Sie alle wollen gut sein oder träumen davon, ihr Hobby zum Beruf zu machen.«

»Nein.« Faith widersprach mir. »Das ist nicht das, was wichtig ist.«

»Nicht?«

»Nein«, gab sie ohne Umschweife zurück. »Wichtig ist der Spaß. Das, was man in seiner Freizeit tut, sollte Spaß machen.«

»Und dir macht das Malen Spaß. In Begleitung von Musik.« Es

war keine Frage, der Krach im Hintergrund war weitaus weniger laut als gestern, aber dennoch deutlich zu hören.

»Meistens.« Wieder ein Schulterzucken.

Es erstaunte mich, wie schwer Faith zu lesen war. Ich hatte bisher nie Probleme damit gehabt, zu wissen, woran ich bei einer Frau war. Doch bei Faith hatte ich keine Ahnung. War ihr mein Besuch lästig? Freute sie sich, mich zu sehen? Fand sie meine mitgebrachten Blumen doof? War es ihr unangenehm, dass ich nun wusste, wie gerne sie malte? Es machte mich wahnsinnig, dass sie derart undurchschaubar war. Vielleicht war ich auch einfach nur zu müde oder hatte zu wenig Kaffee getrunken. Unter anderen Umständen, frisch ausgeschlafen und nach einer großen Portion Pancakes, hätte die Sache vermutlich ganz anders ausgesehen. Jedenfalls hoffte ich das. Andernfalls hätte ich sehr an mir gezweifelt.

»Eine Journalistin, die malt.« Ich lehnte mich zurück an ihre Sofalehne. Mein neuer Stammplatz. »Eigentlich ist das ein Widerspruch in sich.«

»Wieso?«

»Nun ja … sind Journalisten nicht eigentlich nüchtern und pragmatisch?«

»Sollten sie sein, ja. Und?«

»Und Maler sind das genaue Gegenteil davon. Voller Emotionen und Leidenschaft.« Ich konterte und wusste nicht einmal, wieso. Es konnte mir doch völlig egal sein, warum sie Journalismus studiert hatte und es gleichzeitig liebte zu malen. Oder sie war einfach alles davon. Nüchtern und sachlich und emotional und leidenschaftlich. Letzteres hätte ich gerne getestet. Und vielleicht war dieses Verlangen auch der Grund dafür, dass ich nicht lockerließ. Ich wollte diese Seite an ihr sehen, und wenn es nur als Teil einer hitzigen, farbenreichen Diskussion war.

»Das schließt einander nicht aus«, entgegnete sie und musterte mich eingängig. »Was ist dein Problem?«

»Ich habe kein Problem. Ich bin nur überrascht.« *Von dir.* Ich sah die Zweifel in ihrem Blick, die stumme Erörterung mit sich selbst, ob sie mir meine Worte glauben konnte, und ich überlegte fieberhaft, wie ich sie ihr nehmen könnte.

»Wann weißt du, dass ein Bild fertig ist?« Ich deutete auf die beiden größten Bilder. »Die hier zum Beispiel. Für mich sehen sie vollständig aus, aber die Pinsel davor sprechen eine andere Sprache.« Mein Interesse an ihrer Kunst war nicht gespielt. Ich mochte keine Ahnung davon haben, entweder mir gefiel, was ich sah, oder es gefiel mir eben nicht. Aber Faith war die Malerei wichtig. Also wollte ich mehr darüber wissen.

»Ich weiß es einfach. Das kann man nicht erklären.« Scheinbar hatte sie beschlossen, ihre Bilder genug vor mir versteckt zu halten. Sie machte einen Schritt nach links und nahm einen der dort liegenden Pinsel in die Hand. Fast schon zärtlich ließ sie ihre Finger über die Borsten gleiten. »Vielleicht ist es auch tagesformabhängig.« Sie zuckte mit den Schultern. »Ich denke nie darüber nach, was oder wie ich male. Ich lege einfach los, und irgendwann bin ich fertig.«

»Hast du vor zwei Tagen auch gemalt, als wir so laut waren?«

»Woher weißt du das?«

»Deine Hände und deine Füße waren voller Farbe. Ungefähr so wie jetzt.« Ich ließ meinen Blick an ihrem Körper entlanggleiten. Von ihrem Gesicht zu ihren Händen bis zu ihren nackten Füßen. Sie hatte überall Farbkleckse. Ihr eigener Blick folgte meinem, und sie starrte auf ihre bunte Haut.

»Clever«, murmelte sie, ehe sie wieder aufsah. »Ja, ich hatte gemalt.«

»Also wolltest du gar nicht ins Bett?« Ich hob eine Augenbraue und hatte Mühe, mir ein Grinsen zu verkneifen, als Faith errötete und den Blick auf ihren Pinsel senkte. Sie malträtierte das arme Ding ganz schön.

»Doch, ich …« Sie stockte. Offensichtlich hatte ich sie ordentlich in Verlegenheit gebracht. Und das freute mich. Endlich hatte ich eine Reaktion erhalten, mit der ich arbeiten konnte.

»Schon gut.« Nun lächelte ich richtig. »Ich verrat's keinem.«

Ich sah, wie Faith tief durchatmete, ehe sie ihren Blick wieder hob und mich ansah. Das Lächeln auf ihren Lippen war zaghaft, aber es war da.

»Ich war wirklich müde, falls es das besser macht. Müde und schlecht gelaunt, und ihr wart einfach laut.«

»Was hältst du davon, wenn ich dich in Zukunft vorwarne, wenn die Jungs vorbeikommen?«

»Das wäre … nett.«

»Du kannst auch gerne rüberkommen und eine Runde mitspielen. Jake ist immer noch angefressen, weil du ihn zweimal besiegt hast.«

»Er möchte also ein drittes Mal verlieren?«

Ich konnte nicht anders, das Lachen platzte regelrecht aus mir. »Ganz schön selbstsicher, meine Liebe.«

»Ich weiß, was ich kann«, entgegnete sie trocken. »Mario Kart gehört dazu.«

»Erinnere mich daran, dich niemals herauszufordern.«

»Angst?« Da war es wieder, dieses spöttische Grinsen, das mich bereits in der vergangenen Nacht auf der Feuertreppe um den Verstand hatte bringen wollen. Es stand ihr ausgezeichnet.

»Ich verweigere die Aussage.« Abwehrend hob ich die Hände. Und um ehrlich zu sein, wäre ich enttäuscht gewesen, hätte sie es dabei belassen. Faith jedoch schien Spaß daran gefunden zu haben, gegen mich zu sticheln.

»Bist du so schlecht an der Konsole?«

»Ich bitte dich.« Mein Schnaufen sprach Bände. »Ist das eine Herausforderung?«

»Vielleicht.« Faith zeigte sich völlig unbeeindruckt von meinem aufkeimenden Kampfgeist.

»Duell. Du und ich.« Mit ernster Miene zeigte ich zwischen uns beiden mit dem Finger hin und her. »Keine Ausreden.«

»*Jetzt?*« Ihre Fassade bröckelte. Woher dieses kurze Aufblitzen von Panik kam, war mir ein Rätsel. Ich glaubte nicht, dass sie auf einmal Angst bekam oder ihr Talent infrage stellte. »Ich habe, wie du selbst gesagt hast, Farbe überall.«

»Das hat dich neulich auch nicht gestört, als du in meine Wohnung gestürmt bist.«

»Das wirst du mich nicht so schnell vergessen lassen, oder?«

»Nein.« Ich schmunzelte.

»Dachte ich mir.« Sie verdrehte die Augen.

»Also? Eine Runde Mario Kart? Ich schmiere mir auch gerne etwas Farbe ins Gesicht, dann bist du nicht alleine bunt.«

»Nettes Angebot, aber können wir das trotzdem verschieben? Ich wollte eigentlich gerade duschen gehen, als du geklingelt hast.«

Ihre Vorlage war perfekt. Perfekt für einen meiner Sprüche, um die ich sonst nie verlegen war. Es wäre so einfach gewesen, mich nicht nur in ihre Wohnung, sondern auch in ihre Dusche einzuladen. Ich wusste um meine Wirkung auf Frauen und ich scheute nicht davor zurück, diese auch zu nutzen. Doch irgendein Impuls hielt mich davon ab, Faith dieses Bild von mir zu vermitteln. Ich wusste nicht, woran es lag, aber mir war auf einmal wichtig, dass sie mich nicht nur für ihren notgeilen Nachbarn hielt, der alles nagelte, was ihm unterkam.

Ich war selbst von mir erstaunt, als ich nickte, mich von ihrer Couch abstieß und noch einmal stehen blieb. »Aufgeschoben ist nicht aufgehoben, Faith.« Meine Augen fixierten sie. »Ich werde dich daran erinnern.« Mir war durchaus bewusst, dass meine Worte wie eine Drohung klangen, auch wenn ich sie eher als Versprechen gemeint hatte.

Ein »Okay« war Faiths knappe Antwort, gefolgt von zwei Worten, die verdächtig nach Rausschmiss klangen. »Bis dann.« Vermutlich waren sie genau so gemeint.

Ich warf ihr ein »Viel Spaß in der Dusche« zu, ehe ich ihre Wohnung mit schnellen Schritten verließ.

Viel Spaß? Ernsthaft, Ben! Manchmal war es vielleicht doch besser, einfach die Klappe zu halten.

Ich hörte das Wasser in Faiths Wohnung immer noch rauschen, als ich in einen tiefen, traumlosen Schlaf glitt und damit in ein dienstfreies Wochenende startete. Ich hatte nicht einmal Bereitschaft, was mich in eine ganz besondere Hochstimmung versetzte. Pünktlich um elf stand ich bei Daria und Mason vor der Tür und wurde von ihr sofort in eine herzliche Umarmung gezogen.

»Gut siehst du aus, Fremder.« Sie strahlte mich an, nachdem sie mich von oben bis unten gemustert hatte.

»So lange ist unser letztes Treffen nun auch nicht her«, versuchte ich sie zu beschwichtigen. Vor knapp zwei Monaten waren die beiden in einen Vorort von Chicago gezogen, wo sie sich gemeinsam ein kleines Haus gekauft hatten. Ich hatte mich als Umzugshelfer bereit erklärt und den halben Tag damit verbracht, ungläubig den Kopf zu schütteln. Ein Hauskauf machte die beiden so unfassbar erwachsen, dabei war Mason nur ein Jahr älter als ich.

Ich hatte keine Chance. Ihr Strahlen verwandelte sich in den strengen Blick einer Lehrerin, die wortlos einem Schüler klarmachen wollte, dass er sich falsch verhalten hatte. Daria war zwar Übersetzerin für einen großen Chicagoer Verlag, doch das änderte nichts daran, dass sie diesen Blick genauso gut beherrschte wie meine frühere Grundschullehrerin Ms Thomas. Trotzdem war ich mir nicht sicher, ob sie mir wirklich Angst machte oder ob ich ihren Versuch nicht doch einfach nur niedlich finden sollte.

»Fordere mich nicht heraus, Benton James.« Für diese Warnung stemmte sie sich sogar theatralisch die Hände in die Hüfte. »Soll ich dir vorrechnen, wie lange es her ist, dass ich dich zum letzten Mal gesehen habe?«

»Ehrlich gesagt wäre es mir lieber, wenn wir das einfach überspringen könnten und gleich zu dem Teil übergehen, an dem du mir sagst, dass du mich trotzdem lieb hast und mich mit Kaffee und Kuchen fütterst.«

»Ach …« Daria schnaubte, konnte sich das Lachen aber nicht verkneifen. »Wer sagt, dass ich Kuchen für dich gebacken habe?«

»Hast du nicht?« Gespielt empört blieb ich stehen. »Wieso bin ich dann hier?«

»Doch.« Sie seufzte. »Habe ich. Du bist wirklich der einzige Mensch, dem ich gerne mal eine Weile böse wäre. Aber ich kann es einfach nicht.«

»Und das ist auch gut so.« Ich griff nach ihrem Arm und zwang sie somit, stehen zu bleiben. Dann gab ich ihr in dem Moment einen Kuss auf die Wange, als Mason um die Ecke bog.

»Küsst du etwa schon wieder meine Freundin, Ben?« Er schlug mir mit der Hand auf die Schulter und zog mich in eine angedeutete Umarmung.

»Nur auf die Wange, Mann.« Ich erwiderte seine Begrüßung. »Ich habe es in den letzten fünf Jahren nicht geschafft, sie von mir zu überzeugen, also kannst du davon ausgehen, dass das auch so bleiben wird und du dir keine Sorgen machen musst, dass sie irgendwann doch noch begreift, dass ich die bessere Wahl von uns beiden gewesen wäre.« Ich lachte, als Mason das Gesicht verzog.

»Außerdem hat er jetzt ja Faith«, flötete Daria, und ich verdrehte genervt die Augen. Ganze fünf Minuten hatte sie es geschafft, meine Nachbarin nicht zu erwähnen. Wow. Ich war begeistert.

Lachend marschierte Daria voraus, während ich ihr mit Mason in die Essküche folgte. Ich konnte mit dem vielen Schnickschnack, den Blümchen und dem ganzen kitschigen Weiberkram nichts anfangen, die Daria überall verteilt hatte, doch irgendwie machte das das kleine Haus zu einem gemütlichen Heim. Ich war mir ziemlich sicher, dass sie aus meiner Wohnung ebenfalls ein solches Zuhause gemacht hätte, hätte ich sie gelassen.

Ich ließ mich auf die Eckbank fallen und begutachtete den liebevoll gedeckten Tisch. Daria hatte sich mal wieder selbst übertroffen und tatsächlich für mich gebacken.

»Zimtschnecken.« Ich griff nach einem Stück des noch warmen Gebäcks und biss hinein, nur um sogleich ein zutiefst zufriedenes Geräusch von mir zu geben. »Oh, mein Gott, Daria, ich liebe dich.« Ich biss ein zweites Stück ab. »Ernsthaft, heirate mich. Wenn dieser Penner dich nicht in spätestens zwei Jahren gefragt hat, werde ich es tun.« Nach meinem dritten Bissen hatte ich die gesamte Zimtschnecke vertilgt.

»Alter, du könntest dir langsam echt mal eine eigene bessere Hälfte suchen und nicht ständig an meiner herumbaggern.« Mason verdrehte die Augen und fasste besitzergreifend nach Darias Hand. Ich meinte meine Worte nur teilweise ernst. Natürlich war Daria mir wichtig, und das war mit eine der besten Zimtschnecken, die ich je in meinem Leben gegessen hatte, aber das bedeutete nicht, dass ich vorhatte, sie dafür zu heiraten. Oder irgendwen zu heiraten. Mir gefiel mein Leben gut so, wie es war.

»Stichwort.« Daria nippte, an die Küchentheke gelehnt, an ihrer Tasse, wobei ich mich weigerte, dieses Gesöff, das sie zu sich nahm, als Kaffee zu bezeichnen. Es war vielmehr heiße Milch mit einem Schuss Geschmack und widersprach damit jeglicher Definition von vernünftigem Kaffee.

Nachdem sie getrunken und damit ihre bedeutungsvolle Pause beendet hatte, schoss sie los. »Was gibt es Neues von Faith?«

»Danke, Maze.« Einen Versuch, dem drohenden Kreuzverhör aus dem Weg zu gehen, gönnte ich mir trotzdem. »Nichts.«

Natürlich wusste sie sofort, dass ich bluffte.

»Unfug«, widersprach sie und warf einen kurzen Blick zu Mason.

Dieser nickte, was mir ganz und gar nicht gefiel. Was heckten die beiden aus?

»Hast du sie inzwischen flachgelegt?«

»Daria!«

»Beantworte die Frage, Ben.«

»Wozu ist das wichtig?«

»Ben!«

»Ist ja schon gut. Himmel.« Ich angelte nach einer zweiten Zimtschnecke und biss hinein. »Nein, habe ich nicht.«

Daria blickte Mason triumphierend an. »Siehst du.«

»Okay, okay, du hattest recht, Schatz.«

»Womit?« Ich sah zwischen den beiden hin und her und hatte keine Ahnung, worum es ging. Und wenn ich so in die Gesichter der beiden blickte, dann war ich mir auch nicht gänzlich sicher, ob ich wirklich wissen wollte, was für eine wortlose Unterhaltung soeben zwischen ihnen stattgefunden hatte.

»Schon gut.« Daria tätschelte mir über den Handrücken, ehe sie Mason andeutete, Platz zu machen, sodass sie sich auf seinen Schoß setzen konnte. »Du wirst es früh genug selber merken.«

Für einen Moment musterte ich sie misstrauisch, als sie schweigend an ihrem seltsamen Gebräu nippte und vor sich hin grinste. Kopfschüttelnd widmete ich mich wieder der Zimtschnecke in meiner einen und der Tasse Kaffee in der anderen Hand. 9,35 Sekunden ließ sie mich in Frieden essen. Dann war die Ruhe vor dem Sturm beendet.

»Und jetzt erzähl mir von ihr.«

Ergeben ließ ich den Kopf auf den Tisch sinken und versuchte, mir die Ohren zuzuhalten. Eine kindische Reaktion, dessen war ich mir durchaus bewusst, aber ich wusste mir nicht anders zu helfen.

»Muss ich?«, brummte ich an die Tischplatte, ehe ich vorsichtig über meinen Arm linste und Darias Blick begegnete. Der mein verdammter Untergang war. Ja, sie war neugierig, und ja, es ging sie eigentlich überhaupt nichts an, was ich mit Faith am vergangenen Tag erlebt hatte, aber ich ertappte mich selbst dabei, wie ich ihr davon erzählen *wollte*. Freiwillig.

Also tat ich es. Ich berichtete ihr von der Blutspendeaktion, und wie Faith auf einmal in der Notaufnahme gestanden hatte. Ich erzählte ihr, wie sie kurz danach direkt wieder verschwunden gewesen war und wie ich sie am Abend besucht hatte. Offiziell, um nach dem Rechten zu sehen. In Wahrheit durchschaute mich Daria schon wieder augenblicklich.

»Du wolltest sie sehen«, schlussfolgerte sie, und das Grinsen erstreckte sich über ihr ganzes Gesicht. Sie musste nur meinen Blick lesen, um die Antwort zu kennen. »Ich wusste es.«

»Ist das schlimm?«

»Nein. Das ist großartig.« Sie stellte ihre Tasse ab und verschränkte ihre Finger ineinander. »Ich freue mich jetzt schon auf den Moment, wenn du sie mir vorstellst. Sie muss etwas ganz Besonderes sein.«

»Daria …« Ich verzog das Gesicht. »Bitte fang jetzt bloß nicht an, dir irgendwelche abstrusen Szenarien auszumalen.« Ich kannte Faith kaum, und trotzdem plante Daria wahrscheinlich bereits unsere Hochzeit. Es hätte mich nicht gewundert.

»Ach, jetzt sei nicht so ein Griesgram«, sagte sie, rutschte von Masons Schoß und hielt uns beiden jeweils eine Hand hin. »Du hast mir versprochen, den Tag mit uns zu verbringen. Meinetwegen kannst du Herzen brechen, so viele du willst, aber deine Versprechen hältst du bitte, kapiert?«

Ich zögerte kurz, ehe ich nach ihrer Hand griff und mich hochziehen ließ. »Okay, wie ist der Plan? Und sind die restlichen Zimtschnecken involviert?«

Eine knappe Stunde später hatte ich den Wagen in der Nähe der Strandpromenade des Lake Michigan geparkt und wir spazierten am Strand entlang. Es war zu kalt, um schwimmen zu gehen, doch ich hatte die Schuhe ausgezogen und schlenderte mit nackten Füßen durch das kühle Wasser. Daria hatte einen Drachen dabei, den sie mit Masons Hilfe steigen ließ. Ihr Lachen dröhnte laut über den Strand, als das Ding immer und immer wieder abstürzte. Belustigt ließ ich mich in den Sand fallen und sah den beiden bei ihren Versuchen zu.

»Willst du auch mal?«, rief Daria mir nach einer Weile zu und hielt mir den Drachen entgegen.

Ich lehnte dankend ab. »Es geht mir gut hier.« Ich war einfach nur froh, sitzen zu können und nichts tun zu müssen. Je tiefer ich meine Zehen in den Sand grub, umso kälter wurden die Körner.

Eine Weile saß ich schweigend da, die Arme hinter mir auf dem Sand abgestützt und das Gesicht der Sonne zugewandt, bis Daria zu mir gerannt kam und verlangte, dass wir ein Foto zusammen machten. Für das Album, in das sie immer wieder Erinnerungen einklebte. Scheinbar war der heutige Tag es wert, darin aufgenommen zu werden. Ich grinste in die Kamera, einen Arm locker um ihre Schulter gelegt. Sie schoss das Bild und winkte Mason samt Drachen zu uns. Weitere Bilder folgten, bis Mason sich ihr Handy schnappte und es in ihre Tasche warf, die sie achtlos in den Sand geschmissen hatte.

»Das reicht jetzt«, verkündete der alte Nostalgiker und zog Daria wieder hoch. »Den Rest speicherst du in deinem Kopf ab.« Lachend jagte sie ihm und dem Drachen hinterher, während ich sitzen blieb. Und meine Entscheidung nur ein paar Minuten später bereute. Ehe ich michs versah, hatte eine Frau neben mir Platz genommen.

»Ben, hey.«

»Grace …«

»Was für ein Zufall.« Sie strahlte mich ein klein wenig zu sehr an. Das war nicht gut. »Was machst du hier?«

Ich musste sie loswerden. Sollte Daria sehen, dass ich mit einer

Frau sprach, die sie nicht kannte, würde sie auf uns zukommen und mich zwingen, sie einander vorzustellen. Dabei war Grace niemand, den ich mit meinen Freunden bekannt machen wollte. Damit hätte ich ihr nur falsche Signale gesendet. Die logische Konsequenz war also, dass ich sie entweder loswerden oder mich aus dem Staub machen musste.

»Ich verbringe den Tag mit ein paar Freunden.« Ich zeigte auf Mason und Daria. Noch hatten sie Grace nicht bemerkt. Ich betete, dass das so blieb.

»Die mit dem Drachen?« Sie folgte meinem Blick.

Ich nickte.

»Das sieht nach Spaß aus. Wo ist dein Drachen?« Sie lächelte und sah sich gespielt suchend um. »Sag nicht, dass du ihn vergessen hast.«

»Ich habe ihn vergessen.« Ein Schulterzucken meinerseits, auf das ein Kichern und ein sanfter Stoß in die Seite von Grace folgten.

»Schade«, sagte sie und rückte kaum merklich ein Stück näher. »Wir hätten es den beiden gleichtun können …«

Ich war nicht dumm. In ihren Worten schwang so viel mehr mit, als nur Drachen steigen zu lassen. Sie wusste das, ich wusste das, und ich musste unweigerlich an Darias Worte denken. *Brich Herzen, keine Versprechen.* Ich wollte ihres nicht brechen, aber ich konnte Grace auch nicht an der Nase herumführen. Das war nicht meine Art. Ich war davon ausgegangen, dass ich ihr jedes Mal, wenn wir Sex gehabt hatten, deutlich gemacht hatte, dass nicht mehr aus uns werden würde. Doch offensichtlich war diese Information nicht angekommen. Oder Grace hatte beschlossen, sie zu ignorieren und meine Nähe zu suchen. Im Prinzip war es nicht wichtig, woran es lag. Wichtig war nur, dass sie verstand, dass ich keinerlei Interesse an einer Beziehung mit ihr hatte.

»Grace«, begann ich und suchte fieberhaft nach den Worten, die ihr den Sachverhalt unmissverständlich klarmachen würden. »Ich glaube, du hast da etwas missverstanden. Ich …«

»Ben!«

Ich hatte nicht gemerkt, dass Daria mit Mason im Schlepptau näher gekommen war. Erst, als ihr Schatten auf uns fiel, blickte ich zu ihr auf und blinzelte gegen die Sonne. Obwohl mich das helle Licht blendete, war der auffordernde Ausdruck auf Darias Gesicht nicht zu übersehen. Als ich ihr nicht sofort antwortete, sprach sie die Frage aus.

»Willst du uns nicht vorstellen?«

Heute hatte ich eindeutig kein Glück. Ich stöhnte lautlos.

»Leute, das ist Grace, eine Kollegin aus dem Krankenhaus.« Kollegin. Nicht Krankenschwester. Das war mit eines der ersten Dinge gewesen, die ich in der Klinik gelernt hatte. Sie mochten es nicht, wenn zwischen ihnen und uns Ärzten unterschieden wurde. Und da die Krankenschwestern die heimlichen Chefs der Station waren, hatte ich schnell begriffen, dass es besser war, mich nicht mit ihnen anzulegen.

»Grace?« Ich wandte mich an sie. »Mason und Daria.«

»Freut mich, Bens Freunde kennenzulernen.« Sie hielt erst Mason, dann Daria ihre Hand entgegen. »Ich bin ziemlich neidisch auf euren Drachen.« Sie lächelte, und ich hätte am liebsten das Gesicht verzogen. Es war mir fast schon unangenehm, wie sehr sie versuchte, von den beiden gemocht zu werden.

»Du arbeitest also mit Ben zusammen?« Darias Worte wirkten harmlos, und doch waren sie es überhaupt nicht. Mir war schleierhaft, wie sie es immer wieder schaffte, mit simplen Fragen alles herauszufinden, was sie wissen wollte. Die Menschen vertrauten ihr schlichtweg viel zu schnell. Ich war da keine Ausnahme. Ehe ich michs versah, hatte Daria Grace in ein Gespräch verwickelt, und mir gelang es, Mason stumme Hilferufe zuzuwerfen.

Lass uns gehen, formte ich tonlos.

Warum? Mason blickte zu den beiden Frauen. *One-Night-Stand?*

Ich nickte.

Shit. Mason nickte ebenfalls. Dann langte er nach dem Drachen, den Daria in den Sand geschmissen hatte, und wandte sich an seine Freundin. »Ich störe euch ja nur ungern, aber … wir müssten los, Schatz.« Die Entschuldigung in seinem Blick war perfekt. Grace deutete nicht einmal den Ansatz von Misstrauen an, als sie sofort nickte und »Klar, sorry, ich wollte euch nicht aufhalten« sagte. Sie winkte mir zu, ich winkte kurz zurück und griff nach Darias Tasche, um sie ihr entgegenzuhalten. Sie nahm sie mir stirnrunzelnd ab, schwieg aber, bis Grace außer Hörweite war.

»Wollen wir dann?«, fragte ich und schickte mich dazu an, loszulaufen.

»Klar«, nickte sie und schulterte ihre Tasche. »Und während wir zum Auto laufen, erzählst du mir bitte in aller Ausführlichkeit, wie Grace zu dieser ganzen Faith-Geschichte passt.« Mit diesen Worten setzte sie sich in Bewegung. Ich blickte zu Mason, der lediglich mit den Schultern zuckte und sich beeilte, zu Daria aufzuschließen.

»Das hast du dir selbst eingebrockt. Sorry, Mann. – Hey Schatz, warte!«

Seufzend folgte ich den beiden.

5

Es dämmerte bereits, als ich mit einem Sixpack Bier und einer Schachtel Pizza meine Wohnungstür aufschloss. Es war Wochen her, dass ich einfach nur entspannt vor meinem Fernseher gesessen und gar nichts gemacht hatte. Was soll ich sagen? Ich war auch nur ein Mensch, der schlichtweg eine Pause brauchte. Einer meiner Lieblingsfilme schien mir dafür die richtige Wahl zu sein. Ich legte die DVD ein und startete *2001: Odyssee im Weltraum.* Es war nicht das erste Mal, dass ich dieses filmische Meisterwerk sah, weshalb ich die zweieinhalb Stunden nicht besonders aufmerksam war. Immer wieder warf ich einen Blick auf mein Handy, las eingehende Nachrichten und beantwortete ein paar. Nichts davon war sonderlich wichtig oder störte mich bei meinem hervorragenden Fernsehprogramm.

Es lief gerade der Abspann, als mein Handy zu klingeln begann. Das eingespeicherte Bild meiner Schwester blinkte mir entgegen. Grinsend nahm ich den Anruf entgegen.

»Japs«, grüßte ich sie und rutschte tiefer in mein Sofa.

»Ben!«, brüllte es mir entgegen. Es war nicht zu überhören, dass sie sich in irgendeinem Club aufhielt. »Wo steckst du?«

»Zu Hause.« Es kam immer wieder vor, dass sie sich bei mir meldete, wenn sie irgendwo in Chicago unterwegs war und für das Ende ihrer Partynacht einen Schlafplatz in der Nähe brauchte.

»Zu Hause?« Sie klang entrüstet und betrunken. Eine gefährliche Mischung bei meiner Schwester. »Wie alt bist du noch mal?«

»Das weißt du genau.«

»Und du weißt, dass man in deinem Alter den Samstagabend nicht zu Hause verbringt.«

»Doch. Wenn man bald drei Wochen durchgearbeitet hat, schon«, gab ich zurück.

»Du klingst wie Grandpa.«

»Ein weiser Mann.«

»Langweiler.«

»Rufst du nur an, um mich zu beleidigen?«

»Warum kommst du nicht her?«

Ich hatte keine Ahnung, wo sie war, und ich verspürte wenig Verlangen danach, die Antwort zu erfahren. »Keine Lust.«

»Ach, komm schon, Ben.«

»Du nervst, Ida.« Ich rollte mit den Augen. »Was ist nun? Wieso rufst du an?«

»Darf ich meinen kleinen Bruder plötzlich nicht mehr anrufen, oder was?«

Es war zwecklos. Wenn Ida getrunken hatte, war sie für Argumente noch weniger zugänglich als sonst. »Willst du hier schlafen?«

»Wenn das okay wäre …«

Als ob ich jemals abgelehnt hatte, wenn sie mich fragte.

»Du weißt ja, wo der Schlüssel liegt«, entgegnete ich daher nur. »Bis wann kann ich mit dir rechnen?«

»Keine Ahnung«, trällerte sie. »Aber du bist der Beste. Danke, Ben.«

»Kein Problem.«

»Willst du wirklich nicht zu uns kommen? Wir sind nicht weit von deiner Wohnung entfernt. Da hat dieser neue Club aufgemacht, den wir unbedingt mal ausprobieren wollten, und bisher sind wir wirklich begeistert. Der DJ ist super und …«

»Ida!«, unterbrach ich ihren verbalen Wasserfall. »Komm einfach vorbei.«

»Okay.« Ich hörte sie lachen und zu jemandem in diesem Club etwas sagen, das ich aufgrund der Lautstärke in ihrem Hintergrund nicht verstehen konnte. »Bis später, Lieblingsbruder.« Mit diesen Worten legte sie auf, und ich ließ das Handy sinken. Bis vor einem halben Jahr hätte ich keine Sekunde gezögert. Ich hätte mich umgezogen und wäre in diesen Club nachgekommen, um bis zum Morgengrauen mit ihr und ihren Freundinnen zu feiern. Doch seit ich das Praktikum angefangen hatte, war ich meistens zu erschöpft für ausufernde Partynächte. Diese Zeiten waren vorbei. Mag sein, dass mich das langweilig machte, doch es machte mich auch fitter für die Tage, die mir bevorstanden. Und das war mir gerade schlichtweg wichtiger.

Mit einer neuen Bierdose in der Hand kletterte ich auf meine Feuertreppe. In der Stadt unter mir herrschte reges Treiben. Immer wieder tönte Gelächter zu mir nach oben. In ein paar Stunden würde Ida diejenige sein, die sich dort unten lachend auf dem Weg zu mir befände. Doch noch war von meiner Schwester nichts zu sehen. Behutsam zog ich am Dosenring und wartete auf das zischende Geräusch, das mir zu verstehen gab, dass die Dose nun geöffnet war. Unweigerlich wanderten meine Gedanken zurück zu der Nacht, in der ich mit Faith hier gesessen hatte. Mein Kopf drehte sich automatisch nach links zu ihrer Wohnung. Alles war dunkel. Entweder war sie schon im Bett, was ich intuitiv bezweifelte, oder aber sie war aus. Wie sich das für Menschen in unserem Alter gehörte. Ich schmunzelte, als mir Idas Worte wieder in den Sinn kamen. Sie hatte recht gehabt. Ich war ein Opa geworden.

Ich hatte den ersten Schluck meines Bieres noch immer im Mund, als ich ein Geräusch vernahm, das mir bekannt vorkam.

»Hi, Faith«, begrüßte ich sie, als sie auf ihrer Seite der Feuertreppe erschien.

»Ben.« Sie schien nicht sonderlich überrascht, mich zu sehen.

»Wird das nun unser Ding? Dates auf der Rettungstreppe?«

»Wir haben kein Date«, sagte sie und setzte sich im selben Moment so, dass sie mich ansehen konnte. »Dates erfordern eine vorherige Abmachung, wann man sich wo trifft. Ich kann mich nicht erinnern, dass wir etwas für heute Abend ausgemacht haben.«

»Und trotzdem sitzen wir nun beide hier. Zufall?« Ich zwinkerte ihr zu.

»Ich glaube nicht an Zufälle.«

»Schicksal?«

»Auch nicht.«

»Gut.« Ich nickte zustimmend. »Das ist nämlich Bullshit. An Schicksal glauben meiner Meinung nach nur Leute, die irgendetwas brauchen, um zu erklären, wieso bestimmte Dinge passieren. Und anstatt die Entdeckungen und Gesetze der Wissenschaft dafür in Betracht zu ziehen, verstecken sie sich hinter diesem Unsinn.«

»Ganz schön abgeklärt, Herr Doktor.«

»Das bringt mein Job so mit sich. Ich kann nicht für jeden Patienten Mitleid empfinden. Dann hätte ich mich für den falschen Beruf entschieden. Meine Aufgabe ist es, sie wieder gesund zu machen.«

»Es ist dir also egal, wenn du … jemandem das Bein amputieren musst?«

»Nein. Natürlich tut mir das leid. Aber wenn ich damit das Leben eines Menschen retten kann, dann … ja, dann opfere ich dieses Bein eben.«

»Verstehe.« Ihre Antwort war nur ein Murmeln. Ich klang in meinen Ohren selbst wie ein gefühlskaltes Arschloch, was nichts an der Tatsache änderte, dass es gefährlich war, in meinem Job zu viele Emotionen zuzulassen. Sie trübten meine Urteilskraft, und dann war es mir nicht mehr möglich, schnell die richtigen Entscheidungen zu treffen, um ein Patientenleben zu retten oder zumindest erträglicher zu machen. Ich trug eine Verantwortung, der ich gerecht werden wollte, und es war nicht immer leicht, den Mittelweg zu finden.

Ohne ein Wort zu sagen, stand Faith auf und kletterte zurück in ihre Wohnung. Irritiert sah ich ihr hinterher. Okay, das war neu. So schnell hatte ich eine Frau noch nie in die Flucht getrieben. Und dabei war es doch nur um meinen Job gegangen. Ich hatte keinen dummen oder gar fiesen Spruch gerissen und ich war auch nicht anzüglich gewesen. Himmel, ich hatte nicht einmal Farbe dabeigehabt und ihr über den Kopf gekippt.

Ich grübelte immer noch darüber nach, was ich falsch gemacht hatte, als Faith zurückkam. Wortlos setzte sie sich wieder auf den Platz, den sie vor ein paar Minuten verlassen hatte. Der einzige Unterschied war, dass sie nun einen dickeren Pullover trug und eine Wasserflasche in der Hand hielt. Erleichterung durchflutete mich, dass ich sie scheinbar doch nicht verjagt hatte. Und gleichzeitig verwirrte mich die Tatsache, dass es mich gestört hätte, wäre sie nicht wiedergekommen. Ich mochte es, mich mit ihr zu unterhalten, auch wenn ich derjenige war, der den Großteil unserer Gespräche bestritt. Mir war nicht entgangen, dass sie mir weitaus weniger Fragen stellte als ich ihr.

»Bist du in Schweden geboren oder hier?« Als hätte sie meine Gedanken gelesen, drehte sie ihre Flasche in ihren Händen hin und her und wartete auf eine Antwort meinerseits.

»Hier. Meine Mom hat ein Auslandssemester in Amerika gemacht, meinen Dad kennengelernt und sich verliebt. Ein Jahr später haben sie geheiratet. Ende der Geschichte.« Ich stellte die Sache unproblematischer dar, als sie in Wirklichkeit gewesen war. Meine schwedischen Großeltern waren überhaupt nicht davon begeistert gewesen, dass ihre einzige Tochter auswandern wollte. Doch egal, womit sie ihr gedroht hatten, meine Mom war nicht zurückgekehrt. Aus ihren Erzählungen wusste ich, dass es anfangs nicht einfach und das Verhältnis zwischen ihr und ihren Eltern einige Jahre sehr angespannt gewesen war. Erst, als meine Eltern fünf Kinder bekommen und meine Großeltern begriffen hatten, dass die Beziehung zwischen meinen Eltern von Dauer sein würde, hatte sich die Situation wieder entspannt, und sie hatten angefangen, uns zunächst einmal, dann zweimal im Jahr zu besuchen.

»Kannst du Schwedisch?«

»En liten smula.« Ich grinste. »Ein bisschen. Meine Mom hat versucht, es uns beizubringen, aber es hat leider nicht ganz so gut funktioniert. Ich verstehe viel mehr, als ich selbst sprechen kann.«

»Uns?«

»Meinen Schwestern und mir. Ich habe vier.«

»Fünf Kinder?« Ihre Augen wurden groß.

»Jups.«

»Wow.«

»Was ist mit dir? Hast du Geschwister?«

»Nein.«

»Schade.«

»Hmm.« Sie senkte ihren Blick und starrte auf ihre Füße, die in alten Turnschuhen steckten. Was sie zu einem vorausschauenderen Menschen als mich machte. Ich saß barfuß da, und allmählich froren mir die Zehen ab. Offensichtlich hatten sich meine Füße noch nicht von ihrem nachmittäglichen Bad im Lake Michigan erholt.

»Bin gleich wieder da«, murmelte ich und warf Faith ein kurzes Lächeln zu. »Nicht weglaufen.« Wenigstens war mein Verhalten nicht verwirrend genug, um ihr mehr als ein Stirnrunzeln und ein Nicken abzuverlangen, ehe ich mich erhob, um die Treppe stieg und durch mein Fenster kletterte.

Als ich wiederkam, trug ich Socken und die furchtbaren Hausschuhe, die heute mehr denn je ihren Zweck erfüllten.

»Will ich es wissen?« Faith deutete auf meine Fußbekleidung und legte den Kopf schief. »Oder ist das ein neuer Trend, den ich verpasst habe?«

»Beleidigst du gerade etwa meine Schuhe?« Ich hob meine Beine an und strampelte kurz in der Luft, ehe ich meine Füße wieder abstellte. »Ist das der Neid, der aus dir spricht?«

»Wirke ich so, als fände ich solche Dinger cool?«

»Faith, Faith, Faith.« Ich schüttelte gönnerhaft den Kopf. »Das hat nichts mit cool oder uncool zu tun.«

»Sondern?«

»Pragmatismus. Sie erfüllen ihren Zweck und haben damit ihre Daseinsberechtigung.«

»Auch wenn sie dabei aussehen, als hättest du einen, nein, zwei Teddys geschlachtet?«

Ich warf einen Blick auf meine Hausschuhe. Faith hatte nicht ganz unrecht, auch wenn ich das niemals zugegeben hätte. »Es zählen die inneren Werte. Und nun solltest du aufhören, die beiden herabzuwürdigen. Sie können ganz schön nachtragend sein. Einmal habe ich sie nach einem wundervollen Abend achtlos in eine Ecke geworfen und eine Woche nicht mehr beachtet. Das war ein ganz schöner Kampf, bis sie dazu bereit waren, sich wieder mit mir zu versöhnen.« Ich streichelte behutsam über den flauschigen Stoff. »Seither sind wir unzertrennlich.«

Als ich aufsah, begegnete ich Faiths Blick. Ich war mir nicht ganz sicher, ob ich leichte Bewunderung darin lesen konnte oder ob sie mich einfach nur für durchgeknallt hielt. Es dauerte einen Moment, dann streifte sie ihre Turnschuhe von ihren Füßen und hielt mir die Hand hin.

»Okay, gib her.«

Unsicher, was sie von mir wollte, blickte ich zwischen ihr und ihrer ausgestreckten Hand hin und her. »Äh …«

»Deine Schuhe. Gib her.«

»Warum?«

»Ich will sie testen.«

»Du willst …« Ich unterbrach mich selbst und klappte den Mund wieder zu. Ein Grinsen bildete sich auf meinem Gesicht, während ich gleichzeitig meine Schuhe auszog. Übertrieben behutsam reichte ich sie ihr. »Sei vorsichtig, okay?«

Ein Augenrollen war die Antwort. »Ich passe immer *ganz* besonders gut auf«, sagte sie mit Nachdruck in der Stimme, nahm die Treter entgegen und schlüpfte hinein. Natürlich waren sie ihr viel zu groß, und es sah ziemlich komisch aus, wie ihre Minifüße in meinen Latschen steckten.

»Steht dir.« Ich konnte das Glucksen, das aus meiner Kehle drang, nicht verhindern.

»Danke. Kann ich sie behalten?«

Schlagartig verdunkelte sich meine Miene. »Du willst … Was? Nein!« Die Worte entfuhren mir heftiger als geplant.

»Schon gut.« Ehe ich michs versah, hatte sie sich die Schuhe wieder abgestreift und mir entgegengeschoben. »Das war auch nicht ernst gemeint.«

»Nein, ich wollte nicht … Shit.« Ich fuhr mir durch die Haare und sah ihr dabei zu, wie sie ihre Turnschuhe anzog. »Es tut mir leid, Faith.« Instinktiv legte ich meine Hand auf ihre. »Du hast einen Witz gemacht, und ich bin ein Trottel.« Ich hatte kaum zu Ende gesprochen, als sie auch schon den Schnürsenkel losließ und mir ihre Hand entzog.

»Muss es nicht«, murmelte sie tonlos und begann, ihren zweiten Schuh in sicherem Abstand zu meiner Hand zu binden. »Alles gut. Nicht der Rede wert.«

Ihre Worte waren gelogen. Die eben noch spaßige Stimmung zwischen uns hatte sich abrupt geändert. Und es wunderte mich nicht, dass Faith das als Anlass nahm, sich ihre Flasche zu schnappen und aufzustehen.

»Ich sollte allmählich schlafen gehen.« Sie wandte sich in Richtung Fenster. »Gute Nacht, Ben.«

Der Bruchteil einer Sekunde blieb mir, um zu reagieren. Sie davon abzuhalten, mich hier mit schlechtem Gewissen sitzen zu lassen. Ich hatte uns den Abend versaut, also lag es an mir, das wiedergutzumachen. Ich wollte nicht so mit ihr auseinandergehen.

»Halt!« Meine Gedanken hingen noch hinterher, während mein Mund bereits sprach.

Faith blieb stehen.

Gut.

Sie drehte sich halbwegs zu mir um.

Was nun?

Fragend sah sie mich an.

»Du schuldest mir ein Match.« Das war es. »Mario Kart.«

»*Jetzt?*« Ihr fragender Blick verwandelte sich in etwas, das ich nicht deuten konnte.

»Warum nicht?« Ich stand ebenfalls auf. »Oder hast du was Besseres vor?«

Die Antwort stand ihr ins Gesicht geschrieben. Ganz langsam schüttelte sie den Kopf.

»Dann komm.« Ich trat einen Schritt zur Seite, sodass sie freie Sicht auf mein geöffnetes Fenster hatte. »Ich hab vorhin extra aufgeräumt.«

Das entlockte ihr immerhin ein kleines Lächeln. Für einen Augenblick sah sie unschlüssig zwischen mir und dem Fenster hin und her. Dann setzte sie sich zögerlich in Bewegung. Ihre Schritte hallten laut über das alte Eisen der Treppe.

»Das wirst du bereuen«, prophezeite sie mir, und es klang grummelnd und belustigt zugleich. »Sag nicht, dass ich dich nicht gewarnt hätte.« Damit lief sie an mir vorbei, kletterte durch mein Fenster und landete leichtfüßig in meiner Wohnung. Ich folgte ihr, für den Moment sehr mit meiner spontanen Idee zufrieden.

Zehn Minuten später hatte sie mich allerdings bereits zweimal geschlagen, und ich ließ entgeistert den Controller sinken.

»Das gibt's doch gar nicht«, murrte ich, fuhr mir durch die Haare und betrachtete sie kopfschüttelnd. »Wie machst du das?«

»Können.« Sie zuckte mit den Schultern, als gäbe es nichts

Leichteres auf der Welt, als mich bei Mario Kart zu schlagen. Diese gottverdammte Regenbogenstrecke war zum Kotzen.

»Bescheiden.«

»Nur ehrlich.«

»Nein, ernsthaft … Wie machst du das? Wieso bist du so gut?« Die Antwort interessierte mich brennend.

Faith zuckte lediglich mit den Schultern. »Ich habe einfach schon oft gespielt.«

»Lass mich raten. Wilde Spielnachmittage als Teenie?«

»So in etwa.«

Mehr schien sie mir nicht verraten zu wollen, und obwohl ich neugierig war, wusste ich inzwischen, dass ich nichts von Faith erfahren würde, was sie nicht bereit war zu erzählen.

Also trat ich die Offensive nach vorne an. »Noch mal?«

»Klar.«

Zwei Runden später stand es vier zu null für sie, und ich wusste nicht, ob ich lachen oder weinen sollte.

»Ich sollte dir Spielverbot erteilen«, grummelte ich und schob den Controller von mir. »Das macht keinen Spaß.«

»Schlechter Verlierer?«

»Ja.« Ich verschränkte die Arme vor der Brust und lehnte mich mit dem Rücken gegen meine Couch. Irgendwann war ich, im Rausch des Spiels, vom Sofa auf den Boden und immer näher an den Fernseher gerutscht. Es war sinnlos gewesen. Faith hatte mich trotzdem besiegt, und anstatt in regelrechte Freudentänze zu verfallen, wie es Jake und Dan immer taten, saß sie einfach nur da und grinste vor sich hin. Mit einem Mal war da dieses unbändige Verlangen in mir, mich zu rächen. Und zwar auf die kindischste Art und Weise, die mir einfiel. Ich streckte meine Hand nach ihrer Seite aus und kitzelte sie.

»Ben!« Sie schlug mir gegen die Hand, entgeistert, lachend, überrascht zugleich.

»Was?« Ich hielt die Hände in die Luft. »Ich mach doch gar nix.« Meine Worte hingen noch in der Luft, als ich mich wieder zu ihr beugte und sie kitzelte. Nur kurz, aber es genügte, um sie kichern zu lassen.

»Hör auf damit!« Sie rutschte von mir weg, sodass ich sie nicht mehr erreichen konnte. »Das ist unfair.«

»Nein.« Ich legte meinen Arm auf die Couch. »Unfair ist, dass du mir keine Chance gelassen hast.« Auf dem Fernseher flimmerte immer noch das Schlussbild meines letzten verlorenen Matches.

»Was kann ich bitte dafür, dass du ein schlechter Rennfahrer bist?« Sie zog die Beine an und legte ihr Kinn auf ihrem Knie ab. »Hättest du halt mehr geübt.«

»Oh, das werde ich, glaub mir. Und dann werde ich dich haushoch besiegen.«

Faith machte sich nicht einmal die Mühe, mehr als ein »Wenn du meinst« darauf zu erwidern. Es war eindeutig, dass sie mir nicht glaubte. Dabei würde ich üben. Jede freie Sekunde würde ich von nun an auf der Regenbogenstrecke verbringen.

»Das liegt bestimmt an der Figur. Ich sollte dich nicht immer zuerst auswählen lassen.«

»Als ob das damit was zu tun hat.« Faith verdrehte die Augen. »Du hättest auch als Yoshi keine Chance gegen mich.«

»Wenn du ihn mir immer wegnimmst«, schmollte ich.

»Vorher war ich Toad, und du hast trotzdem verloren«, hielt sie dagegen.

»Dafür habe ich unsere Farbenschlacht gewonnen!«

»Unsere … Hast du nicht!«

»Hab ich.« Ich grinste.

Wir waren immer noch am Diskutieren, als die Tür zu meiner Wohnung aufgeschlossen wurde und lautstark gegen die Wand krachte. Faith zuckte erschrocken zusammen, während ich augenblicklich aufsprang, bereit, mich dem Eindringling in den Weg zu stellen. Es schien neuerdings modern zu sein, einfach so in meine Wohnung einzufallen. Erst Faith, nun Ida. Der einzige Unterschied war, dass ich in einem Moment geistiger Umnachtung so dumm gewesen war, Ida zu verraten, wo sich der Ersatzschlüssel befand.

»Bentooooooooon.« Meine Schwester stolperte auf ihren hohen Schuhen und flog mir im wahrsten Sinne des Wortes in die Arme. Ihre wilde Mähne war völlig zerzaust, und sie stank nicht nur wie ein Aschenbecher, sondern hatte auch eine ordentliche Fahne. Es wunderte mich, dass sie überhaupt noch den Weg zu mir gefunden hatte.

»Hey, Ida.« Ich schob sie von mir weg und musterte sie prüfend. »Alles klar?«

»Mir geht es suuuuper«, flötete sie, wirbelte ihre Handtasche durch die Gegend und schwankte schon wieder bedrohlich zur Seite. Rasch trat ich neben sie und legte ihr einen Arm um die Hüfte.

»Okay, Dancing Queen, ich glaube, wir bringen dich besser mal ins Bett.«

»Dancing Queen.« Sie kicherte. »Das ist lustig. Können wir ABBA hören?«

»Ich … geh dann mal.« Faith war aufgestanden und hatte die Couch lautlos umrundet. »Du hast hier einiges zu tun, glaube ich.«

Das war der Moment, in dem Ida begriff, dass ich nicht alleine zu Hause war.

»Oh.« Sie versuchte angestrengt, nicht zu schwanken, kniff die Augen zusammen und betrachtete Faith von oben nach unten. »Du hast Besuch«, sagte sie und straffte ihre Schultern. Es funktionierte nicht sonderlich gut. »Scheiße. Störe ich euch gerade bei was?« Es war mir ein Rätsel, wie sie in ihrem Zustand dazu fähig war, doch sie schaffte es, ehrlich überrascht auszusehen.

»Wer ist das, Ben?« Ihr Blick lag nach wie vor auf Faith. »Sie ist hübsch.«

»Das ist meine Nachbarin, Faith. Faith, das ist Ida. Meine Schwester.«

Ich sah Faith an, während ich Ida in meinen Armen hielt.

»Nachbarin …« Ich hörte, wie meine Schwester das Wort vor sich hin murmelte. »Ihr seid kein Paar oder so?«

»Äh …« Ich blickte entschuldigend zu Faith, ehe ich Ida antwortete. »Nein, sind wir nicht. Sie ist letzte Woche nebenan eingezogen.«

»Ah.« Ida nickte. »Verstehe.«

Ich wusste zwar nicht, was genau sie glaubte zu verstehen, aber ich war klug genug, nicht nachzufragen. Ida gehörte ins Bett, und Faith war die ganze Situation offensichtlich unangenehm. Unsicher trat sie von einem Bein auf das andere.

»Ich geh besser rüber«, wiederholte sie, und dann tat sie etwas, womit ich nicht gerechnet hatte, was allerdings absolut Sinn ergab. Sie kletterte durch mein Fenster nach draußen auf die Feuertreppe.

»Ist sie … ist sie gerade aus dem Fenster gesprungen?« Ida machte sich von mir los und stürzte zum Fenster, durch das Faith verschwunden war. »Scheiße, Ben, ist sie …«

»Nein«, unterbrach ich sie und trat neben sie, um das Fenster zu schließen. »Ist sie nicht. Wir saßen vorhin nur draußen und sind … egal.« Ich schüttelte den Kopf. Ida war betrunken, sie würde sich morgen sowieso nicht mehr daran erinnern, was ich ihr erklärte. Also konnte ich es genauso gut auch lassen.

»Komm.« Ich fasste nach ihrem Arm. »Du solltest schlafen.«

»Ich bin noch nicht müde. Ich bin eigentlich nur gegangen, weil die anderen gehen wollten. Memmen.« Sie schnaubte und ließ sich theatralisch seufzend auf mein Sofa fallen. »Alles Spielverderber. Alle!«

Der einzige Spielverderber hier war sie, da sie meinen Abend mit Faith jäh unterbrochen hatte, aber ich hütete mich, ihr das zu sagen. Wortlos ging ich in mein Schlafzimmer und holte die Extradecke und die beiden Kissen, die Mom mir aufgeschwatzt hatte, aus dem Schrank.

»Hier.« Zurück im Wohnzimmer warf ich sie Ida zu. Dann brachte ich ihr ein Glas Wasser und zwei Aspirin aus der Küche und zwang sie, die Tabletten zu schlucken und die Flüssigkeit bis auf den letzten Tropfen zu trinken. »Denk dran, um neun geht's los zu Mom und Dad.«

»Um neun?« Ihre Augen weiteten sich entsetzt. »Das ist … bald.«

»Und genau deswegen bist du jetzt ruhig und versuchst zu schlafen.«

»Aye, aye, Captain.« Sie salutierte, was im Liegen äußerst komisch aussah. Amüsiert beugte ich mich zu ihr und gab ihr einen flüchtigen Kuss auf die Wange. »Schön, dass du da bist.« Ich freute mich wirklich, sie zu sehen, obwohl ich ihr bis eben den Eindruck vermittelt hatte, dass mir ihr Besuch lästig war. »Schlaf gut, Ida.«

»Du auch, bester Bruder der Welt.« Sie warf mir einen Luftkuss zu, strampelte sich unter die Decke und zog sie sich bis zur Nasenspitze. »Und sorry, dass ich dein Date gecrasht habe.«

»Es war kein Date.« Es hatte sich am Ende angefühlt wie eines, aber es war keines gewesen. »Gute Nacht.« Mit diesen Worten begab ich mich in mein Schlafzimmer. Leider gelang es mir im Gegensatz zu Ida nicht, sofort einzuschlafen. Ihr leises Schnarchen drang durch meine stille Wohnung, und ich lauschte ihr eine ganze Weile, ehe ich beschloss, noch ein wenig in meinen Medizinbüchern zu stöbern. Vielleicht würde die Fachsprache es schaffen, mich derart zu ermüden, dass mir die Augen zufielen. Gedankenverloren begann ich zu lesen, nur um fünf Minuten später festzustellen, dass ich mich nicht auf die staubtrockenen Bandwurmsätze konzentrieren konnte. Faith spukte immer noch durch meinen Kopf, und das war nichts, was mir vertraut war. Es ergab keinen Sinn, dass ich so oft an sie dachte. Sie war nur eine von vielen Frauen, die mir tagtäglich begegneten. Wir hatte nicht einmal miteinander geschlafen, und trotzdem war ihr Gesicht dasjenige, das ich vor mir sah, als ich in der Dunkelheit an die Decke starrte.

6

Ich wog mindestens 3,2 Kilogramm mehr, als ich mich auf den Weg zurück nach Chicago machte. Meine Mom behauptete jedes Mal, nicht auf unangekündigten Besuch vorbereitet zu sein, und doch war ich nun bis obenhin mit schwedischen Köstlichkeiten vollgefressen. Ganz im Gegensatz zu meiner Schwester. Ida hatte ausgesehen wie der Tod, Moms Köttbullar vehement verschmäht und am Ende des Tages sogar beschlossen, dass eine weitere Autofahrt zu viel für sie war und sie die folgende Nacht bei unseren Eltern bleiben wollte. Was ein eindeutiges Zeichen war, dass es ihr wirklich schlecht ging. Mein Mitleid hatte sich trotzdem in Grenzen gehalten.

Als ich in den vierten Stock lief, überlegte ich mir, ob ich noch joggen gehen wollte oder ob ich es mir leisten konnte, den Abend auf meinem Sofa ausklingen zu lassen. Ich liebte meine Familie und verbrachte viel zu wenig Zeit mit ihnen, aber Besuche zu Hause konnten anstrengend werden, wenn alle da waren. Ida hatte noch auf der Fahrt zu unseren Eltern unsere anderen Schwestern samt Anhang über unseren Besuch informiert, und am Ende hatten wir Mom und Dad nicht zu zweit überfallen, sondern zu zehnt.

Ich grübelte noch immer darüber, wie groß meine Lust, laufen zu gehen, war, als ich vom Treppenhaus in den Flur trat, der zu meiner Wohnungstür führte. Ich schob den Schlüssel ins Schloss, und im selben Moment öffnete sich die Tür nebenan. Automatisch blickte ich nach links und erkannte Faith, die ihren Kopf nach draußen streckte. Ihre Haare lagen nass auf ihren Schultern, einzelne Wassertropfen fielen auf den Boden.

»Hi.«

»Hi«, entgegnete ich und runzelte die Stirn. Was war hier los?

»Du kennst dich nicht zufällig mit Sanitäranlagen aus? Wasser und so?« Ihre Stimme klang wenig hoffnungsvoll, und leider musste ich sie enttäuschen.

»Ähm … nein?« Eingehend musterte ich das, was ich von ihr sehen konnte. Was nicht übermäßig viel war. Sie hielt ihren Körper geschickt hinter dem Türrahmen versteckt. »Was ist passiert?«

»Ich … ich denke, ich brauche einen Klempner.«

»Warum?«

»Ich habe geduscht, und auf einmal ging das Wasser aus. Seither geht nichts mehr. Nirgends. Ich habe alles getestet.«

»Hast du die Hausverwaltung angerufen?«

»Da geht keiner ran.« Sie seufzte. »Außerdem hatte ich gehofft … Ich bin neu hier. Ich will nicht direkt Ärger machen.«

Das konnte ich nachvollziehen. »Dann ruf ich da gleich mal an.« Denn … mir kam ein Gedanke. »Wenn bei dir das Wasser nicht geht, würde es mich nicht wundern, wenn auch bei mir nichts mehr funktioniert. Warte kurz.« Ich betrat meine Wohnung, lief ins Bad und öffnete den Wasserhahn am Waschbecken.

Nichts.

Ich stellte mich vor die Dusche und probierte die Brause. Wieder geschah nichts.

Verdammt.

Damit war meine Entscheidung, joggen zu gehen, hinfällig. Ich würde definitiv keinen Sport machen, wenn ich danach nicht duschen konnte.

Nachdem ich auch den Wasserhahn in der Küche getestet hatte, ging ich zurück zu meiner Eingangstür. Faith war noch da. Ich schüttelte den Kopf. »Nichts.«

»Scheiße«, seufzte sie wieder. »Trotzdem danke.«

Ehe ich michs versah, war sie zurück in ihre Wohnung verschwunden, und ihre Tür fiel ins Schloss. Für einen Moment starrte ich an die Stelle, wo eben noch ihr Kopf zu sehen gewesen war.

Dann wanderte mein Blick weiter zum Boden. Einzelne Tropfen waren dort zu sehen.

Nachdenklich wandte ich mich von Faiths Tür ab, ging in meine Wohnung und zog im Gehen mein Handy aus der Hosentasche, um mein Versprechen einzulösen.

Es war widerlich früh, als ich am Montagmorgen meine Wohnung verließ. Ungeduscht und ohne Kaffee, weil ich vergessen hatte, neuen zu kaufen. *Vergessen.* Das war mir noch nie passiert, und dementsprechend schlecht war meine Laune, als ich den Aufenthaltsraum im Krankenhaus betrat. Mein erster Weg führte mich an die Kaffeemaschine, und ich füllte die größte Tasse, die ich finden konnte, randvoll.

»Kardio«, war alles, was Tyler dazu sagte, ehe er kopfschüttelnd an mir vorbeilief, um sich beim diensthabenden Oberarzt zu melden. Ich ignorierte ihn. Es war nicht das erste Mal, dass er mich darauf hinwies, wie ungesund Koffein war. Dann war es das eben, mein Gott. Mein Körper lechzte trotzdem danach, und bevor ich mich nicht auf meine Arbeit konzentrieren konnte, weil ich Entzugserscheinungen hatte, gab ich meiner Sucht nach. Es gab Schlimmeres.

Grace zum Beispiel, die lächelnd auf mich zukam und nach meinem Wochenende fragte. Ich wollte nicht unhöflich sein, aber ich hatte auch keine Lust auf Small Talk, wenn der Tag nicht gut angefangen hatte. Eine kurze Entschuldigung murmelnd schob ich mich an ihr vorbei und tat das, was ich am besten konnte: mich aus der Affäre ziehen und Herzen brechen. Grace' hatte ich mittlerweile vermutlich nicht nur in zwei Teile zerbrochen, sondern regelrecht zertrümmert. Es war nicht fair, wie ich mit ihr umging. Ich behandelte sie wie ein Arschloch, weil ich insgeheim hoffte, sie so von mir fernhalten und die Sache zwischen uns ohne große Gespräche beenden zu können. Nicht die feine englische Art und auch nicht die schwedische, aber es war die einzige, die dem Feigling in mir einfiel, wenn ich nicht mit ihren Gefühlen konfrontiert werden wollte.

Die heutige Schicht zog sich wie Kaugummi und war die erste seit Beginn des Praktikums, während derer mir mein Job überhaupt keinen Spaß machte. Es gab nicht einmal einen Grund dafür. Es war einfach einer dieser Tage.

Bei der Visite hielt ich mich so gut es ging im Hintergrund und ließ meine Kollegen reden. Die Mittagspause verbrachte ich alleine vor dem Krankenhaus in der Sonne und schaffte es somit, nicht nur Grace aus dem Weg zu gehen, sondern auch möglichen anderen Kollegen, die mich heute auf dem falschen Fuß erwischt hätten.

Es war kurz nach drei, als der Tag endlich spannender wurde, weil ein schwerer Verkehrsunfall eingeliefert wurde, der eine sofortige Not-OP erforderte. Ich weiß, wie morbide das klingt. Aber das war es, wofür ich so lange studiert hatte. Genau deshalb war ich Arzt geworden. In diesen Augenblicken war ich ganz im Hier und Jetzt und dachte an nichts anderes als an meine Aufgabe: Menschenleben retten. Auch wenn das leider nicht immer gelang.

An diesem Tag war ich froh, dass die Eile, die geboten war, mir verbot, über irgendetwas anderes nachzudenken als über den Patienten und seine gebrochenen Knochen vor uns auf der Liege. Ungeplante Operationen in dieser Schwere erforderten besonders viel Anstrengung. Ich war nur der Assistent, und trotzdem fühlte ich mich nach dieser Operation wie von einem Bus überrollt. Zum Glück war all unsere Anstrengung an diesem Montag von Erfolg gekrönt. Ein paar Wochen bei uns auf der Station, und wir würden den Patienten in eine Reha entlassen können.

Nach zwölf Stunden Dienst konnte ich im Krankenhaus endlich duschen. Mit der Hand fuhr ich mir ein paar Mal durch die feuchten Haare, zog mich an und machte mich auf den Heimweg. Ich hatte die Eingangstür meines Gebäudekomplexes gerade ins Schloss fallen lassen, als mir auffiel, dass sich die Hausverwaltung nicht bei mir gemeldet hatte. Und das konnte nur eines bedeuten.

Ich lief in die Küche, öffnete den Wasserhahn, und nichts passierte. Hervorragend. Damit konnte ich heute Abend also nicht einmal aufs Klo gehen, und etwas zu essen würde ich mir auch nicht kochen können. Ich trug noch immer meine Schuhe, als ich nach meinem Schlüssel griff und meine Wohnung auf direktem Weg wieder verließ. Ich würde essen gehen, und Faith würde mich dabei begleiten. Mir war nicht ganz klar, was mich dazu bewog, bei meiner Nachbarin zu klingeln, aber ich wollte jetzt auch nicht genauer darüber nachdenken. Ich hatte Hunger, und Faith stand bestimmt vor demselben Problem wie ich. Also musste eine praktikable Lösung her, und da ich nicht gerne alleine aß, würde ich sie einfach fragen.

Es dauerte, doch schließlich öffnete Faith mir. In Leggings und extra langem Shirt. In ihrer Hand hielt sie einen angebissenen Apfel.

»Ist das dein Abendessen?«, fragte ich sie ohne Umschweife und deutete auf das bisschen Obst. Ihr Blick folgte meiner Handbewegung, ehe sie wieder aufsah und nickte.

»Jups.«

»Okay, das geht nicht.« Ich schüttelte den Kopf und schob mich an ihr vorbei in ihre Wohnung. Scheinbar war auch das eine meiner neuen Lieblingsbeschäftigungen. »Was hältst du von essen gehen?« Ich wartete ihre Antwort gar nicht erst ab und ließ mich auf ihrem Sofa nieder. Schweigend sah sie mich an. Ich hielt ihrem Blick stand.

»Wenn ich sage, dass ich keinen Hunger habe …« Sie sprach den Satz nicht zu Ende.

»Du nagst gerade an einem Apfel. Würdest du mir also sagen, dass du nicht hungrig bist, würde ich dir nicht glauben.«

Wieder schwieg sie mich an und schien zu überlegen, ob es eine andere Möglichkeit gab, um meine Aussage für nichtig zu erklären. Zum Glück entdeckte sie wohl etwas in meinem Blick, das ihr sagte, dass Widerstand zwecklos war. Ich würde nicht lockerlassen, ehe sie sich dazu bereit erklärte, mit mir auszugehen.

»Aber jeder zahlt selber.«

Ich nickte, wohl wissend, dass ich nicht vorhatte, dieses kleine Versprechen einzuhalten. »Dann können wir ja los.« Ich wollte mich erheben, doch Faith brachte mich mit ihren nächsten Worten dazu, mich stattdessen noch mehr in ihre Kissen zu lehnen.

»Moment. So verlasse ich die Wohnung sicher nicht.« Sie zeigte an sich hinunter.

»Wieso?« Stirnrunzelnd betrachtete ich sie. »Was spricht gegen deine Klamotten?« Ihre schwarzen Leggings waren tadellos, und das graue, langärmlige Oberteil dazu stand ihr ausgezeichnet.

»Bleib einfach kurz sitzen. Drei Minuten.« Noch im Gehen begann sie damit, sich das Shirt über den Kopf zu streifen, und mein Blick fiel auf ihren makellosen, nackten Rücken. Ihr BH war schwarz und verschwand im nächsten Moment aus meinem Blickfeld, als sie die Tür ihres Schlafzimmers schloss. Ich seufzte leise und beschwor meinen Schwanz, ruhig zu bleiben, auch wenn ich ihm durchaus zugestand, dass das ein schwieriges Unterfangen war.

Zum Glück war Faith schnell. Es dauerte nicht einmal die angekündigten drei Minuten, bis sie wieder auftauchte. Dieses Mal in hautengen Jeans und einem dickeren Pullover. Die Lederjacke hatte sie sich über den Arm gelegt.

»Okay«, sagte sie und bückte sich, um in schwarze Turnschuhe zu schlüpfen. Dann richtete sie sich wieder auf. »Bin startklar.«

»Super.« Ich stand auf und trat zu ihr. »Worauf hast du Lust?«

»Mir egal. Da ich davon ausging, dass dieser lausige alte Apfel mein heutiges Abendessen darstellt, ist alles, was du vorschlägst, eine Verbesserung.«

»Gut.« Ich hielt ihr die Tür auf und ließ sie hinaustreten. »Magst du chinesisch?«

»Ich liebe chinesisch.«

»Ich sehe, wir verstehen uns.« Zufrieden folgte ich ihr ins Treppenhaus. »Keine Aufzüge für dich?«

»Nopes.« Sie führte ihre Antwort nicht näher aus.

»Wieso nicht?«

»Ich habe mir irgendwann angewöhnt, Treppen zu laufen. Und vier Stockwerke sind ein Klacks.«

»Runter sowieso.« Ich grinste. »Läufst du auch hoch?«

»Natürlich. Außer wenn ich einkaufen war. Ich bin schließlich nicht wahnsinnig.«

»Gut zu wissen.«

Wir erreichten das Erdgeschoss, und ich hielt ihr erneut die Tür auf, was mir einen seltsamen Blick von Faith einbrachte.

»Was?« Ich ließ sie an mir vorbei. »Schwedische Mom. Ich bin so erzogen worden.« Schnell schloss ich zu ihr auf, und gemeinsam marschierten wir in Richtung U-Bahn.

»Muss ich sonst noch was wissen?«

»Ich mag keine Tomaten.«

»Alles klar. Keine Tomaten für dich.«

»Und ich vertrage keine Ananas.«

Es war leicht, sich mit Faith zu unterhalten, während wir die Straße entlangliefen und unserem Ziel, der nächsten U-Bahn-Station, immer näher kamen. Auf dem Weg hielt sie an einem ATM und hob Geld ab. Sie schien wirklich nicht vorzuhaben, mich für sie bezahlen zu lassen. Was sie nicht ahnte, war, dass damit mein Entschluss feststand. Und der Grund dafür war nicht, weil ich so erzogen worden war.

Ein drittes Mal wollte ich ihr an diesem Abend die Tür aufhalten, als wir bei dem Restaurant ankamen, doch Faith war schneller. Energisch zog sie die Tür des Shanghai Terrace auf und trat ein. Ich folgte ihr. Als wir zu unserem Tisch geführt wurden, bestellte ich einen Kaffee, noch bevor ich die Speisekarte aufgeschlagen hatte, was von Faith mit einem belustigten Blick kommentiert wurde. »Ich rate einfach mal ins Blaue und vermute, dass deine Ausrede dafür auch irgendetwas mit Schweden zu tun hat.«

Ich war mir nicht ganz sicher, ob ich kapierte, wovon sie sprach. »Welche Ausrede?«

»Kein Mensch trinkt so spät noch Kaffee.«

»Ach so. Doch. Ich schon. Und dafür brauche ich keine Ausrede.«

»Eine große Cola, bitte«, sagte Faith zu unserer Bedienung, bevor sie sich wieder mir zuwandte. Kritisch sah ich sie an.

»Und was genau ist jetzt bitte der Unterschied zwischen Kaffee und Cola?«

»Stimmt.« Ein Lächeln entwich ihr, und sie schlug die Karte auf, die vor uns auf dem Tisch lag. »Vergiss, dass ich was gesagt habe.« Mit diesen Worten versteckte sie ihr Gesicht hinter der Speisekarte und tauchte erst nach ein paar Minuten wieder auf. Sorgfältig klappte sie die Karte zusammen und legte ihre Hände auf selbiger ab.

»Du hast nicht ganz unrecht.« Ich legte meine Karte ebenfalls zur Seite.

»Womit?«

»Kaffee und Schweden. Das Gesöff ist dort drüben das Nationalgetränk schlechthin. In vielen Restaurants kriegst du Kaffee spottbillig oder sogar ganz umsonst.« Seit ich mich erinnern konnte, hatte es in unserem Haus nach frischem Kaffee geduftet. Irgendwann zwischen zwölf und vierzehn hatte ich angefangen, mir heimlich immer mehr von der braunen Flüssigkeit zu genehmigen, wenn meine Mom nicht hingeschaut hatte.

»Redest du noch mit mir, wenn ich dir sage, dass ich keinen Kaffee mag?« Sie legte den Kopf schief.

Für einen kurzen Moment schwieg ich. Nicht geschockt, aber doch wenigstens ein bisschen erstaunt. Über uns trällerte Rihanna aus den Lautsprecherboxen und sang von einem extragroßen Bett. Mein Kopf fing wie von selbst an, sich hin und her zu schütteln.

»Kein Bier. Kein Kaffee. Was kommt als Nächstes? Bist du eine von diesen verrückten Veganerinnen? Lass mich dir als Arzt sagen, dass diese Ernährungsweise zwar durchaus gute Ansätze verfolgt, aber auf Dauer zu Mangelerscheinungen führen kann.«

»Nein, keine Sorge.« Faith lächelte. »Ich bin kein komisch essender Mensch.«

»Gott sei Dank. Sonst hätte ich mir das wirklich noch mal überlegen müssen.«

»Was meinst du?«

»Das mit uns.« Ich zwinkerte ihr zu. »Ich weiß nicht, ob wir eine Zukunft gehabt hätten, hättest du dich nun auch noch als Veganerin geoutet. Dass du Bier und Kaffee nicht magst, okay, damit komme ich klar, aber vegane Ernährung ist … puh … schwierig.« Ich stieß gespielt erleichtert die Luft aus. Das Grinsen verging mir jedoch sogleich wieder, als ich in Faiths Gesicht blickte. Ein Schatten lag über ihren Augen, als sie »Zukunft?« fast schon flüsterte.

»Das war ein Scherz«, stellte ich klar. »Natürlich würde ich auch dann noch mit dir reden, wenn du Veganerin wärst. Wenn das dein Ding ist, akzeptiere ich das.« Ich lächelte entwaffnend und hoffte, sie mit meinen Worten beruhigen zu können. Im Prinzip waren mir ihre Ess- und Trinkgewohnheiten völlig egal. Ich hatte nur lustig sein wollen, doch das war mir offensichtlich nicht gelungen.

Ich hatte Glück, dass in diesem Moment die Bedienung unsere Getränke brachte. Faith nippte an ihrer Cola, ich blies in den dampfenden, pechschwarzen Kaffee.

»Tut mir leid«, murmelte sie schließlich und schob ihr Glas beiseite. »Manchmal … manchmal bin ich etwas empfindlich.«

Sie verriet mir nicht, was genau sie damit meinte, und ich fragte nicht weiter nach. Stattdessen lenkte ich unser Gespräch in eine andere Richtung. Während ich den Zucker in meiner Tasse verrührte, erkundigte ich mich nach ihrem Job.

»Für welche Zeitung schreibst du denn? Oder bist du freiberuflich unterwegs?« Aber dann hätte sie nicht umziehen müssen, also ergab diese Frage wohl eher weniger Sinn.

»Den *Chicagoist*. Nicht der *Tribune,* ich weiß, aber … ich verdiene Geld und kann meistens schreiben, was ich will.«

»Meistens?«

»Na ja, an ein paar Vorgaben muss ich mich schon halten.« Sie zuckte mit den Schultern und lehnte sich an ihre Stuhllehne. »Bis nächste Woche muss ich einen Artikel über eine Kunstausstellung geschrieben haben. Dreihundert Wörter.«

»Ist das viel?« Oder wenig? Ich hatte keine Ahnung.

»Die Wortanzahl ist eigentlich nicht das Problem.« Faith trank einen großen Schluck von ihrer Cola und ließ dann ihre Finger knacksen. »Ich liebe es zu malen, aber ich hasse es, über Kunst zu schreiben.«

»Warum?«

»Kunst ist etwas so … Subjektives. Du siehst dir ein Bild an und hast eine Meinung dazu, ob du willst oder nicht. Was ich gut finde, findet vielleicht jemand anderes ganz schrecklich. Oder umgekehrt. Ich kann bei Kunst nicht neutral bleiben, aber genau das muss ich. Ich soll darüber schreiben, wie die Galerie die Kunstwerke in Szene setzt, ob das thematisch passt und die Stimmung einfängt. Was Quatsch ist. Wen interessiert das Drumherum? Es geht doch um die einzelnen Werke. Aber meine eigene Meinung ist in einem normalen Zeitungsartikel nicht von Belang.« Für einen Moment vertiefte sie sich in einem ausgiebigen Kopfschütteln.

»Aber egal.« Ein Lächeln erschien auf ihrem Gesicht. Ein Lächeln, das ihre Augen nicht erreichte. »Ich habe Feierabend. Und du auch. Lass uns nicht über die Arbeit reden.«

»Okay.« Ich nickte. Damit konnte ich leben. »Aber nur, damit du es weißt … ich fand deine Ausführungen nicht unspannend.« Dann wechselte ich, wie von ihr gewünscht, das Thema. »Hat sich die Verwaltung eigentlich bei dir gemeldet? Wie lange sitzen wir denn auf dem Trockenen?«

Ihre Antwort war ein Augenrollen. »Wenn wir Glück haben nur bis morgen Abend.«

»Wenn wir Glück haben?«

»Vielleicht wird es auch Mittwoch.«

»Mittwoch?« Ich klang wie ein Papagei, als ich ihre Worte wiederholte. Heute war erst Montag!

»Frag mich nicht.« Faith schnaubte. »Ich weiß wirklich nicht, wie die sich das vorstellen. Man kann doch nicht ohne Vorwarnung das Wasser abstellen. Ich stand unter der Dusche!«

»Du standest … *unter* der Dusche? In diesem Moment?« Ich schürzte die Lippen, als ich mich an den vergangenen Abend erinnerte. Sie war in der Tat ziemlich nass gewesen, als sie mich abgefangen hatte, doch hätte ich dann nicht Shampooreste in ihren Haaren sehen müssen?

»Ja.«

»Ich hoffe, du warst nicht mehr voller Duschgel und Shampoo.«

»Doch.« Sie grinste. »Die habe ich in mühevoller Kleinarbeit entfernt.«

»Wie das?« Ich war ehrlich neugierig.

»Mit Mineralwasser aus der Flasche.«

»Du hast …« Ich prustete los und begann herzhaft zu lachen, als ich sie mir vorstellte, unter der Dusche, eine Zweiliterflasche in der Hand, deren kühlen Inhalt sie sich über den Kopf schüttete. Und natürlich war sie nackt dabei und ich ein dämlicher Trottel, der sein bestes Stück nicht im Griff hatte. Zum Glück saßen wir an einem Tisch, der meinen Schoß versteckte.

»Hör auf zu lachen!« Ihre Worte waren nicht sehr überzeugend, da sie selbst grinste. »Das war nicht lustig. Ich bin einmal klatschnass durch meine Wohnung gerannt.«

»Sorry.« Ich gluckste noch immer und hatte Mühe, die Bilder, die sie mir mit ihrem Satz in den Kopf gepflanzt hatte, in Schach zu halten. Es reichte, dass ich sie mir nackt unter der Dusche vorstellte. Ich wollte meinem Kumpel unter dem Tisch nicht auch noch eine Faith zumuten, die splitterfasernackt und nass durch ihre Wohnung eilte. »Ich bin nur ziemlich beeindruckt von deiner Kreativität«, versuchte ich wieder einen sachlichen Ton anzuschlagen. Ich war mir nicht sicher, ob ich in dieser misslichen Lage auch so clever reagiert hätte wie sie. Vermutlich nicht.

»Noch einmal möchte ich so wirklich nicht duschen. Ich fürchte, sollte das morgen nicht wieder funktionieren, muss ich dem Hallenbad einen Besuch abstatten.«

»Oder du kommst im Krankenhaus vorbei.« Die Worte hatten meinen Mund verlassen, ehe ich darüber nachdenken konnte. »Wir haben Personalduschen. Ich könnte dich reinschmuggeln.« Mein Angebot hing in der Luft zwischen uns. Es war offensichtlich, dass wir beide nicht damit gerechnet hatten, und doch … stand es. Ich nahm meine Worte nicht zurück und wartete gespannt auf eine Reaktion vonseiten Faiths. Sie sah mich sprachlos an. Und blieb mir ihre Antwort schuldig, als kurz darauf unser Essen kam.

Es war kein unangenehmes Schweigen, in das wir verfielen, während wir aßen, und das ich erst unterbrach, nachdem die Hälfte meines Tellers bereits leer war. »Du könntest mir übrigens helfen.«

»Womit?« Sie schob sich eine Gabel ihrer Reispfanne in den Mund.

»Ida hat in drei Wochen Geburtstag. Ich brauche ein Geschenk. Und wenn es nicht das beste Geschenk der Welt ist, dann – Zitat

Ida – *muss ich dich leider umbringen*. Und du hast sie ja gesehen. Die meint das ernst.«

»Also sind Gutscheine schon einmal verboten«, schlussfolgerte Faith.

Ich nickte. »Und eigentlich darf es auch keine DVD sein. Die bekam sie letztes Jahr.«

»Außerdem ist das ein ziemlich unpersönliches Geschenk«, merkte Faith an, und wohl oder übel musste ich ihr zustimmen. »Gibt es nichts, was du nur mit ihr verbindest? Woran sie merkt, dass du dir Gedanken gemacht hast?«

Kauend überlegte ich – erfolglos. »Es macht mich zu einem armseligen Bruder, ich weiß, aber … nein. Spontan fällt mir nichts ein.«

»Wenn du fies sein willst, könntest du ihr einen Abreißkalender mit klugen Sprüchen schenken. Sie schien mir niemand zu sein, der sich darüber sonderlich freuen würde.«

Ich lachte und kam nicht einmal auf den Gedanken, ihr zu widersprechen. Ohne dass sie Ida besonders gut kannte, hatte sie den Nagel auf den Kopf getroffen.

»Nur solltest du ihr dann noch etwas Tolles dazukaufen. Wenn dir an deinem Leben etwas liegt.«

Als hätte sie gespürt, dass wir über sie sprachen, vibrierte in diesem Moment mein Handy in meiner Hosentasche. Ich zog es hervor und warf einen Blick auf das Display.

»Wenn man vom Teufel spricht … Darf ich kurz?« Ich blickte von meinem Handy auf und suchte Faiths Blick.

»Natürlich.« Sie nickte. »Ich muss sowieso kurz aufs Klo …« Mit diesen Worten stand sie auf und ließ mich alleine.

»Hey, Ida«, begrüßte ich meine Schwester. »Was macht der Tiger?«

»Ich habe keine Ahnung, wovon du sprichst.« Ich hörte sie

schnauben. Alles klar. Mein Schwesterchen war also immer noch ziemlich verkatert.

»Bist du noch bei Mom und Dad?«

»Nein. Dad hat mich gerade am Bahnhof abgesetzt, und dabei fiel mir auf, dass ich meine Jacke irgendwo vergessen habe. Bitte sag mir, dass sie in deiner Wohnung liegt.« Das Flehen in ihrer Stimme war nicht zu überhören. »Das ist meine Lieblingsjacke.«

»Du hast hundert Lieblingsjacken.« Das war so typisch Ida.

»Das tut nichts zur Sache«, grummelte sie. »Also, ist sie nun bei dir oder nicht?«

»Ich habe keine Ahnung.«

»Kannst du nachsehen?«

»Im Moment nicht.«

»Warum nicht?«

»Weil ich nicht zu Hause bin. Welchen Grund sollte ich denn sonst haben?«

»Bist du in der Klinik?«

»Nein.«

»Hast du ein Date?«

»Ich bin essen.«

»Alleine?«

»Ida …«

»Schon gut.« Ihre Belustigung war nicht zu überhören. »Viel Spaß. Sorry für die Störung. Tu nichts, was ich nicht auch tun würde.«

»Ich will nicht wissen, was du so treibst.« Oder mit wem.

»Spießer. Melde dich, ob meine Jacke bei dir ist, wenn du wieder daheim bist.«

»Bis dann, Iddy.« Ich verabschiedete sie mit ihrem Spitznamen aus Kindertagen, von dem ich wusste, dass sie ihn hasste. Ich schob das Handy zurück in die Hose und wartete, dass Faith zurückkam. Nach zwei Minuten legte ich meine Gabel beiseite, mit der ich in meinen Essensresten herumgestochert hatte. Nach fünf war mein Kaffee leer. Nach sieben sah ich immer wieder in die Ecke des Restaurants, in der die Toiletten lagen. Und nach zehn Minuten erhob ich mich, um nach Faith zu sehen. Ich hatte den Bereich vor den Toiletten gerade erreicht, als die Tür zu den weiblichen Waschräumen aufging und Faith heraustrat. Sie erschrak, als sie mich sah.

»Ben!«

»Alles okay?«, fragte ich und machte noch einen Schritt auf sie zu. Sie sah blass aus, und ihre Augen waren gerötet. Hatte sie geweint?

»Klar.« Faith senkte ihren Blick und versuchte sich an mir vorbeizuschieben. »Wir sollten zurück an unseren Tisch. Nicht dass die Kellnerin noch denkt, wir hätten vor, die Zeche zu prellen.« Sie schaffte es nicht einmal, die Mundwinkel nach oben zu ziehen, sodass ich ihr die lockeren Worte nicht mal im Ansatz abkaufte. Die Hand, die ich ihr stattdessen behutsam auf ihren Arm legte, ließ sie innehalten.

»Faith …«, sagte ich leise. »Bist du sicher, dass alles okay ist?«

Sie nickte kaum merklich. Für einen Moment schwiegen wir, und dieses Mal hatte die Stille nichts von dem angenehmen Schweigen, in das wir während des Essens verfallen waren. Es war eng und bedrückend, und ich spürte mit jeder Faser meines Körpers, dass Faith wegwollte. Sie wollte nicht hier stehen, sie wollte nicht, dass meine Hand auf ihrem Arm lag, und am allerwenigsten wollte sie mir sagen, was in den wenigen Minuten, die sie alleine gewesen war, vorgefallen war.

»Können … können wir gehen?« Sie sprach leise, und intuitiv wusste ich, dass sie nicht mehr aufessen wollte.

»Sicher.« Ich ließ meine Hand sinken. »Holst du unsere Jacken? Dann bezahle ich eben.«

Ohne ein Wort des Widerspruchs setzte sie sich in Bewegung. Ich sah ihr kurz hinterher. Was war nur passiert? Das war nicht die

Frau, die ich in den letzten Tagen kennengelernt hatte. Nicht, dass ich sie überhaupt besonders gut kannte, doch das Bild, das sie mir soeben geboten hatte, passte nicht zu dem Eindruck, den ich von ihr gewonnen hatte.

Ich zahlte unsere Rechnung, dann traf ich sie am Ausgang und nahm ihr meine Jacke ab. Sie sagte nicht sonderlich viel, als wir zur U-Bahn liefen, egal, wie sehr ich versuchte, die Stimmung zu lockern und sie von was auch immer abzulenken. Und sie sagte immer noch kaum etwas, als wir ausstiegen, die Station verließen und die paar Meter zu unseren Wohnungen zurücklegten.

Ein Zettel hing im Flur, als wir die große Eingangstür geöffnet hatten und hineingegangen waren.

»Glück gehabt«, sagte ich, nachdem ich ihn überflogen hatte. Ab morgen Nachmittag sollten wir angeblich wieder eine funktionierende Wasserzufuhr haben. »Kein Hallenbad für dich.« Und auch kein Besuch im Krankenhaus. Was mich mehr enttäuschte, als ich mir eingestehen wollte.

Faiths einzige Reaktion war ein Nicken, bevor wir ins Treppenhaus traten und die Stufen nach oben gingen. Sie lief ein paar Schritte vor mir, ich folgte ihr wortlos.

In wenigen Augenblicken würden wir unsere Wohnungen erreicht haben, und alles in mir widerstrebte einem solchen Abschluss des Abends. Wie konnte ich sie nun alleine lassen, wenn es ihr offensichtlich nicht gut ging? Aber mich aufzudrängen war ebenso wenig eine Option. Sie hatte keinen Ton darüber verlauten lassen, was sie beschäftigte, und ich glaubte nicht, dass sich das in den wenigen Sekunden, die mir noch in ihrer Gegenwart blieben, ändern würde. Sollte ich nicht eigentlich froh darüber sein, dass sie mir mit ihren Sorgen nicht auf die Nerven gehen wollte? Dankbar, dass sie es mir ersparte, sie irgendwie trösten zu müssen?

Die Verabschiedung fiel knapp aus. Faith steckte ihren Schlüssel ins Schloss, murmelte ein »Gute Nacht, Ben« und war verschwunden. Und das blieb sie tagelang.

7

Ich konnte es noch nie leiden, wenn Menschen meinen, Spielchen mit mir spielen zu müssen. An diesem Mittag war es Jason, der mir ein grinsendes »Rate, wer wieder da ist!« um die Ohren schlug, ehe er es sich auf dem freien Stuhl mir gegenüber bequem machte. So gut das auf diesen alten Plastikstühlen der Klinikcafeteria eben ging.

»Wer?« Ich war nicht wirklich in der Stimmung zu raten. Die Möglichkeiten waren unendlich, ich hatte Hunger, und Faith ging mir aus dem Weg. Ein einziges Mal hatte ich ihre Tür gehört und schnelle Schritte, die den Flur entlanggelaufen waren. Ansonsten war kein Ton aus ihrer Wohnung gedrungen. Auf der Feuertreppe hatte ich sie ebenfalls nicht angetroffen, und da das Wasser wie angekündigt am Tag nach unserem gemeinsamen Abendessen wieder lief, war auch das kein Grund mehr gewesen, um sie aufzusuchen. Ich hätte gerne gewusst, was mit ihr los war, doch offenbar hatte sie beschlossen, nicht darüber reden zu wollen.

Es war seltsam zu wissen, dass sie zwar nebenan war, aber doch so weit weg zu sein schien. Ich hatte unseren Abend im Shanghai Terrace sehr genossen und ich hatte bis zu dessen Ende angenommen, dass auch Faith Spaß mit mir gehabt hatte. Sie war zwar nicht so überschwänglich wie es zum Beispiel Grace in meiner Gegenwart war, aber sie hatte sich auch nicht unwohl gefühlt. Zumindest war ich davon ausgegangen, bis ich ihr zu den Toiletten gefolgt war.

Zum ersten Mal konnte ich nachvollziehen, wie es Daria ging, wenn sie mich löcherte, weil sie unbedingt die Antwort auf eine Frage wissen wollte. Die Ausgangssituationen waren zwar völlig unterschiedlich, doch wenn ich die Details nicht beachtete, war die Sache im Prinzip gleich. Sie war neugierig und machte sich zugleich Sorgen, und ich hätte lügen müssen, dass es mir mit Faith und ihrem seltsamen Abgang nicht ebenso ging.

»Du sollst raten.« Jason begann in seinem Essen zu stochern und schob sich ein paar Salatblätter in den Mund, ehe er mich wieder ansah.

»Sag's mir einfach«, murmelte ich. Auf diesen Kinderkram hatte ich keine Lust. Dazu war die Woche zu anstrengend gewesen.

»Deine Freundin.« Er grinste breit. »Liegt in Zimmer 312.«

Ich hatte keine Ahnung, wovon er sprach, und doch war Faiths Name das Erste, was mir bei seinen Worten in den Sinn kam. Vielleicht war die Frage nicht, was mit Faith los war, sondern was in *mich* gefahren war. Seit wann ließ ich es zu, dass meine Gedanken derartig von einer Frau beherrscht wurden, die ich noch nicht einmal nackt gesehen hatte?

»Dir ist klar, dass es völliger Unsinn ist, was du hier redest?« Ich griff nach der Wasserflasche, die ich mir zu meinem Essen gekauft hatte, und schraubte den Verschluss auf.

»Wieso?« Er sah mich verwundert an. »Sie ist wirklich hier.«

»Ich habe keine Freundin, Jason.« Ich trank einen Schluck und hustete im nächsten Moment los. Scheiße! Oder meinte er etwa Grace? Was zur Hölle erzählte sie den Kollegen für Mist über uns?

»Lass sie das besser nicht hören.« Nun lachte er richtig. »Das würde ihr das Herz brechen.«

»Hättest du vielleicht endlich die Güte, mir zu sagen, von wem du sprichst?«

»Na von Mrs Roberts. Neues Kniegelenk.« Er aß und musterte mich belustigt, als mir endlich ein Licht aufging. Jason sprach von einer älteren Patientin, bei deren Operation ich hatte assistieren dürfen und die seither einen Narren an mir gefressen hatte. Bei jeder der Nachkontrollen, die sie gehabt hatte, hatte sie auf meine Anwesenheit bestanden. Die gute Frau war fünfundsiebzig Jahre alt und bei Gott nicht auf den Mund gefallen. Wir hatten uns großartig verstanden, obwohl ich ihr Angebot, mich mit einer ihrer Enkelinnen zu verkuppeln, dankend abgelehnt hatte. Damals war ich noch keinen Monat Assistenzarzt am Saint Joseph's, aber längst fleißig dabei gewesen, mich durch die Riege der Schwestern und Kolleginnen zu schlafen.

»Wirklich?« Ich stellte meine Flasche zurück auf den Tisch und sah Jason dabei zu, wie er die Lasagne und den Salat in sich hineinschaufelte. Er hatte in der Mittagspause nie sonderlich viel Zeit. Meistens joggte er eine Runde um das Krankenhaus, duschte, und bis er dann zum Essen kam, waren oft nur noch ein paar Minuten übrig, in denen er sein Essen mehr oder weniger hinunterschlang.

»Ja.« Er nickte. »Aber frag mich nicht, wieso. Ich habe nur ihren Namen auf der Akte gelesen.«

»Okay.« Ich sammelte meinen Kram zusammen, nahm das Tablett und erhob mich.

»Lässt du mich jetzt ernsthaft für die alte Lady sitzen?«, fragte Jason mit vollem Mund.

»Du hast es selbst gesagt«, konterte ich. »Meine Freundin ist da, und wie wir beide wissen, soll man Frauen nicht warten lassen.« Mit diesen Worten verließ ich ihn und die Cafeteria und begab mich schnurstracks in die Richtung, in der ihr Zimmer lag. Noch war ein bisschen Zeit meiner Pause übrig, die ich für einen Besuch bei meiner ehemaligen Patientin nutzen konnte.

Mit einem Gesichtsausdruck, der halb erfreut und halb mahnend war, bog ich in das Zimmer ein, in dem ich Mrs Roberts wusste.

»Hatten wir nicht ausgemacht, dass ich Sie erst wiedersehe, wenn wir Ihr zweites Knie operieren?«

»Und hatte ich Ihnen nicht gesagt, dass Sie viel zu jung für mich sind, Dr. James?« Mrs Roberts sah von der Zeitung auf, in der sie gelesen hatte.

Nun lachte ich richtig und setzte mich zu ihr auf den Bettrand. »Was haben wir denn angestellt?« Mein Blick huschte über sie, doch auf den ersten Blick konnte ich nicht erkennen, weshalb sie hier war. Ihre Hände und Arme waren unversehrt, ihr Gesicht war zwar von Falten durchzogen, doch es war immer noch deutlich erkennbar, dass sie in jungen Jahren sehr schön gewesen sein musste. Mit Sicherheit war vor fünfzig Jahren sie diejenige gewesen, die Herzen gebrochen hatte. Unweigerlich dachte ich an Grace und mein beschissenes Verhalten ihr gegenüber. Ich hätte gerne gewusst, wie Mrs Roberts das früher gehandhabt hatte.

»*Wir* haben gar nichts angestellt, junger Mann.« Sie nahm ihre Zeitung und klopfte mir damit auf den Kopf.

»Wer ist dann schuld an Ihrer unerwarteten Rückkehr ins Saint Joseph's? Nicht, dass ich mich nicht freue, meine Lieblingspatientin zu sehen.« Ich grinste sie an. »Aber so schnell hatte ich nicht wieder mit Ihnen gerechnet.«

»Ach.« Sie winkte ab. »Ich passe momentan auf die Katze meiner Tochter auf, und das blöde Vieh meinte, meinen Weg kreuzen zu müssen, als ich die Bettwäsche in die Waschküche tragen wollte.«

»Autsch.« Ich verzog das Gesicht. »Gestolpert?«

»Und so blöd auf dem Allerwertesten gelandet, dass der Knochen durch war.« Sie schlug die Bettdecke zurück und zeigte mir ihr Bein, das ruhiggestellt war. »Das Knacken war ein bisschen unangenehm.«

Ein bisschen unangenehm war eine eindeutige Untertreibung, wenn ich sie mir so ansah.

»Lassen Sie mich raten … Ab sofort hassen Sie Katzen?«

»Ich konnte sie auch davor schon nicht leiden, aber … ja. Dieser heimtückische Hinterhalt hat meine Zuneigung nicht gerade gefördert.« Sie seufzte und verzog beinahe im selben Moment das Gesicht.

»Alles in Ordnung?«, fragte ich und griff nach ihrer Hand.

»Ja.« Sie atmete tief durch. »Manchmal ist da nur dieser stechende Schmerz, und dann muss ich kurz warten, bis er wieder vergeht.«

»Soll ich eine Schmerztablette für Sie besorgen?« Das war wohl das Falscheste, was ich hatte sagen können. Mit strengem Blick sah sie mich an.

»Ich habe vier Kinder auf die Welt gebracht, mein Freund. Das hier ist nichts dagegen. Unkraut vergeht nicht.«

Energisch und direkt wie eh und je, alles klar. »Wann ist die OP denn angedacht?«

Diese Frage verursachte ein empörtes Schnauben meiner Lieblingspatientin. »Erst am Montag. Was bedeutet, dass ich das gesamte Wochenende hier liegen und mich langweilen darf.«

»Das trifft sich gut«, entgegnete ich und erhob mich von ihrem Bett. Allmählich neigte sich meine Pause dem Ende zu. »Ich habe nämlich Wochenenddienst. Also können wir uns gemeinsam langweilen. Und wenn Sie es niemandem verraten …« Verschwörerisch senkte ich die Lautstärke meiner Stimme. »Dann bringe ich Ihnen ein Eis mit.«

»Ach, Dr. James.« Mrs Roberts lachte herzhaft, was ihrem Bein leider ganz und gar nicht guttat. Sie hielt inne. »Sind Sie immer noch nicht unter der Haube?« Ihr Blick senkte sich auf der Suche nach einem Ring zu meinen Fingern. Sie würde keinen finden. »Eine Schande. Wenn ich nur ein bisschen jünger wäre …« Sie schüttelte bedauernd den Kopf.

»Bis später, Mrs Roberts.« Ich verabschiedete mich mit einem federleichten Kuss auf ihren Handrücken von ihr. »Halten Sie die Ohren steif.« Am besten nahm ich mir diese Floskel auch selbst zu Herzen. Mir stand in der Tat ein endloses Wochenende im Krankenhaus bevor. Wenigstens hatte Grace frei, und ich konnte ihr somit aus dem Weg gehen. Aus den Augen, aus dem Sinn. Vielleicht steckte in dieser Phrase ja wirklich ein Fünkchen Wahrheit und traf wenigstens auf Grace zu. Faith hatte ich nun seit Tagen nicht gesehen, aber aus dem Sinn war sie mir deshalb lange nicht. Wie ging es ihr mittlerweile? War sie mit ihrem Artikel über die Ausstellung vorangekommen? Meine Tage im Krankenhaus waren lang, und ich hatte mich bisher nicht getraut, am späten Abend bei ihr zu klopfen und nachzusehen, ob sie noch wach war. Bisher war es immer andersherum gewesen, und die Frauen hatten meine Nähe gesucht. Dass dies bei Faith nicht der Fall war, war merkwürdig und irritierte mich und machte sie gleichzeitig zu der interessantesten Frau, die ich seit Langem kennengelernt hatte.

Mein nächstes Treffen mit Faith war einem glücklichen Zufall geschuldet. Als ich an diesem Abend nach Hause kam, in jeder Hand einen Jutebeutel – Geschenke einer sehr europäischen Mutter –, kam sie gerade aus ihrer Wohnung. Sie blieb stehen, als sie mich sah.

»Hi«, sagte ich und stellte meine beiden Beutel mit den Einkäufen neben mir auf dem Boden ab.

»Hallo«, erwiderte sie, drehte sich zu ihrer Tür um, und für einen Moment befürchtete ich, dass sie hastig zurück in ihre Wohnung treten würde. Stattdessen zog sie die Tür zu und schloss ab.

»Lange nicht gesehen.« Gott, meine Small Talk-Künste waren auch schon einmal besser gewesen.

»Ja. Viel zu tun.«

Okay. Wir waren also, warum auch immer, zurück bei den einsilbigen Antworten.

»Dein Artikel?«

Faith nickte.

»Kommst du wenigstens voran?«

»Wenn man mir zugutehält, dass ich schon drei Versionen des Artikels geschrieben hab, die allesamt scheiße sind, dann ja.« Sie zuckte mit den Schultern, und in ihrer gesamten Körperhaltung schwang ziemlich viel Frust mit.

»Also stehst du quasi noch am Anfang.«

»So könnte man das auch sagen, ja.« Sie drehte den Schlüssel in ihrer Hand hin und her, sodass er sanft klimperte.

»Du musst los, sorry.« Ich schloss meine eigene Tür auf und bückte mich nach meinen Einkäufen.

»Ich wollte eigentlich auch nur eben schnell ein paar Sachen einkaufen.« Sie deutete auf meine Beutel.

»Vielleicht hilft es dir, wenn du noch einmal in die Ausstellung gehst.« Ich schob die Taschen in den Flur.

»Ich war schon zweimal.« Faiths Stimme war lauter geworden. Als ich mich zu ihr umdrehte, war sie näher gekommen. Sie stand kaum einen Meter von mir weg und sah irgendwie verloren aus. Da war eine Schwere in ihrem Blick, die ich nicht ignorieren konnte, weder ihr noch mir selbst zuliebe. Wahrscheinlich war genau das auch der Grund, warum es einfach aus mir heraussprudelte.

»Ich könnte mitkommen.«

»Wohin?« Sie wirkte ob meiner Worte verwirrt. »Zum Einkaufen?«

Ich lachte. »Nein. In die Ausstellung. Wir könnten noch einmal zusammen hingehen.« Ich zuckte mit den Schultern. »Vier Augen sehen mehr als zwei.« Mein Vorschlag klang fast beiläufig, als wäre es nichts Besonderes, wenn wir gemeinsam in eine Kunstgalerie gingen. Streng genommen war es das auch nicht. Wir würden uns einfach nur zur selben Zeit ein paar Kunstwerke ansehen. »Was hältst du davon?«, hakte ich nach, als sie nicht antwortete.

»Hättest du … Hättest du denn Zeit dafür?« Ihre Worte klangen zaghaft, beinahe schüchtern. Als hätte sie Angst, ich könnte merken, was ich ihr da eben vorgeschlagen hatte, und einen Rückzieher machen.

»Wie lang hat die Galerie morgen auf?« Zeit hatte ich nicht wirklich, aber ich würde versuchen, pünktlich aus dem Krankenhaus abzuhauen. Dann hätten wir immerhin ein kleines Zeitfenster, das wir für einen Besuch dort nutzen konnten.

»Bis acht.«

»Das ist prima. Ich habe um fünf Dienstschluss. Wenn du mich abholst, könnten wir von dort direkt mit meinem Wagen weiterfahren.« Ich wartete. Ein paar Sekunden lang blickte sie mich unschlüssig an. Es war nicht zu übersehen, dass hinter ihrer Stirn ein ganzes Heer von Gedanken miteinander kämpfte. »Falls du gerade darüber nachdenkst, ob du es mir wirklich antun kannst, mich in eine Kunstgalerie zu schleppen …« Ich grinste, als ihre Wangen eine dezente Rötung annahmen. Ich hatte sie ertappt. »Denk dran, dass dieser Vorschlag von mir kam. Du zwingst mich zu nichts.« Im Gegenteil. Vielmehr war schon wieder ich derjenige, der sich ihr mehr oder minder aufdrängte, und ich hatte keine Ahnung, wieso ich nicht damit aufhören konnte.

»Dann um fünf vor dem Krankenhaus?«

»Zehn nach. Ich brauche ein paar Minuten, um mich umzuziehen und nach unten zu laufen. Weißt du noch, wo der Eingang am Blutspendetag war?«

Sie nickte.

»Warte einfach dort auf mich.«

»Okay.«

»Okay.« Ich machte einen Schritt von ihr weg. »Dann bis morgen.« Und ehe sie es sich anders überlegen konnte, huschte ich eilig in meine Wohnung und zog die Tür hinter mir zu. Erleichterung durchflutete mich. Ich war froh, dass ich sie endlich wieder gesehen hatte, und ich hatte es sogar geschafft, ein nächstes Treffen mit ihr auszumachen. Das war im Vergleich zu den vergangenen Tagen eine Steigerung um einhundert Prozent. Na gut, 99,8 – immerhin hatte ich ja Schritte auf dem Gang gehört. Pfeifend verstaute ich meinen eingekauften Kram in den Küchenschränken. Vielleicht würde das Wochenende doch nicht so furchtbar werden, wie ich angenommen hatte.

Am nächsten Tag trat ich auf die Sekunde pünktlich aus dem

Krankenhaus. Mir war schleierhaft, wie ich es geschafft hatte, doch es hatte wirklich niemand versucht, mich aufzuhalten. Die Kollegen hatten mir einen angenehmen Feierabend gewünscht, und auch Mrs Roberts, bei der ich noch kurz vorbeigeschaut hatte, hatte mich mit einem »Ab nach Hause mit Ihnen!« regelrecht hinausgeworfen.

Faith stand bereits vor den großen Eingangstüren, als ich das Krankenhaus verließ, und hielt zwei Pappbecher in den Händen. Den größeren der beiden streckte sie mir entgegen.

»Du hast mir Kaffee mitgebracht?« Ich strahlte sie an.

»Schwarz. Nur Zucker.« Sie lächelte.

»Du hast aufgepasst.« Anerkennend hob ich eine Augenbraue und schürzte die Lippen. »Danke.« Dann nippte ich an der kleinen Öffnung, durch die sich der Kaffee in meinen Mund ergoss.

»Was trinkst du?«, fragte ich, nachdem ich meinen Becher wieder abgesetzt hatte. Ich deutete ihr an, in welcher Richtung sich der Parkplatz befand, auf dem mein Auto auf uns wartete. »Ich nehme nicht an, dass es sich bei dem Getränk deiner Wahl um Kaffee handelt.«

»Richtig vermutet.«

»Blasphemie«, murmelte ich. »Irgendwo auf der Welt fällt gerade bestimmt eine Kaffeepflanze um, weil du ihre wertvollen Bohnen derart herzlos verschmähst. Hast du kein Mitleid?«

»Und irgendwo schießt eine andere Pflanze zwei Meter in die Höhe, weil du das Zeug so liebst.«

»Was kann man daran auch nicht mögen?« Gierig trank ich den nächsten Schluck. »Kaffee ist die billigste legale Droge, die du kriegen kannst. Ich finde, das gehört unterstützt.«

»Ich mag immerhin den Duft frisch gerösteter Kaffeebohnen«, gestand sie, und das beruhigte mich dann doch etwas.

»Na, Gott sei Dank.«

Wir erreichten meinen Wagen, ich öffnete ihr die Tür und ließ sie einsteigen. Nachdem ich selber saß und meinen Becher in die dafür vorgesehene Halterung gestellt hatte, startete ich den Motor. »Also, wo müssen wir hin?«

Faith tippte die Adresse in mein Navi ein, und die mechanische Stimme gab mir die erste Anweisung, der ich sogleich Folge leistete.

»Darf ich?« Faith deutete mit dem Kopf in Richtung des Radios, und ich nickte. Keine fünf Sekunden später bereute ich es, als sie einen Sender gefunden hatte, der ihr gefiel.

»Katy Perry? Ernsthaft?«

»Was spricht gegen Katy?«

»Seelenloser Mainstream-Pop. Absolut austauschbar. Katy, Taylor, Kesha …«, zählte ich auf. »Der ganze Scheiß klingt doch wie Einheitsbrei.«

»Okay.« Sie lachte und drehte noch einmal den Knopf auf der Suche nach einem anderen Sender hin und her. »Sind die Achtziger besser?«

»Minimal.«

»Banause.« Sie seufzte. Und suchte weiter. Grinsend beobachtete ich sie aus den Augenwinkeln dabei. Nach ein paar Sekunden hatte sie einen weiteren Sender gefunden, der ihrem Geschmack entsprach, und das teilte sie mir auch ohne Umschweife mit.

»Ich hoffe, der Herr hat nicht auch was gegen dieses Lied.«

Juke Box Hero. Foreigner. Damit konnte ich leben.

»Ist okay.«

»Ist okay«, wiederholte sie meine Worte und schüttelte fassungslos den Kopf. »Unglaublich. Das ist ein Klassiker. Wie kann man diesen Song nicht mögen?«

Ich sagte nichts und überließ sie ihrer kleinen Schimpftriade. Es war niedlich und mir allemal lieber als die schweigende Faith, der ich mich vor sechs Tagen gegenübergefunden hatte.

»Was hörst du für Musik, wenn dir weder gängige Hits noch Klassiker zusagen? Was bleibt da denn groß übrig?«

Ich zeigte auf mein Handschuhfach. »Sieh nach.«

Faith kam meiner Aufforderung nach und zog einen Stapel CDs hervor.

»Ja, ich weiß«, sagte ich, während ich nach links abbog. »Ich bin altmodisch und kaufe noch CDs.«

Faith erwiderte nichts darauf, sondern besah sich die CD-Hüllen. Eine nach der anderen wurde inspiziert, ehe sie meine Musik sinken ließ. »Ich kenne nichts davon.«

»Dachte ich mir schon.« Ich nahm eine Hand vom Lenkrad und tippte auf eine der CDs. »Pack mal die hier rein.«

Kommentarlos kam Faith meiner Aufforderung nach, legte die CD ein, und kurze Zeit später erklangen die ersten Töne eines Pianos. »Emmit Fenn«, las sie vor und betrachtete die Hülle genauer. Dann lauschte sie dem Lied, den ruhigen Tönen, der sanften Stimme.

»Hätte ich nicht gedacht«, murmelte sie nach einer Weile und nippte an ihrem Becher.

»Was meinst du?«

»Dass du … auf so was stehst.«

»Warum?«

»Keine Ahnung.« Sie zuckte mit den Schultern. »Irgendwie hab ich mehr Krach erwartet.«

»Krach?«

»So was wie die älteren Alben von Linkin Park vielleicht?« Sie legte die CD-Hülle beiseite und lehnte eine Hand gegen das Fenster.

»Manchmal brauch ich ruhige Musik.« Nun war ich es, der mit den Schultern zuckte. »Wenn du den ganzen Tag konzentriert bei der Sache sein musst, willst du dich nach Dienstschluss einfach nur berieseln lassen. Emmit Fenn ist perfekt dafür. Oder Lewis Capaldi. Von ihm müsste auch irgendwo eine CD hier rumfahren.« Ich griff in die Seitenablage, fand zwei weitere Hüllen und reichte sie Faith.

Eine Weile schwiegen wir und verloren uns in der Musik. Faiths Kopf wippte leicht zum Takt des Liedes. Sie sagte nichts, doch ihr schien zu gefallen, was sie hörte. Immer wieder trank sie kleine Schlucke aus ihrem Becher.

»Tee?«, riet ich irgendwann.

»Was?«

»Dein Getränk. Tee?«

»Oh.« Sie schüttelte den Kopf. »Nein. Ein Matcha Latte.«

»Dekadent.« Und etwas, was ich niemals freiwillig getrunken hätte, aber diesen Fakt verschwieg ich ihr. Dazu fand ich es zu angenehm, mit ihr in meinem Auto zu sitzen, meine Musik zu hören und der Dämmerung entgegenzufahren. Leider dauerte die Fahrt zur Galerie nicht allzu lange. Sie lag im selben Viertel wie das Krankenhaus. Nachdem wir um ein paar Blocks gefahren waren, fand ich auch einen Parkplatz. Zehn Minuten später betraten wir das Gebäude, und Faith führte mich in einen abgetrennten Bereich, der für die Ausstellung reserviert war. Dann packte sie ein Brillenetui aus, schob sich die Brille auf die Nase, band sich die Haare zusammen und zog ein Klemmbrett aus ihrer Tasche. Mit nur vier Handgriffen hatte sie sich in die Journalistin verwandelt, von der sie mir erzählt hatte.

»Wow.« Ich konnte nicht anders und ließ meinen Blick bewundernd über ihren Körper schweifen. Sie trug einen knielangen schwarzen Rock und eine graue Bluse, ihr Mantel hing ihr locker über dem Arm. Zum ersten Mal fiel mir auf, dass sie diese Ausstellung nicht einfach nur besuchte, sondern sich fast schon wie für ein Geschäftsessen herausgeputzt hatte.

»Was?«

»Sehr professionell, Miss …« Ich hielt inne, als mir auffiel, dass ich keine Ahnung hatte, wie sie mit Nachnamen hieß. Oder wie alt sie war. Wo sie vorher gewohnt hatte. Unsere Gespräche hatten diese Bereiche nie tangiert.

»Carlton. Mein Nachname ist Carlton.«

»Okay, Miss Carlton.« Ich nickte. »Dann zeigen Sie mir doch einmal, was wir uns heute hier ansehen wollen.«

»Ja. Okay. Klar.« Faith drehte sich in Richtung des großen, fast schwarzen Bildes, das an der Wand hing. »Hier hätten wir … ein monochromes Gemälde. Ich glaube, so hieß das in der Info-Broschüre.« Sie legte den Kopf schief. »Ich habe keine Ahnung, was es ausdrücken möchte, aber offensichtlich handelt es sich um ein Kunstwerk. Ansonsten würde es nicht hier hängen.« Ihr Blick ruhte auf dem Bild. Meiner lag auf ihr. Ich hatte nur einen kurzen Augenblick auf das Bild gesehen und beschlossen, dass es mir nicht gefiel. Ein paar Momente verstrichen. Dann schien Faith zu demselben Schluss zu kommen. Kopfschüttelnd wandte sie sich wieder mir zu. »Wollen wir weiter?«

Ich nickte und folgte ihr zum nächsten Kunstwerk. Dieses Mal fanden wir uns einer knallbunten Figur gegenüber, die nicht unförmiger hätte sein können. *»Das Mädchen im Eis«*, las ich den Titel vor, der auf einem kleinen Metallschildchen an der Skulptur angebracht war. Ich konnte weder ein Mädchen noch Eis entdecken, aber hey, was wusste ich schon. Faith führte mich durch die gesamte Ausstellung. Wir besahen uns die ausgestellten Stücke ausführlich, lachten über das eine oder andere, bewunderten nur wenige und manchmal schwiegen wir auch einfach nur beide, weil das Kunststück so furchtbar war, das ihm schlichtweg keine Worte gerecht wurden.

Nach einer guten Stunde hatten wir alles gesehen, und Faith sah mich neugierig an. »Und? Abschlussfazit?«

»Interessant.« Ich versuchte, die vergangenen sechzig Minuten diplomatisch zu beschreiben. »Und … interessant?« Hilflos zuckte ich mit den Schultern. Ich wusste wirklich nicht, was ich sagen sollte, um dieses Erlebnis treffend zu beschreiben. Das meiste, was wir gesehen hatten, war Schrott in meinen Augen, und da half es auch nicht, dass sich die Galerie bei der Darstellung wirklich Mühe gegeben hatte. Schrott blieb Schrott, so leid es mir tat.

»Verstehst du nun mein Problem?« Sie blickte auf das Papier auf ihrem Klemmbrett, das immer noch strahlend weiß und unbenutzt war wie zu dem Zeitpunkt, als wir hier angekommen waren. »Dieser ganze Kram hier ist nicht mein übliches Aufgabengebiet. Ich habe keine Standardphrasen parat, die ich nutzen könnte.«

»Warum musst du dann über die Ausstellung berichten?«

»Der Organisator ist ein Freund meines Chefs.« Sie seufzte. »Deswegen muss unbedingt ein Artikel über die Ausstellung erscheinen, und das Los dafür fiel auf mich. Et voilà.« Sie drehte sich einmal um sich selbst. »Mit einem Mal sind dreihundert Wörter ganz schön viel.«

»Wir könnten uns den Kram schöntrinken«, schlug ich vor. »Steigender Alkoholkonsum führt bestimmt zu verbalen Kreativitätsergüssen. Soll ich uns eine Flasche Wein besorgen?«

»Nein.« Faith schüttelte belustigt den Kopf. »Kein Alkohol für mich.«

»Wie?« Ich warf ihr einen abschätzenden Blick von der Seite zu. »Kein Bier. Kein Wein. Trinkst du überhaupt nichts?« Meine Augen wurden groß. »*Gar* nichts? Nie?«

Der Ausdruck auf ihrem Gesicht war mir Antwort genug. »Okay.« Ich kratzte mich am Hinterkopf, ehe ich ein Lächeln aufsetzte und nickte. »Gut. Wir brauchen also eine andere Lösung für dein Problem.« Die Fakten waren klar. Die Ausstellung war ganz hübsch, nur deren Inhalt entsprach weder ihrem noch meinem Geschmack. »Konzentrieren wir uns auf die positiven Aspekte. Welche Worte beschreiben deiner Meinung nach treffend diesen Raum hier?« Ich drehte mich einmal im Kreis und breitete die Arme aus. »Denk mal nicht drüber nach, dass das hier eigentlich gerade dein Job ist. Was würdest du sagen, wenn du einfach nur als Besucher hier wärst und zufällig einem der Künstler …« Ich malte Gänsefüßchen in die Luft. »… begegnen würdest? Ich halte dich für einen Menschen, der nicht unsensibel raushaut, was er wirklich denkt. Du würdest deine Meinung verpacken. Richtig?«

Sie nickte.

»Also, stell dir vor, ich wäre der Künstler …« Ich sah mich nach einem Beispiel um. »Okay, lass uns das hier nehmen. Stell dir vor, ich hätte dieses großartige Meisterwerk erschaffen.« Ich deutete auf die potthässliche Statue hinter mir. Sie war aus Stein geschlagen, dann aber in allerlei Farben angemalt worden. Es sah eher nach Geschmiere aus als nach wirklicher Malerei. »Was würdest du mir sagen?«

»Interessante … ähm … Farbgebung?«

»Ja.« Ich nickte und klopfte mit dem Finger auf ihr Klemmbrett. »Schreib das auf. Interessante Farbgebung.«

Faith warf mir einen skeptischen Blick zu. »Das bezieht sich auf ein Kunstwerk direkt. Ich soll aber über die Ausstellung berichten.«

»Ich weiß.« Diese Tatsache war mir nicht entgangen. »Wir sammeln ja auch erst mal nur Phrasen und Wörter, die mit Kunst zu tun haben.« Ich grinste. »Wie in der Schule.«

»Okay.« Wenig überzeugt davon, dass meine Theorie Erfolg haben würde, kam sie meiner Aufforderung nach und notierte sich die ersten beiden Worte. »Liebevoll arrangiert«, hörte ich sie murmeln, und auch diese Aussage fand ihren Weg auf Faiths Notizblatt. Als liebevoll hätte ich den ganzen Quatsch hier zwar nicht beschrieben, doch ich gestand Faith zu, dass sie ein Adjektiv brauchen würde, das die ganze Sache in ein etwas positiveres Licht rückte, als es tatsächlich war. Sie war keine Kunstkritikerin, also wollte ihr Chef mit Sicherheit keinen Artikel von ihr haben, der die Ausstellung in Grund und Boden stampfte.

»In die Thematik eingebunden.«

»Schmeichelndes Licht.«

»Weder Kosten noch Mühen gescheut.«

Unsere Sammlung wuchs stetig. Faith schrieb fleißig mit.

»Hervorragend in Szene gesetzt.«

»Unterstreichende Musik im Hintergrund.«

»Aufstrebende Künstler. Wie heißen diese Menschen?« Ich hatte keine Ahnung, wessen Werke wir uns hier ansahen, aber Faith würde das schon herausfinden.

»Harmonische Stimmung.«

»Oh, ja. Hübsch.« Ich grinste. »Ein bisschen Harmonie ist immer gut. Das könntest du gleich zweimal erwähnen.«

Ich hörte Faith kichern, als sie ihre Liste vervollständigte. »Um ein bisschen Professionalität sollte ich mich schon bemühen. Aber danke für den Vorschlag.« Als sie wieder aufsah, war das Blatt fast voll. »Okay.« Sie musterte ihre Notizen und nickte zufrieden. »Ich denke, daraus lässt sich etwas machen.«

»Das heißt also, wir sind hier fertig?« Hoffungsvoll sah ich sie an, und als sie zustimmend nickte, stieß ich eine Faust in die Luft.

»Yes!« Kurz entschlossen fasste ich nach Faiths Hand und zog sie mit mir. Raus aus der Ausstellung und raus aus dem Gebäude.

»War es so furchtbar?«

Ich hörte sie hinter mir herhasten und leise lachen. Meine Hand hielt immer noch die ihre umschlungen. Ich ließ sie erst wieder los, als wir draußen ankamen und die Treppen nach unten liefen.

»Ja. Aber ich mache dir keinen Vorwurf«, sagte ich großzügig. »Das habe ich mir selbst zuzuschreiben. Du hattest mich gewarnt.«

»Hatte ich«, bestätigte sie, während wir zurück zu meinem Wagen gingen.

»Versprich mir, dass wir uns so was so schnell nicht noch mal antun.«

»Versprochen.«

»Gut. Aber ich finde, du schuldest mir trotzdem was.«

»Tue ich?«

»Ja.«

»So, so. Was stellst du dir denn vor?«

Ich stellte mir vieles vor. Sie. In meinem Bett. Unter der Dusche. Auf dem Sofa. Vielleicht auch in der Küche. Und jedes Mal trug sie nicht mehr als ein bisschen Unterwäsche, die ich ihr vom Körper streifte. Erst den einen, dann den anderen BH-Träger. Ihr Höschen.

Scheiße. Kopfschüttelnd ermahnte ich mich, bei der Sache zu bleiben. Das war nicht das, was Faith gemeint hatte. Bei jeder anderen Frau hätte ich meine Gedanken trotzdem einfach ausgesprochen. Hätte abgewartet, wie sie reagierte, und zu 93,7 Prozent wäre eine meiner Fantasien kurz darauf Wirklichkeit geworden. Doch Faith … Ich wusste nicht, was es war, das mich davon abhielt, meine große Klappe zu öffnen. Aber ich verschwieg ihr, woran ich wirklich dachte, und fragte sie stattdessen, ob sie Hunger hatte.

»Gleich da vorne gibt es einen sehr guten Äthiopier. Hast du Lust?«

Faith stimmte meinem Vorschlag zu. Mit dem Ergebnis, dass wir keine fünf Minuten später vor verschlossenen Türen standen.

»Okay.« Ich rieb mir die Stirn, ehe ich mich Faith zuwandte und sie anlächelte. »Kein Problem. Ich kenne noch einen auf dem Rückweg. Dann nehmen wir uns eben dort was mit.«

Eine knappe Stunde später hielten wir jeder eine Plastiktüte mit unserem Essen in den Händen.

»Zu dir oder zu mir?«, fragte ich Faith, als wir die Treppen nach oben liefen. Für einen kurzen Moment genoss ich es, ihr Unbehagen zu beobachten, während sie über meine Frage nachdachte.

Dann erlöste ich sie. »In zwei Minuten auf der Feuertreppe?«

8

Es vergingen fünf Minuten, bis Faith aus ihrem Fenster geklettert kam. Und sie hatte mitgedacht. Um ihre Schultern hing eine dünne Decke, damit ihr nicht kalt wurde. In der einen Hand hielt sie Besteck, in der anderen ihr eingepacktes Essen. Ich saß bereits auf meiner Seite der Feuertreppe, eine Flasche Wasser neben mir, und war dabei, meine Box aus der Plastiktüte zu schälen. Bevor Faith sich setzen konnte, hielt ich ihr mein Paar Hausschuhe entgegen. »Hier.« Ich hatte sie mit rausgenommen. Nur für den Fall, dass sie wieder frösteln und überlegen könnte, zurück in ihre Wohnung zu flüchten.

Für einen Moment sah sie irritiert zwischen mir und den Schuhmonstern hin und her.

»Die sind bequemer als deine Schuhe.« Ich zeigte auf ihre Füße, die immer noch in den alten Chucks steckten, die sie auch in der Ausstellung angehabt hatte und die ganz im Kontrast zu ihrem restlichen Outfit standen. »Und wärmer.«

»Was ist mit dir?«

»Zwei Paar Socken.« Grinsend hob ich meine Füße an und zappelte hin und her. Ein paar Sekunden verstrichen. Dann zuckte sie mit den Schultern, streifte sich ihre Chucks von den Füßen und warf sie in hohem Bogen durch das geöffnete Fenster in ihre Wohnung. Im nächsten Augenblick schlüpfte sie in meine Hausschuhe und ließ sich auf der Treppe nieder.

Schweigen senkte sich über uns, als wir aßen, und gab mir die Gelegenheit, sie eingehend zu mustern. Ihre langen Haare fielen ihr locker über die Schultern und waren nicht mehr in diesem strengen Zopf zusammengebunden, den sie in der Ausstellung getragen hatte. Auch die Brille, die ihr verdammt gut gestanden hatte, war wieder verschwunden. Und ich war sehr erleichtert, dass sie entspannter war als vor einer guten Woche im Shanghai Terrace.

Was auch immer sie so aus der Bahn geworfen hatte, schien heute nicht mehr denselben Stellenwert einzunehmen. Oder sie versteckte es nur gut.

»Wann beginnt dein Dienst morgen?« Faith schob sich eine Gabel Reis in den Mund und kaute genüsslich, während sie auf meine Antwort wartete.

»Viel zu früh.« Ich seufzte und schob mir ein Stück des labbrigen Weizenbrotes in den Mund, der Teil meines ausgesuchten Gerichts war. »Um sechs. Und ich finde es nicht sehr nett von dir, dass du mich daran erinnerst.«

»'tschuldigung.« Ihre Erwiderung kam prompt und gefolgt von einem zaghaften Lächeln. »Ich verspreche, heute nicht mehr davon anzufangen.«

»Gut.« Ich sah kurz auf, ehe ich ein Brotstück in die Soße tauchte. Faith mochte ihr Essen mit Messer und Gabel bekämpfen, aber ich hatte beschlossen, den traditionellen Weg zu gehen und meine Finger zu benutzen. »Ansonsten hätte ich dich leider alle dreißig Sekunden fragen müssen, wie du mit deinem Artikel vorankommst.«

Lachend wich ich aus, als ihr Arm in meine Richtung zuckte, und hielt ihr stattdessen ein Stück des Weizenbrotes hin. »Willst du probieren?«

»Soll das eine Art Bestechung sein?« Misstrauisch musterte sie meine Hand, ehe sie mir das Stückchen Brot abnahm und sich in den Mund schob. »Aber gut. Keine Gespräche mehr über die Arbeit. Ich schätze, das ist fair.« Sie schluckte und pikte eine Tomate auf ihre Gabel. »Du hast eigentlich kein Wochenende, und die paar Stunden, die du nicht im Krankenhaus sein musst …« Sie zuckte mit den Schultern. »Ich hätte wohl auch keine Lust, über meinen Job zu reden. Also … keine Erwähnungen deines Berufes mehr.«

»Das ist sehr nett von dir. Danke.«

Faith schenkte mir lediglich ein *Nicht der Rede wert*-Schulterzucken. Die Decke über ihren Armen drohte dabei nach unten zu rutschen. Umständlich zog sie sie wieder nach oben und enger um sich. Lange würde es nicht mehr dauern, bis es zu kalt war, um noch hier draußen sitzen zu können. Was bedeutete, dass ich mir etwas einfallen lassen musste, wie ich Faith in meine Wohnung lotsen oder mich in ihre einladen konnte. Der Abend war schön, und ich wollte nicht, dass er zu Ende ging. Ich genoss es, mit ihr zusammenzusitzen und zu reden. Es erstaunte mich selbst, doch ich musste mir eingestehen, dass sie die erste Frau in meinem Alter seit Jahren war, mit der es mir schlichtweg Spaß machte, mich zu unterhalten. Was nicht bedeutete, dass ich sie nicht auch gerne geküsst oder ihren Körper näher erforscht hätte.

Meine Box war schneller leer als Faiths. Sie hatte knapp die Hälfte gegessen, als ich meine wieder zumachte und in die Tüte steckte. Dann lehnte ich mich an das Geländer der Treppe und sah ihr beim Essen zu. Es dauerte keine fünf Sekunden, bis sie ihre Gabel sinken ließ und mich mit ihren Blicken beinahe durchbohrte. Ich wusste genau, was ihr Problem war, doch anstatt damit aufzuhören, sah ich sie weiterhin an, ein belustigtes Lächeln auf meinen Lippen.

»Ben!« Sie verdrehte die Augen. »Lass das.«

»Warum?«

»Weil ich es sage.«

»Weil du es sagst?« Nun grinste ich richtig. »Das ist natürlich ein äußerst überzeugender Grund.«

»Ben …«

»Ja? So heiße ich.« Mein Grinsen wurde immer breiter, je mehr ich sie ärgerte.

»Hör auf damit.« Drohend wedelte sie mit ihrer Gabel vor meinem Gesicht hin und her. Es sollte vermutlich einschüchternd wirken. Auf mich hatte es lediglich den gegenteiligen Effekt. Ich fand es niedlich, wie sie sich aufregte. Niedlich und sexy.

Doch ich wollte mein Glück nicht überstrapazieren.

»Also gut.« Ich griff nach meiner Mülltüte und stand auf. »Du hast drei Minuten. Dann bin ich wieder da.« Mit diesen Worten stieg ich durch mein Fenster zurück in die Wohnung, warf die Tüte mit der leeren Box in den Mülleimer und wusch mir die Hände. Ich hatte sie gerade abgetrocknet und war auf dem Weg zurück zur Feuertreppe, als Faith im Fensterrahmen erschien. In der Hand hielt sie ihre Box.

»Bist du auch fertig?«, fragte ich und trat auf sie zu.

»Ja. Warte.« Sie schob ein Bein herein, und dann geschah alles auf einmal. Mit ihrem anderen Fuß blieb sie am Rahmen hängen, und das Standbein rutschte unter ihr weg, weil ihr meine verdammten Schuhe viel zu groß waren. Die Essensbox glitt ihr aus der Hand und fiel zu Boden.

»Shit!«, entfuhr es mir, während sie nur einen alarmierten Laut von sich gab. Ich stürzte auf sie zu und erwischte sie genau im richtigen Moment. Statt auf den Boden fiel sie in meine Arme. Ich spürte die Wärme ihres Körpers an meiner Brust und fühlte ihren rasenden Herzschlag, als sie mir erschrocken in die Augen sah.

»Alles okay?«, fragte ich leise, lockerte meinen Griff um ihre Hüfte aber kein bisschen. Wortlos nickte sie, und obwohl das der Moment gewesen wäre, sie wieder loszulassen, tat ich es nicht. Meine Finger lagen auf ihrem Rücken, ihre Hände waren zwischen uns an meinen Bauch gedrückt, und mit jeder Faser meines Körpers spürte ich ihre Nähe. Es wäre ein Leichtes für sie gewesen, sich von mir wegzuschieben. Ich hätte sie nicht davon abgehalten. Doch Faith blieb an mich gepresst stehen und sah mich einfach nur an. Sie war nah, so verführerisch nah. Ein paar widerspenstige Haarsträhnen waren ihr ins Gesicht gefallen, die ich ihr nur zu gerne hinter das Ohr strich. Sie roch süß, nach Vanille und Mandeln und Weihnachten. Wie der Beginn eines neuen Jahres.

Ihre Zähne bohrten sich in ihre Unterlippe, ein eindeutiges Zeichen dafür, dass sie nervös war. Und ich glaube, das war der Grund dafür, warum ich die nächsten Worte aussprach und nicht einfach nur handelte.

»Ich will anständig sein«, murmelte ich. Ich war ihr so nah, dass mein Atem ihre Haare sanft wehen ließ. »Und als anständiger Mann sollte ich dich darauf hinweisen, dass es meine unmittelbare Absicht ist, dich zu küssen.« Meine Worte waren Warnung, Ankündigung, Versprechen zugleich. Ich ließ ihnen eine kurze Pause folgen. Sekunden, die ich ihr gab, um zu entscheiden, ob sie mit dieser Aussicht einverstanden war. Ich hätte sie gehen lassen, hätte sie sich von mir weggedrückt. Ich hoffte, dass sie es nicht tun würde, doch die Entscheidung darüber lag einzig und alleine bei ihr.

Faiths Mund öffnete sich, schloss sich dann aber wieder, ohne dass sie einen Ton von sich gab. Ihre grünen Augen wirkten fast schwarz, als sie stumm blieb. Sie äußerte kein Wort, keinerlei Protest und machte auch keine sonstigen Anstalten, dass sie mit einem Kuss nicht einverstanden war. Eine weitere Sekunde gab ich ihr.

Faith blieb stehen.

Dann ließ ich meine Hand zu ihrem Gesicht gleiten und fuhr mit den Fingerspitzen über ihre Wange. Ihre Haut war warm und weich. Ich lächelte, als ich die Gänsehaut darauf sah. Kaum merklich neigte Faith ihren Kopf meinen Fingern entgegen und lehnte sich in meine Berührung. Damit gab sie mir das Zeichen, auf das ich gewartet hatte. Ich beugte mich zu ihr und legte meine Lippen auf ihre. Meine andere Hand fand wie von selbst den Weg an ihre zweite Wange, und ich erhöhte den Druck auf ihren Mund. Ihre Brüste waren durch den Stoff ihrer Kleidung deutlich spürbar, und ich drängte mit meiner Zunge gegen ihre Lippen. Den Bruchteil einer Sekunde später hieß sie mich mit ihrer willkommen. Mit einem Ruck zog ich sie näher an mich, und das Verlangen in mir loderte augenblicklich noch stärker auf. Ich wollte das hier. Ich wollte so viel mehr. Ich wollte sie.

Meine Erektion presste sich deutlich gegen ihren Bauch, und für einen Moment tat es mir fast leid, dass ich sie damit regelrecht überfiel. Andererseits war ich mir sicher, dass dies garantiert nicht das erste Mal war, dass Faith spüren konnte, welche Wirkung sie auf einen Mann hatte, den sie gerade küsste.

Und dann war es vorbei. Sie drückte sich von mir und sah mich für einen Augenblick völlig entsetzt an. Im nächsten Moment machte sie auf dem Absatz kehrt, stürzte beinahe aus dem Fenster, und während ich ihr noch immer verdattert hinterhersah, hörte ich ihre schnellen Schritte über die Eisentreppe eilen. Dann wurde es wieder still. Zu still. Ich erwachte aus meiner Starre, lief rasch zum Fenster und beugte mich hinaus. Das Fenster zu Faiths Wohnung war geschlossen.

Okay. Scheiße.

Was hatte ich falsch gemacht? Sie hatte den Kuss erwidert, das konnte sie nicht leugnen. Ich hatte ihr die Möglichkeit gegeben, ihn zu verhindern, hätte sie mich partout nicht küssen wollen. Und ich hatte ihr auch nicht wehgetan. Herrgott, ich hatte nicht einmal an ihrer Unterlippe geknabbert, wie ich das eigentlich vorgehabt hatte, seit ich sie zum ersten Mal gesehen hatte.

Mit fast schon mechanischen Bewegungen stieg ich noch einmal auf die Feuertreppe hinaus und sammelte die Reste ein, die dort herumlagen. Meine Wasserflasche, die auf Faiths Plastiktüte stand. Die alte Decke, auf der ich gesessen hatte. Mit den Sachen unter den Arm geklemmt, begab ich mich zurück in meine Wohnung. Sorgsam zog ich das Fenster nach unten und verriegelte den Verschluss. Die Decke landete auf der Couch, die Flasche trug ich in die Küche, wo ich sie in den Kühlschrank packte. Dann lehnte ich mich an die Küchenablage und starrte an die Stelle, an der wir eben noch gestanden hatten. Was war nun schon wieder passiert, das ihr das Gefühl gab, flüchten zu müssen? Wenn es meine Lieblingsbeschäftigung war, ungefragt in ihre Wohnung zu platzen, dann war die Flucht aus meiner eindeutig ihre.

Kurz überlegte ich, ihr einfach nachzulaufen. Nebenan zu klopfen und sie ohne Umschweife zu fragen, was ihr Problem war. Allerdings war ich nicht davon überzeugt, dass ich eine Antwort erhalten hätte. Denn eine Sache war mir mittlerweile klar: Faith war niemand, von dem man eine Erklärung erzwingen konnte. Wenn sie nicht antworten wollte, tat sie es nicht. Kopfschüttelnd stieß ich mich von der Küchentheke ab und ging ins Bad.

Im ersten Moment dachte ich, ich hätte mich verhört. Dann vernahm ich es wieder. Ein Klopfen. Irgendjemand klopfte an meine Tür, und ich war mir ziemlich sicher, zu wissen, um wen es sich dabei handelte.

Ich öffnete. Mir gegenüber stand Faith, und was ihr vor zehn Minuten noch an Entschlossenheit gefehlt hatte, schien sie nun für sich entdeckt zu haben. Energisch schob sie mich ein paar Schritte in meine Wohnung hinein, warf die Tür ins Schloss und vergrub ihre Hand in meinem Shirt.

»Schlafzimmer«, knurrte sie, und ich war selbst erstaunt darüber, wie sehr mich dieses simple Wort erfreute. Trotzdem versuchte ich, sie davon abzuhalten, mich rücklings weiterzuschieben.

»Faith …«

Sie ließ mir keine Chance. »Schlafzimmer«, wiederholte sie, und es klang kein bisschen weniger bestimmend als vorher. Ich hatte wirklich Mühe, mit ihren Launen Schritt zu halten, doch was auch immer es war, das sie zurück in meine Arme getrieben hatten … ich war dankbar dafür. Und ich würde einen Teufel tun und sie nun davon abhalten, mich in mein Bett zu zerren.

»Hier lang«, murmelte ich und wand mich unter ihrem Griff, sodass sie mein Shirt loslassen musste. Ich nahm ihre Hand und führte sie zu meiner Schlafzimmertür. Faith trat hindurch, und ich folgte ihr. An meinem Bett blieb sie stehen und drehte sich zu mir um. Kurz befürchtete ich, sie könnte es sich anders überlegt haben. Dann ließ sie sich auf der Bettkante nieder, schob sich erst den einen, dann den anderen Hausschuh von den Füßen und griff nach dem Saum ihres Oberteils. Bevor sie es sich über den Kopf zog, sah sie mich fest an.

»Kondome?«

»Oberste Schublade.«

»Gut.« Im nächsten Moment landete ihre Bluse, gefolgt von ihrem Top vor ihren Füßen auf dem Boden. Mein Blick ruhte auf ihr. Dem schwarzen BH, den sie trug, und den dunklen Haaren, die ihr bis kurz über die Brust reichten. Die Hände, die sich an ihrem Rock zu schaffen machten und den Knopf öffneten. Mit Leichtigkeit schlüpfte sie auch aus diesem Kleidungsstück. Er blieb neben ihrer Bluse und ihrem Top liegen.

»Was ist?«, fragte sie, als sie mich wieder ansah. »Willst du dort drüben stehen bleiben, oder beenden wir, was du angefangen hast?« Ihre Stimme klang anders. Dunkler, rauer. Und sie brachte mich dazu, langsam auf sie zuzulaufen.

»Bist du dir sicher?« Ich brauchte die Versicherung ihrerseits. Das hier war nicht die Faith, die ich geglaubt hatte zu kennen. Oder es war eine neue Seite an ihr, die ich bisher noch nicht hatte sehen dürfen.

»Ich bin hier, oder?«, antwortete sie mit einer Gegenfrage und schob sich ein paar Haare aus dem Gesicht. Etwas, was ich nur zu gerne für sie übernommen hätte. »Hör auf, mir Fragen zu stellen.« Ihre Finger umfassten meinen Gürtel, und sie zog mich näher zu sich. Als ich vor ihr stand, erhob sie sich. Ihre Hände waren kalt, als sie mir das Shirt nach oben schob. Mit einem Ruck zog ich es mir über den Kopf. Gleichzeitig nestelte sie bereits an meinem Gürtel und versuchte, mir die Hose zu öffnen. Ich hatte keine Ahnung, woher diese Ungeduld auf einmal kam, aber ich war wirklich hin- und hergerissen, was ich damit anfangen sollte. Faith war ein

Enigma, das ich nicht entschlüsseln konnte, und eigentlich widerstrebte es mir, mit einer Frau zu schlafen, die nicht sie selbst zu sein schien. Andererseits war sie freiwillig zurückgekommen. *Sie* hatte an meiner Tür geklopft und *sie* hatte mich in mein Schlafzimmer gezerrt. Das waren Handlungen, die eine Frau nur vollzog, wenn sie völlig von dem überzeugt war, was wir im Begriff waren zu tun.

»Ich will dich, Ben.« Ich spürte ihren Atem an meinem Hals, als sie sich auf ihre Zehenspitzen stellte und mir die Worte ins Ohr flüsterte. Im selben Augenblick legte sie ihre Hand auf meinen Ständer, und mir blieb kurzzeitig die Luft weg. Mit dieser Berührung hatte sie einen Schalter in meinem Hirn umgelegt und ließ mich jegliche Bedenken vergessen. Faith war hier, ich wollte sie, und ganz offenbar wollte sie mich auch. Mehr musste ich nicht wissen. Ich schob sie weiter in Richtung Bett, bis sie auf die Matratze fiel. Flink rutschte Faith weiter nach hinten, ich kletterte ihr hinterher. Geduld war noch nie meine Stärke gewesen, und auch Faith fackelte nicht lange. Sie legte ihre Hand in meinen Nacken und zog mein Gesicht zu sich. Meine Lippen krachten auf ihre. Dieser Kuss war nicht mit unserem ersten Kuss zu vergleichen. Gier und Lust übermannten uns. Weder sie noch ich waren besonders vorsichtig, als wir an den Stoffstücken rissen, die uns noch voneinander trennten. Wir sparten uns ein langes Vorspiel. Faith schien dieses lästige Übel genauso wenig zu brauchen wie ich. Kurzzeitig schoss mir der Gedanke durch den Kopf, dass sie mehr verdient hatte. Sie hätte es verdient, dass ich jeden Zentimeter ihres Körpers mit Küssen übersäte. Dass ich mir Zeit nahm und meine Hände nicht so schroff über ihre Haut fahren ließ, wie ich es in diesem Moment tat. Ich zwang mich, das Tempo zu drosseln, ihre Mundwinkel, ihr Kinn, ihren Hals zu liebkosen, über ihre Haut zu lecken. Eine Hand vergrub ich in ihren Haaren, während die andere ihr Bein entlangstreifte.

»Jetzt«, hörte ich sie sagen und spürte, wie sie eine Hand von meinem Rücken nahm und nach dem Nachttischchen tastete. Ich kam ihr zuvor, zog die Schublade auf und nahm eines der folierten Päckchen aus dem Karton. Mit den Zähnen riss ich es auf, setzte mich auf und streifte mir den Gummi über. Dann positionierte ich mich über ihr.

Mit einem letzten Blick sah ich ihr fest in die Augen. Eine stumme Vergewisserung, dass wir beide bereit waren. Ihre Antwort bestand aus zwei Händen, die auf meinen Hintern und mich ihr somit entgegendrückten. Ein provokantes Lächeln lag auf ihren geschwollenen Lippen. Ihre Wangen waren gerötet, und es erfüllte mich mit Stolz, zu wissen, dass ich dafür verantwortlich war.

Im nächsten Augenblick ließ ich mich mit einer fließenden Bewegung in sie gleiten. Ihre Augen schlossen sich, und ihr Atem verwandelte sich in ein lauter werdendes Keuchen. Mein eigener unterschied sich nicht von ihrem. Sie umschloss mich, war so verflucht eng, dass ich eine endlos lange Sekunde glaubte, nie wieder richtig atmen zu können. Ich zog meinen Schwanz aus ihr, um erneut in sie stoßen zu können. Faith verstand sofort, was ich im Begriff war zu tun. Sie schlang ihre Beine um meine Hüften, um mich an Ort und Stelle zu halten.

»Wag es ja nicht.« Da war es erneut, dieses Knurren. Ich grinste und drückte ihr einen festen Kuss auf die Lippen, ehe ich mich wieder in sie schob. Wir fanden einen Rhythmus, der uns beiden zusagte, und es dauerte nicht lange, bis ihre Atmung noch schneller ging. Faiths Hände vergruben sich in meinem Rücken, während ich mich in ihr bewegte. Ihre Fingernägel kratzten mir über die Haut und trieben mich nur noch mehr an. Ihre Augen waren geschlossen, während ich den Blick nicht von ihr abwenden konnte. Sie war wunderschön, wie sie unter mir lag und dem Höhepunkt immer näherkam. Ich war selbst kurz davor. Meine Finger glitten ihre Wange entlang und unter ihr Kinn.

»Sieh mich an«, flüsterte ich, hauchte einen Kuss auf eines ihrer Augenlider und erhöhte den Druck meiner Finger. Es dauerte eine Sekunde, doch schließlich kam sie meiner Aufforderung nach. Sie schlug ihre Augen auf, unsere Blicke begegneten sich, und die Welt verdunkelte sich, ehe sie in allen Farben explodierte, als ich kam. Mit den Ellbogen stützte ich mich links und rechts neben ihrem Kopf ab, um sie nicht mit meinem Gewicht zu erdrücken. Mein Atem ging genau so schwer wie Faiths.

Ich hatte keine Ahnung, wie lange wir so dalagen, ehe ich mich von ihr rollte und das Kondom abstreifte. Und es verging noch einmal etwa gleich viel Zeit, bis sich Faith neben mir regte und die Matratze wackelte. Als ich zu ihr blickte, wurde mir auch klar, wieso.

»Wo gehst du hin?« Ich richtete mich auf und sah ihr dabei zu, wie sie aus dem Bett glitt, zwei Schritte nach vorne machte und ihre Sachen aufsammelte.

»Nach Hause.« Sie sah mich nicht an, als sie in ihr Höschen stieg und den BH anzog. Viel zu schnell, als dass ich den Anblick lang genug hätte genießen können.

»Du musst nicht gehen …« *Du musst dich auch nicht anziehen. Bleib einfach hier. In meinem Bett.*

»Doch, Ben. Muss ich.« Ihr kurzer Blick, mit dem sie mich nun bedachte, ließ keine Widerrede zu. Sie hatte beschlossen, dass das hier nicht mehr als eine schnelle Nummer gewesen war. Eigentlich hätte ich ihr dankbar sein sollen. Das war genau das, was ich von meinen One-Night-Stands stets gewollt hatte, nachdem wir miteinander geschlafen hatten. Anziehen und gehen. Kein Small Talk. Keine falschen Versprechungen. Faith verkörperte all das, was ich immer von meinen Bettgeschichten erwartet hatte, und doch irritierte es mich zutiefst. Das war nicht die Art von Frau, für die ich Faith gehalten hatte. Was die Frage nach sich zog, wieso ich mich dann auf sie eingelassen hatte.

Innerhalb weniger Augenblicke war sie vollständig angezogen – bis auf die Schuhe. Mit einer schnellen Bewegung warf sie mir meine beiden Treter zu.

»Danke fürs Ausleihen.« Dann war sie weg, ich hörte die Tür zufallen und lag immer noch nackt und überrumpelt auf meinem Bett.

Was zur Hölle war das gewesen?

9

Ich wäre gerne verkatert gewesen, als ich am nächsten Morgen zu meinem Dienst aufbrach, denn das hätte bedeutet, dass es einen Grund dafür gab, warum ich mich wie von einer Dampfwalze überrollt fühlte. Doch dieses flaue Gefühl in meinem Magen hatte nichts mit dem übermäßigen Konsum von Alkohol zu tun. Die halbe Nacht hatte ich darauf gewartet, dass sich das Hochgefühl einstellte, das sich sonst nach dem Sex in mir ausbreitete.

Es war nicht aufgetaucht.

Stattdessen hatte ich mir den Kopf darüber zerbrochen, wie ich Faiths Flucht einzuordnen hatte. *Sie* war diejenige gewesen, die zurückgekommen war. *Sie* hatte mich fast schon genötigt, mit ihr zu schlafen, und dann … haute sie einfach ab? Ich wusste auch jetzt, einige Stunden danach, nicht, was ich davon zu halten hatte. War ich so schlecht gewesen? Verdammte Scheiße, war sie überhaupt gekommen? Sie hatte nicht den Eindruck gemacht, enttäuscht gewesen zu sein, und doch war sie direkt danach aufgestanden und gegangen. Was wiederum dafür sprach, dass ich nicht die Leistung abgeliefert hatte, die sie erwartet hatte. Fuck. Meine Gedanken drehten sich im Kreis, und ich hatte keine Ahnung, wie ich aus dieser Spirale ausbrechen sollte. Ich war niemand, der groß über den Sex nachdachte, den er am vergangenen Abend gehabt hatte. Entweder fand ich ihn gut oder nicht. Mehr gab es nicht festzustellen. Doch an diesem Morgen … Ich konnte nicht aufhören, an Faith und diesen lieblosen Fick zu denken. Weil ich, wenn ich ehrlich zu mir selbst war, die Sache wiederholen wollte. Und zwar um einiges ausführlicher. Ich wollte den Eindruck, den sie offenbar von mir gewonnen hatte, geraderücken. Leider war ich mir ganz und gar nicht sicher, ob sie das auch wollte. Wie also sollte ich mich ihr gegenüber verhalten, wenn ich ihr das nächste Mal begegnete? War es klug, das Thema einfach anzusprechen? »Hey, lass uns das noch mal machen.« Oder würde sie mir den Vogel zeigen und mitleidig den Kopf schütteln, wenn ich damit ankam?

Manchmal hasste ich es, keinen Bruder zu haben, den ich um Rat fragen konnte. Ich hatte keine Ahnung von Frauen. Ich schlief mit ihnen, und da sich hinterher noch keine bei mir beklagt hatte, ging ich davon aus, nicht ganz untalentiert in diesem Bereich zu sein. Doch alles darüber hinaus … Frauen waren mir ein Rätsel.

Kurz überlegte ich, mit Mason zu sprechen, doch das hätte bedeutet, mich früher oder später von Daria löchern lassen zu müssen, und das war nichts, was ich im Moment ertragen konnte. Zum ersten Mal in meinem Leben wollte ich nicht mit einer Eroberung prahlen. Weil ich mir ziemlich sicher war, dass ich nichts an Faith erobert hatte.

Mit zwei Eisbechern in der Hand hielt ich mein Versprechen, das ich Mrs Roberts am Freitag gegeben hatte, und betrat in meiner Pause ihr Zimmer.

»Zimmerservice«, begrüßte ich sie und setzte mich auf einen der alten Plastikstühle neben ihr Bett. »Vanille oder Schoki?«

Für einen kurzen Moment überlegte sie. Dann nahm sie mir den Becher mit der hellen Eiscreme ab.

»Dass Sie wirklich Zeit für mich haben, Dr. James. Ich bin hocherfreut.«

»Na, hören Sie mal. Wie könnte ich unser Date vergessen?« Ich lächelte sie an, ehe ich zwei Löffel aus meiner Manteltasche zog und ihr einen davon reichte. »Darauf freue ich mich seit zwei Tagen. Sie sind mein Lichtblick.«

»Ach.« Mrs Roberts winkte ab, und ich glaubte für einen Moment sogar, eine leichte Rötung auf ihren Wangen zu entdecken. »Sie sind ein Charmeur, junger Mann.«

Ich ignorierte ihre Aussage und deutete auf ihren gebrochenen Knochen, während ich mir gleichzeitig den ersten Löffel Eis in den Mund schob. »Was macht das Bein?«

»Ach. Nicht der Rede wert«, winkte sie ab, und ich kam nicht umhin zu schmunzeln. Ich glaubte nicht daran, dass ich jemals den Tag erleben würde, an dem sie zugab, dass sie Schmerzen hatte. Ein bisschen erinnerte sie mich an meinen Großvater. Grandpa James hatte es in all seinen achtzig Lebensjahren nie für nötig gehalten, einen Arzt aufzusuchen. Auf keinen Fall wegen einer simplen Grippe und auch dann nicht, als er sich mit einem Beil das Schienbein fast durchgetrennt hatte. Ich schauderte, als ich mich an das viele Blut erinnerte, das über seine Haut geflossen war, als er bei uns geklingelt und meine Mum den Krankenwagen für ihn gerufen hatte. Völlig fasziniert hatte ich dem Notarzt aus genügend Sicherheitsabstand dabei zugesehen, wie er das Bein meines Großvaters behandelt hatte, während der wie ein Rohrspatz geschimpft und seiner Tochter Nötigung vorgeworfen hatte. Das war der Moment gewesen, als ich beschlossen hatte, Arzt zu werden. Und ich hatte es seither keine Sekunde bereut. Außer an Prüfungstagen. Oder Feiertagen.

»Sie würden es mir aber sagen, wenn die Schmerzen zu groß werden, nicht wahr?« Ich setzte einen strengen Blick auf, der nur bedingt Wirkung zeigte. Wie immer, wenn es um ihr Schmerzempfinden ging, verdrehte sie die Augen und wechselte das Thema.

»Werden Sie bei meiner OP dabei sein?«

»Das entscheidet sich erst demnächst.« Ich zuckte mit den Schultern. »Hängt von der Laune des diensthabenden Oberarztes ab.« Und meine Laune hing ganz eindeutig von Faith ab. Es missfiel mir nach wie vor, dass sie am vergangenen Abend so überstürzt gegangen war. Ich hatte ihr keinerlei Zeichen gegeben, dass ich sie loswerden wollte, hatte nicht einen Ton in dieser Richtung geäußert. Insgeheim hatte ich vielmehr auf eine zweite Runde gehofft. Eine, bei der wir uns mehr Zeit gelassen hätten, nachdem der erste Hunger gestillt worden war. Ich hatte nicht einmal richtig verschnaufen können, ehe sie mein Bett bereits verlassen hatte. Und es machte mich wahnsinnig, dass ich nicht wusste, warum.

»Sie sehen erschöpft aus«, bemerkte Mrs Roberts plötzlich. Verwundert sah ich von meinem Becher auf, aus dem ich die Reste meiner Eiscreme gekratzt hatte. Ja, ich war müde, und ja, dieser Tag zog sich wie Kaugummi. Aber mir war nicht klar gewesen, dass man mir das mit einer solchen Deutlichkeit ansah.

»Ein Mädchen.« Ihr Lächeln war offen und ehrlich, als sie ihren Eisbecher beiseitestellte und den Löffel sorgsam daneben auf einer ihrer Zeitungen ablegte.

»Ich … Sie … *Was?*«

»Ach, Dr. James. Es ist immer ein Mädchen. Sie sind jung und attraktiv, und es gibt keinen Grund, weshalb Sie sonst niedergeschlagen sein sollten.« Das Zwinkern, welches ihren Worten folgte, ließ mich nur noch verdutzter dreinblicken. »Außerdem habe ich drei Söhne, eine Tochter, zwei Schwiegersöhne und -töchter und unzählige Enkelkinder, von denen die meisten die Pubertät bereits hinter sich haben. Und ich wette, dass sie mich bald auch zur Uroma machen werden. Uroma! Können Sie sich das vorstellen?«

Ein paar Sekunden starrte ich die alte Dame vor mir schweigend an und hatte keinen Schimmer, was ich dazu sagen sollte. Sie hatte mich durchschaut. Die Sache mit Faith ging mir unter die Haut, und es gefiel mir ganz und gar nicht, dass ich offensichtlich nicht immun gegen meine neue Nachbarin war.

Die Antwort, die ich ihr schließlich gab, war nicht sonderlich aussagekräftig. »Es ist kompliziert.«

Mrs Roberts' Reaktion dagegen umso mehr. Sie lachte herzhaft, ehe sie meine Hand tätschelte.

»Es ist nie kompliziert, junger Mann«, sagte sie. »Eigentlich ist es sogar ganz einfach.«

Für einen kurzen Moment glaubte ich, sie hätte den Verstand

verloren. Nichts war einfach, wenn es um Frauen ging, und gleich gar nicht, wenn diese Frau Faith Carlton hieß und nebenan wohnte.

Als ich nichts zu ihren Worten sagte, fuhr sie fort. »Im Prinzip müssen Sie sich genau eine Frage stellen: Wie müsste dieses Mädchen Ihrer Meinung nach von einem Mann behandelt werden, wäre sie Ihre Tochter? Oder meinetwegen auch Ihre Schwester.«

Das war alles. Mehr sagte sie nicht, als sie wieder nach ihrem Becher griff und genüsslich den Rest ihrer Eiscreme zu essen begann. Wortlos sah ich ihr dabei zu, während mir ihre Worte durch den Kopf gingen.

Wie müsste dieses Mädchen Ihrer Meinung nach von einem Mann behandelt werden, wäre sie Ihre Tochter?

Und je länger ich über ihre Worte nachdachte, umso klarer wurde die Antwort.

Ein wissender Ausdruck erschien auf ihrem Gesicht, als sie zufrieden nickte.

Im nächsten Moment wurde die Tür zu Mrs Roberts' Zimmer geöffnet, und ein Paar um die fünfzig erschien im Türrahmen. Überrascht blieben sie stehen.

»Dürfen wir reinkommen?«, fragte die dunkelhaarige Frau und sah zwischen Mrs Roberts und mir hin und her, ehe ihr Blick auf mir zur Ruhe kam. Ich nickte und griff nach den Löffeln und den leeren Bechern. »Natürlich. Nur hereinspaziert.« Während ich den Stuhl freigab, beugte sich die Frau zu meiner Lieblingspatientin und küsste sie auf die Wange. »Hey, Mom.«

Mrs Roberts ließ die Begrüßung ihrer Tochter und deren Ehemann lächelnd über sich ergehen, bevor sie noch einmal zu mir sah.

»Ich komme vor Ihrer OP auf jeden Fall nochmal vorbei«, versprach ich und schickte mich an, den Raum zu verlassen. Ich hatte die Tür noch nicht erreicht, als ich noch einmal ihre Stimme vernahm. »Dr. James?« Ich drehte mich zu ihr um. »Sie wissen am besten, was Sie zu tun haben.« Das Lächeln auf ihren Lippen machte mir Mut.

Ich wusste es tatsächlich. Ehrlichkeit und Respekt. Das war es, was ich Faith entgegenbringen musste. Und wollte. Ich würde mit ihr reden, ihr sagen, dass diese Nacht – oder vielmehr diese paar Minuten – so nicht in Ordnung gewesen waren. Wir hatten beide mehr verdient, und es galt nun, ihr das klarzumachen.

Entschlossen marschierte ich nach dem Ende meiner Schicht an meiner eigenen Wohnungstür vorbei direkt zu Faiths. Drinnen war leise Musik zu hören, sie war also zu Hause. Prima. Ich klingelte und klopfte zugleich. Wartete. Klopfte wieder. Klingelte noch einmal. Wartete.

Nichts geschah.

Auch Sturmläuten brachte nichts.

Faith machte nicht auf, obwohl sie eindeutig da war. Irritiert, was das schon wieder zu bedeuten hatte, trat ich den Rückzug an. Vielleicht war sie duschen. Alleine die Vorstellung genügte, um ein Kribbeln in meinen Lenden hervorzurufen. Ich versuchte, es zu ignorieren. In meiner Wohnung angekommen, kletterte ich auf die Feuertreppe, nur um festzustellen, dass ihr Fenster fest verriegelt war. Was Zufall sein konnte. Es war kalt heute, und ich hatte selbst nicht vor, das Fenster länger als nötig geöffnet zu halten. Oder aber es war Absicht, weil sie mich nicht sehen wollte.

Drei Tage später war ich mir sicher, dass sie mir bewusst aus dem Weg ging. Ich hatte nicht nur an ihre Tür geklopft, sondern auch an das Fenster, hatte versucht, durch ihren Türspion zu blicken, und mit dem Ohr an der Wand gelauscht. Ich hatte auf der Feuertreppe gesessen, in der Hoffnung, sie könnte dieselbe Idee haben.

Ohne Erfolg.

Und es nervte mich. Scheinbar hatte sie beschlossen, dass das eine einmalige Sache zwischen uns gewesen war, die sie nun dazu zwang, komplett von der Bildfläche zu verschwinden.

Meine Laune sank mit jedem weiteren Tag, an dem ich Faith nicht sah, tiefer in den Keller. Als ich am Mittwoch bei Mrs Roberts vorbeiging, begrüßte mich sofort eine hochgezogene Augenbraue.

»Was ist passiert?« Sie klopfte auf das freie Matratzenstück neben sich, und ich ließ mich behutsam neben ihr nieder. Ihr Bein war immer noch nicht operiert, ein grippaler Infekt hatte einen Eingriff unmöglich gemacht. Momentan galt es abzuwarten und ihr Zeit zu geben, sich auszukurieren.

»Eigentlich sollte ich mich erkundigen, wie es Ihnen geht«, murmelte ich und rang mir ein schiefes Grinsen ab.

»Ach, papperlapapp«, fuhr sie mir über den Mund. »Wenn Sie wissen wollen, wie es um mein Befinden steht, können Sie auch meine Akte lesen. Aber über Sie, Dr. James, gibt es keine Dokumente. Also sprechen Sie. Was haben Sie angestellt?«

Ja. Was hatte ich verbrochen? Genau das war das Problem. »Gar nichts«, sagte ich und zuckte mit den Schultern. »Ich habe gar nichts angestellt. Ich habe sie seit Tagen nicht mehr gesehen.«

»Aha.« Mrs Roberts nickte. »Daher weht der Wind.«

Ich fuhr mir durch die Haare, ehe ich den Kopf schüttelte. »Sie geht mir aus dem Weg. Und bevor Sie fragen, warum … Ich weiß es nicht.«

»Zwei Optionen.« Sie richtete sich auf und hielt mir den ersten Finger entgegen. »Sie hat kein Interesse an Ihnen, was sie zu einem Menschen mit furchtbar schlechtem Geschmack machen würde.«

Ich konnte mir ein Lächeln nicht verkneifen.

»Und zweitens … wie gut kennen Sie dieses Mädchen?«

Meine Antwort beschränkte sich auf ein angedeutetes Schulterzucken und ein Schmunzeln. *Dieses Mädchen* … Faith war mit Sicherheit viel, aber kein kleines Mädchen mehr. Es erstaunte mich, wie alleine die Anwesenheit von Mrs Roberts half, dass ich mich besser fühlte. Gut, und ihre Worte waren diesbezüglich auch ziemlich hilfreich.

»Also kennt sie Sie vermutlich auch nicht sonderlich gut, richtig?«

Ich nickte.

»Was für Option zwei spricht.«

Als Mrs Roberts eine bedeutungsvolle Pause einlegte, hielt ich es nicht lange aus und hakte nach. »Die da wäre?«

»Sie hat Interesse an Ihnen, aber ist unsicher. Wofür sie vermutlich ihre Gründe haben wird, was sie aber immerhin zu einem Mädchen mit Geschmack macht.«

Nun lachte ich richtig und hatte zum ersten Mal seit Tagen nicht mehr das Gefühl, mit dem falschen Bein aufgestanden zu sein. »Sie wissen aber hoffentlich, dass Sie die Einzige für mich sind?«

»In meiner Altersklasse gehe ich davon aus.« Sie nickte voller Ernst. »Was nicht heißt, dass ich mir nicht eine attraktive, junge Frau an Ihre Seite wünsche. Sie haben Bedürfnisse, die befriedigt werden wollen und …«

Als ich begriff, in welche Richtung dieses Gespräch auf einmal lief, hob ich abwehrend die Hände und sprang fast schon von Mrs Roberts' Bett. »Woah, langsam«, unterbrach ich sie und schwankte kurz zwischen Lachen oder entsetztem Wegrennen. Es war eine Sache, mit ihr über Faiths Verhalten zu reden, aber eine völlig andere, wenn sie die sexuelle Ebene miteinbezog.

»Ach, diese Jugend von heute.« Mrs Roberts winkte ab. »Völlig verklemmt. Als ich in Ihrem Alter war …«, begann sie, was mich schnurstracks weiter zu ihrer Tür trieb. Lachend hielt ich mir die Ohren zu.

»La, la, la, ich will es gar nicht wissen«, rief ich ihr zu und taumelte fast schon rückwärts aus ihrem Zimmer. Nur um im nächsten Moment die Tür ins Schloss fallen zu sehen und gleichzeitig rücklings gegen etwas Weiches zu prallen.

»Shit.« Hastig wirbelte ich herum und fand mich Grace gegenüber. »Shit«, entfuhr es mir ein zweites Mal. »Tut mir leid«, sagte ich schnell und ließ meinen Blick an ihr auf und ab gleiten. »Hab ich dir wehgetan?«

»Nein.« Sie schüttelte den Kopf. Aus großen Augen sah sie mich an, während sie sich über die Klamotten strich. »Nichts passiert.«

»Okay.« Ich nickte kurz. »Okay, gut. Sorry noch mal.« Ich wollte an ihr vorbei, meine Pause näherte sich in großen Schritten ihrem Ende, als Grace sich in meinen Weg stellte. Verwundert hielt ich inne.

»Hast du … Hast du heute Abend schon was vor?«, fragte sie, und aus den Augenwinkeln nahm ich wahr, wie sie nervös mit ihren Fingern spielte. Scheiße, warum war sie nervös? Grace war in meiner Anwesenheit noch nie etwas anderes als tough und forsch gewesen.

»Ich hab vorhin zufällig auf dem Plan gesehen, dass wir gleichzeitig Dienstschluss haben und …« Sie holte tief Luft. »Und da dachte ich, dass wir vielleicht was essen gehen könnten. Du und ich.« Sie sah erleichtert aus, nachdem sie geendet hatte. Abwartend blickte sie mich an. Hoffnungsvoll. Sie wirkte fast, als hielte sie den Atem an, während sie auf meine Antwort wartete. Und es tat mir leid. *Sie* tat mir leid, als nun ich den Kopf schüttelte, ein »Sorry, keine Zeit. Hab schon was vor« brummte und mich an ihr vorbeischob.

Es gab elegantere Wege, um einer Frau zu sagen, dass man nicht mit ihr ausgehen wollte. Das war mir durchaus klar, und trotzdem ließ ich sie in diesem sterilen Krankenhausflur, ohne einen weiteren Kommentar von mir zu geben, stehen. Grace wollte mehr von mir, und dieses Mehr war etwas, das ich ihr schlichtweg nicht geben konnte.

Einen Moment lang bedauerte ich diese Tatsache sogar, als ich die Gänge und Flure entlangeilte. Objektiv betrachtet war Grace ein Jackpot. Sie war hübsch, sie war klug, sie war gut im Bett. Eigentlich hätte ich mich glücklich schätzen sollen, dass eine solche Frau an mir interessiert war. Aber da war kein Feuer zwischen uns, keine Leidenschaft. Sex mit Grace war unkompliziert und im besten Fall angenehm. Etwas, das man gerne wiederholte, aber das einen jenseits der Befriedigung nicht weiter beschäftigte. Nicht so wie der Sex mit Faith. Was ein Problem darstellte, weil mir Madame nach wie vor aus dem Weg ging. Zwei weitere Male hatte ich bei ihr geklopft und dabei deutlich die Musik hinter der Tür gehört. Und doch hatte sie nicht aufgemacht. Inzwischen empfand ich diese Handhabung ihrerseits schlichtweg als lächerlich.

Als ich die Arbeitswoche am Freitagabend nach einer langen Schicht beendete, war ich mehr als nur bereit für eine ordentliche Party. Die Nachricht von Jake und Dan, dass genau an diesem Abend wieder einmal eine ihrer legendären Hauspartys stattfinden würde, kam mir daher mehr als recht. Nachdem ich geduscht hatte und in frische Klamotten geschlüpft war, verließ ich meine Wohnung sofort wieder. Und es kotzte mich an, dass ich nicht einfach aus meiner Wohnung gehen und direkt den Weg zu den Treppen einschlagen konnte, ohne dass mein Blick zu Faiths Tür wanderte. Verschlossen, wie immer.

Als ich wenig später aus der U-Bahn stieg, brannte ich auf Alkohol. Ich war bereit, ihn in jeglicher Form in mich zu schütten.

Die Musik dröhnte mir schon am Hauseingang entgegen. Jake und Dan waren Dauerstudenten. Aus dem Wohnheim waren sie längst geflogen, doch das hinderte sie nicht daran, sich wie Anfang zwanzig aufzuführen und mehr zu feiern, als gut für sie war. Seit sie eine eigene Wohnung in Campusnähe bewohnten, waren sie diejenigen, die eine Party nach der anderen schmissen. Und es war immer voll, egal, zu welcher Uhrzeit ich bei den beiden auftauchte.

Die Tür stand offen, als ich oben ankam. Wie immer.

Ich betrat das Heim meiner Kumpels, schnappte mir in der Küche einen Becher mit Bier, warf ein paar Dollar in die Spendenkasse und begab mich dann auf die Suche nach Jake, Dan und Mason. Letzten Endes war Maze derjenige, der sich seinen Weg durch die Menge auf mich zubahnte.

»Hey.« Erfreut, mich zu sehen, schlug er mir auf die Schulter. »Was machst du hier?«

»Trinken.« Ich hielt ihm meinen Becher vor die Nase, ehe ich ihn an meine Lippen setzte und die Hälfte davon in einem Zug leerte.

»Okay?« Masons Blick war kritisch. »Nicht, dass ich was dagegen hätte, aber … du warst ewig nicht mehr hier.«

»Ich weiß.« Ich nickte, sah in den Becher und beschloss, dass es sich nicht lohnte, mich mit einem halb leeren Becher noch weiter von der Küche wegzubewegen. Ich trank den Rest und drehte den Becher einmal um hundertachtzig Grad. Als müsste ich Mason beweisen, dass mein Getränk wirklich leer war. »Willst du auch was? Ich hole Nachschub.« Ohne auf seine Antwort zu warten, drehte ich mich um und ging zurück in die Küche, wo ich meinen Becher unter ein Zwanzig-Liter-Bierfass hielt. Mason stellte sich neben mich.

»Alles okay?«

»Logisch.« Ich beobachtete den sich füllenden Becher. Gleichmäßig floss das Bier in das Plastikgefäß in meiner Hand. Mit meiner anderen Hand schnappte ich mir einen Muffin von einem Blech und schob ihn mir in den Mund. Mason musterte mich eingehend.

»Was?«, fragte ich kauend. Am liebsten hätte ich die Augen verdreht. Ich brauchte einfach noch ein, zwei, vielleicht auch drei Bier, dann würde sich meine Stimmung garantiert heben. Um von mir abzulenken, schnitt ich das eine Thema an, auf das Mason immer ansprang. »Wo hast du Daria gelassen?«

»Zu Hause.« Er seufzte. »Sie hat – ich zitiere – keine Lust auf diese Kinderparty hier.«

»Kinderparty?« Stirnrunzelnd nahm ich einen Schluck meines Biers.

»Na ja …« Mason sah an mir vorbei in Richtung der tanzenden Meute. Mein Blick folgte seinem und fiel auf unzählige Freshmen und Sophomores, die mindestens fünf Jahre jünger waren als wir. Ganz unrecht hatte Daria nicht mit ihrer Aussage.

»Und du durftest ohne sie das Haus verlassen?« Ich stichelte. Und lachte, als er mir gegen die Schulter schlug.

»Ich stehe nicht unter ihrer Fuchtel«, versuchte er zu retten, was schon seit über fünf Jahren nicht mehr zu retten war. Wir wussten beide, dass sie die Hosen in ihrer Beziehung anhatte.

»Nein.« Ich grinste noch mehr. »Kein bisschen.« Im selben Atemzug hielt ich ihm meinen Becher entgegen, und er stieß mit seinem eigenen leicht dagegen. »Kommst du mit, eine rauchen?« Meine Hand wanderte zu meiner Hosentasche, in die ich die Schachtel mit den Kippen und dem Feuerzeug gesteckt hatte. Mason nickte und folgte mir hinaus auf den Balkon. Vier weitere Partygäste standen dort und qualmten. Ich nickte ihnen kurz zu, dann zündete ich mir eine Zigarette an, ehe ich Mason auch eine anbot. Er schüttelte den Kopf. Im Gegensatz zu mir hatte er dieses Laster noch in der Highschool wieder aufgegeben.

»Wo sind Jake und Dan?«, fragte ich und blies den Rauch in die kalte Nachtluft.

»Keine Ahnung.« Mein bester Freund zuckte mit den Schultern. »Ich hab sie auch noch nicht gesehen.«

»Okay.« Ich nahm einen neuen Zug und rieb mir die Stirn. Sie spannte unangenehm, und ich wusste genau, dass das nicht an zu langen Schichten oder Wassermangel lag. Der Grund meiner drohenden Kopfschmerzen hatte lange, dunkle Haare, meistens irgendwo einen Farbklecks auf der Haut und hatte mich für schnellen Sex benutzt. Die Ironie hinter Letzterem blieb mir nicht verborgen. Heftiger als geplant, drückte ich den Zigarettenrest in einem herumstehenden Aschenbecher aus und warf das Glasding dabei vom Balkon. »Verfickte Scheiße.« Der Fluch entfuhr mir, noch ehe ich es hätte verhindern können. Mit einem dumpfen Schlag hörten wir den Aufprall.

»Das reicht.« Mason stellte seinen Becher auf der Brüstung ab und baute sich neben mir auf. »Wir können gerne weiterhin so tun, als sei alles in Ordnung, obwohl wir beide wissen, dass dem nicht so ist. Oder du spuckst es einfach gleich aus, was mir ehrlich gesagt wesentlich lieber wäre.«

Mein Blick, der den Flug des Aschenbechers verfolgt hatte, wanderte zurück zu meinem Kumpel. Ich sah die Sorge in seinen Augen und ich konnte es ihm nicht verübeln. Meine Laune war im Keller, immer noch, und im Prinzip hätte es mich fast mehr gewundert, wenn er das einfach so ignoriert hätte. Mason war mehr als nur ein Partykumpel. Ich kannte ihn besser als jeden anderen meiner Freunde. Wir waren zusammen aufgewachsen und hatten uns jahrelang ein Zimmer im Wohnheim geteilt. Herrgott, ich wusste, wie er nackt aussah, obwohl ich auf diesen Anblick gerne verzichtet hätte.

Der Name, der schließlich über meine Lippen kam, glich mehr einem Knurren. »Faith.«

»Deine Nachbarin?«

Ich nickte.

»Was hat sie getan?« Mason war an der Antwort auf diese Frage ehrlich interessiert, weshalb ich zum zweiten Mal an diesem Tag über Faith sprach. Nur war ich gegenüber Mason wesentlich offener als gegenüber Mrs Roberts. Das Einzige, was ich ihm ersparte, waren die Details, was ich noch nie zuvor getan hatte, wenn ich mit einer meiner Bettgeschichten prahlte. Weil es in Faiths Fall schlichtweg nichts gab, womit es sich zu prahlen gelohnt hätte. Sie war die erste Frau gewesen, die nach dem Sex nicht meine Nähe gesucht hatte, und das war erfrischend und beängstigend zugleich gewesen.

»Und seither habe ich sie nicht mehr gesehen«, schloss ich meinen Bericht und trank den letzten Schluck Bier. »Sie reagiert nicht, wenn ich bei ihr läute oder klopfe.« Ich ließ meinen Worten ein Schulterzucken folgen, als wäre es keine große Sache. Streng genommen war es das auch nicht. Sie war einfach nur eine Frau, mit der ich geschlafen hatte. Damit war sie bei Gott nicht die Erste, und doch kratzte es an meinem Ego, dass sie nun nichts mehr von mir wissen wollte. Es ärgerte mich vielmehr maßlos, dass sie mich nach einer einzigen Nacht so konsequent mied.

»Vergiss sie.«

Masons Worte rissen mich aus meinen Gedanken. »Bitte?«

»Vergiss sie«, wiederholte er und brachte mich damit völlig aus dem Konzept. Ich war von einer Lanze ausgegangen, die er für Faith brechen würde. Einfach deshalb, weil seine Freundin es sich in den Kopf gesetzt hatte, dass Faith meine Seelenverwandte war. Woher Daria diesen Glauben nahm, war mir zwar genau sosehr ein Rätsel wie die Funktionsweise eines Kühlschranks, aber sie hielt daran fest.

»Nichts für ungut, Mann, aber offensichtlich hat sie kein Interesse, wenn sie nicht einmal die Tür aufmacht.«

»Hmm.« Ich blickte in den leeren Becher, ehe ich kurz entschlossen nach Masons griff und seinen Inhalt trank. Dann stellte ich die Becher ineinander. »Ich denke, du hast recht. Stoßen wir darauf an?«

»Ich sage es dir ja nur ungern, aber … unsere Becher sind leer, James.«

»Ich will ja auch nicht mit Bier anstoßen.« Ohne darauf zu achten, ob Mason mir folgte, begab ich mich zu der kleinen Holzbar, die Dan und Jake für jede Party in einer Ecke des Wohnzimmers aufbauten.

»Ben!«, schallte es mir freudig entgegen. Jake stand hinter der Bar und war einem echten Barkeeper nicht unähnlich, als er eifrig eine Runde Plastikbecher verteilte. »Du hier? Tequila?«

Ich nickte und hielt zwei Finger in die Höhe. »Mach auch einen für Maze.«

»Gefällt mir, mein Freund.« Jake pfiff anerkennend. »Gefällt mir.«

Im Nu erfüllte er meinen Wunsch, schenkte sich selbst auch einen Shot ein und prostete uns entgegen. Das Zeug brannte auf seinem Weg nach unten unangenehm durch meine Speiseröhre, was mich jedoch nicht davon abhielt, gleich die nächste Runde bei Jake zu ordern. Nach dem dritten Kurzen stieg Mason aus, und ich machte alleine mit Jake weiter, ehe Dan von irgendwoher auftauchte. Eine junge Studentin hing an seinem Arm und wurde von Dan mit einem Jell-O nach dem anderen versorgt, während wir weiterhin Tequila in uns schütteten.

Ich hatte keine Ahnung, wie ich nach Hause gekommen war, doch irgendwann stand ich vor meiner Wohnungstür und suchte minutenlang nach meinem Schlüssel, ehe ich ihn in meiner Hosentasche fand. Hätte man mich in diesem Moment gefragt, hätte ich geschworen, in genau dieser Tasche schon mindestens dreimal nachgesehen zu haben. Aber was wusste ich schon. Nicht, wie viel ich getrunken hatte, nicht, wie ich den Heimweg bestritten hatte, und nicht, wieso mir diese Prinzessin von nebenan aus dem Weg ging. Aber ich würde es herausfinden. Und zwar jetzt! Sofort!

Die Linie, die ich zu Faiths Tür lief, war nicht besonders gerade, und mein Körper, der alte Verräter, schwankte beachtlich, als ich klopfte. Und klopfte. Und klopfte.

Die einzige Reaktion, die ich daraufhin erhielt, war Schweigen. Großartig. Wirklich ganz großartig. Und es war genau dieses

Schweigen, dieses allumfassende, nicht enden wollende Schweigen auf der anderen Seite der Tür, das schließlich den Hebel in meinem Kopf umlegte. Dann eben nicht. »Rutsch mir doch den Buckel runter«, stieß ich hervor, wobei ich zugeben muss, dass meine Worte nicht sonderlich laut oder gar deutlich waren. Sie glichen vielmehr einem unverständlichen Nuscheln. Der viele Alkohol, den ich getrunken hatte, zeigte Wirkung, und ich beschloss, ins Bett zu gehen. Dieser Akt alleine würde in meinem Zustand anstrengend genug werden, auch ohne mich vorher mit Faith und ihrem infantilen Verhalten auseinandergesetzt zu haben.

10

Der nächste Morgen begann mit Kopfschmerzen und Heißhunger und stellte mich vor die Herausforderung, beides schnellstmöglich zu bekämpfen. Stöhnend kroch ich aus dem Bett, suchte mit halb geschlossenen Augen nach einer Tiefkühlpizza im Gefrierschrank und versuchte dabei nicht umzufallen. Übelkeit, Schwindel und Durst begleiteten jeden meiner Schritte, was nur eine Schlussfolgerung zuließ: Ich hatte immer noch massig Alkohol im Blut und war einfach nur froh, erst am nächsten Tag in die Nachtschicht starten zu müssen.

Nachdem die Pizza im Ofen war, durchwühlte ich meinen Badezimmerschrank nach der Dose Aspirin, die dort irgendwo stehen musste. Ich wusste von Idas Besuch neulich, dass ich irgendwo noch welche hatte. Als ich sie endlich gefunden hatte, spülte ich zwei Pillen mit einem halben Liter Wasser hinunter, um gleichzeitig auch der Dehydration entgegenzuwirken. Dann legte ich mich auf die Couch, schloss die Augen und döste so lange, bis der Wecker am Ofen klingelte und meine Bude von Pizzaduft erfüllt war. Ich war noch immer am Essen, als mein Handy klingelte. Wieder kam mir der irrwitzige Gedanke, es könnte Faith sein, doch noch im selben Augenblick fiel mir ein, dass wir nach wie vor keine Nummern getauscht hatten.

Statt meiner Nachbarin war es Daria, die mich anrief. Ich hatte seit zwei Wochen nichts von ihr gehört, was diesen Anruf somit überfällig machte. Sie vertrat die Ansicht, dass eine gute Freundschaft regelmäßigen Kontakt benötigte. Was für sie mindestens einmal in der Woche bedeutete. An einem guten Tag hätte ich ihr wohl sogar zugestimmt, doch heute war kein guter Tag. Es war vielmehr ein beschissener Morgen, den ich am liebsten vor mich hin siechend auf meiner Couch verbracht hätte, aber offensichtlich hatte Masons Freundin andere Pläne. Wenn sie es so lange klingeln ließ, konnte das nur eines bedeuten: Daria – und damit vermutlich auch Mason – wollte etwas mit mir unternehmen. Dabei wusste der Penner ganz genau, wie viel ich getrunken hatte.

»Benton James.«

Ich seufzte lautlos. Diese Begrüßung verhieß nichts Gutes. Sie ließ mir keine Chance, etwas zu sagen, knallte mir direkt den ersten Vorwurf vor den Latz. »Wieso erfahre ich erst jetzt von Faith und dir?«

Mit einer Hand über die Augen reibend, legte ich meinen Kopf in den Nacken. Es gab zwei Möglichkeiten, wie ich mich nun verhalten konnte. Entweder ich ließ mich auf ein Gespräch mit ihr ein, oder ich wimmelte sie ab. Meine Wahl war schnell getroffen.

»Zwischen Faith und mir ist nichts. Lass mich in Ruhe mit dem Scheiß.« Es gab nichts zu sagen. Faith ignorierte mich, und ich hatte mir vorgenommen, dass es mir von nun an egal sein würde. Punkt.

»Das klang bei Mason aber ganz anders.«

»Mason ist eine alte Labertasche und nicht mehr mein bester Freund. Sag ihm das.«

»Ben …«

»Nein!«, unterbrach ich sie, nahm mir die Finger von den Augen und starrte an die Decke. »Sei mir nicht böse, aber ich möchte wirklich unter keinen Umständen über Faith reden.«

»Aber …«

»Kein Aber, Daria. Mein Liebesleben geht dich nichts an. Ich bin dir keine Erklärung schuldig.«

»Ich will doch auch gar keine Erklärung von dir.«

»Bist du dir sicher? Denn ehrlich gesagt kennst du kein anderes Thema mehr als Faith, Faith, Faith.« Genau wie ich selbst. Und es nervte mich. Es nervte mich tierisch.

»Ich mache mir doch nur Sorgen um dich.«

»Wieso? Es geht mir blendend.«

»Du hast gestern Shots getrunken. Das machst du sonst nie. Du trinkst Bier, aber keine Shots.«

»Herrgott, Daria, es ist doch nichts Besorgniserregendes, wenn ich einmal im Jahr Schnaps trinke. Menschen machen das ständig.« Und viel zu oft landeten sie deshalb bei mir in der Notaufnahme.

»Ich will doch nur, dass du glücklich bist.« Sie sprach es nicht aus, doch der Rest ihres Satzes – *und nicht alleine* – war nicht einmal in meinem desaströsen Zustand zu überhören.

»Und glücklich ist man nur, wenn man in einer Beziehung steckt? Ich bitte dich.« Das Lachen, das ich von mir gab, klang scharf. »Du weißt, dass das absoluter Blödsinn ist.«

»Das sage ich doch gar nicht.«

»Doch! Genau das tust du. Nur mit viel mehr Worten und weniger auf den Punkt gebracht.« Und das strengte an, verdammt noch mal.

»Ich meine das ja nicht böse …«

»Hör einfach auf damit, okay?« Und dann tat ich etwas, was ich noch nie zuvor getan hatte, seit ich Daria kannte. Ich unterbrach das Gespräch mit ihr und legte auf, ließ das Handy neben mir auf das Sofa fallen und schloss die Augen. Es war schlimm genug, dass ich selbst ständig an Faith dachte. Mein Umfeld brauchte sich nicht auch noch den Kopf über Dinge zerbrechen, die es schlichtweg nicht zu interessieren hatte. Und gleich gar nicht wollte ich ständig von jedem, der von Faith wusste, auf sie angesprochen werden. Sie hatte einmal mit mir geschlafen. Ende der Geschichte.

Leider belog ich mich damit selbst. Das war nicht das Ende unserer Geschichte. Ich war niemand, der einer Frau nachtrauerte, wenn die Sache einmal besprochen war. Meistens war ich derjenige, der darauf hinwies, dass ich an einer Beziehung keinerlei Interesse hatte, und bis auf wenige Ausnahmen war das auch immer akzeptiert worden.

Bisher.

Doch zwischen Faith und mir war nichts geklärt worden. Ich hatte die Kontaktaufnahme versucht. Mehrfach und penetranter, als ich es von mir selbst gewohnt war. Nichts hatte geholfen, damit sie aufhörte, mich zu ignorieren. Was mir eigentlich Zeichen genug hätte sein müssen, doch gleichzeitig widerstrebte sich alles in mir, die Sache einfach so auf sich beruhen zu lassen. Ich hatte mir zwar bei Nacht und Nebel und im Suff vorgenommen, mich nicht weiter um Faiths Ignoranz zu scheren, aber … Scheiße, ich wollte trotzdem ihren verfluchten Grund wissen, warum sie mir derart unnachgiebig aus dem Weg ging. Als hätte ich Chlamydien. Oder zumindest Syphilis.

Vielleicht war es der restliche Alkohol, der mir nach wie vor die Sinne vernebelte, doch mit einem Mal war da diese Idee. Sie war kindisch und durchaus mit einem gewissen Risiko behaftet, mit der Chicagoer Polizei Bekanntschaft zu machen, sollte sich jemand anders als Faith davon gestört fühlen. Oder die Prinzessin rief selbst auf dem Revier an.

Trotzdem beschloss ich, dass es einen Versuch – einen gottverdammten, letzten Versuch – wert war, ihre Aufmerksamkeit zu erregen.

Ich schnappte mir das letzte Stück Pizza, stand auf und biss im Gehen ab, während ich meinen Laptop suchte. Ich schaltete ihn ein, und solange mein Computer lud, holte ich meine Lautsprecherboxen aus dem Schrank, um sie anzustöpseln. Anschließend klickte ich mich auf Spotify durch die aggressivsten Lieder, die mir einfielen, und packte sie alle in eine Playlist. Meine Finger flogen beinahe über die Tasten, als ich der Liste einen Namen gab.

Für die Farbenfee von nebenan.

Dann drückte ich auf »Start« und drehte die Lautstärke des Laptops und der Boxen bis zum Anschlag. Ich war mir nicht sicher, ob mein Plan funktionieren würde. Ob ich wirklich laut genug war, dass sie sich dazu entschließen würde, meine Wohnung erneut zu stürmen. Doch ich war guter Dinge, dass sie nach einer Weile immerhin so genervt davon war, dass sie irgendwie den Kontakt zu mir suchen würde. Vorsichtshalber öffnete ich schon einmal mein Fenster, das zur Feuertreppe führte.

Mit einem Mal war ich besser gelaunt. Zufrieden sicherte ich meinen Laptopbildschirm mit einem Passwort, damit sie die Musik nicht einfach ausmachen konnte, solange ich unter der Dusche war. Die Kopfschmerztablette zeigte endlich Wirkung, und ich fühlte mich nicht mehr so matschig wie noch vor ein paar Stunden.

Pfeifend streifte ich mir die Klamotten vom Leib und ließ sie an Ort und Stelle fallen, ehe ich mein Badezimmer betrat und das Wasser in der Kabine anstellte. Obwohl ich die Tür geschlossen hatte, war die Musik verdammt laut. Ich war gespannt, wie lange Faith diesen Krach aushalten würde. Es waren noch keine 3,57 Minuten vergangen, und ich war bereits selbst genervt davon. Nichtsdestotrotz stellte ich mich gut gelaunt unter den Strahl und ließ mir alle Zeit der Welt. Es war großartig, nicht zur Arbeit hetzen oder sich mit einem Freund treffen zu müssen. Ich konnte in Ruhe ausnüchtern, das warme Wasser genießen und Faith ärgern.

Mit einem Handtuch um die Hüfte geschlungen, verließ ich nach einer knappen Viertelstunde mein Bad und war gerade auf dem Weg in mein Schlafzimmer, um frische Klamotten zu holen, als ich es hörte. Das Klingeln an der Wohnungstür, gefolgt von einem energischen Klopfen.

Hervorragend.

Die Chancen standen gut, dass es sich dabei nicht um Mrs Forester, sondern um Faith handelte. Um mir einen Vorteil in meiner Reaktion zu verschaffen, spähte ich durch das Schlüsselloch. Ein Schmunzeln schlich sich auf mein Gesicht, das ich sogleich wieder verdrängte. Ich wollte sie nicht angrinsen, sobald ich ihr gegenüberstand. Ich wollte sie vielmehr böse anfunkeln und eine Erklärung verlangen für ihre konsequente Ignoranz meiner Person.

In dem Moment, als sie wieder klopfen wollte, riss ich die Tür auf, und Faith hielt mir ihre erhobene Faust entgegen.

»Ben … du … Scheiße, Mann!«, schnaufte sie, und das Erste, was mir auffiel, waren ihre Haare, die sie in einem wirren Knoten zusammengebunden hatte. Mit der Hand, die nicht geklopft hatte, hielt sie einen tropfenden Pinsel umklammert. Ihre Klamotten waren, genau wie ihre Haut, mit Farbklecksen besprenkelt. Es war nicht zu übersehen, womit sie die letzten Minuten verbracht hatte.

Noch ehe sie sich richtig berappeln konnte, hatte ich schon meine Hand um ihren Oberarm gelegt und sie in meine Wohnung gezogen. Mit der anderen stieß ich die Tür zu.

»Sehr schön. Genau die Person, auf die ich gehofft hatte.«

»Du … was?« Sie war überrumpelt, schien nicht mit meiner kleinen Attacke gerechnet zu haben.

»Ich hatte gehofft, dass du vorbeikommst«, wiederholte ich, und ein spöttisches Grinsen schlich sich auf mein Gesicht. »Eigentlich ging ich davon aus, dass du das Fenster benutzen wirst, aber hey … du bist hier, also … Ziel erreicht.«

»Wie?« Faith schien für einen Augenblick ernsthaft verwirrt, ehe sie ihre Stirn in Falten legte. »Warte! Die laute Musik war *Absicht?!*«

»Ganz genau.« Ich nickte. »Du kapierst schnell. Pinkerton.« Ja, ich hatte gegoogelt.

»Warum?«

»*Warum?*« Ich musterte sie von oben bis unten. Die blaue Latzhose, die sie trug, war nur an einem Träger zugemacht und stand ihr viel zu gut. »Ist das dein Ernst?« Ich konnte es nicht verhindern, mein Grinsen wich ehrlicher Fassungslosigkeit.

»Ja, Ben«, verdrehte sie die Augen. »Das ist mein voller Ernst.« Ihr Blick strich an meinem Körper entlang. »Und wieso in Gottes

Namen hast du nichts an? Es ist mitten am Tag. Oder ist das auch Teil deines perfiden Plans?«

Meine Augen folgten ihren zu dem einzelnen Knoten, der mein Handtuch an Ort und Stelle hielt. Als ich wieder aufsah, ruhte ihr Blick immer noch auf selbiger Stelle.

Ich hatte keine Ahnung, was mich dazu trieb, doch im nächsten Moment machte ich einen Schritt auf sie zu. Dann noch einen. Und noch einen. Ihr Blick schnellte wieder nach oben.

»Was wird das?«

Ich ignorierte ihre Worte, beschloss stattdessen, auf ihre Frage von eben zu antworten. »Du willst wissen, warum ich mit Absicht diesen Lärm veranstalte?« Die Musik schallte immer noch durch die gesamte Wohnung und vermutlich auch durch die halbe Nachbarschaft. »Warum ich wollte, dass es dich so sehr nervt, dass du rüberkommst?«

Faith stand wie angewurzelt da, während ich ihr immer näher kam. Einzelne Wassertropfen aus meinen feuchten Haaren fielen mir auf die Schultern, bahnten sich ihren Weg über meine Brust und meinen Bauch. Faith beobachtete jeden einzelnen davon. Ganz so, als wäre das die bessere Alternative, um mir nicht ins Gesicht sehen zu müssen.

»Du gehst mir aus dem Weg, und ich will wissen, wieso.« Ich blieb stehen, als uns nur noch gute dreißig Zentimeter voneinander trennten. »Was ist passiert?«

»Nichts.« Ihre Antwort kam langsam und leise und war nicht sehr überzeugend.

»Probier's noch mal!«, forderte ich sie auf. »Und zwar so, dass ich dir glaube.«

Faith schüttelte den Kopf und trat einen Schritt zurück.

»Wovor hast du Angst?« Ich folgte ihr.

»Ich habe keine Angst.« Dann trat sie wieder einen Schritt nach hinten.

»Okay.« Ich folgte ihr. »Dann kannst du mir ja auch problemlos sagen, wieso du mir seit Tagen aus dem Weg gehst.«

»Ich hatte viel zu tun.« Der nächste Schritt führte dazu, dass sie mit dem Rücken an meine Tür stieß.

»Die Malerei?« Ich folgte ihr.

Ihr Blick fiel auf den Pinsel, den sie so fest umklammert hielt, dass ihre Knöchel weiß hervortraten. Vorsichtig griff ich nach dem Holzstiel und zog leicht daran. Ein paar Sekunden verstrichen. Dann ließ sie ihren Rettungsanker los. Achtlos warf ich das Ding auf die Kommode in meinem Eingangsbereich, ließ sie dabei keine Sekunde aus den Augen. Ihr Blick zuckte kurz in die Richtung, in die ich den Pinsel geworfen hatte, ehe sie mich wieder ansah. Ihre Augen wirkten dunkel, obwohl ich genau wusste, dass sie eigentlich grün waren.

»Was … was hast du vor?« Ihre Stimme wurde von der Musik übertönt, sodass ich die Worte von ihren Lippen ablas.

»Ich unterhalte mich mit dir.« Auch wenn ich zugeben musste, dass das angesichts der Tatsache, dass Chester Bennington lautstark durch meine Wohnung brüllte, nicht ganz leicht war.

»Unterhalten …«, wiederholte sie.

»Unterhalten!«, bestätigte ich, obwohl das nicht ganz das war, wonach mir der Sinn stand. Alles in mir schrie vielmehr danach, ihr diesen einen Träger von der Schulter zu streifen. Ihr aus ihren Klamotten zu helfen und ihr zu zeigen, dass dieser kurze Fick vom vergangenen Wochenende nicht einmal in Ansätzen meiner sonstigen Performance im Bett entsprach.

»Dann mach die Musik leiser.«

Ich wandte den Blick nicht von ihr ab. »Damit du in der Zeit abhauen kannst?« Ich lächelte. »Sicher nicht, Babe.«

»Nenn mich nicht so!«, kam es sofort wie aus der Pistole geschossen.

»Okay.« Ich hob abwehrend die Hände. »Sorry. *Faith.*« Dann

griff ich nach ihren Fingern, nutzte den Überraschungsmoment und zog sie mit mir zum Laptop. Ich gab mein Passwort ein und beendete die Playlist mit zwei Klicks. Augenblicklich kehrte Stille ein.

»Besser?«

Kopfschüttelnd sah sie mich an. »Du hast sie doch nicht mehr alle.«

»Nein!«, widersprach ich, und mit einem Mal brach die ganze Frustration der letzten Tage aus mir heraus. »*Du* hast sie nicht mehr alle. Wir hatten Sex. Na und? Das ist kein Grund, sich zurückzuziehen und auf einmal so zu tun, als würdest du mich nicht mehr kennen. Es war nur ein bisschen Sex.«

»Ich habe überhaupt nicht so getan, als würde ich dich nicht mehr kennen.«

»Du gehst mir aus dem Weg! Nimm zum Beispiel die Feuertreppe. Du lässt dich nicht mehr dort draußen blicken.«

»Weil ich keine Zeit hatte«, hielt sie dagegen, ehe sie erneut den Kopf schüttelte. »Was ist dein beschissenes Problem?«

»Mein Problem ist, dass du abgehauen bist.«

»Ich bin nicht abgehauen. Wir waren fertig.« Der Gleichmut, mit dem sie mir antwortete, verschlug mir die Sprache. Fassungslos starrte ich sie an. Eine Sekunde. Zwei. Drei.

»Welche Frau ist nach fünf lieblosen Minuten fertig?«, presste ich schließlich hervor.

»Ich.« Wieder folgte dieses verdammte, ausdruckslose Schulterzucken. War ihr das alles hier wirklich derart gleichgültig?

»Das glaubst du doch wohl selbst nicht«, stieß ich aus, ehe mir klar wurde, was die Quintessenz dieses Gesprächs war. Mein Verdacht hatte sich soeben bestätigt. »Du bist nicht gekommen.«

»Ben …«

»Scheiße, Faith.« Ich sah sie bestürzt an. »Du bist nicht gekommen!«

»Was spielt das für eine Rolle?«

»Eine ganz entscheidende.« Frustriert fuhr ich mir durch die Haare. »Gott, Faith, das tut mir leid, ich …«

»*Du* kannst nichts dafür«, unterbrach nun sie mich und kam einen kleinen Schritt auf mich zu, ehe sie sofort wieder stehen blieb. »*Ich* bin direkt gegangen, nachdem du … Schon vergessen?«

»Na ja.« Ich verzog das Gesicht. »Ich wohne hier.« Was bedeutete, dass ich schlecht hätte gehen können. »Ich hätte maximal das Zimmer verlassen können.« Nachdenklich rieb ich mir über die Stirn. »Aber darum geht es nicht. Bist du deshalb so schnell abgehauen? Weil du …« Oh, Gott, es kostete mich alle Überwindung, das zu sagen. »Weil du keinen Spaß gehabt hast?«

Faith sah mich lange einfach nur an. So lange, bis mir kalt wurde und ich erschauderte. Mit den Händen rieb ich mir über die Arme, ehe ich beschloss, dass das so keinen Zweck hatte. Faith schwieg noch immer, und doch war es in ihrem Kopf vermutlich lauter als eben, als ich die Musik auf voller Lautstärke hatte laufen lassen. Sie machte nicht den Anschein, als wolle sie flüchten, weshalb ich es riskieren konnte.

»Gib mir eine Minute.« *Und dir selbst am besten auch, Faith.* »Ich zieh mir kurz was an.« Mit diesen Worten schob ich mich an ihr vorbei und in mein Schlafzimmer. Ich riss den Schrank auf und schnappte mir die erstbesten Shorts, die mir in die Hände fielen. Dann löste ich den Knoten in meinem Handtuch und ließ es achtlos zu Boden gleiten.

Das war der Moment, als ich ein Geräusch hörte. Ich blickte über meine Schulter zur Tür und … da stand sie. Reglos sah sie mich für einen kurzen Moment an. Ihr Blick lag auf mir, wanderte zu meinem Gesicht, suchte meine Augen. Und dann kam Leben in sie. Mit großen Schritten eilte sie auf mich zu. Es vergingen 0,74 Sekunden, bis sie mich erreichte, und doch geschah in dieser kurzen Zeitspanne wahnsinnig viel auf einmal. Ich ließ die Shorts fallen, drehte mich zu ihr um, und sie stürzte sich in meine Arme. Ihre Hände schoben sich in meinen Nacken, meine glitten auf ihren Rücken. Ihre Lippen fanden meine, ihre Zunge bat um Einlass. Gleichzeitig zog sie mich zu meinem Bett.

»Faith …«, brachte ich zwischen zwei Küssen hervor. Sie ließ mir keine Chance. Wir erreichten mein Bett, sie fiel rücklings in die Kissen und riss mich mit sich. Ich landete auf ihr, spürte den Stoff ihrer Klamotten überall auf meiner nackten Haut. Das war nicht fair. Was auch immer sie vorhatte, sie trug eindeutig zu viele Klamotten. Ihre Lippen streiften meinen Hals entlang, ihre Finger strichen über meinen Rücken, und ich hatte Mühe, mit ihr Schritt zu halten. Gerade noch hatten wir diskutiert, nun lagen wir in meinen Laken und waren im Begriff, letzten Samstag zu wiederholen. Die Sache, bei der sie nicht gekommen war.

Fuck. Ich löste mich von ihr und rappelte mich auf. Mit den Fingern fuhr ich mir durch die Haare und blickte auf Faith hinab. »Das … das war nicht mein Plan.« Eigentlich hatte ich wirklich nur mit ihr reden wollen.

»Ich weiß.« Sie streckte ihre Hand nach mir aus. »Das war meiner.«

»Deiner?« Ich hob eine Augenbraue. Irgendwie fiel es mir ziemlich schwer, das zu glauben. Sie hatte bis vor wenigen Minuten ganz und gar nicht so gewirkt, als wollte sie mich flachlegen.

Faith sah die Skepsis in meinem Blick. Sie richtete sich ebenfalls auf, legte ihre Finger auf meinen Oberarm und streichelte behutsam über die Haut, ehe sie einen Kuss auf dieselbe Stelle hauchte. »Ist es nicht egal, wer den Plan hatte?«, murmelte sie und verteilte weitere Küsse, ehe sie aufsah. »Du redest zu viel.«

Damit hatte sie eindeutig recht. Faith lag genau da, wo ich sie mir seit einer Woche hingewünscht hatte, und ich konnte nicht aufhören zu plappern.

»Was hältst du von weitermachen?«, schlug sie vor und war damit mein Untergang. Himmel, hier lag eine willige Frau und bot mir Sex mit ihr an. Hinzu kam, dass ich seit einer Woche an nichts anderes dachte, als es noch einmal mit ihr zu tun. Was für ein Kerl wäre ich, wenn ich dieses Angebot ausgeschlagen hätte?

Nach einem kurzen Nicken meinerseits zog sie mich wieder zu sich und küsste mich um den Verstand. Dieses Mal ließen wir uns mehr Zeit. Faith verteilte Küsse auf meiner Haut, ich liebkoste die ihre. Ich streifte ihr den Träger von den Schultern, wie ich es schon in dem Moment hatte tun wollen, als sie meine Wohnung betreten hatte, und leckte über ihr Schlüsselbein, ehe ich sanft dagegenblies. Faith zuckte zusammen, und eine Gänsehaut breitete sich über ihren Körper aus. Ich küsste ihre Mundwinkel, ihr Kinn, ihren Hals und wanderte mit meinen Lippen abwärts, bis ich auf Jeansstoff traf.

»Weg damit«, raunte ich und begann, die Knöpfe an ihren Trägern zu lösen, ehe ich ihr aus ihrer Latzhose half. »Sexy«, kommentierte ich und warf das Ding aus dem Bett. Sie kicherte, nur um mich im selben Moment wieder zu sich zu ziehen und ihre Lippen auf meine zu pressen. Offenbar redete ich ihr immer noch zu viel. Also schwieg ich, umfing sie mit meinen Armen, hielt sie, während ich ihren Hals entlang küsste. Und es war anders als vor einer Woche. Faith wirkte gelöster, lächelte, ließ ihre Fingerspitzen über meine Seiten streichen. Nichts war von der Hektik zu spüren, die sie am vergangenen Samstag heimgesucht hatte.

Meine linke Hand wanderte über ihren Rücken, und ich öffnete ihren BH mit einer fließenden Bewegung, bevor ihr die Träger von den Schultern glitten und ihre wundervollen Brüste entblößten. Einen Moment lang sah ich sie einfach nur an, sog die Perfektion ihres Körpers in mich auf. Bis ich sie aus den Augenwinkeln den Kopf schütteln und grinsen sah.

»Was?«, fragte ich und umfasste mit einer Hand ihre Brust. »Ich hab keine eigenen. Von daher bin ich auf deine angewiesen.«

Damit hatte ich es geschafft, sie lachte laut los.

»Spinner«, sagte sie und zog mein Gesicht näher zu ihrem. »Es sind nur Brüste. Und sie sind nicht einmal sonderlich groß.«

»Streich das ›nur‹«, entgegnete ich. »Es sind wunderschöne Brüste, und sie verlangen nach meiner Aufmerksamkeit. Entschuldige mich.« Mit diesen Worten gab ich ihr einen festen Kuss, ehe ich mich an ihrem Körper nach unten schob und mich in der Tat ihren Brüsten widmete. Mit der Zunge leckte ich über ihre Nippel, ehe ich einen nach dem anderen mit meinen Lippen umschloss.

»Oh, Gott«, hörte ich Faith irgendwo über meinem Kopf keuchen und fühlte im nächsten Moment ihre Hände an meinen Schultern. »Nicht aufhören.«

Also tat ich genau das, worum sie mich gebeten hatte. Ich leckte, ich sog, ich biss, während sich Faith an meinen Haaren festhielt, als ginge es um ihr Leben. Gleichzeitig drückte sie mir ihre Hüfte entgegen, die immer noch von einem letzten Stück Stoff bedeckt war. Ich ließ eine Hand an ihrem Körper entlanggleiten und in ihrem Höschen verschwinden, ehe ich es ihr nach unten schob. Faith kam mir schließlich zu Hilfe und strampelte es sich kurzerhand von den Beinen.

»Danke«, murmelte ich an ihrem Hals. Ihre Antwort war ein wortloses Nicken. Gierig stürzte ich meine Lippen wieder auf ihre, spürte ihre Brust an meiner eigenen. Meine Finger wanderten zu ihrem Bauchnabel, strichen sachte darüber, ehe ich meine Hand weiter nach unten schob. Faiths Körper bebte, während ich sie küsste und gleichzeitig über ihren Bauch streichelte. Sie biss sich auf die Unterlippe, schien es kaum erwarten zu können, dass meine Finger ihr Ziel erreichten. Ihre Augen waren geschlossen, aber ich wusste auch so, was ich gerade in ihr auslöste. Ihr Atem ging schneller und schien für einen Moment auszusetzen, als ich die glatt rasierte Stelle zwischen ihren Beinen erreichte, an der sie mich haben wollte. Mit den Fingerspitzen fuhr ich sanft über die weiche

Haut, ehe ich ihr behutsam einen Kuss auf die Innenseite ihres Oberschenkels gab. Erst links, dann rechts, dann wieder links.

Als ich meine Zunge zu Hilfe nahm, hörte ich sie nach Luft schnappen. Ihre Hände suchten den Weg in meine Haare, kratzten über meine Kopfhaut, erhöhten ihren Druck, als hätte sie Angst, ich könnte aufhören, bevor ich sie zum Orgasmus gebracht hatte.

Ein lautes Stöhnen entwich ihr, als ich mit dem Zeigefinger in sie eindrang. Ihre Finger vergruben sich noch stärker in meinen Haaren. Es war fast schmerzhaft, wie sie sich an mir festklammerte, doch es störte mich nicht. Meine volle Konzentration lag auf Faith und meiner Mission.

Ich nahm einen zweiten Finger dazu und stieß bedächtig in sie. Keuchend warf sie den Kopf von rechts nach links, während sie sich meiner Hand entgegendrückte. Fast so, als fordere sie mich heraus, meine Finger noch tiefer in sie zu schieben. Sie war unsagbar warm und feucht, und kurz hatte ich Mühe, mich zu sammeln, weil sich ein lustvolles Ziehen in meinen Lenden ausbreitete. Und da war er, der Gedanke, meinen Schwanz in sie zu versenken und es ihr richtig zu besorgen. Er war wie eine alte Gewohnheit, die ich sofort ignorierte. Weil sie nicht hierhin passte. Nicht zu Faith und nicht zu dem Bild, wie sie hierlag, sich mir hingab, während ich in ruhigem Tempo mit meinem Daumen über ihre Klitoris rieb. Ihre Atmung intensivierte sich, und ihr Griff in meine Haare lockerte sich. Stattdessen vergrub sie ihre Hände nun so tief in meinen Laken, dass ihre Finger fast schon verkrampft wirkten. Ein paar Momente dauerte es, dann zuckte und zitterte sie stöhnend. Ein zufriedenes Lächeln bildete sich auf meinen Lippen.

Mission erfüllt.

Zumindest Teil eins davon. Ich spürte die Nachbeben ihres Körpers um meine Finger, als sie sich eng um mich schloss. Faith atmete schnell, ihr Puls raste.

Quälend langsam entzog ich ihr meine Finger und beobachtete

sie. Ihre Augen waren nach wie vor geschlossen und blieben es, bis sie ihre Atmung wieder unter Kontrolle hatte und ruhiger wurde. Dann schlug sie die Augen auf und blickte direkt in meine. Ich hatte keine Ahnung, woran es lag, doch da war eine Unendlichkeit in ihrem Blick, die mir durch Mark und Bein fuhr.

»Alles in Ordnung?«, fragte ich leise. Meine Finger waren zwar nicht mehr in ihr, doch ich lag immer noch über ihr und verhinderte so ein erneutes Flüchten ihrerseits. Sie wirkte nicht so, als hätte sie vor, sich sofort aus meinem Bett zu stürzen, aber sicher war sicher. Außerdem war das noch nicht das Ende meines Vorhabens.

»Ja … ich … du …« Ihre Worte kamen langsam und abgehackt. »Wow.«

Grinsend beugte ich mich zu ihr und gab ihr einen Kuss auf die Lippen. »Gern geschehen. Ich hatte da schließlich etwas gutzumachen.« Das Zwinkern, das meinen Worten folgen sollte, ging in einem leichten Schlag gegen meinen Oberarm und meinem kehligen Lachen unter.

Im nächsten Moment rollte ich mich auf den Rücken und zog Faith mit mir, sodass sie rittlings über mir kniete. Ihre Hände stützte sie überrascht auf meiner Brust ab.

»Was …«, begann sie, ich unterbrach sie jedoch sofort.

»Ich hoffe, du hast heute nichts mehr vor. Wir sind noch lange nicht fertig hier.« Ich hob vielsagend eine Augenbraue, ehe ich eine Hand zu meinem Nachttisch streckte. Da Faith meine Bewegungsfreiheit etwas einschränkte, erreichte ich das Tischchen nicht.

»Moment.« Sie krabbelte über mich hinweg und sog scharf die Luft ein, als ich eine Hand an ihre Brust legte und zärtlich knetete. Während ich mit ihren weiblichen Vorzügen beschäftigt war, angelte sie in der Schublade nach meinen Kondomen. Sie ließ ein paar lose Packungen auf die Matratze neben mir fallen. Nur eines behielt sie in ihrer Hand und riss es mit den Fingern auf. Dann kletterte sie zurück über mich, griff nach meinem Schwanz und zog mir das Kondom geschickt – und vor allem schnell – über. Nun war ich derjenige, der die Luft einsog und kurz verblüfft zwischen ihr und meinem Penis hin- und hersah.

»Was?« Sie zuckte unbeeindruckt mit den Schultern. »Du hast doch gesagt, dass wir noch nicht fertig sind. Dann zeig mal, was du kannst.« Und mit diesen Worten senkte sie sich ab, und ich tat mein Bestes, um auch dieses Versprechen zu halten.

11

Faith war danach nicht sofort abgehauen. Sie lag mit geschlossenen Augen neben mir und streckte mir ihre nackten Brüste entgegen, die sich mit jedem ihrer Atemzüge hoben und senkten. Die untere Hälfte ihres Körpers wurde, sehr zu meinem Leidwesen, von meiner Decke versteckt. Ich wusste, dass sie nicht schlief, und doch gaben mir ihre geschlossenen Augen die Gelegenheit, sie in aller Ruhe zu betrachten. Ihre Wangen waren noch immer dezent gerötet, auf ihren geschwollenen Lippen lag kein Lächeln, aber immerhin ein Ausdruck, der an Zufriedenheit erinnerte. Scheinbar hatte ich mein Ziel erreicht und ihr bewiesen, dass ich mehr draufhatte als eine schnelle Nummer. Ihre Haut schimmerte seidig, und ich war versucht, mit meinem Finger behutsam über ihre Schulter zu fahren.

»Damit das klar ist …«, hörte ich sie im selben Moment sagen und mit ihren nächsten Worten meinen Plan begraben. »Das hier ist nur Sex.« Dann drehte sie ihren Kopf und sah mich ernst an. »Und vielleicht hin und wieder eine Runde Mario Kart. Kommst du damit klar?«

Ihre Worte waren wie Weihnachten, Geburtstag und Thanksgiving zugleich. Und trotzdem war ich mir sicher, dass es einen Haken gab. Mir war noch keine Frau begegnet, bei der es auf Dauer nur Sex gewesen war. Nachdenklich hielt ich ihrem Blick stand. Sie sah mir fest in die Augen, zuckte nicht einmal mit der Wimper. Faith schien sich ihrer Sache sehr sicher zu sein.

Dennoch hakte ich nach.

»Bist *du* dir sicher?« Denn die Frage war meiner Meinung nach nicht, ob ich damit klarkam.

»Sex und Mario Kart?« Sie nickte sofort. »Oh ja.«

»Gut, dann …« Ich beugte mich zu ihr. »Ich finde, wir sollten das besiegeln.«

»Besiegeln?« Nur Faith schaffte es, so viel Skepsis in ein einzelnes Wort zu legen. »Mit in die Hand spucken und einschlagen?«

»So in etwa.« Dann hörte ich auf zu reden und presste stattdessen meine Lippen für einen Augenblick fest auf ihre, ehe ich mich wieder neben sie auf die Matratze fallen ließ.

Ich hatte keine Ahnung, wie es Faith ging, doch ich war geschafft. Wir hatten einige der Kondome benutzt, die sie vor einer Weile auf mein Bett geschmissen hatte, und obwohl ich ihr gerne vorgeschlagen hätte, eine Runde duschen zu gehen, war es vermutlich klüger, wenn ich uns erst einmal zu Atem kommen ließ.

Ein paar Minuten lagen wir schweigend nebeneinander. Faith war schließlich diejenige, die sich zuerst aus meiner Decke schälte. Sie wandte mir den Rücken zu, als sie damit begann, ihre Klamotten zusammenzusammeln und anzuziehen. Mein Blick fiel auf die Stelle unter ihrem Schulterblatt, an der ein kleines Tattoo zu sehen war. Zwei Sternschnuppen, um die mehrere Punkte schwirrten. Es war mir bisher nicht aufgefallen.

»Du hast ein Tattoo«, sagte ich, während ich ihr weiterhin zusah und im Bett liegen blieb.

»Ja.« Sie wirkte abgelenkt, blickte nicht einmal in meine Richtung, als sie in ihr Oberteil schlüpfte und sich anschließend durch die wilde Mähne fuhr.

»Was bedeutet es?«

»O nein.« Nun sah sie doch auf und schüttelte den Kopf. »Nur Sex und Mario Kart. Keine Fragen.«

»Okay.« Ich hob abwehrend die Hände. »Allerdings kann ich dir nicht versprechen, dass ich dir keine alltäglichen Fragen stellen werde.«

»Wie zum Beispiel?« Sie setzte sich an die Bettkannte und zog ihre Socken an.

»Zum Beispiel, wo du jetzt hingehst. Das würde ich auch jemanden fragen, mit dem ich gerade keinen Sex gehabt habe.« Ich richtete mich auf, sodass ich mich besser gegen das Kopfteil meines Bettes lehnen konnte.

»Gut. Das geht klar.« Sie nickte, ehe sie mir die Frage beantwortete. »Ich muss arbeiten. Neue Kunstausstellung. Yay.« Faith warf gespielt begeistert ihre Hände in die Luft, nur um sie sogleich wieder sinken zu lassen und einen wenig enthusiastischen Gesichtsausdruck aufzusetzen. »Du erinnerst dich an den Freund meines Chefs?«

Ich nickte.

»Er hat eine zweite Ausstellung eröffnet.« Nun seufzte sie und drückte sich mit den Händen vom Bettrand ab.

Ich hatte keine Ahnung, wo der Gedanke herkam, doch plötzlich war er da. Und ehe ich es verhindern konnte, hatte ich ihn auch schon ausgesprochen. »Soll ich mitkommen?«

Ihre Antwort kam prompt. »Nein.«

»O-kay?« Ich runzelte die Stirn.

»Das ginge dann doch zu weit.«

»Wieso?« Mir war schleierhaft, wo das Problem lag. »Ich war schon einmal dabei, als wir uns schlechte Kunstwerke angesehen haben.«

»Ich weiß, aber …« Sie verstummte, ehe sie den Kopf heftig schüttelte. »Nein, du bleibst … Bleib am besten einfach hier.« Sie deutete zwischen mir und dem Ende meines Bettes hin und her. Dann stand sie auf. »Und ich muss jetzt wirklich los.«

»Moment.« Ich rollte mich nach rechts und tastete auf meinem Nachttisch nach dem Kuli, der dort lag. Mit meiner anderen Hand angelte ich nach der Kondomschachtel und riss ein Stück des Kartons ab.

»Das ist meine Nummer«, sagte ich, während ich die Zahlen auf den Papierfetzen schrieb. »Ruf an, falls … ja. Ruf einfach an.« Ich hielt ihr den Zettel entgegen. Einen Moment lang klebte ihr Blick wie gebannt auf meiner Hand. »Jetzt mach schon«, forderte ich sie auf, und als sie meiner Bitte immer noch nicht nachkam, griff ich einfach selbst nach ihrer Hand und drückte ihr meine Nummer in die Finger. Kritisch musterte sie den Kartonfetzen, nur um ihn mir sofort wieder hinzustrecken. Als ich ihn ihr nicht abnahm, ließ sie ihn achtlos zu Boden fallen.

»Brauch ich nicht. Du wohnst doch nebenan. Wenn mir nach Sex oder Regenbogenstrecke ist, komme ich einfach rüber.« Damit drehte sie sich um, und ehe ich michs versah, war sie aus meinem Schlafzimmer verschwunden. 2,8 Sekunden später hörte ich eine Tür ins Schloss fallen. Faith war weg, und ich lag immer noch nackt in meinem Bett. Ein zufriedenes Grinsen schlich sich auf meine Lippen, und ich verschränkte meine Arme hinter meinem Kopf. Zwangloser Sex mit Faith war großartig, und in diesem Moment war ich mir zu 99,97 Prozent sicher, dass dieses Arrangement genau so funktionieren würde, wie es per Definition gedacht war. Und die 0,03 Prozent, die ich nicht kontrollieren konnte, würde ich einfach ignorieren.

Es war bereits früher Abend, als ich zum zweiten Mal an diesem Tag aus dem Bett krabbelte. Und dieses Mal war ich zum Glück nicht mehr so verkatert wie noch vor einigen Stunden. Faiths Besuch hatte Wunder gewirkt und mich sogar Darias Anruf vergessen lassen. Vielleicht war ich etwas harsch zu ihr gewesen, doch ihre ständige Fragerei ging mir auf den Keks. Vermutlich hatte ich bereits eine Nachricht von Mason auf meinem Handy, in der er seine Freundin verteidigte.

Anstatt nachzusehen, schaltete ich den Fernseher ein und zockte eine Runde, ehe ich mich mit einer großen Tasse Kaffee, einem Fachbuch über orthopädisches Grundwissen und einem Block mit Stift auf meine Couch setzte. In wenigen Tagen durfte ich das erste Mal bei einer Hüftrekonstruktion dabei sein, auf die ich mich seit Wochen vorbereitete. Ich wusste, welche Komplikationen auftreten konnten und wie hoch die jeweiligen Wahrscheinlichkeiten dafür waren. Mir war klar, dass ich nicht alleine im OP stehen würde, aber ich wollte trotzdem bestens vorbereitet sein. Also schlug ich das Kapitel über improvisierte Lösungsfindungen auf und vertiefte mich in meiner Recherche. Es war nicht das erste Mal, dass ich die Zeilen las. Einige Wörter und teilweise ganze Sätze waren von mir farbig markiert worden, und ich hatte unzählige Notizen an die Ränder geschrieben. Man hätte es mir nicht zugetraut, weil ich viel auf Partys unterwegs gewesen war, aber ich war ein gewissenhafter Student gewesen. Ich studierte Medizin aus Leidenschaft und hatte meine Vorlesungen und Seminare ernst genommen. Und genau so ernst nahm ich nun auch die Vorbereitungen auf die Operationen, bei denen ich assistieren durfte.

Als ich das nächste Mal aufsah, war es dunkel draußen, und mein Magen knurrte. Ich hatte keine Lust zu kochen, also beauftragte ich den Lieferservice meines Vertrauens. Eine knappe Stunde später klingelte es, und meine Pasta wurde gebracht. Ich aß, während ich gleichzeitig las und mir weiter Notizen machte. Der Sex mit Faith hatte mich regelrecht beflügelt, und ich kam bestens voran. Im Nu hatte ich einen Stapel Notizen angefertigt und war mit mir selbst äußerst zufrieden. Und daran änderte sich auch in den nächsten Tagen nichts. Trotz meiner komplizierten Arbeitszeiten schafften Faith und ich es, an drei weiteren Abenden die Regenbogenstrecke zu bezwingen und anschließend meine Laken zu zerwühlen. Der Deal funktionierte bestens, wir lachten viel, und trotzdem hielt Faith eisern an der Vorstellung fest, dass es unbedingt nötig war, jedes Mal nach dem Sex direkt wieder zu verschwinden.

Ich war gerade dabei, meine Zusammenfassungen für die morgige Operation noch einmal zu lesen, als mein Handy klingelte. Einen kurzen Moment lang sah ich mich suchend danach um. Wo hatte ich es hingelegt?

Ich fand es auf der Kommode im Flur, obwohl ich mich nicht

daran erinnern konnte, es dort abgelegt zu haben. Und noch erstaunter war ich, als ich erkannte, dass es eine unbekannte Nummer war, die mich anrief.

»Hallo?«, meldete ich mich und war zutiefst überrascht, Faiths Stimme am anderen Ende der Leitung zu hören. Sie hatte meine Nummer doch vor wenigen Tagen erst abgelehnt, der Fetzen lag immer noch neben meinem Bett auf dem Boden.

»Was machst du gerade?« Eine Begrüßung sparte sie sich also, okay. Ich grinste unweigerlich. Faith war niemand, der lange fackelte. Wenn sie etwas wollte, dann wollte sie es sofort und richtig, ohne irgendwelche Umwege. Trotzdem würde ich sie nicht so einfach davonkommen lassen.

»Wenn ich mich recht entsinne, hast du dich vor noch gar nicht allzu langer Zeit geweigert, meine Nummer anzunehmen …«

»Ich vergesse … Dinge nicht. Leider. Also, was ist nun? Bist du beschäftigt?«

Mein Blick fiel auf den Stapel Notizen auf dem Tisch. Trotzdem gab es nur eine Antwortmöglichkeit für mich. »Nein.«

»Okay.« Ein Seufzen entfuhr ihr. »Könntest du … also … wäre es vielleicht möglich, dass du …«

»Dass ich was?«

»Dass du mich abholst?« Sie klang resigniert, als wäre es furchtbar unangenehm für sie, mich das zu fragen. Und wahrscheinlich war es das auch. Faith hatte mich noch nie um etwas gebeten, was nicht in unmittelbarem Zusammenhang mit Sex oder Mario Kart stand.

»Wo bist du?« Noch während ich sie fragte, stand ich auf, griff nach meinen Schlüsseln und nahm meine Jacke vom Haken. Faith nannte mir eine Adresse, die genau am gegenüberliegenden Zentrumrand lag, die ich jedoch in gut zwanzig Minuten erreicht haben würde, wenn ich Gas gab.

»Gib mir eine Viertelstunde«, entgegnete ich und schlüpfte in meine Schuhe.

»Was? Nein, Ben, du … fahr … fahr vorsichtig. Es ist nicht schlimm, wenn ich länger warten muss.«

»Okay.« Ich lief weiter zum Treppenhaus. »Ich verspreche, keine Verkehrsregeln zu missachten.« Jedenfalls nicht alle. »Was machst du überhaupt in Lake View drüben?«

»Ich war beim Zahnarzt.«

»In … Lake View?« Es gab mindestens zwanzig Zahnärzte, die weitaus näher lagen.

»Ja. Er war der Einzige, der nicht erst in acht Wochen einen Termin für mich hatte.« Ich sah sie nicht, aber ich wusste, dass sie die Augen verdrehte. »Und jetzt lässt mich dieser Kerl nicht mehr alleine nach Hause fahren. Wegen einer blöden Betäubungsspritze.«

»So schlimm?«

»Nein. Überhaupt nicht. Aber die Sprechstundenhilfe beobachtet mich mit Argusaugen. Ich darf erst gehen, wenn mich jemand abholt.«

Ich lachte, als ich sie schnauben hörte. »Gehe ich richtig in der Annahme, dass du sie gerade mit bösen Blicken attackierst?«

»Darauf kannst du Gift nehmen.« Sie wartete meine Antwort gar nicht erst ab. »Ist es wirklich legal, dass sie mich nicht gehen lassen? Du bist Arzt, du musst das wissen.«

»Kommt drauf an, was sie dir gespritzt haben.« Aber ich ging nicht davon aus, dass sie grundlos festgehalten wurde. Nachdem ich meinen Wagen erreicht hatte, packte ich Faith auf die Freisprechanlage und startete den Motor. »Sie wollen nur sichergehen, dass dir nichts passiert.« *Genau wie ich.* Ich setzte den Blinker und fädelte mich in den Verkehr ein.

»Aber das kann ich doch selbst beurteilen. Ich fühle mich bestens in der Lage, mit der Bahn nach Hause zu fahren.«

»Vorschrift ist Vorschrift. Jetzt hör auf zu meckern und unterhalte dich lieber mit mir, bis ich da bin.«

»Aber …«

»Faith.« Ich unterbrach ihre Schimpftriade und konnte nicht verhindern, dass ich lachte. »Freu dich einfach, dass du nur zwanzig Minuten auf eine Mitfahrgelegenheit warten und nicht in eine stickige U-Bahn steigen musst.«

»Ich könnte auch ein Taxi nehmen.«

»Könntest du«, bestätigte ich. »Aber jetzt bin ich schon unterwegs. Also wartest du bitte brav in der Praxis auf mich. Okay?«

Ein unverständliches Brummen war ihre Reaktion auf meine Bitte.

»Faith?«, hakte ich nach.

»Schon gut«, murrte sie. »Ich bewege mich keinen Millimeter von der Stelle.«

»Prima«, entgegnete ich und wechselte das Thema. »Wie kommst du mit deinem Bericht voran?«

»Gar nicht.« Faith stöhnte. »Erinnerst du dich an diese graue Statue bei der anderen Kunstausstellung? Die wir beide so schlimm fanden?«

»Klar«, bestätigte ich und lauschte dem Vergleich, den sie zog.

»Die Ausstellung vor ein paar Tagen bestand nur aus solchen Dingern. Sie sahen alle gleich aus. Gleich furchtbar.« Ich war mir sicher, dass sie maßlos übertrieb, und trotzdem machte sie mit ihren Worten deutlich, was für eine Qual dieser Artikel für sie war.

»Vergeudete Lebenszeit«, resümierte sie und holte tief Luft. »Meinst du, mein Chef lässt es mir durchgehen, wenn ich einfach einhundertmal *Die Ausstellung ist Mist* schreibe?«

»Bestimmt. Oder du bist kreativ und variierst in deinen Aussagen. *Die Ausstellung ist Blödsinn*, die *Ausstellung ist scheiße, die Ausstellung ist doof* …«, schlug ich ihr vor und grinste selbst, als ich sie lachen hörte.

»Das würde ihm gefallen. Vielleicht probiere ich das aus. Ich lege ihm deine Version des Artikels vor, und wenn er mir den Kopf dafür abreißen will, packe ich eine zweite Variante aus, in der ich diesen Quatsch in den Himmel lobe.«

»Klingt ein bisschen nach Seele verkaufen.«

»Die verkaufe ich schon, seit ich zur Kunstbeauftragten befördert wurde. Also im Prinzip seit meinem zweiten Tag hier.«

»Bis wann musst du den Artikel abgeben?«

»Montagfrüh beim Meeting.«

»Dann hast du ja noch ein bisschen Zeit.«

Ihre Antwort war ein zustimmendes Murmeln.

»Wir können es ja wie neulich machen. Lass uns Fachwörter suchen, die dir weiterhelfen.«

»Tolle Nachmittagsbeschäftigung.«

»Ich könnte mir nichts Schöneres vorstellen. Erster Vorschlag: Pastelltöne.« Ich riet ins Blaue und brachte Faith damit erneut zum Lachen.

»Es gab nichts in Pastelltönen.«

»Gut, dann … Farbenschlacht. Dagegen kannst du nichts sagen, das ist ein neutrales Wort.«

»Einverstanden. Ich schreib's mir auf.« Im Hintergrund hörte ich tatsächlich ein Rascheln, und die nächsten Minuten verbrachten wir damit, Faiths Artikel vorzubereiten. Ein wenig erinnerte es mich an die vergangenen Tage mit meinen eigenen Recherchen. Ich hatte mich auf eine OP vorbereitet, Faith auf einen Artikel.

Wir waren noch immer dabei, Begriffe zu sammeln, als ich sie durch die Windschutzscheibe am Straßenrand stehen sah. Sie war in eine dünne Jacke gehüllt, das Handy klemmte ihr zwischen Ohr und Schulter, und mit den Händen schrieb sie fleißig auf ihren kleinen Notizblock.

»Ich sehe dich«, unterbrach ich unser Spiel und verlangsamte die Geschwindigkeit. Mein Blick lag auf Faith. »Haben sie dich doch aus der Praxis gelassen?«

»Unter Protest. Und ich werde aus dem Fenster kritisch beäugt, damit ich auch wirklich warte.«

Ich beobachtete, wie sie den Block sinken ließ und in Richtung des besagten Fensters sah. Ich folgte ihrem Blick und erkannte tatsächlich eine Person hinter den Vorhängen. Im nächsten Augenblick kam ich neben ihr zum Stehen. Faith stopfte ihr Schreibzeug in ihre Tasche, zog die Beifahrertür auf und huschte in den Wagen.

»Hey.« Ich lächelte, als sie sich zu mir umdrehte. Sie sah verfroren aus, mit ihren geröteten Wangen und den Händen, die sie fest aneinanderrieb. Es stand ihr fantastisch.

»Hey«, gab sie zurück und blies in ihre Hände. »Scheiße, wann wurde es denn so kalt?«

Anstatt ihr eine Antwort zu geben, schlüpfte ich aus meiner Stoffjacke und reichte sie ihr. »Hier.«

Fragend sah sie mich an, als hätte sie keine Ahnung, was sie damit sollte.

»Jetzt nimm schon!«, sagte ich mit Nachdruck in der Stimme. »Wir sind Freunde, oder?«

Ein zögerliches Nicken folgte.

»Und Freunde können sich gegenseitig ihre Jacken ausleihen.«

Als sie immer noch keine Anstalten machte, mein Angebot anzunehmen, warf ich ihr die Jacke kurzerhand in den Schoß und drehte die Autoheizung höher. Es dauerte ein paar Herzschläge, dann nestelte Faith sich meine Jacke so zurecht, dass sie wie eine Decke auf ihren Beinen lag.

»Danke«, murmelte sie und hielt die Hände vor die Heizung. »Eigentlich wollte ich längst zu Hause sein, aber diese Spinner müssen ja ausgerechnet heute beschließen, sich an irgendwelche abstrusen Vorgaben zu halten.«

»Vielleicht bekamen sie vor Kurzem erst Ärger, weil sie eine

Vorschrift missachtet haben.« Amerika. Das Land der unbegrenzten Möglichkeiten, solange man sich an jede absurde Anweisung hielt.

Nachdem Faith sich angeschnallt hatte, fuhr ich an und fädelte uns wieder in den Verkehr ein. Für den Rückweg brauchten wir wesentlich länger. Nicht, weil sich die Strecke auf einmal verlängert hätte, sondern schlicht und einfach deshalb, weil ich nicht mehr viel zu schnell durch die Straßen von Chicago raste. Ich genoss es, mit Faith in meinem Wagen zu sitzen, auch wenn sie nicht viel sprach. Den größten Teil unserer Unterhaltung bestritt ich. Mir war nicht ganz klar, warum sie auf einmal so schweigsam war, doch wenn ich eines in den letzten Tagen gelernt hatte, dann war es, dass sich Faith zu nichts zwingen ließ, das sie nicht wollte. Also erzählte ich ihr von meinen Recherchen und der anstehenden Operation. Ich wusste nicht, ob es sie interessierte, da sie nicht sonderlich viel dazu sagte, doch immerhin stellte sie mir hin und wieder eine Frage, die zeigte, dass sie dem, was ich von mir gab, zu folgen schien.

Viel zu schnell erreichten wir unseren Komplex, und ausgerechnet heute war direkt ein Parkplatz vor dem Gebäude frei. *Natürlich.* Ich parkte besonders langsam und sorgfältig ein. Mir war klar, dass ich damit nur Zeit schinden wollte, und beinahe hätte ich mich selbst dafür ausgelacht. Es gab keinen Grund, sich wie ein Teenie zu verhalten. Wir waren beide erwachsen und hatten eine Übereinkunft getroffen. Wenn ich Zeit mit ihr verbringen wollte, musste ich nur fragen. Ich war mir sicher, dass sie mir willig in mein Bett gefolgt wäre.

Wir saßen immer noch im Auto, als Faith in ihrer Handtasche zu kramen begann. Aus den Augenwinkeln sah ich, wie sie ihr Portemonnaie hervorzog und den Reißverschluss öffnete.

»Was tust du da?« Es war eine dämliche Frage, und doch war sie aus meinem Mund, ehe ich über meine Worte nachdenken konnte.

Im nächsten Augenblick streckte sie mir einen Zwanzigdollarschein entgegen. »Hier.«

»Was soll ich damit?« Pikiert musterte ich erst den Geldschein in ihrer Hand, dann sie.

»Du hast Taxi für mich gespielt, also …« Sie zuckte mit den Schultern. »Damit sind wir quitt. Danke fürs Abholen.«

Damit sind wir quitt.

Quitt.

Es dauerte einen Augenblick, bis ich verstand, doch dann erwachte ich aus meiner Starre, löste meinen Gurt und drehte mich so, dass ich sie besser ansehen konnte. »Du denkst, du müsstest dich revanchieren, weil ich dich abgeholt habe?« Meinte sie das im Ernst?

»Ich stehe einfach nicht gerne in jemandes Schuld.«

»Ich habe dich *abgeholt*«, wiederholte ich mit Nachdruck in der Stimme. »Das würde ich nicht als in jemandes Schuld stehen bezeichnen.«

»Ich schon.«

»Das ist dämlich.«

»Ich weiß.« Sie nickte, und ich glaubte fast, den Ansatz eines Lächeln auf ihren Lippen zu erkennen. »Ich mag es trotzdem nicht und ich wüsste es wirklich sehr zu schätzen, wenn du hieraus kein Drama machen würdest.« Mit diesen Worten schob sie den Schein in meine Hosentasche. »Okay?«

Faith drehte sich von mir weg und wollte aus dem Wagen steigen, doch bevor sie die Tür öffnen konnte, hatte ich mich schon über sie gebeugt und verhinderte somit ein Aussteigen ihrerseits.

»Faith …« Ich wusste nicht, was ich zu so viel Sturheit sagen sollte. Ich wusste nur, dass es mir nicht gefiel, dass sie wirklich glaubte, einen Gefallen meinerseits aufwiegen zu müssen.

»Du hast gesagt, dass du nur Sex willst«, begann ich. »Und ich war … ich *bin* damit einverstanden.« Ich betonte auch dieses Wort, um ihr klarzumachen, dass sich an diesem Teil der Abmachung nichts geändert hatte. »Aber du musst mich ganz sicher nicht dafür bezahlen, wenn ich dich irgendwo abhole. Du kannst mich immer anrufen. Jederzeit. Okay?« Was sie mit dieser Zusicherung anfing, blieb ihr überlassen, aber es war mir wichtig, dass sie das wusste. Dieses eine Mal würde ich das Geld nehmen – und ihr damit neue Farbe und Pinsel und Leinwände kaufen.

Ich stieg aus meinem Wagen, umrundete ihn mit schnellen Schritten und öffnete die Tür auf Faiths Seite.

»Tut mir leid«, sagte sie leise, und doch verstand ich jedes Wort deutlich. Mit einer Entschuldigung hatte ich nicht gerechnet, was zur Folge hatte, dass meine Irritation augenblicklich verpuffte.

»Okay.« Ich nickte und drückte ihre Tür noch weiter auf, damit sie aussteigen konnte.

»Hier.« Sie reichte mir meine Jacke, ehe sie leichtfüßig auf den Asphalt trat. »Danke.«

Ich nahm sie ihr ab und hing sie mir locker über den Arm. Dann stieß ich die Autotür wieder zu und verriegelte den Wagen. Schweigend überquerten wir den Gehweg, betraten das Gebäude und liefen die Treppen nach oben. Vor meiner Wohnungstür blieb ich stehen und wandte mich noch einmal Faith zu.

»Lust auf Mario Kart?« Es war ein Friedensangebot. Wir hatten die Sache geklärt, und ich war niemand, der nachtragend war. Damit lag der Ball auf ihrer Spielfeldhälfte, und ich war gespannt, was sie daraus machen würde.

»Morgen, okay?« Sie versuchte zu lächeln, als sie mit einem Daumen auf ihre eigene Wohnungstür zeigte. »Die Spritze wirkt doch mehr als gedacht. Ich muss ins Bett.« Sie stockte. »Und danke noch mal.«

»Gern geschehen.« Ich erwiderte ihr Lächeln. »Und das ist auch wirklich keine Ausrede?«

»Nein.« Faith sah mir fest in die Augen. »Ich bin ehrlich müde.«

»Okay.« Ich nickte. »Dann schlaf gut.«

Damit schlossen wir synchron unsere Türen auf und gingen jeder in seine eigene Wohnung.

12

Es war Montagabend geworden, bis ich Faith wiedersah, doch an diesem Abend hatte sie vor meiner Tür gestanden, zwei Dosen 7Up in der Hand, mit denen wir auf einen erfolgreich abgegebenen Artikel angestoßen hatten. Dann hatte ich sie bei Mario Kart besiegt und mir als Preis eines ihrer Kleidungsstücke gewünscht. Das Biest hatte mir lächelnd eine Socke gereicht und Revanche gefordert. Eine Stunde später waren wir beide nackt gewesen und hatten die Beständigkeit meines Sofas getestet.

Seit wir unseren Deal geschlossen hatten, war ich zutiefst zufrieden und entspannt. Was auch Mrs Roberts auffiel. Jeden zweiten Tag schneite ich bei ihr vorbei, nur um festzustellen, dass wieder etwas Neues gegen ihre Operation sprach.

»Geben Sie es zu …«, begrüßte ich sie an diesem Nachmittag. »Sie würden mich schrecklich vermissen und denken sich deshalb immer neue Gründe aus, warum Sie unbedingt hierbleiben müssen.«

»Ssssh«, tönte es mir augenblicklich entgegen. »Sie können der Welt doch nicht einfach so meinen Plan verraten. Das ist alles bestens durchdacht.«

»Eindeutig.« Grinsend ließ ich mich auf ihrem Bettrand nieder, griff nach ihrer Hand und kontrollierte ihren Puls.

»Sie sind seit Tagen so gut gelaunt«, stellte Mrs Roberts fest. »Das liegt an diesem Mädchen.«

Welchen Zweck hätte es zu leugnen, was offensichtlich war? Also nickte ich. »Faith.«

»Ein schöner Name. Erzählen Sie mir von ihr.« Mrs Roberts machte es sich in ihren Kissen bequem und sah mich abwartend an. »Ich nehme auch schmutzige Details«, sagte sie und wackelte dabei vielsagend mit den Augenbrauen. »Wissen Sie, wenn man selbst schon länger keinen Sex mehr …«

»Halt, stopp! Okay«, unterbrach ich die alte Dame und verschluckte mich beinahe an meinem eigenen Lachen. »Das will ich nicht wissen.«

»Wieso nicht? Sie könnten bestimmt noch etwas von mir lernen, Dr. James.« Sie zwinkerte mir belustigt zu.

»Davon gehe ich aus, aber ich verzichte dankend.« Abwehrend hob ich die Hände.

»Na gut. Wie Sie meinen. Also. Faith? Erzählen Sie.«

»Faith ist … sie ist toll. Lustig. Wenn sie mich bei Mario Kart besiegt, hat sie diese besondere Art an sich, sich zu freuen und … Wissen Sie überhaupt, was Mario Kart ist?«

»Junger Mann, ich habe genug Enkelkinder. Natürlich weiß ich, was Mario Kart ist.« Die Entrüstung in ihrem Blick war äußerst niedlich.

»Gut.« Ich nickte. »Also, das spielen wir auf jeden Fall manchmal. Und leider gewinnt sie weitaus öfter, als mir lieb ist.«

»Höre ich da etwa ein gekränktes Ego?«

»Ein bisschen?« Ich grinste. »Nicht wirklich. Es macht Spaß, mit ihr zu spielen. Wir lachen viel.« Dass wir uns dabei auch auszogen, verschwieg ich.

Der verklärte Blick auf Mrs Roberts' Gesicht sagte mir eindeutig, wie ich mich anhörte. Wie ein liebeskranker Trottel, dabei hätte nichts weiter von der Wahrheit entfernt sein können. Ich genoss einfach die Zeit mit ihr. Der Sex war großartig, und dass sie lustig war und mich zum Lachen brachte, war nur noch ein Bonus. Über die Diskussion in meinem Wagen hatten wir nicht mehr gesprochen, was meiner Meinung nach auch nicht nötig gewesen war. Wir hatten die Sache geklärt, und damit war sie abgehakt. Auch Faith schien sich keinen Kopf deswegen zu machen. Sie verhielt sich wie zuvor. Beinahe so, als hätte es diese kleine Auseinandersetzung nie gegeben. Ich war froh drüber.

»Wann stellen Sie mir Ihre Freundin vor?« Mrs Roberts grinste auffordernd und ließ mich damit erneut lachen.

»Ich fürchte nicht so schnell. Sie ist nicht meine … Wir sind nur Freunde.«

Die Enttäuschung stand ihr sofort ins Gesicht geschrieben. »Nur Freunde? Aber … Sie strahlen, wenn Sie von ihr erzählen, Dr. James.« Empört stemmte sie ihre Hände in die Hüften, was in ihrer liegenden Position gar nicht so einfach war. »Sie machen sich selbst etwas vor. Nur Freunde.« Sie schnaubte. »Dass ich nicht lache. Sie sind in diese junge Frau verliebt.«

»Bin ich nicht.«

»Oh, doch.« In ihren Augen erschien ein Funkeln. »Sind Sie. Sie reden sich lediglich ein, dass es nicht so ist. Glauben Sie einer alten Dame, mein Junge. Ich habe diesen Unsinn schon viel zu oft gehört. Zwölf Enkelkinder«, erinnerte sie mich und hob mahnend ihren Zeigefinger. »Was ist so schwer daran, ehrlich zu sich selbst zu sein? Was vermuten Sie denn, wie das früher ablief? Mein Mann und ich wären in hundert Jahren nicht zusammengekommen, wenn ich ihn nicht vor vollendete Tatsachen gestellt hätte. Männer! Alles muss man selber machen. Schicken Sie diese Faith bei mir vorbei.« Sie schnaubte wieder und sah so empört dabei aus, dass ich unweigerlich grinsen musste. Ihre Ansage war deutlich und schrammte doch meilenweit an dem vorbei, was wirklich zwischen Faith und mir war. Wir hatten Spaß und taten einander gut. Liebe war das nicht, auch wenn meine Lieblingspatientin etwas anderes zu glauben schien.

»Ich werde sie fragen, ob sie Lust auf einen Besuch bei Ihnen hat.« Sie wusste genau sogut wie ich, dass ich das nicht tun würde und nur sagte, um mich aus der Affäre zu ziehen.

»Ich erwarte«, sie sah mich eindringlich an, »Ihre *Freundin* in naher Zukunft, Dr. James.«

»Aye, aye, Captain.« Ich salutierte und rutschte dann von ihrer

Bettkante. »Aber jetzt muss ich los. Der Dienst ruft.« Und vor dem Ende meiner Pause wollte ich wenigstens noch ein paar Bissen essen. »Halten Sie die Ohren steif, Mrs Roberts.«

»Und Sie nicht nur Ihre Ohren, Herr Doktor.« Sie winkte mir hinterher, und ich zog lachend ihre Zimmertür ins Schloss. Pfeifend machte ich mich auf den Weg zurück ins Dienstzimmer. Ich hatte mir den weißen Kittel gerade wieder angezogen, als ich eine Stimme hörte, die mir mehr als nur bekannt vorkam.

Neugierig steckte ich den Kopf hinaus in den Flur. Grace kam mir entgegen und hielt ein hüpfendes Kind an der Hand. Als das Mädchen mich erkannte, fing es an zu strahlen und riss sich von Grace los.

»Onkel Ben!« Sie kam auf mich zugestürmt, und automatisch ging ich in die Hocke, um sie aufzufangen.

»Ashley.« Ich erwiderte ihre Umarmung, ehe ich meine Nichte fragend ansah. »Was machst du denn hier?«

»Mommy ist weg«, sagte sie und spielte mit der Brusttasche meines Kittels. Ihre kleinen Finger verschwanden darin.

»Sie ist weg?« Ich sah zu Grace. »Wieso ist Ashley bei dir?«, wollte ich nun von ihr wissen, da Ashley das Stethoskop, das sie in meiner Tasche gefunden hatte, wesentlich interessanter fand, als mir zu antworten.

»Cool, kann ich das haben?«, fragte sie und wartete gespannt auf meine Erlaubnis. Nachdem ich genickt hatte, steckte sie sich die Stöpsel sofort ins Ohr und tat so, als horche sie mich ab.

»Anscheinend habt ihr ausgemacht, dass Ashley heute bei dir übernachten darf. Deine Schwester ist auf einem Geburtstag eingeladen und musste irgendein Boot auf dem Lake Michigan erwischen? Wir haben versucht, dich zu erreichen, aber dein Handy war aus.«

»Ich hatte es auf lautlos.« Und Ashleys Besuch vergessen. Ich hatte ihn komplett vergessen. Scheiße. Ich zog das Handy aus meiner Hosentasche und warf einen Blick drauf. Mehrere verpasste Anrufe.

»Okay.« Ich erhob mich mit Ashley auf dem Arm. »Hast du … hättest du noch mal kurz Zeit, um auf Ash aufzupassen? Bitte?« Ich deutete mit dem Kopf auf meine Nichte. »Dann kann ich Maddy eben anrufen.« Fuck. Ich konnte nicht fassen, dass ich Ashleys Besuch verpennt hatte.

»Klar.« Sie hielt mir ihre Hände entgegen und nahm mir Ashley ab. »Wir verstehen uns gut, nicht wahr, Süße?« Mit dem Finger tippte sie meiner Nichte auf die Nase und entlockte ihr damit ein leises Kichern. »Wir sind im Aufenthaltsraum.«

»Super. Ich danke dir. Bis gleich.« Im Gehen wählte ich bereits Maditas Nummer.

»Es tut mir leid«, sagte ich sofort, nachdem sie meinen Anruf angenommen hatte.

»Das will ich auch hoffen.« Ihre Stimme war kaum zu verstehen. Im Hintergrund rauschte es laut, wahrscheinlich war sie bereits auf dem Partyboot, um den Geburtstag ihrer Freundin zu feiern. »Wir standen wie ausgemacht vor deiner Tür, aber rate, wer nicht da war.« Mit wenigen Worten schaffte sie es, mein schlechtes Gewissen noch zu verstärken.

»Ich weiß.« Seufzend rieb ich mir über die Stirn. »Hilft es, wenn ich sage, dass ich ein Idiot bin?«

»Es würde mir mehr helfen, wenn du mir sagst, dass du trotzdem auf Ashley aufpassen kannst. Das Boot legt gleich ab, ich habe keine Zeit, mir jetzt noch einen Plan B zu überlegen.« Mir war klar, dass Madita angespannt war und sich Sorgen machte. Aber Ashley war in guten Händen. Ich würde nicht zulassen, dass ihr etwas passierte. So viel Beschützerinstinkt steckte sogar in mir. Ich versicherte ihr also, dass es kein Problem war, Ashley zu bespaßen, während ich parallel den Dienstplan überflog. Wenigstens war ich so schlau gewesen, mir für morgen einen freien Tag einzutragen, nachdem Madita mir den Besuch ihrer Tochter angekündigt hatte.

»Viel Spaß. Tu nichts, was ich nicht auch tun würde.«

»Ernsthaft, Ben? Ich bin verheiratet.«

»Eben drum.« Ich lachte. »Bis morgen, Maddy. Mach dir keine Sorgen. Ash und ich kommen schon klar.« Es war nicht das erste Mal, dass ich auf sie aufpasste. Nur hatte ich ihre Besuche bisher nie vergessen.

Als ich zurück in den Aufenthaltsraum trat, fiel mein Blick sofort auf Ashley. Sie saß mit Grace an einem Tisch und malte. Scheinbar hatte meine Kollegin von irgendwoher Papier und Stifte besorgt. Ashley war komplett vertieft in ihre Malerei, weshalb es Grace war, die mich zuerst bemerkte.

»Hey«, lächelte sie. »Alles klar?«

»Jups.« Ich betrat das Zimmer und ging neben Ashley in die Hocke. »Was malst du denn da?«

»Ein Schiff«, antwortete sie, ohne den Blick von ihrer Zeichnung zu nehmen.

»Ein Piratenschiff?«, riet ich und lächelte, als sie eifrig nickte. »Hörst du mir mal kurz zu, Ashley?«

Ich wartete, bis sie mich ansah. »Ich muss noch ein bisschen arbeiten, aber was hältst du davon, wenn wir heute Abend eine Kissenschlacht machen und ganz lange fernsehen?«

Ashley legte den Kopf schief und erinnerte mich damit so sehr an meine große Schwester, dass es fast schon gruselig war. Mit aller Ernsthaftigkeit, die eine Fünfjährige aufbringen konnte, dachte sie nach, ehe ihre Augen zu leuchten begannen. »Krieg ich auch Popcorn?«

»Alles, was du willst, kleine Mary Read«, nickte ich. Ich hatte schließlich etwas gutzumachen. »Aber ein bisschen musst du noch warten, bis ich hier fertig bin.« Ich wuschelte ihr durch die Haare.

»Okay.« Sie nickte und begann wieder zu malen. Alles klar, damit war unser Gespräch wohl beendet. Grace saß immer noch neben meiner Nichte, als ich mich wieder aufrichtete.

»Kamst du klar mit ihr?«, fragte ich.

»Natürlich. Sie war sehr lieb.« Grace strich ihr kurz über die Schulter. Ashley ließ sich nicht stören, malte unbeirrt weiter, was Grace zu mir aufblicken ließ. »Es war wirklich kein Problem, nach ihr zu sehen. Hab ich gern gemacht.«

»Danke.« Ich sah mich um. »Glaubst du, es ist okay, wenn wir sie hier sitzen lassen, bis ich Dienstschluss habe?« Ich hatte die Frage kaum ausgesprochen, als mir klar wurde, wie dämlich sie war. Das hier war ein Krankenhaus, kein Spielplatz für Kinder.

Ehe ich mir einen Alternativplan ausdenken konnte, kam mir Grace bereits zu Hilfe. »Wenn du willst, kann ich sie runter in die Kita bringen. Ich denke, dass es kein Problem für die Erzieher sein wird. Sie ist ein braves Mädchen und stört bestimmt niemanden.« Sie zuckte mit den Schultern.

»Meinst du, dass das ginge?«

»Ich denke schon. Wann bist du fertig?«

»Um sechs.«

»Etwas mehr als vier Stunden also.« Grace nickte. »Das sollte machbar sein. Also bringe ich sie runter?«

»Okay.« Es gefiel mir nicht, derart auf Grace' Hilfe angewiesen zu sein, aber mir blieb keine Wahl. Ich hatte es vermasselt und sollte dankbar dafür sein, dass Grace so unkompliziert war und mir eine Lösung für die nächsten Stunden präsentiert hatte. »Danke.«

Glücklicherweise verging der Rest meines Dienstes ohne größere Zwischenfälle. Zweimal schaffte ich es, mich zu verdrücken und in der Kindertagesstätte kurz nach ihr zu sehen. Ashley verhielt sich vorbildlich. Als ich sie fragte, was sie da gerade spielte, musterte sie mich vorwurfsvoll und antwortete mit einem einzigen Wort: »Fika!« Ganz so, als wäre es offensichtlich, dass die Papierknäuel vor ihr auf dem Boden Kaffeetassen darstellen sollten. Ihre schwedischen Wurzeln konnte auch meine kleine Nichte nicht leugnen. Zufrieden machte ich mich auf zu meinem nächsten Patienten, und als ich mich kurz nach sechs umzog, konnte ich es selbst kaum glauben, wie gut diese spontane Kinderbetreuung für meine Nichte funktioniert hatte.

Ashley verabschiedete sich von den Erziehern, und auch ich bedankte mich noch einmal bei ihnen. Ich würde ihnen beizeiten etwas Schokolade als Dankeschön vorbeibringen. Mit meiner Nichte auf dem Arm verließ ich das Krankenhaus.

Nach einem kurzen Stopp im Supermarkt, bei dem ich ihr alles kaufte, was sie wollte, erreichten wir meine Wohnung. Ashley stürmte sofort auf mein großes Sofa zu, schaltete den Fernseher an und warf sich in die Kissen, während ich die Einkäufe verstaute. Damit war sie zunächst beschäftigt, und ich konnte die Pizza in den Ofen schieben, die sie sich ausgesucht hatte. Während wir warteten, setzte ich mich zu ihr und schenkte ihr ein Glas Eistee ein. Ich war gewillt, der beste Onkel aller Zeiten zu werden. Strahlend nahm mir Ashley ihr Getränk ab und schüttete sich das Zuckerwasser in den Körper. Der Arzt in mir zuckte, wollte Einspruch gegen so viel Unvernunft erheben, verlor allerdings haushoch gegen große Kulleraugen, die ihr Glück kaum fassen konnten. Grinsend nahm ich ihr das leere Glas wieder ab.

»Wahnsinn«, lobte ich gespielt beeindruckt und drehte das Glas auf den Kopf. »Nicht ein Tropfen mehr drin.«

Ashley lachte und schmiss sich wieder in die Kissen, sodass sie auf den Fernseher blicken konnte. Sie hatte irgendeine Zeichentrickserie gefunden, die sie sehen wollte. Ich lehnte mich neben sie und ließ mir von ihr die einzelnen Figuren erklären, als es klingelte.

»Ich mach auf!« Ehe ich michs versah, war sie vom Sofa gerutscht und rannte, so schnell ihre kleinen Beine sie trugen, zur Tür.

Ich hatte Mühe, hinterherzukommen. Ashley streckte sich nach dem Griff und war gerade dabei zu öffnen, als ich sie erreichte.

Als ich erkannte, um wen es sich handelte, fiel mir siedend heiß ein, was ich vergessen hatte.

»Shit!«, entfuhr es mir, als ich Ashley die Tür abnahm und weiter aufzog.

»Ich freue mich auch, dich zu sehen«, erwiderte Faith mit hochgezogener Augenbraue.

»Nein, fuck, tut mir leid.« Ich verzog entschuldigend das Gesicht. »Ich hab völlig verdrängt, dass du rüberkommen wolltest, und jetzt …« Hilfe suchend blickte ich zwischen ihr und meiner Nichte hin und her. Hatte ich es tatsächlich zweimal an einem Tag geschafft, eine Verabredung zu vergessen?

»Bist du Onkel Bens Freundin?« Ashley fasste nach Faiths Hand und zog sie herein. Ich würde dringend mit Maddy über dieses blinde Vertrauen, das ihre Tochter Fremden gegenüber an den Tag legte, reden müssen.

»Ich …« Sie stoppte sich selbst. »Wer bist *du* denn?« Faith ging vor ihr in die Hocke und pikte sie leicht gegen die Brust, was Ashley kichern ließ.

»Das ist Ashley«, sagte ich, als sie keinerlei Anstalten machte, Faiths Frage zu beantworten.

»Und Ashley ist … deine Nichte.« Faith blickte zu mir nach oben. Ihr war nicht entgangen, dass sie mich als Onkel bezeichnet hatte.

»Genau.« Ich stand immer noch wie ein demenzkranker Trottel neben der geöffneten Tür und betrachtete die beiden Damen. »Wir warten gerade auf die Pizza. Willst du mitessen?« Ich stieß die Tür schon einmal vorsorglich zu und lächelte Faith an. »Ich weiß, dass das nicht ganz der Grund ist, weshalb du hier bist …« Ich nickte mit dem Kopf in Ashleys Richtung. »Du musst auch nicht bleiben, aber ich glaube, da würde sich jemand ziemlich freuen, wenn du doch ein bisschen Zeit hättest.« Ashley zupfte immer noch an Faiths Hand und versuchte, sie mit sich zu ziehen.

Insgeheim rechnete ich damit, dass sie meinen Vorschlag ablehnen würde. Faith war diejenige von uns beiden, die sich strikt an den abgemachten Deal hielt. Doch an diesem Abend überraschte sie mich.

»Dann habe ich wohl keine Wahl.« Ein unterdrücktes Lachen auf ihren Lippen war das Letzte, das ich sah, bevor sie sich von Ashley in mein Wohnzimmer ziehen ließ. Verdutzt folgte ich den beiden. Faith blieb?

Bis ich im Wohnzimmer ankam, hatte Ashley schon einige Kissen vom Sofa auf den Boden befördert, um Platz für unseren Besuch zu machen. Unweigerlich erinnerte ich mich an den Moment vor ein paar Tagen, als ich mich mit Faith ebenfalls auf diesem Sofa befunden hatte, nur mit weitaus weniger Klamotten am Leib und ich unter ihr. Energisch schob ich den Gedanken an Sex zur Seite und fragte sie stattdessen, was sie trinken wollte.

»Ein Wasser reicht, danke.«

Als ich mit Getränken und der dampfenden Käserandpizza – Ashleys Wunsch – wiederkam, saß meine Nichte hinter Faith und versuchte, ihr Zöpfe zu flechten.

»Was wird das, wenn's fertig ist?«, fragte ich und stellte unser Abendessen auf dem Couchtisch ab. »Vorsicht, heiß«, warnte ich die beiden.

»Ich mache Faith Anna-Zöpfe.«

»Was sind denn Anna-Zöpfe?« Während ich mit Ashley sprach, schnitt ich die Pizza in möglichst gleich große Teile. Eines davon zerteilte ich für Ashley noch weiter.

»Mann, Onkel Ben«, schimpfte sie, und es hätte mich nicht gewundert, wenn sie gleich ihre Hände empört in die Hüften gestemmt hätte. Sie hatte eindeutig zu viel Zeit mit dem weiblichen Teil meiner Familie verbracht. »Kennst du nicht Anna und Elsa?«

»Äh …« Ertappt blickte ich zu Faith. »Hilf mir?!«, forderte ich sie auf.

»Oh nein.« Faith grinste. »Das badest du schön selber aus.«

»Toll«, murrte ich, legte ein Pizzastück auf einen Teller und reichte ihn Faith. »Kaum zwei Sekunden hier, und schon sehe ich mich einer Verschwörung gegenüber.« Ich schaufelte Ashleys Pizzateile auf einen Teller und bat sie, sich ordentlich hinzusetzen. »Nach dem Essen kannst du weiterflechten«, versprach ich. Widerwillig rutschte sie nach vorne an den Sofarand, begann dann aber artig zu essen. Bevor ich mir auch ein Stück nahm, fragte ich Google nach Anna und Elsa.

»Das ist ein Disneyfilm«, schlug ich mir mit der flachen Hand gegen die Stirn, als mir die Antwort auf meinem Handybildschirm entgegenleuchtete, und brachte Ashley damit erneut zum Lachen. »Logisch.«

»Vielleicht solltest du den mal angucken«, schlug Faith vor. »Ist ganz niedlich.«

»Lass mich raten, du hast ihn dir auch nur rein aus Recherchezwecken angesehen?«

»Nicht ganz.« Sie schüttelte den Kopf. »Ich war freiwillig im Kino.«

»Warum?«

»Ich hatte Lust, mir einen Kinderfilm anzusehen, und der war damals ganz neu. Sieh mich nicht so vorwurfsvoll an. Immerhin bin nicht ich diejenige, die sich hier gerade vor deiner Nichte blamiert hat, weil sie Anna und Elsa nicht kennt.« Sie grinste und nahm sich ein zweites Pizzastück.

»Ja, nur zu, bohr in der Wunde.« Ich langte nach den aussortierten Pilzen auf Ashleys Teller und schob sie mir in den Mund, was von ihr mit glucksendem Kichern quittiert wurde. »Verrate es bloß nicht deiner Mom, dass wir hier mit den Händen essen«, zwinkerte ich ihr zu.

»Wo ist ihre Mom überhaupt?«, fragte Faith.

»Geburtstag feiern. Eine ihrer Freundinnen wird vierzig, und sie haben ein Partyboot gemietet.«

»Oh. Das klingt spaßig.«

»Nicht so spaßig wie unser Date hier.« Ich lächelte. »Ashleys Dad ist auf Geschäftsreise, und deshalb muss die kleine Lady heute Nacht hierbleiben. Also, falls du keine anderen Pläne hast, bist du herzlich eingeladen, mich als Spielkamerad zu unterstützen.« Das war nicht der Plan für unsere Abendgestaltung gewesen, aber ich wollte nicht, dass sie schon wieder ging. Glücklicherweise kam mir Ashley zu Hilfe. Sie war fertig mit dem Essen, schleckte ihre Finger ab und wollte anschließend wieder auf das Sofa hinter Faith klettern.

»Halt, Madame!«, griff ich nach ihrem Arm und hielt sie fest. »Ab ins Bad, Hände waschen.«

»Aber Onkel Ben …«

»Nichts *Aber Onkel Ben*, Fräulein. Man leckt sich nicht die Hände ab und fasst dann in die Haare von anderen. Ab ins Bad mit dir.«

Grummelnd kam sie meiner Aufforderung nach und huschte davon. Gleich darauf hörten wir, wie der Wasserhahn im Bad aufgedreht wurde.

»Sie ist süß«, bemerkte Faith und schob sich das letzte Stück ihres Käserands in den Mund.

»Ist sie«, stimmte ich zu. »Und furchtbar anstrengend nach ein paar Stunden.« Seufzend stellte ich mein Getränk wieder ab. »Wir müssen sie auspowern, damit sie früh müde wird. Ideen?«

Faith grinste, als sie den leeren Teller neben meine Flasche stellte. »Ich fand es als Kind toll, wenn wir im Wohnzimmer eine Höhle aus Decken und Kissen und Stühlen und Sesseln bauen durften.«

»Eine Höhle.« Ich nickte. »Eine sehr gute Idee für unseren kleinen Piratenfan hier.«

Ashley kam zurückgerannt und kletterte auf das Sofa. »Jetzt?«, fragte sie und hielt mir ihre Hände entgegen.

»Leg los«, stimmte ich zu. Mein Blick fiel zurück auf Faith. Sie hatte mittlerweile die Beine angezogen und saß im Schneidersitz auf meiner Couch. Ganz so, als wäre es ihr eigenes Sofa, auf dem sie es sich bequem gemacht hatte. Der Anblick gefiel mir.

»Ich hoffe, du hast ein Auge drauf, was sie dort treibt.« Faith linste misstrauisch zu mir. Weil sie dabei bezaubernd bis beinahe verzweifelt klang, schenkte ich ihr ein kurzes Nicken, gefolgt von einem Zwinkern.

Fünf Minuten später mussten wir jedoch beide einsehen, dass ich dieses Versprechen nicht so ganz hatte halten können. Ashley hatte sich an Faiths Haaren ausgetobt. Leider nicht zu ihrem Vorteil. Als Frisur konnte man das wilde Nest, das sie geflochten hatte, wirklich nicht mehr bezeichnen. Ich hatte Mühe, mir ein Kichern zu verkneifen. Als Faith mich also fragte, wie sie aussähe, biss ich mir auf die Lippen und nickte wortlos.

»So gut also?«

»Umwerfend«, presste ich hervor, ehe ich zu grinsen begann. »Ash hat ganze Arbeit geleistet.« Zum Glück war meine Nichte zu jung, um Sarkasmus zu verstehen. So hielt sie meine Worte für ein ehrlich gemeintes Lob und ließ sich zufrieden auf ihre Knie sinken. Faith und ich tauschten einen belustigten Blick, ehe sie sich zu Ashley umdrehte.

»Das hast du großartig gemacht«, sagte sie und streckte ihr beide Handflächen entgegen. Ashley klatschte sofort ab. »Ich sehe bestimmt aus wie eine echte Piratenbraut, oder?« Passend zu ihren Worten verzog Faith das Gesicht zu einer Grimasse. Sie wollte böse aussehen, aber es war einfach nur niedlich.

»Nein.« Ashley widersprach ihr emsig. »Wie Anna!«, betonte sie.

»Oh. Richtig. Entschuldige. Natürlich sehe ich aus wie Anna.« Faith zwinkerte mir zu, ehe sie wieder zu meiner Nichte sah. Ein zufriedenes Nicken vonseiten Ashleys folgte, genau wie ein Schmunzeln meinerseits.

»Was haltet ihr davon, wenn wir ein Piratenschiff bauen, Ladys?« Ich schnappte mir das letzte Stück Pizza, und während ich daran kaute, stand ich bereits auf und schob die Couch, mit den beiden Damen darauf, ein wenig zur Seite. Ein Quietschen von Ashley ertönte, ehe sie in glucksendes Lachen ausbrach und sich hinter Faith versteckte.

Nachdem das Sofa so stand, wie ich es haben wollte, befahl ich den beiden, sitzen zu bleiben. Als ich wiederkam, mit meiner Bettdecke, ein paar großen Handtüchern, Bettlacken und Bettbezügen in der Hand, blieb ich in einigen Metern Entfernung zu den beiden stehen. Faith und Ashley hatten mir den Rücken zugedreht und waren angeregt in ein Gespräch vertieft. Offensichtlich wollte Ashley ihr weismachen, dass sie und Faith jetzt wie Anna und Elsa waren. Ich hörte Faith amüsiert kichern und irgendetwas Zustimmendes über Schwestern murmeln. Dann entdeckte mich Ashley, und ich schmiss den ganzen Kram in meinen Händen auf meine beiden Besucherinnen. Meine Nichte verschwand direkt darunter, Faith schaffte es immerhin, ihren Kopf vor meiner Deckenattacke zu schützen.

»Die Höhle?«, fragte sie.

»Die Höhle. Nur als Schiff«, nickte ich. Faith rutschte vom Sofa und fasste nach Ashleys Hand. »Wir brauchen Stühle«, stellte sie fest. »Und du sammelst alle Kissen ein, die du finden kannst, okay?«, sagte sie an Ashley gewandt. Sofort machte sich meine Nichte daran, ihren Auftrag zu erfüllen. »Und du, Mister, hilfst mir mit den Stühlen. Und hast du einen Besen? Wir brauchen mindestens ein Segel!« Mit dem Finger winkte sie mich zu sich. Ich lief ihr zu meiner kleinen Essnische hinterher und hätte sie am liebsten gepackt und wenigstens geküsst, solange Ashley außer Sichtweite war. Aber das war nicht Teil unserer Abmachung, wenn nicht die

Möglichkeit bestand, im Anschluss ein paar der Kondome aus meiner Box zu benutzen. Und dem war an diesem Abend definitiv nicht so.

Faith stellte die Stühle an die Couch, um ihre Idee in die Tat umzusetzen, die ihr deutlich vor Augen zu stehen schien. Immer wieder gab sie mir Anweisungen, wie ich einen Stuhl verschieben musste, während sie einen anderen hin und her rückte. Irgendwann kamen kleine Kinderfüße angetrampelt und zogen meine beiden Kopfkissen hinter sich her. Im Nu hatten wir ein waschechtes Piratenschiff gezaubert, in dem wir alle drei Platz hatten.

»Ich gehe nicht davon aus, dass du im Besitz einer Lichterkette bist?« Faith rutschte links neben Ashley, ich rechts, und meine Nichte machte es sich in der Mitte zwischen uns bequem.

»Nein«, sagte ich und richtete mich wieder auf. »Aber Taschenlampen. Moment.« Ich kletterte aus unserem lauschigen Lager und kam kurz darauf mit einer großen Tüte Chips und den Lampen wieder. Eine reichte ich Faith, die andere bekam Ashley. Während Ashley lustige Schattenfiguren an der Decke entstehen ließ, suchte Faith nach einer Möglichkeit, ihre Lampe an einem der Handtücher zu befestigen. Die Schlaufen der Handtücher waren zu klein dafür, weshalb sie die Taschenlampe letzten Endes einfach zwischen zwei Stühle klemmte. Zu dritt starrten wir an die Decke und auf Ashleys Figuren.

»Ich glaube, das ist ein Löwe«, meinte ich und imitierte das Brüllen des Tieres. Ashley kicherte und schüttelte eifrig den Kopf.

»Nein, Onkel Ben«, widersprach sie mir. »Das ist ein Affe.«

»Ein Affe?« Ich runzelte die Stirn. »Das ist doch kein Affe.«

»Ich hätte auf einen Papagei getippt«, warf Faith ein weiteres Tier mit in die Runde.

»Ein Papagei?« Ich drehte den Kopf in ihre Richtung und sah sie unschuldig lächeln. Obwohl das nicht der Abend gewesen war, mit dem sie gerechnet hatte, war ich mir ziemlich sicher, dass es ihr gefiel, hier zu liegen. Andernfalls wäre sie gegangen, Ashleys Bitte hin oder her. Wir aßen Chips, verloren uns in einer Diskussion über Tiere und lachten viel, weil Ashley uns beiden immer wieder klarmachte, dass wir meilenweit danebenlagen und offenbar keine Ahnung davon hatten, wie Tiere aussahen.

Irgendwann wurde Ashleys Lachen leiser, und die Augen fielen ihr immer wieder zu, aber sie weigerte sich standhaft zuzugeben, dass sie müde war. Faith war diejenige, die schließlich ihr Handy zückte und nach einer Geschichte suchte, die sie uns vorlesen konnte.

»Das Monster aus dem Sofa.«

Ashley kicherte, lauschte Faiths Stimme jedoch sogleich wieder genauso gespannt wie ich.

»Leo war ein kleines kariertes Monster mit langen Ohren und einem schwarzen Punkt auf der Nase.«

Es dauerte nicht lange, bis Ashley tief und fest schlief und Faith aufhörte zu lesen. Nachdem ich sie mit einer Decke zugedeckt hatte, gab ich Faith ein stummes Zeichen, mir zu folgen und unser Lager zu verlassen. Wortlos warf ich ihr eine meiner Jacken zu, bevor ich selbst in eine schlüpfte.

»Was soll ich damit?« Nachdenklich blickte sie auf die Jacke.

»Anziehen.« Mit zwei Wasserflaschen in der Hand trat ich an mein Fenster und schob es auf. »Kommst du mit raus?«, fragte ich leise. »Dann stören wir Ashley nicht.«

Einen Moment lang zögerte sie, ehe sie nickte und vor mir hinaus auf die Feuertreppe kletterte. Ich folgte ihr, gab ihr eine der beiden Flaschen und schloss den Reißverschluss meiner Jacke. Faith rutschte zur Seite, sodass ich mich neben sie setzen konnte.

»Tut mir leid, dass ich unseren Abend kaputt gemacht habe.«

»Muss es nicht.« Sie lehnte den Kopf gegen das Geländer und lächelte.

»Trotzdem. Das war so nicht geplant.«

»Weiß ich.« Sie stieß mir mit ihrer Schulter leicht gegen meine. »Und du kannst dich jetzt noch hundertmal dafür entschuldigen, oder du hörst einfach auf damit, und wir sprechen über etwas anderes.«

»Okay.« Ich nickte leicht. »Wie war dein Tag? Diese Frage geht in Ordnung, oder verstoße ich damit gegen die Regel?«

»Nein, das passt schon.« Faith erwiderte mein Grinsen, ehe sie den Kopf schüttelte. »Mein Tag war unspektakulär. Arbeiten, Pause, Arbeiten, Feierabend.«

»Wow, okay. Jetzt weiß ich, warum du Journalistin geworden bist. So lebhaft wie du hat mir bisher noch niemand von seinem Tag berichtet.«

Ihre prompte Antwort war ein Schlag in meine Seite. »Du bist wirklich ein Idiot«, schimpfte sie, konnte sich ein Grinsen aber selbst nicht verkneifen. »Erzähl mir lieber, warum du Wasser trinkst.«

»Weil ich Durst habe?«

»Ben!« Sie legte den Kopf schief. »Du weißt, was ich meine. Wieso hast du keine Bierflasche in der Hand? Das hast du quasi immer, wenn ich dich hier draußen sehe.«

»Ah.« Er nickte. »Verstehe. Die Dame spioniert mich aus.«

»Deine Vorliebe für Bier ist nicht gerade ein Geheimnis«, gab sie trocken zurück.

»Vielleicht habe ich ja beschlossen, weniger zu trinken.«

»Hast du?«

»Nein.« Ich schmunzelte. »Aber da drin liegt ein Kind, das erst fünf ist. Vielleicht wacht sie mitten in der Nacht auf und will zu ihrer Mom. Dann muss ich noch fahren dürfen.« Ich zuckte mit den Schultern. Ein Bier wäre mir durchaus recht gewesen, aber nicht, wenn ich die Verantwortung für meine Nichte trug.

»Stimmt.« Faith nickte nachdenklich, ehe sie sich ruckartig erhob. »Ich sollte auch langsam mal rüber und … schlafen.«

»Es ist noch nicht einmal zehn.«

»Ich weiß, aber …« Sie stockte, schien nicht zu wissen, was sie sagen sollte. »Ich muss trotzdem.«

»Warum?« Gerade hatten wir uns noch unterhalten, nun wollte sie gehen, und ich hatte keine Ahnung, weshalb. Eine Sekunde verging, in der sie mich einfach nur ansah. Es war mir ein Rätsel, was in ihr vorging. Jedes Mal, wenn ich dachte, wir hätten ein gemeinsames Level erreicht, machte sie dicht und ergriff die Flucht. Und auch jetzt wollte sie an mir vorbei. Doch anstatt sie gehen zu lassen, wie es vermutlich klüger gewesen wäre, umfasste ich ihr Handgelenk und zog sie zwischen meine Beine.

»Faith …« Ich sprach leise, obwohl wir vollkommen alleine waren. Ihre langen Haare fielen ihr in großen Wellen über die Schultern. Sie sah im Mondlicht wunderschön aus.

»Bitte nicht, Ben.« Sie versuchte mir ihre Hand zu entziehen. Ich ließ sie nicht los. »Lass mich … lass mich einfach gehen.«

»Liegt es an mir? Habe ich etwas Falsches gesagt?«

»Nein.« Sie schüttelte ihren Kopf, sah mich nicht an. Es war offensichtlich, dass sie nichts weiter dazu sagen wollte. Und es war genauso deutlich zu sehen, dass ich sie quälte, indem ich sie an Ort und Stelle hielt. Augenblicklich tat mir meine Penetranz leid, und ich lockerte meinen Griff um ihr Handgelenk.

»Sorry«, sagte ich und strich sanft mit meinem Daumen über ihren Handrücken. »Natürlich kannst du gehen, wenn du das willst. Ich bin nur … verwundert. Weil ich eigentlich dachte, dass du heute Abend Spaß gehabt hast.«

»Den hatte ich auch …«, gestand sie so leise, dass ich sie kaum verstehen konnte. Ihre Stimme klang erstickt.

»Aber?«

»Das war nicht der Deal.« Mit mildem Druck löste sie unsere Finger voneinander.

»Vergiss den Deal.«

»Ben …« Bevor sie weitersprechen konnte, verschloss ich ihre Lippen mit meinen und küsste sie. Das war nicht das, weshalb sie gekommen war, aber es war besser als nichts und half ihr hoffentlich dabei, unseren gemeinsamen Abend vor ihren inneren Dämonen zu rechtfertigen. Ich stieß mit meiner Zunge gegen ihre Lippen und forderte sie so auf, diese für mich zu öffnen. Ein paar Sekunden verstrichen, ehe ich ihre Hände in meinen Haaren spürte.

»Komm mit ins Schlafzimmer«, murmelte ich an ihren Lippen.

»Nein.« Sie schüttelte den Kopf. »Ich habe sicher keinen Sex mit dir, wenn deine kleine Nichte nebenan schläft.« Trotzdem küsste sie mich wieder. Ihre Zunge tanzte mit meiner, ihre Finger vergruben sich in meinen Haaren, und sie drückte sich enger an mich. Ihr war genauso klar wie mir, dass diese Küsse zu nichts führen würden. Ashley lag nur ein paar Meter entfernt und konnte jederzeit aufwachen. Und doch war diese Knutscherei genau das, was sie, was wir in diesem Moment brauchten. Augenblicke verstrichen. Dann Sekunden. Minuten. Schließlich war Faith diejenige, die unseren Kuss beendete. Sie atmete schwer, und ich spürte ihren süßen Atem an meiner Haut, als sie ihre Stirn gegen meine lehnte.

»Okay?«, fragte ich in die Stille.

»Ja«, war ihre Antwort. »Bis morgen?« Sie hielt an unserer Abmachung fest und war damit vielleicht sogar die Klügere von uns beiden. Auch wenn ich nicht leugnen konnte, dass ich den Abend genau so, wie er abgelaufen war, großartig und vor allem richtig gefunden hatte.

»Bis morgen«, bestätigte ich und sah ihr dabei zu, wie sie zurück in meine Wohnung kletterte. Ich blieb sitzen und vernahm kurz darauf das Geräusch einer Tür, die zugezogen wurde.

Faith war weg.

13

Es glich einem Déjà-vu zum Vortag, als Ashley am nächsten Nachmittag kichernd zur Wohnungstür hüpfte. Wir hatten den Morgen in der Stadt und im Park verbracht, Fangen gespielt und waren um die Wette gerannt. Und das Mittagessen hatte aus einem großen Eisbecher bestanden. Eindeutig viel zu viel Zucker für den kleinen Kinderkörper.

»Mommy.« Ashley stürmte sofort auf Madita zu und fiel ihrer Mutter in die Arme. »Wir haben ein Piratenschiff gebaut und Pizza gegessen und Chips und Eis …« Während meine Nichte Madita einen ausführlichen Abriss über die vergangenen vierundzwanzig Stunden gab, schloss ich die Tür hinter den beiden.

»Alles klar?« Ich trat auf meine Schwester zu, gab ihr einen Kuss auf die Stirn und blickte anschließend an ihr auf und ab. »Du siehst verdammt fit aus dafür, dass du die Nacht auf einem Partyboot verbracht hast.«

»Reine Übungssache. Wenn du mal Kinder hast, weißt du, was ich meine.« Madita seufzte und verlagerte Ashley von einem Arm auf den anderen. »Ich sehe, du hattest viel Spaß mit Onkel Ben.« Sie gab Ashley einen Kuss auf die Wange, ehe sie ein Gähnen hinter vorgehaltener Hand versteckte. Scheinbar war sie doch nicht so geübt, wie sie mir gerade hatte weismachen wollen. Oder es war zu viel Alkohol gewesen. Ganz sicher war ich mir da nicht.

»Jaaaa.« Ashley nickte eifrig und wand sich unter dem Griff ihrer Mutter. Madita ließ sie los, und meine Nichte kam auf mich zugelaufen.

»Darf ich noch mal bei dir übernachten? Spielen wir wieder mit Faith?« Ashley stellte sich so vor mich, dass sie mich aufgeregt ansehen konnte, und ich hatte alle Mühe, mir ein Lachen zu verkneifen. Ich hatte durchaus vor, möglichst zeitnah wieder mit Faith zu *spielen*, auch wenn meine Vorstellung davon im kompletten Gegensatz zu Ashleys unschuldiger Frage stand. Am vergangenen Abend hatte ich ihr nicht das geben können, weshalb sie vorbeigekommen war. Stattdessen waren da nur ein paar Küsse gewesen. Eine Art Rechtfertigung für sie, dass sie unsere Abmachung nicht gebrochen hatte und nicht umsonst rübergekommen war. Vor ein paar Stunden hatten diese Überlegungen in meinem Kopf noch wunderbar Sinn ergeben. Jetzt allerdings … Vielleicht war es doch keine so gute Idee gewesen, sie nur zu küssen. Küsse, denen kein Sex folgte, bedeuteten Frauen etwas, wenn ich diversen Aussagen meiner Schwestern über die Jahre hinweg Glauben schenken durfte. Also hatte ich Faith gestern nicht geholfen, dass sie den Abend vor sich selbst rechtfertigen konnte, wie ich es eigentlich vorgehabt hatte. Ganz im Gegenteil. Ich hatte es schlimmer für sie gemacht. Was bedeutete, dass wir Sex haben mussten. Und zwar bald.

Madita ersparte es mir, Ashley das Herz brechen zu müssen, indem sie selbst den Schwarzen Peter übernahm.

»Das geht nicht, Schatz.« Sie fuhr ihrer Tochter liebevoll über die Haare, ehe sie vor ihr in die Hocke ging. »Onkel Ben muss arbeiten, und wir müssen wieder nach Hause.«

»Aber …«

»Kein aber.« Sie sah Ashley streng an. »Los, sammle deine Sachen zusammen, Missy.« Ich glaube, es lag an diesem Blick, den Madita aufgesetzt hatte. Ashley gehorchte widerstandslos und trottete zum Sofa. Beeindruckt musterte ich meine Schwester.

»Willst du einen Kaffee, solange die Prinzessin packt?«

»Gerne.« Madita folgte mir in die Küche und lehnte sich an den Kühlschrank. Es dauerte nicht lange, und wir hielten beide eine dampfende Tasse in den Händen. Es fehlte nur die Zimtschnecke, um unsere kleine Spontan-Fika perfekt zu machen.

Wir nippten immer noch an unserem Kaffee, als Ashley zu uns gerannt kam und ein lautes »Fertig!« verkündete. Ihr Anblick war zum Schreien. Sie hatte ihre mitgebrachten Spielsachen und die Wechselklamotten einfach auf einen Haufen geworfen und nicht einmal die Hälfte davon in die Tasche gepackt.

»Dann wollen wir mal.« Madita seufzte erneut, ehe sie den Rest ihres Kaffees in einem Zug in sich schüttete und anschließend neben Ashley in die Knie ging. »So funktioniert das nicht, Schatz.«

Mit Ashleys tatkräftiger Unterstützung packte sie neu, und ehe ich michs versah, war der Besuch meiner Nichte beendet und die beiden im Begriff zu gehen.

»Okay. Danke, Ben.« Madita zog mich in eine feste Umarmung.

»Jederzeit wieder.« Ich ließ mich von ihr drücken, bevor ich mich meiner kleinen Piratenbraut widmete. Ich tippte ihr einmal auf die Nasenspitze und lachte selbst, als sie sich mir an den Hals warf und mich mit ihren dünnen Ärmchen festhielt.

»Ich hab dich lieb, Onkel Ben«, flüsterte sie mir ins Ohr. Und verdammt, wenn mich das nicht genau ins Herz traf.

»Ich hab dich auch lieb, Prinzessin«, erwiderte ich und drückte ihr einen letzten Kuss auf die Wange. Dann verließen die beiden Ladys unter viel Winken meine Wohnung, und es war mit einem Mal viel zu leise. Mechanisch machte ich mich daran, das Chaos der vergangenen Stunden zu beseitigen, was Ashley und ich am Morgen gekonnt ignoriert hatten. Das Piratenschiff aus Kissen und Decken wurde zerstört, das Geschirr landete in der Spülmaschine, und zu guter Letzt huschte ich unter die Dusche.

Nachdem ich fertig war, wollte ich Faith eine Nachricht schreiben, dass sie nun gerne vorbeikommen konnte, falls sie Zeit hatte. Was ich hoffte, immerhin hatte ich etwas wiedergutzumachen. Ich griff nach meiner Jeans, doch das Handy war in keiner der Hosentaschen. Stirnrunzelnd kontrollierte ich die Taschen noch einmal. Fehlanzeige.

Hatte ich das Teil irgendwo abgelegt, als ich gestern in der Wohnung angekommen war? Ich trat aus dem Bad in mein Wohnzimmer, doch auch dort konnte ich das blöde Ding nicht entdecken. Selbst im Schlafzimmer und in der Küche war es nicht. Suchend drehte ich mich einmal im Kreis, was völlig sinnlos war, mir aber wenigstens für einen Moment das Gefühl gab, die Suche nicht bereits aufgegeben zu haben. Wahrscheinlich hatte ich es in der Klinik vergessen, als ich Ashley aus der Kita abgeholt hatte. Und in der Zeit, als sie hier gewesen war, war ich beschäftigt gewesen und hatte es nicht gebraucht. Kein Wunder, fiel mir erst jetzt auf, dass es fehlte.

»Fantastisch«, murmelte ich, ehe ich beschloss, Faith dann eben auf die altmodische Art und Weise Bescheid zu geben. Ich war gerade dabei, durch das geöffnete Fenster auf die Feuertreppe zu klettern, als es klingelte. Erstaunt hielt ich inne. War das Faith, die gespürt hatte, dass ich wieder alleine war und ihr eben hatte schreiben wollen? Ich schloss das Fenster, eilte zur Tür und riss sie auf.

»Hallo, Ben.« Eine schüchterne Frauenstimme begrüßte mich, gefolgt von einem unsicheren Lächeln.

»Grace …« Ich hatte felsenfest damit gerechnet, dass es Faith war, die vor meiner Tür stand und darauf gewartet hatte, dass ich öffnete. Doch statt ihr fand ich mich meiner Kollegin gegenüber. Womit eindeutig bewiesen wäre, dass Telepathie ausgemachter Unsinn war.

»Was … was machst du denn hier?«

»Du hast dein Handy vergessen.« Sie hielt mir ihre Hand entgegen, in der sie mein Smartphone hielt. »Ich habe es heute gefunden, als ich meine Schicht angefangen habe.« Ein Blick auf die furchtbar kitschige Hülle, die ich von Ida zu meinem letzten Geburtstag geschenkt bekommen hatte, verriet mir, dass es sich dabei tatsächlich um meins handelte. »Ich dachte, du brauchst es vielleicht.«

»Danke.« Ich nahm es ihr ab. Nachdenklich sah ich zwischen ihr und meinem Handy hin und her. »Das wäre nicht nötig gewesen.« Ich ersparte mir zu sagen, dass ich es am nächsten Morgen auch selber hätte holen können. Meine Pläne für den Abend und die Nacht beinhalteten nichts, wofür ich mein Telefon dringend gebraucht hätte.

»Oh.« Ihr Lächeln erstarb, und ihr Blick senkte sich. »Ich wollte nur …« Sie unterbrach sich, und selbst ein Blinder hätte gemerkt, wie nervös sie war. Vermutlich hatte sie mit mehr Dankbarkeit gerechnet. Augenblicklich tat es mir leid, dass ich so kurz angebunden gewesen war. Das hatte sie nicht verdient. Sie hatte mir einfach nur einen Gefallen tun wollen.

»Das ist wirklich nett von dir.« Ich deutete auf das Handy in meiner Hand. »Danke, dass du es vorbeigebracht hast.«

»Kein Problem.« Das Lächeln erschien wieder auf ihrem Gesicht. »Ich weiß nicht, wie es dir geht, aber ich fühle mich immer so nackt, wenn ich mein Handy vergessen habe oder es nicht finden kann.« Sie lachte leicht. »Und … und eigentlich wollte ich fragen, ob du heute noch was vorhast oder ob du vielleicht Lust hast, noch was …«

»Er ist heute Abend schon verabredet.« Grace wurde in ihrer Frage unterbrochen, aber nicht ich war derjenige, der ihr das Wort abschnitt. Unsere Blicke schnellten nach rechts, aus der die protestierende Stimme gekommen war. Faith zog ihre Wohnungstür zu und kam mit schnellen Schritten auf uns zu.

»Hey, ich bin Faith.« Sie hielt Grace ihre Hand entgegen, die meine Kollegin mechanisch ergriff.

»Grace«, murmelte sie und wagte es kaum, mich anzusehen. Es war offensichtlich, dass wir dasselbe dachten.

»Nett, dass du sein Handy vorbeigebracht hast.« Sie blickte auf das Gerät in meiner Hand. »Erklärt, wieso ich dich nicht erreicht habe, um dir zu sagen, dass heute Abend klargeht.« Faith lächelte auf eine Weise, die mir suspekt war. Was war hier los? Ich war mir ziemlich sicher, dass sie mir überhaupt keine Nachricht geschickt oder versucht hatte, mich anzurufen. Das war nicht unsere Art. Wir schrieben einander tagsüber nicht, gaben uns nur abends kurz Bescheid, ob Faith rüberkommen würde oder ob ich Dienst hatte. Aber das hier, das war nicht die Faith, die ich kannte. Stirnrunzelnd musterte ich meine Nachbarin. Seit wann war sie so … besitzergreifend?

Bei Grace schien der Groschen langsam zu fallen. Sie nickte und machte einen Schritt nach hinten. »Dann will ich euch nicht länger stören.« Mit diesen Worten drehte sie sich um und eilte den Flur entlang. Ich sah ihr nach, bis sie im Treppenhaus verschwunden war, ehe ich mich zu Faith umdrehte. Ihren Blick konnte ich nach wie vor nicht deuten.

»Schläfst du mit ihr?«, fragte sie, die Arme vor der Brust verschränkt. Zu sagen, dass mich ihre Frage überraschte, wäre eine maßlose Untertreibung gewesen.

»Was?« Ich sah sie entsetzt an. »Nein!«

»Aber du hast mit ihr geschlafen.« Dieses Mal war es keine Frage, und doch hatte ich das Gefühl, ihr antworten zu müssen.

»Ja, aber … das ist lange her. *Vor dir.*« Für mich war immer klar gewesen, dass ich nicht mit mehreren Frauen gleichzeitig eine Affäre haben würde, aber das wusste Faith nicht. Wir hatten unser Arrangement nie näher definiert.

»Dann hat sie wohl die Regeln nicht verstanden.«

»Welche Regeln?«

»Ach, Ben.« Sie schob sich an mir vorbei in meine Wohnung. »Muss ich dir wirklich erklären, wie zwangloser Sex funktioniert?« Ich folgte ihr in mein Schlafzimmer, wo sie bereits auf der Bettkante saß und sich ihr Oberteil über den Kopf riss. Stirnrunzelnd sah ich ihr dabei zu, wie sie sich auszog. »Was denkst du denn, wieso sie dir extra dein Handy bringt? Ich nehme nicht an, dass das *auf dem Weg* lag?«

»Weil sie … nett sein wollte?« Wir wussten beide, dass das nicht Grace' Grund gewesen war.

»Genau.« Faiths Blick sprach Bände. »Weil sie nett sein wollte.« Unbeirrt öffnete sie ihre Schuhe und zog sich die Socken von den Füßen. »Nein. Sie hat die Regeln gebrochen und sich in dich verliebt.«

»Ich … weiß?« Gequält verzog ich das Gesicht.

»Na, immerhin.« Sie stand wieder auf, um sich ihrer Hose zu entledigen. »Ich würde es übrigens sehr begrüßen, wenn du auch langsam damit anfangen würdest, deine Klamotten auszuziehen.«

»Hast du es eilig?«

»Vielleicht?« Sie stieg aus ihrem zweiten Hosenbein und stand nur noch in Unterwäsche bekleidet vor mir. Und sie war heiß. Faith sah umwerfend aus, und weil ich schon den ganzen Tag darauf gewartet hatte, sie so zu sehen, kam ich ihrer Aufforderung nach. Im Gehen streifte ich mir das Shirt über den Kopf, ließ es fallen und legte meine Hände auf Faiths Hüfte. Ihre Hände landeten im selben Moment in meinem Nacken, und sie zog mich zu sich nach unten, damit sie mich küssen konnte. Wir taumelten zu meinem Bett, ihre Knie gaben nach, als sie die Kante berührten, und wir fielen auf meine Decke. Ich hörte sie kichern und ließ sie weiter nach hinten krabbeln, ehe ich ihr folgte und mich über sie schob. Für einen Augenblick sah ich ihr in die Augen. Sie hörte auf zu kichern und erwiderte meinen Blick mindestens genauso ernst.

»Was?«, stieß sie hervor und klang dabei fast schon feindselig.

Ein verschmitztes Grinsen schob sich auf meine Lippen. »Eile kannst du vergessen«, kündigte ich ihr an. Ich hatte nicht vor, nach fünf Minuten fertig zu sein. Das hatten wir einmal probiert, und es hatte sie nicht befriedigt. Ich würde mir Zeit lassen und ich würde dafür sorgen, dass sie vergaß, was auch immer sie zu dieser anfänglichen Hektik angetrieben hatte.

Offenbar gelang es mir, mein Ziel zu erreichen. Eine gute Stunde später lag sie immer noch in meinem Bett, die Augen halb geschlossen. Ich spielte mit einer ihrer Haarsträhnen, während ich sie wieder zu Atem kommen ließ.

»Alles okay, Mäuschen?«

Ihr Blick schnellte in meine Richtung, die Augen mit einem Mal weit aufgerissen. »Hast du mich gerade Mäuschen genannt?«

»Ja.«

»Ernsthaft?«

»Mäuschen.«

»Oh, mein Gott. Lass das!«

»Alles, was du willst, Mäuschen.«

»Ben!« Sie griff nach meinem Kissen und schlug es mir an den Kopf. »Hör auf damit.«

»Okay, Mäuschen.« Ich wehrte sie ab und konnte nicht verhindern, dass ich grinste.

»Du bist ein Idiot.« Sie holte noch einmal mit dem Kissen aus. Geschickt duckte ich mich und versuchte mit einer Hand, sie davon abzuhalten, mir noch eine drüberzuziehen.

»Ich weiß, Mäuschen.«

»Himmel.« Kopfschüttelnd stieß sie mir gegen die Brust, ehe sie sich aufsetzte und die Beine aus dem Bett schob. Plötzlich änderte sich die lockere Stimmung, die eben noch zwischen uns geherrscht hatte. Ich setzte mich ebenfalls aufrechter hin und beobachtete, wie sie sich bückte und ihren Slip wieder anzog.

»Du musst nicht gehen«, sagte ich leise und fuhr mit der Hand über ihren nackten Rücken. Im einen Moment war ihre weiche Haut unter meinen Fingern zu spüren, im nächsten nur noch kalte Luft. Faith war aufgestanden und schlüpfte weiter in ihre Klamotten. Ich ließ meine Hand sinken.

»Doch. Muss ich«, war ihre wenig erklärende Antwort. Sie sah mich nicht an.

»Wieso?«, hakte ich nach und schickte mich an, es ihr gleichzutun und mich anzuziehen. Sie schloss den Knopf ihrer Hose, als sie sich zu mir umdrehte und antwortete.

»Ich glaube, jetzt hast *du* die Regeln nicht verstanden.«

»Weil ich nicht will, dass du sofort wieder abhaust?« Was zum Teufel war so schlimm daran, wenn sie nach dem Sex noch blieb? Wieder erhielt ich keine Antwort, die über ein weiteres Kopfschütteln hinausging. Wortlos streifte sie sich ihr Shirt über. Dann machte sie kehrt, und weg war sie. Meine Wohnungstür fiel zu, noch ehe ich im Türrahmen meines Schlafzimmers angekommen war.

»Was zum …« Ich hatte sie mit diesem Spitznamen doch nur ärgern wollen. Warum hatte sie schon wieder die Flucht ergriffen? Und was hatte diese Hektik zu Beginn zu bedeuten gehabt? Allmählich machte sie mich wahnsinnig mit ihren Launen.

Bevor ich groß darüber nachdenken konnte, zog ich mich ebenfalls an und setzte mich in Bewegung. Ich würde ihr nachlaufen, doch ich würde nicht die Tür dafür benutzen. Mir war klar, dass sie mir sowieso nicht geöffnet hätte. So gut kannte ich sie mittlerweile. Nein, meine Wahl fiel auf das Fenster. Die Chance, dass ich so in ihre Wohnung eindringen konnte, war um einiges größer. Immerhin hatte es genau so schon einmal funktioniert.

Ich sollte recht behalten. Keine Minute später kletterte ich über die Feuertreppe und durch ihr Fenster in ihre Wohnung. Von Faith war nichts zu sehen. Kurz überlegte ich, ob sie vielleicht doch nicht direkt zurückgegangen war, verwarf den Gedanken aber sofort wieder. Das Licht brannte, natürlich war sie da. Da sie sich nicht in ihrem Wohnbereich und der Küchennische befand, konnte das nur bedeuten, dass sie in ihrem Schlafzimmer oder im Bad war. Ich wollte gerade dazu ansetzen nachzusehen, als die Schlafzimmertür aufging. Faith zuckte sofort zusammen, als sie mich bemerkte.

»Ben!« Vorwurfsvoll starrte sie mich an.

»Was ist das für ein Katz-und-Maus-Spiel?« Ich blieb vor ihr stehen.

»Was … was meinst du?«

»Ach, komm schon. Du weißt genau, wovon ich rede.« Ich ließ meine Stimme gefährlich leise klingen, weil ich wirklich keine Lust mehr auf irgendwelche Ausflüchte ihrerseits hatte. Langsam machte es mich wütend, dass sie mich ständig mit neuen Fragen zurückließ und ein Verhalten zeigte, das keinen Sinn hatte. »Sind wir nicht inzwischen über den Punkt hinweg, dass du wegrennst?«

»Ich bin nicht weggerannt.«

»Wie würdest du das dann bezeichnen?« Ich trat auf sie zu und lehnte mich mit dem Unterarm an der Wand neben ihrem Kopf ab. Ich wusste, wie das auf sie wirken musste, aber ich wollte sie einschüchtern, wollte endlich Antworten bekommen. Leider hatte ich Faith und ihre Reaktion auf mein Machogehabe unterschätzt. Mir hätte klar sein müssen, dass sie niemand war, der sich einschüchtern ließ. Schon gleich gar nicht von jemandem, den sie eben noch nackt gesehen hatte. Sie legte ihre Hände auf meine Arme und stieß sie beiseite, sodass sie an mir vorbei in ihr Wohnzimmer gehen konnte.

»Ich bin dir keine Rechenschaft schuldig.«

»Ach ja?« Ich hielt ihrem funkelnden Blick stand. »Okay, neue Regel. Kein Abgang ohne Angabe eines Grunds.«

»Bitte?« Sie lachte spöttisch auf. »Das ist nichts anderes als Rechenschaft ablegen. Vergiss es. Ich frage dich auch nicht aus.«

»Du könntest aber. Und ich würde dir antworten.«

»Wozu?« Sie schüttelte den Kopf. »Es interessiert mich nicht, was du in deiner Freizeit machst.«

Mit diesen Worten hatte sie es geschafft, ich lachte laut auf. »Ich bitte dich, Faith. Das ist doch lächerlich. Wieso hast du dich dann vorhin eingemischt, als Grace vor meiner Tür stand?«

»Ich wollte Sex.«

»Das ist Bullshit. Grace wäre in fünf Minuten wieder weg gewesen. Du hättest locker so lange warten können.«

»Wie ich schon sagte, ich bin dir keine Rechenschaft schuldig.«

»Herrgott, Faith!« Ich wurde lauter als beabsichtigt und ließ sie damit erneut zusammenzucken. Es hätte mir leidtun sollen, aber ich war wirklich am Ende mit meinem Latein. Ich hatte keine Ahnung, was in dieser Frau vorging. »Lag es an dem, was ich gesagt habe? *Mäuschen?*«

»Hör auf.«

»Dann sag mir, was mit dir los ist, verflucht noch mal!«

»Gar nichts ist los mit mir. Was stimmt mit *dir* nicht? Wieso kommst du in meine Wohnung geplatzt und machst mir Vorwürfe? Wenn du mit … dem allem hier nicht klarkommst, dann sag es einfach.«

»Du weißt ganz genau, dass ich nicht deshalb hier bin.« Ich hatte den besten Sex meines Lebens mit ihr. Ich würde nicht derjenige sein, der uns aufgab. Ganz sicher nicht.

»Ben …« Sie schüttelte den Kopf, eine stumme Bitte, sie nicht weiter mit Fragen zu löchern, auf die sie mir keine Antwort geben wollte.

»Faith …« Ich trat näher an sie, bis ich meine Stirn gegen ihre lehnen konnte. »Du kannst mir vertrauen.«

Eine Weile sagte sie gar nichts. Es war so still, dass ich mein eigenes Blut in meinen Adern rauschen hörte. Ich wusste nicht, worauf ich wartete. Auf eine Antwort? Ich glaubte nicht, dass ich sie bekommen würde. Auf einen Kuss? Ich hatte nicht das Gefühl, dass Faith im Moment sonderlich erpicht darauf war, mich zu küssen. Doch was ich definitiv nicht erwartete, war das Ablenkungsmanöver, das sie in der nächsten Sekunde startete. Blitzschnell griff sie nach einem ihrer Wassergläser für die Pinsel und schüttete es über meinen Kopf. Nach Luft schnappend, machte ich einen kleinen Sprung von ihr weg.

»Scheiße, Faith. Schon wieder?«

Das Grinsen, mit dem sie mich ansah, war diabolisch. »Raus jetzt.«

»Sicher nicht.« Meine Augen scannten den Raum nach möglichen Waffen für einen Gegenangriff ab. Schnell wurde mir klar, dass es nicht viele Möglichkeiten für einen Racheakt gab. Also griff ich nach den beiden Pinseln, die in einem weiteren Glas steckten, und schob sie in ein Behältnis mit trockenen Pinseln. Dann nahm ich das Glas mit dem alten Wasser in die Hand.

»Wage es nicht!«, warnte sie mich.

»Warum? Der Boden ist eh schon nass.«

»Mein Boden, mein Problem.«

»Stimmt.« Ich nickte, ehe ich ihr Handgelenk schnappte und sie an mich zog. »Also macht ein bisschen zusätzliches Wasser ja sicher auch nichts mehr aus.«

»Das traust du dich nicht«, vernahm ich Faith noch keuchen. Dann kippte ich ihr das Wasser ganz langsam über die Haare, die Schultern und in ihren Ausschnitt. Ich hörte sie japsen und fühlte sie zappeln. Sie wollte sich meinem Griff entwinden, doch ich ließ ihr keine Chance. Ich hielt sie an mich gepresst, bis auch der letzte Tropfen Wasser aus dem Glas verschwunden und in Faiths Klamotten gesickert war. Sie hatte mit dieser Wasserschlacht angefangen, also würde sie sie ausbaden müssen.

»Du dämlicher Penner!«, fauchte sie, und bei ihrem nächsten Versuch, sich von mir loszureißen, ließ ich sie tatsächlich gewinnen. Sie taumelte rückwärts, ehe sie sich an ihrem Regal abfangen konnte.

»Falls du mich damit beleidigen willst, muss ich dir leider sagen, dass es nicht funktioniert hat, Mäuschen.«

»Arschloch.«

Nun lachte ich richtig. Sie stand da wie ein begossener Pudel. Wütend und nass, und vermutlich überlegte sie gerade angestrengt, wie sie zurückschlagen konnte. Mir fiel nur eine Möglichkeit ein, aber diese Erkenntnis würde sie selber haben müssen. Zu meinem Pech hatte sie die schneller, als mir lieb war. Und sie war flink, verdammt. Ehe ich michs versah, stand sie mit einer offenen Farbtube vor mir und drückte zu. Ein dunkles Blau bedeckte meinen Hals und mein T-Shirt.

»Nein.« Sie schüttelte den Kopf. »Blau steht dir auch nicht.«

»Na, warte.«

Sie quietschte auf, als ich sie erneut an mich zog und an mich drückte, sodass ihr Gesicht genau in der Farbe an meinem Hals landete. Im Nu war sie ebenso bunt wie meine Brust.

»Dir macht das Spaß, oder?« Sie stieß sich mit aller Kraft von mir.

Ich glaubte nicht, dass sie wirklich eine Antwort hören wollte. Also schwieg ich und sah ihr stattdessen dabei zu, wie sie eine weitere Farbe aus ihrer Sammlung auswählte. In aller Seelenruhe stellte sie sich damit vor mich, drückte etwas davon in ihre Hand und verteilte es in meinem Gesicht.

»Das wird niemals wieder rausgehen«, hörte ich sie murmeln. Scheinbar hatte ihr Verstand genauso sehr ausgesetzt wie meiner.

»Zusammen schaffen wir das schon.« Und mit diesen Worten durchbrach ich den Bann, der sich über uns gelegt hatte. Faith machte einen Schritt von mir weg, die Hände voller Farbe.

»Du solltest jetzt besser gehen.«

»Faith …« Ich hatte Mühe, mir ein Seufzen zu verkneifen. »Lass mich dir helfen.« Wir hatten nicht nur uns, sondern auch den Boden ordentlich eingesaut.

»Nein. Ich mach das schon.«

»Aber mindestens die Hälfte hier geht auf meine Kappe.« Ich würde sie das ganze Chaos nicht alleine beseitigen lassen. Diese Art von Mensch war ich nicht.

»Es ist nur ein bisschen schmutziges Wasser.« Faith verdrehte die Augen, als sie mich zum Fenster schob. »Außerdem bist du voller Farbe. Du würdest es nur schlimmer machen.«

»Dann ziehe ich mir kurz was an und komme wieder. Zu zweit sind wir schneller.« Ich war schon halb beim Fenster, als sie mich aufhielt.

»Ben.«

Ich drehte mich fragend zu ihr um.

»Ich brauche deine Hilfe nicht.«

»Und wenn ich helfen will?«

Faith schwieg. Sie stand neben den Wasserflecken, die wir verursacht hatten, und sah mich einfach nur an. Ich hätte gerne gewusst, warum sie es nicht schaffte, mein Angebot anzunehmen. Es gab keinen Grund, der dagegensprach. Aber genauso wenig hatte es am Vorabend einen Grund gegeben, wieso sie hatte flüchten müssen oder wieso sie es vorhin keine Sekunde länger in meinem Bett ausgehalten hatte.

Für einen kurzen Moment fragte ich mich, ob es das wert war. Es gab genug willige Damen in Chicago, die nicht so kompliziert waren wie Faith. Aber genau das war der Punkt. Sie waren nicht Faith. Keine von ihnen. Keine war meine wunderschöne, anstrengende Nachbarin, die mich vollkommen verwirrte und parallel in ihren Bann zog.

»Du willst wirklich nicht, dass ich noch mal rüberkomme und dir helfe?«, hakte ich nach.

Sie schüttelte den Kopf. Ihr gleichzeitiges »Nein« war kaum zu hören.

»Okay.« Ich nickte kurz. Anscheinend hatte ich gar nicht so falschgelegen, als ich sie aus einem Impuls heraus Mäuschen genannt hatte. Sie war flink und gut im Verstecken. Das Einzige, was sie dabei nicht bedacht hatte, war der Verfolger der Mäuse. Irgendwann würde ich mich nicht länger ausschließen lassen und in ihr Versteck vordringen. Nur hatte ich keine Ahnung, was mich dort erwarten sollte.

14

Faith spukte mir immer noch durch den Kopf, als ich meine nächste Schicht antrat und bei einem komplizierten Bruch der Elle und Speiche assistierte. Sie begleitete mich bei jedem Patientenbesuch und jedem Fachgespräch, das ich mit meinen Kollegen führte. Auch, als ich Ida in Los Angeles anrief, ihr zum Geburtstag gratulierte und sie mir zehn Minuten ohne Punkt und Komma von ihrem Kurztrip zu unserer ältesten Schwester Annalina erzählte, schwirrte Faith durch meine Gedanken. Sie war allgegenwärtig und doch nicht da.

Als sie am ersten Abend nach unserer erneuten Farbenschlacht nicht auf meine Nachricht reagierte, dachte ich mir nicht viel dabei. Vielleicht hatte sie ihr Handy verlegt, war bereits eingeschlafen oder hatte etwas vor. Als ich auch einen Abend später keine Antwort bekam, wunderte es mich, aber ich erklärte mir ihre Funkstille damit, dass sie viel zu tun hatte. Soweit ich wusste, stand ihr wieder eine Deadline für einen Artikel bevor, und es hätte mich nicht überrascht, wenn sie lange arbeitete und schlichtweg keine Zeit hatte. Vielleicht wollte sie auch einfach nicht antworten. Warum auch immer.

Immer wieder vernahm ich Geräusche von nebenan und wusste, dass sie zu Hause war. Auf meine Nachrichten reagierte sie dennoch nicht. Ihr Fenster zur Feuertreppe war ebenfalls verschlossen, und als ich ihr einen Zettel mit einem einzigen Fragezeichen drauf unter ihrer Tür hindurchschob, blieb auch dieser Versuch, Kontakt mit ihr aufzunehmen, ohne Erfolg. Und ich hatte schon wieder keine Ahnung, wieso sie sich so komplett von mir zurückzog. Denn ich war der Einzige, dem sie derart aus dem Weg ging. Ich hatte gesehen, wie sie mit Mrs Forester von nebenan gesprochen und sich mit dem Pärchen aus dem zweiten Stock unterhalten hatte.

An einem Abend hatte sie sogar Besuch gehabt. Ich vermutete, dass es Kollegen waren, die sie zu sich eingeladen hatte.

Allmählich diagnostizierte ich an mir selbst das Verhalten eines Stalkers, was mich allerdings auch nicht davon abhielt, weiterhin zu versuchen, sie anzutreffen. Ich war mir selbst lästig, aber ich konnte es einfach nicht auf sich beruhen lassen, dass sie mich so offensichtlich nicht sehen wollte.

Am siebten Tag nach unserer erneuten Farbenschlacht legte ich ihr ein neues Wasserglas und den Pinsel, den sie vor Wochen bei mir vergessen hatte, vor die Tür. Beides war am nächsten Morgen verschwunden. Ich bezweifelte stark, dass einer der anderen Hausbewohner einen einzelnen Pinsel und ein altes Glas klauen würde, weshalb ich davon ausging, dass sich diese beiden Dinge mittlerweile in ihrer Obhut befanden.

Das Einzige, was mir nun noch einfiel, war ein Briefumschlag mit einer kurzen Notiz und einem Hundertdollarschein drin. Wir hatten inzwischen so viel ihrer Farbe zweckentfremdet, dass es mit Sicherheit nicht billig für sie gewesen war, für Ersatz zu sorgen. Und so, wie ich Faith einschätzte, würde sie mein Geld nicht einfach so nehmen und zumindest mit mir darüber diskutieren wollen. Darauf hoffte ich, als ich ihr den Umschlag durch den Schlitz unter ihrer Tür schob, ehe ich in die Klinik fuhr. Wo ich auf Grace traf. Eine Woche lang hatte ich sie nicht gesehen, weil sie sich krankgemeldet hatte. Ich wusste nicht, ob sie wirklich krank gewesen war oder ob auch ihr Aufeinandertreffen mit Faith eine Rolle dabei gespielt hatte. Aber als ich sie an diesem Morgen sah, blass und mit dunklen Schatten unter den Augen, wusste ich, dass ich mit ihr reden musste. Vielleicht hatte ich überhaupt nichts mit ihrer Woche Abwesenheit zu tun, aber eine leise Stimme sagte mir, dass ich die Sache mit ihr klären sollte. In unserer Pause bat ich sie um ein paar Minuten ihrer Zeit. Wortlos folgte sie mir in ein Zimmer, in dem wir alleine waren.

Mit verschränkten Armen stand sie mir gegenüber und sah mich abwartend an.

»Wie geht es dir?«, fragte ich.

»Ist das dein Ernst?« So viel Feindseligkeit wie in diesem Moment war noch nie in ihrer Stimme mitgeschwungen.

»Grace, hör zu …« Ich stockte. Was sollte ich ihr sagen? Ich hatte ihr nie irgendwelche Versprechungen gemacht, aber das musste ich ihr wirklich nicht unter die Nase reiben. Sie hatte von Anfang an gewusst, dass es nur um Sex gegangen war. Dass sie nun offenbar Gefühle entwickelt hatte … Scheiße, ich hatte die Sache mit ihr doch direkt beendet, als mir klar geworden war, dass sie sich mehr wünschte.

»Was willst du, Ben?« Sie schüttelte den Kopf. »Mir sagen, dass ich mich zum Deppen gemacht habe? Dass ich dir hinterhergelaufen bin wie eine dämliche Gans? Dass du kein Interesse an mir hast und dass ich mich in was verrannt habe? Newsflash, James, das ist mir längst bewusst.«

»Ich …« Fuck. Das Gespräch war genauso unangenehm, wie ich es mir vorgestellt hatte. »Es tut mir leid.« Ich hatte nie vorgehabt, auf ihren Gefühlen herumzutrampeln. Nicht mutwillig.

»Ach.« Sie machte eine wegwerfende Handbewegung, ganz so, als wäre ihr das alles völlig gleichgültig. »Muss es nicht. Wir sind beide erwachsen, oder? Mach kein Drama draus.« Da lag so viel Kalkül in ihren Worten, als hätte sie lange darüber nachgedacht, was sie mir sagen wollte. Wahrscheinlich hatte sie sich in den vergangenen Tagen weitaus mehr Gedanken gemacht, als ich verdient hatte, und war zu dem Entschluss gekommen, es genauso handhaben zu wollen, wie sie es nun tat: herunterspielen und ignorieren. Reiner Selbstschutz.

»Bist du sicher?«

»Ganz sicher.«

Ich hätte ihr dankbar sein sollen. Sie machte es mir einfach, hatte nicht einen Vorwurf geäußert und war auch nicht in Tränen ausgebrochen, wie ich es insgeheim befürchtet hatte. Ich hätte nicht gewusst, wie ich sie hätte trösten sollen. Niemand wollte gerne von demjenigen aufgemuntert werden, der die Tränen verursacht hatte.

»Also bitte erspar uns die Peinlichkeit, weiter darüber zu reden. Tun wir einfach so, als wäre das alles nie passiert, okay?«

Ich nickte. Wenn sie das so wollte, würde ich mich ganz sicher nicht dagegen sträuben.

»Es tut mir leid«, war das Letzte, was ich zu ihr sagte, ehe sie sich wortlos umdrehte und ging. Mein erster Impuls war, ihr nachzulaufen und wenigstens noch ein weiteres Mal zu beteuern, dass es nie meine Absicht gewesen war, ihr wehzutun. Doch ich ahnte, dass sie nun Zeit für sich brauchte, und die würde ich ihr geben. Seufzend verließ ich das Zimmer und ging zurück in den Pausenraum. Einer meiner Kollegen verwickelte mich direkt in ein Gespräch, während ich einen Apfel aß und versuchte, mit meinem schlechten Gewissen Grace gegenüber klarzukommen. Ich konnte nur hoffen, dass sie es irgendwann akzeptieren würde.

Als ich nach der Nachtschicht nach Hause kam, war von Faith weiterhin nichts zu sehen. Es war verdammt früh am Morgen, die Chance, dass sie noch nicht in die Redaktion gefahren war, war hoch. Also legte ich nur kurz meinen Kram ab, bevor ich wieder in den Flur trat und gleichzeitig auf die Klingel drückte und an ihre Tür klopfte. Ich war übermüdet und genervt und wollte verdammt noch mal wissen, was ihr beschissenes Problem war. Sollte ich eine ihrer mysteriösen Regeln gebrochen haben, hätte ich gerne gewusst, welche.

»Komm schon, Faith«, sprach ich an ihrer Tür in der Hoffnung, dass sie mich hörte und nicht gerade unter der Dusche stand. »Du kannst dich nicht ewig verstecken.«

Nichts.

»Auch ein Mäuschen hat irgendwann mal Hunger.«

Nicht einmal mein neuer Spitzname lockte eine Reaktion hervor. Sie rührte sich einfach nicht, und mit jeder Sekunde mehr, die ich hier auf der Stelle trat, fühlte ich mich lächerlicher. Warum zum Kuckuck rannte ich dieser Frau hinterher? Sie wollte mich nicht sehen, okay. Das war kein Weltuntergang und kein Grund, mich hier zum Affen zu machen. Verflucht, Grace wäre glückselig gewesen, hätte ich sie derart mit meiner Anwesenheit bedrängt.

»Okay.« Ich ließ meine Hand sinken, mit der ich immer wieder geklopft hatte. »Du bist nicht da. Verstehe. Dann eben nicht.« Einen letzten Versuch erlaubte ich mir trotzdem. Weil ich noch nicht tief genug gesunken war. »Solltest du es doch sein … Mir steht ab heute Abend eine Doppelschicht bevor. Falls du also beschließt, wieder mit mir zu reden, weißt du, wo du mich finden kannst.« Ich machte einen Schritt von der Tür zurück. Sie blieb geschlossen. Wunderbar.

Mit einem lauten Krachen ließ ich meine eigene Wohnungstür ins Schloss fallen und hüpfte unter die Dusche. Mein nächster Weg führte mich schnurstracks in mein Bett.

Ein paar Stunden schlechten Schlafs später marschierte ich bereits wieder in die Klinik. Natürlich ohne von Faith gehört zu haben. Ich war schlecht gelaunt, und der Kaffee, den ich mir auf dem Weg geholt hatte, schmeckte furchtbar. Ich schüttete das Zeug trotzdem in mich, weil eine Nachtschicht mit anschließender Frühschicht alles andere als spaßig war und ich definitiv genug Koffein benötigte, wenn ich nicht wollte, dass meine Kollegen anfingen, mich zu hassen, weil ich mich wie ein Junkie auf Entzug verhielt.

Nach einer fixen Übergaberunde setzte ich mich an einen Computer und recherchierte für meine nächste geplante Operation. Ich war immer noch vertieft in meine Arbeit, als ich zu einem Notfall gerufen wurde. Damit war meine bis dahin ruhige Nachtschicht zu Ende, und wir hatten bis zum Morgengrauen alle Hände voll zu tun, den Patienten nach einem Verkehrsunfall am Leben zu halten. Unzählige gebrochene Knochen, Fraktur des Felsenbeins, erhöhter Hirndruck. Es dämmerte, bis der junge Mann Anfang zwanzig so weit stabilisiert war, dass er zumindest nicht mehr in akuter Lebensgefahr schwebte.

Nach solchen Nächten wäre ich liebend gerne nach Hause gegangen und in mein Bett gefallen, aber dieser Luxus wurde mir heute nicht zuteil. Am Ende der Nachtschicht stand ein paar meiner glücklichen Kollegen der Feierabend bevor, während ich mir einen neuen Kaffee eingoss und blöde Sprüche zu meinem Koffeinkonsum abwinkte. Ich war zu müde für einen ordentlichen Konter.

Als mein Blick auf Grace fiel, wurde ich schlagartig wach. Sie trat gerade ihren Dienst an und wandte ihren Kopf nach einem kurzen Blick in meine Richtung sofort von mir ab. Ganz eindeutig würde es dauern, bis wir wieder zu einem einigermaßen entspannten Umgang miteinander zurückkehren konnten. Ich konnte es ihr nicht verübeln.

»Bin mal eine rauchen«, sagte ich an niemand Bestimmtes gewandt, erhob mich und verließ das Gemeinschaftszimmer. Meine Füße führten mich jedoch nicht nach draußen, sondern wie von selbst zu dem Zimmer, wo Mrs Roberts lag. Scheinbar war sie die einzige Frau, die nicht mit mir verwandt war, die sich noch auf meiner Seite befand. Ich grüßte Kollegen, bei denen ich vorbeikam, ehe ich das Zimmer meiner Lieblingspatientin erreichte. Nach einem kurzen Klopfen, das weitaus weniger energisch war als das, mit welchem ich Faith am vergangenen Tag beglückt hatte, öffnete ich die Tür.

Das Zimmer war leer.

Nanu? Ich runzelte die Stirn. Das war merkwürdig. War sie im OP? Sie hatte nicht erwähnt, dass es mittlerweile einen Termin für ihr gebrochenes Bein gab. Ich verließ das Zimmer wieder und begab mich ins Stationszimmer. Eine ältere Schwester saß dort und blickte auf, als sie mich bemerkte.

»Ja?«, fragte sie und musterte mich von oben nach unten. Auf ihrem Gesicht lag eine Strenge, die mir deutlich zu verstehen gab, wie unerwünscht ihr mein Besuch war. Wahrscheinlich war sie eine dieser Schwestern, die seit vierzig Jahren hier arbeiteten und mit Frischlingen wie mir nichts anfangen konnten.

»Entschuldigen Sie die Störung.« Ich setzte mein charmantestes Lächeln auf. »Ich suche eine Patientin. Mrs Roberts? Gebrochenes Bein?«

Für einen kurzen Moment glaubte ich eine Art Stirnrunzeln auf ihrem Gesicht zu erkennen, ehe sie sich sofort wieder fing und den Kopf schüttelte.

»Das Bein war wohl ihr geringstes Problem, Jungchen. Sie finden sie in der Pathologie.«

Patho… Patho… Pathologie. »Was?«

»Sie ist tot. Heute Nacht.«

Nach einem Blick auf mein Namensschild sprach sie weiter. »Details entnehmen Sie bitte dem Bericht, Dr. James. Wenn Sie mich entschuldigen würden …« Mit diesen Worten stand sie auf und kam auf mich zu. Mechanisch trat ich einen Schritt zur Seite, sodass sie an mir vorbeikonnte.

Tot.

Mrs Roberts war tot.

Tot, tot, tot, tot.

Das konnte nicht sein. Ich hatte doch vor ein paar Tagen noch mit ihr geredet. Sie hatte mich nach Faith gefragt, ich hatte ihr von der Sendepause erzählt, die gerade herrschte. Ich sah ihr belustigtes Grinsen noch immer vor mir, als ich ihr beteuert hatte, dass ich mich nicht deshalb über Faiths Ignoranz aufregte, weil ich in sie verliebt war. Ihre Hand hatte liebevoll, fast schon mitleidig meinen Arm getätschelt und … Nein! Sie war nicht tot! Die Schwester musste sich irren. Mrs Roberts war bestimmt bei einer Untersuchung oder meinetwegen auch im OP, weil spontan ein Termin für sie frei geworden war. Ruckartig drehte ich mich um und lief mit schnellen Schritten zurück zu Mrs Roberts' Zimmer.

Es war immer noch leer.

Einen Moment lang starrte ich an die Stelle, wo ihr verwaistes Bett stand. Erst jetzt fiel mir auf, dass die Bettdecke und das Kissen ordentlich zusammengefaltet waren. Es sah nicht so aus, als wartete es auf die Rückkehr von jemandem. Doch es war nicht das gemachte Bett, das mir sagte, dass die Schwester mich nicht angelogen oder Mrs Roberts verwechselt hatte. Es war die Plastiktüte auf dem Nachttisch, in der sich ihre Habseligkeiten befanden. Bereitgelegt für die Abholung durch ihre Angehörigen.

Sie. War. Tot.

Meine Lieblingspatientin war nicht mehr am Leben.

Die Gewissheit traf mich wie ein Hammerschlag. Plötzlich fiel es mir schwer zu atmen. Ich stürzte aus dem Zimmer, hastete den Gang entlang, bog um Flurecken. Ich lief und lief und lief. So lange, bis ich ein Treppenhaus erreichte, das mich in den Keller führen würde. Zur Pathologie. Ich war in den paar Monaten, die ich in der Klinik arbeitete, noch nie hier unten gewesen, hatte mir keine Vorstellung davon gemacht, wie die Flure und Gänge aussahen, die mich letztendlich in den Raum bringen würden, wo verstorbene Patienten aufbewahrt wurden, die noch nicht für eine Beerdigung freigegeben worden waren. Je näher ich dem Raum kam, umso mehr zog sich mein Magen zusammen. Ich hatte keine Angst davor, eine Leiche zu sehen, hatte mich in meinem Studium mehrfach damit auseinandersetzen müssen. Und auch bei Operationen, während derer ich assistiert hatte, waren Menschen gestorben. Aber keiner davon war meine Mrs Roberts gewesen.

Ich schluckte, als ich vor der großen Glastür ankam, die mich noch von der Pathologie trennte. Ein kleines Schild an der Tür bat mich zu läuten. Ich hätte meinen Zentralschlüssel benutzen können, doch ich wusste nicht, ob es einem Assistenzarzt in der Ausbildung gestattet war, sich ohne Anmeldung Zutritt zur Pathologie zu verschaffen. Also klingelte ich.

Und wartete.

Es dauerte ein paar Sekunden, bis mir geöffnet wurde.

»Dr. James?«, las die Frau, die mir öffnete, meinen Namen ab. Ihr Blick war fragend. Sie hatte mich nicht erwartet.

»Ich … ich wollte nur …« Mir fehlten die Worte. Ich wollte sie nicht aussprechen, wollte nicht real werden lassen, wovon ich längst wusste, dass es die Wahrheit war.

»Sind Sie neu hier? Haben Sie sich verirrt?« Das Lächeln der Frau war freundlich, während sie mich ansah.

»Nein.« Ich schaffte es, den Kopf zu schütteln. »Mrs Roberts. Sie ist heute Nacht verstorben und zu Ihnen gebracht worden.«

»Oh.« Sie nickte. »Der Neuzugang. Ich erinnere mich.«

Neuzugang. Fast hätte ich gelacht. Ein Neuzugang war auf meiner Etage ein Patient, dessen Leben es zu retten galt. Hier unten … Ein Neuzugang war nichts weiter als ein verstorbener Mensch, der in einen Kühlschrank geschoben wurde.

»Können Sie mir sagen, woran sie gestorben ist? Sie hatte eigentlich nur ein gebrochenes Bein.« Was verdammt noch mal nichts war, woran man starb, Herrgott.

Mein Gegenüber musterte mich einen Moment lang nachdenklich. Die Hände zu Fäusten geballt, hielt ich ihrem Blick stand. »Sind Sie der behandelnde Arzt von Mrs Roberts gewesen?«

Ich nickte. Das war nur eine halbe Lüge, ihr Knie hatte ich in der Tat damals mitbehandelt. Dass ich bei der Behandlung ihres Beinbruchs nicht involviert gewesen war, musste sie nicht wissen.

»Geben Sie mir eine Sekunde. Ich sehe nach, ob mein Kollege den Bericht schon fertig gemacht hat.« Sie ließ die Tür zufallen, und ich blickte auf das milchige Glas, das mir jegliche Sicht versperrte. Dahinter lag irgendwo Mrs Roberts und atmete nicht mehr.

Ich konnte es nicht fassen. Wie war es möglich, dass diese robuste Dame, die nicht einmal Tabletten gegen ihre Schmerzen gewollt hatte, tot war? Was war passiert? Mir war durchaus bewusst, dass jede Operation ein gewisses Risiko mit sich brachte, welches stieg, je älter ein Patient war. Aber nichtsdestotrotz war ein gebrochenes Bein eine Routineoperation, die tagtäglich durchgeführt wurde. Warum hatte diese prozentual mickrige Wahrscheinlichkeit, dass doch etwas schiefging, ausgerechnet bei ihr greifen müssen?

Ich hatte keine Ahnung, wie viel Zeit vergangen war, bis die Tür wieder geöffnet wurde.

»Sie haben Glück.« Dieselbe Frau lächelte und hielt mir ein paar ausgedruckte Seiten entgegen. »Hier steht alles drin.«

»Danke.« Ich riss ihr die Blätter fast aus der Hand und überflog hastig die Zeilen, die dort geschrieben standen, bis ich an die Stelle kam, die mir Antworten lieferte.

Organversagen.

Scheiße. Ich blickte von dem Bericht auf und fand mich direkt dem besorgten Blick meiner Kollegin gegenüber.

»Alles in Ordnung, Dr. James?«, fragte sie.

»Ja«, stieß ich hervor, ehe ich leicht mit dem Bericht wedelte. »Danke noch mal dafür.« Ich wartete eine Erwiderung gar nicht erst ab, drehte mich direkt um und eilte zurück ins Treppenhaus. Ich hatte es schwarz auf weiß in der Hand, dass meine Lieblingspatientin tot war, und doch wollte es nicht in meinen Kopf.

Organversagen.

Irrationale, dumme Wut stieg in mir auf, die ich rauslassen musste. Am liebsten hätte ich das ganze verdammte Krankenhaus kurz und klein geschlagen. Organversagen war möglich. Und führte zu spät entdeckt in den meisten Fällen zu einem raschen Tod.

Es war einfach nicht fair. Vier Menschen hatten ihre Mutter verloren. Zwölf Enkelkinder ihre geliebte Großmutter. Die medizinische Forschung war so weit gekommen in den vergangenen Jahrzehnten, und doch war es uns immer noch nicht möglich, ein Organversagen umzukehren und den Patienten zu retten.

Zurück auf meiner Station schloss ich den Bericht der Pathologie in meinem Spind ein und versuchte, mich auf meine Arbeit zu konzentrieren. Es gelang mir keine Sekunde, egal, wie sehr ich es versuchte. Erst, als ich meine Hände dreimal hintereinander wusch, weil ich derart in Gedanken versunken war, sprach mich ein Kollege auf meine fehlende Konzentration an.

»Ich weiß nicht, was heute mit dir los ist, Ben, aber … reiß dich zusammen, bevor du noch jemanden umbringst.« Jason sprach so leise, dass nur ich es hören konnte. Und fuck, er hatte recht. Ich konnte mir keine weitere Unachtsamkeit leisten. Eine Kleinigkeit konnte in einer Klinik zu einer Katastrophe führen, und diese Schuld wollte ich nicht auf mich laden.

Fehler unterliefen mir glücklicherweise keine, aber ich sprach auch nicht mehr viel mit meinen Kollegen. Die wenigen Aussagen, die ich von mir gab, spielten sich auf rein beruflicher Ebene ab. Lediglich mein knappes »Bis morgen« bei Dienstende bildete die Ausnahme davon.

Am liebsten wäre ich gelaufen. Um das Gebäude. Den Block. Durch die halbe Stadt. Einfach gehen und jeden Gedanken, der mich heimsuchte, wegschieben. Ich konnte nicht sagen, wieso Mrs Roberts' Tod mich derart mitnahm. Sie war nicht die erste Patientin, die ich in meiner kurzen Zeit als Assistenzarzt am Saint Joseph's verloren hatte, und sie würde mit Sicherheit auch nicht die letzte sein. Sie war niemand, den ich zu meiner Familie zählte oder mit dem ich seit Jahren besonders gut befreundet war. Und trotzdem warf mich ihr Tod völlig aus der Bahn. Ich hatte mich daran gewöhnt, dass sie da war. Dass ich ihr Eis brachte, wir uns über Faith und ihre Kinder unterhielten und miteinander schäkerten.

Und nun war sie einfach weg und würde auch nicht wiederkommen.

An die Fahrt nach Hause hatte ich keine Erinnerung. Ich war die Strecke schon so oft gefahren, dass ich mich nicht sonderlich auf den Wagen und das Fahren konzentrieren musste. Zum ersten Mal seit Tagen blickte ich nicht zu Faiths Tür, als ich vor meiner eigenen stehen blieb und den Schlüssel ins Schloss steckte. Mein nächster Weg führte mich an den Kühlschrank. Ich nahm ein Bier aus dem untersten Fach und kletterte damit hinaus auf die Feuertreppe. Ich spürte die aufziehende Abendkälte nicht, während ich dort saß, Löcher in die Luft starrte und meine Gedanken in alle Richtungen springen ließ, in die sie wollten. Sie endeten alle bei Mrs Roberts. Ein Gefühl der Hilflosigkeit kroch in mir hoch. Ich war Arzt und ich hatte ihr nicht helfen können, weil ich nicht einmal gewusst hatte, dass sie Hilfe benötigte. Vielleicht hätte ich das Versagen ihrer Organe rechtzeitig entdeckt, wäre ich nur auf einen kurzen Besuch bei ihr vorbeigegangen.

Es war natürlich Schwachsinn, so zu denken. Ich konnte nicht jeden Patienten retten, aber ich hatte eben eine Schwäche für die alte Dame gehabt. Eine Schwäche, die so groß geworden war, dass ich nun hier saß und mich selbst nicht mehr erkannte. Da war dieser Stich in meiner Brust, der einfach nicht mehr verschwinden wollte. Auch dann nicht, als ich hörte, wie ein Fenster nach oben geschoben wurde. Fast hätte ich gelacht. War das ihr Ernst? Tagelang ging sie mir aus dem Weg und ignorierte mich, und ausgerechnet heute, ausgerechnet *jetzt,* kletterte sie durch ihr blödes Fenster auf die Feuertreppe? Es war ihr gutes Recht, hier zu sein, aber es kostete mich trotzdem alle Mühe, ihr nicht einen fiesen Spruch an den Kopf zu werfen. Leider hatte ich Mrs Roberts' Worte von vor ein paar Tagen noch zu genau im Ohr.

Geben Sie ihr Zeit. Sie wissen nicht, gegen welche Monster sie kämpfen muss.

Noch vor Kurzem hätte ich alles dafür getan, zu erfahren, was das für Monster waren, die Faith laut Mrs Roberts heimsuchten. Diese Bereitschaft hatte sich allerdings mit der Nachricht von ihrem Tod in Luft aufgelöst. Ich hatte nicht die Nerven, mir weiter Gedanken darüber zu machen. Sie hatte keinen Bock auf mich? Okay. Sei's drum.

Faith stand kaum neben mir, als ich mich erhob. Verwundert hielt sie inne.

»Gehst du?«

»Jeps.« Ohne sie anzusehen, schnappte ich mir meine leere Flasche von der Stufe.

»Ich wollte dich nicht vertreiben.« Ihre Stimme war kaum auszumachen, und ich glaubte, so etwas wie Bedauern in ihr zu hören. Vielleicht war das aber auch nur Wunschdenken.

»Hmm«, war alles, was ich murmelte, ehe ich an ihr vorbeiging. Sie hatte sich eine ganze Woche nicht um mich geschert. Welchen Grund sollte sie also auf einmal haben, sich doch Gedanken um mein Empfinden zu machen?

»Du bist sauer.«

Ich ignorierte sie. Unter anderen Umständen hätte ich die Gunst der Stunde genutzt und vermutlich wieder versucht, ein paar Antworten auf all meine Fragen aus ihr herauszukitzeln. Aber … nicht heute.

»Ben«, versuchte sie es noch einmal, während ich bereits dabei war, durch mein Fenster zu klettern. In einer einzigen Bewegung stellte ich meine Füße auf den Boden und trug die leere Flasche in die Küche. Als ich mich umdrehte, stand sie vor mir. Faith war *mir* gefolgt. Wow. Das musste eine Premiere sein.

»Was willst du?« Ich trat an ihr vorbei auf das Fenster zu und schloss es mit einer kräftigen Bewegung. Sollte sie doch die Tür benutzen, wenn sie wieder ging. Dann nahm ich die herumstehenden Gläser und Teller von meinem Couchtisch und stellte sie in die Spüle. Noch immer hatte sie meine Frage nicht beantwortet. Alles wie immer also. Ich ging zurück ins Wohnzimmer, als sie mit ihrer Hand nach meinem Arm griff und mich somit zwang, stehen zu bleiben.

»Was ist los?«, fragte sie sachte. »Das hier … das bist nicht du.«

»Doch, Faith, genau das hier bin ich!«, fuhr ich sie an und entzog ihr meinen Arm. Ich hatte schon öfter mit ihr diskutiert, aber ich hatte ihr nie absichtlich das Gefühl gegeben, dass mir ihre Frage lästig war. Mein Blick ruhte zum ersten Mal, seit sie mir in meine Wohnung gefolgt war, auf ihr. Auf ihrem Gesicht hatte sich ein erschrockener Ausdruck gebildet, ihre langen Haare waren offen und fielen ihr weich gelockt über die Schultern.

Ich holte tief Luft und machte einen Schritt von ihr weg. »Sorry«, nuschelte ich und lehnte mich an meine Couch. Sie war das perfekte Ventil, und trotzdem wollte ich meine Wut nicht an ihr auslassen. »Langer Tag.«

Einen Augenblick lang regte sie sich nicht, sah mich einfach nur an. Dann kam sie auf mich zu. Schritt für Schritt, bis sie dicht vor mir stand und ich ihren warmen Atem an meinem Hals fühlte. Behutsam legte sie ihre Hände auf meine beiden Unterarme und fuhr mit ihren Fingern sanft zu meinen Ellbogen.

»Was ist passiert?«, wiederholte sie ihre Frage von eben und blickte zu mir auf. Liebend gerne hätte ich meine Hände in ihren Haaren vergraben oder in ihren Nacken geschoben und sie geküsst. Ich hatte keine Ahnung, was an ihr es war, das mich alles andere vergessen ließ. Auf einmal spielte es keine Rolle mehr, dass ich sie tagelang nicht zu Gesicht bekommen hatte. Dass meine liebste Patientin nicht mehr am Leben war. Da waren nur noch Faith und meine unbändige Sehnsucht nach ihr.

Wortlos schob ich meine Hände auf ihren Rücken und zog sie

an mich. Sie kam mir entgegen, und unsere Lippen trafen sich in einem nicht enden wollenden Kuss. Da war keine Eile wie vor einer Woche, kein Drängen, keine Hast. Wir standen einfach nur da und küssten uns, und ohne es zu wissen, half sie mir, meinen beschissenen Tag wenigstens für eine Weile zu vergessen.

»Erzählst du mir nun, was passiert ist?«, fragte sie, nachdem wir uns wieder voneinander gelöst hatten. Zärtlich strich ich eine ihrer wirren Haarsträhnen hinter ihr Ohr, die ihr sogleich wieder ins Gesicht rutschte. Ihre Augen waren fest auf mich gerichtet, während ich mit der störrischen Strähne beschäftigt war.

»Willst du das wirklich wissen?« Ich spielte noch immer mit ihren Haaren, ließ die Strähne aber in Ruhe, nachdem sie genickt hatte.

»Okay.« Ich fasste nach ihrer Hand und zog sie mit mir auf meine Couch. Erstaunlicherweise ließ Faith es zu, dass ich meinen Arm um ihre Schulter legte. Und noch überraschender war, dass sie sich sogar an mich lehnte und den Kontakt von sich aus suchte. Bevor ich zu sprechen anfangen konnte, spürte ich ihre Hand, die sich auf meinen Bauch schob. Ihre Fingerspitzen tanzten hauchzart über den Stoff meines Shirts. Mein Blick war auf die dunkle Decke über uns gerichtet. Irgendwie war es leichter, sie dabei nicht ansehen zu müssen.

»Mrs Roberts ist tot.«

»Wer?«

»Eine Patientin, die ich sehr mochte. Sie ist in der vergangenen Nacht gestorben.« Es war seltsam, die Worte laut auszusprechen. »Und ich weiß, dass das zu meinem Job dazugehört und ich als Arzt prinzipiell immer damit rechnen muss, dass etwas passiert oder jemand stirbt, aber … Mrs Roberts … Sie war … sie war einfach so verdammt cool.« Mein Kopf drehte sich nach links, sodass ich Faith nun doch ansehen konnte. »Sie war Mitte siebzig, und ich habe sie alle zwei Tage in meinen Pausen besucht.« Ehe ich michs versah, purzelten die Worte wie ein Wasserfall aus mir, und ich erzählte ihr im Detail von meinen Besuchen bei meiner Lieblingspatientin. Das Einzige, was ich verschwieg, war die Tatsache, dass sie mir auch in Bezug auf Faith selbst immer wieder Rat gegeben hatte.

»Du warst also ihr Lieblingsarzt«, schlussfolgerte sie, als ich mich in meinem Redeschwall unterbrach, und lächelte leicht. »Man muss ihr lassen, dass sie Geschmack hatte.«

Ein kleines Schmunzeln bildete sich auf meinen Lippen. Ihre Worte glichen einer Art Kompliment, wie ich es noch nie zuvor aus ihrem Mund gehört hatte, und erinnerten mich gleichzeitig auch an die Aussage, die Mrs Roberts über Faith getroffen hatte. Im nächsten Augenblick machte sie es jedoch direkt wieder zunichte.

»Wahrscheinlich sind deine Kollegen alle alt und hässlich. Wer würde da nicht auf den einen jungen …« Weiter kam sie in ihren Ausführungen nicht. Ich beugte mich über sie und brachte meine Hände gekonnt zum Einsatz. Allerdings nicht, um sie ein weiteres Mal zu küssen, sondern um sie zu kitzeln. Ihr glockenhelles Lachen erfüllte den Raum, und Gott, ich liebte dieses Geräusch. Ich wollte sie noch viel, viel öfter zum Lachen bringen.

Erst, als sie regelrecht um Gnade winselte, ließ ich von ihr ab. »Du siehst, was passiert, wenn du frech wirst?«

Sie japste immer noch nach Luft, während ich bereits wieder gemütlich an der Rückenwand meines Sofas lehnte.

»Du bist … du bist …«

»Wenn du jetzt wieder Idiot sagst, fände ich das wirklich unkreativ.«

Ihre Antwort waren zwei Finger, die mich in den Oberarm pikten, gefolgt von einem grummelnden »Depp«, was mich nicht weniger herzhaft lachen ließ, als ein »Idiot« es getan hätte. Es erstaunte mich selbst wohl am meisten, wie schnell sie es geschafft hatte, mich abzulenken. Ich lachte, obwohl mich Mrs Roberts' Tod so sehr aus der Fassung gebracht hatte. Und trotzdem lag ich hier und war nicht mehr so wütend auf die Welt wie noch vor ein paar Stunden.

Faith hatte die Augen geschlossen, als ich mich wieder beruhigt hatte. Sie sah friedlich und müde aus, wie sie so neben mir saß, und mit einem Mal war da dieser Wunsch. Ich wollte, dass sie bei mir blieb.

Die gesamte Nacht.

Ohne weiterhin groß darüber nachzudenken, hörte ich mich leise »Bleibst du?« fragen.

15

Sie ließ mich lange auf eine Antwort warten, und ich rechnete fast damit, dass sie wieder von den verdammten Regeln anfangen würde. Nur Sex. Manchmal Mario Kart.

Ich hatte trotzdem gefragt.

Und ich hoffte.

Die Antwort, die sie mir letzten Endes gab, war nonverbal und überraschte mich weitaus mehr, als ein einfaches *Ja* es getan hätte. Sie nickte, sah mich wortlos an und griff nach meiner Hand. Ich konnte nicht leugnen, dass es mich verwirrte, nicht erst einmal eine Diskussion darüber führen zu müssen. In meiner Erinnerung gab es kaum Vorschläge oder Bitten meinerseits, die wir nicht erst ausführlich diskutiert hatten, ehe einer von uns von den Argumenten des jeweils anderen überzeugt gewesen war. Die einzige Sache, der wir beide sofort zugestimmt hatten, war unser Deal gewesen.

»Denk nicht drüber nach«, hörte ich sie murmeln, ehe sie sich erhob und mich mit sich zog. »Ich tue es auch nicht.«

Ich hatte keine Ahnung, was ihre Worte zu bedeuten hatten, aber ich beschloss, ihrem Vorschlag nachzukommen und ihr schweigend in mein Schlafzimmer zu folgen.

Als ich die Augen wieder öffnete, war es dunkel. Faith lag mit dem Rücken zu mir und schlief. Ihr Atem ging ruhig und gleichmäßig und zerschlug meine leise Furcht, dass sie weg sein würde, wenn ich wieder aufwachte, in unzählige Teile.

Ein glückliches Lächeln schob sich auf mein Gesicht.

Es wäre typischer für sie gewesen, nicht mehr neben mir zu liegen.

Zufrieden ließ ich den Kopf zurück auf mein Kissen sinken. Die Dunkelheit verriet mir, dass die Nacht noch nicht zu Ende war und mir somit ein paar weitere Stunden in Faiths Anwesenheit gegönnt waren. Ich konnte mich nicht daran erinnern, wann ich das letzte Mal eine ganze Nacht im selben Bett mit einer Frau verbracht hatte. Ich suchte mir eine angenehmere Position, schloss die Augen und gab mich der Wärme hin, die ihr Körper ausstrahlte. Es dauerte nicht lange, bis diese Mischung mich zurück in den Schlaf führte.

Als ich das nächste Mal wach wurde, war es hell draußen und die andere Betthälfte leer. Schwerfällig rappelte ich mich auf und blinzelte gegen das Licht an. Ein Gefühl der Resignation überkam mich. Sie war gegangen. Hatte ich wirklich erwartet, dass sie am Ende der Nacht noch da sein würde? Es war schließlich Faith, um die es sich hier handelte.

Geben Sie ihr Zeit.

Von wie viel Zeit hatte Mrs Roberts gesprochen? Ich hatte sie nicht gefragt, und nun war es zu spät.

Sie ist tot.

Mir über die Augen reibend, richtete ich mich auf und war gerade in meine Boxershorts geschlüpft, als ich Geräusche hörte, die eindeutig aus meiner Wohnung stammten. Kurz darauf wurde die Tür zu meinem Schlafzimmer mit einem Fuß aufgestoßen. Faith erschien im Türrahmen, zwei dampfende Tassen in der Hand und … Himmel, war das etwa mein T-Shirt, das sie da trug?

»Morgen.« Sie lächelte scheu, während sie näher kam. »Ich hoffe, es ist okay, dass ich …« Sie sprach ihren Satz nicht zu Ende, nickte stattdessen in Richtung der beiden Tassen. Eine davon hielt sie mir entgegen, bevor sie sich auf die Bettkante setzte und die Beine anzog.

»Du trinkst Kaffee?« Verwundert deutete ich auf den braunen Inhalt ihrer Tasse.

»Was bleibt mir anderes übrig?« Sie musterte mich vorwurfsvoll. »In deiner Küche gibt es sonst einfach nichts.« Sie hob ihre Tasse demonstrativ an. Kopfschüttelnd nippte sie an ihrem heißen Getränk, ehe sie das Gesicht verzog. »Das Zeug ist furchtbar. Wie kannst du so was trinken?«

»Schwede«, war meine simple Antwort. Meinen ersten Schluck Kaffee hatte ich im zarten Alter von acht Jahren getrunken, ehe ich als Teenager eine regelrechte Sucht danach entwickelt hatte. Seither verband uns eine unsterbliche Liebe miteinander.

»Richtig. Das war mir für einen Moment glatt entfallen.« Sie umklammerte ihre Tasse mit beiden Händen. So, als wollte sie sich daran aufwärmen. Ich war immer noch leicht verwirrt von diesem außergewöhnlichen Morgen. Faith war hier, hatte mir Kaffee gebracht, und sie trug mein T-Shirt. Kurz war ich versucht, mir in den Arm zu kneifen, um festzustellen, ob ich nicht vielleicht doch noch schlief und das alles hier lediglich ein Traum war.

»Ich weiß, es ist eine blöde Frage, aber … wie geht es dir?« Sie stellte ihr Bein so, dass sie ihre Tasse auf ihrem Knie balancieren konnte, während ihre linke Hand eine Strähne ihres langen Haares zwirbelte. War sie nervös? »Du musst nicht antworten, wenn du nicht willst«, schob sie hinterher. »Ich bin … ich bin die Letzte, der du irgendetwas sagen musst. Aber … du kannst. Wenn du willst. Ein bisschen Zeit hab ich noch, bis ich zur Arbeit muss.«

Ich lächelte. »Ein bisschen, ja?«

»Sie gehört dir.« Ihr nonchalantes Schulterzucken sollte den Eindruck vermitteln, dass das hier keine große Sache war. Aber dem war nicht so. Dem war absolut nicht so, und das wussten wir beide.

Bedächtig nahm ich meine Tasse und trank ein paar Schlucke, bevor ich ihr antwortete. »Es ist … komisch zu wissen, dass sie später nicht da sein wird, wenn ich in die Klinik gehe.« Mein Kopf schüttelte sich wie von selbst. »Heute hätte ich ihr wieder Eis mitgebracht. Vanille für sie, Schoko für mich.« Die paar Minuten vor Beginn der Spätschicht waren der perfekte Zeitpunkt des Tages, um ein Eis zu essen.

Heute würde es keines geben.

»Woran ist sie gestorben?«

Als sie ihre Frage geäußert hatte, fiel mir auf, dass ich ihr in der vergangenen Nacht zwar von meiner Lieblingspatientin erzählt hatte, aber ich hatte nicht erwähnt, weshalb sie in der Klink gewesen war oder warum sie nicht mehr in Zimmer Nummer 312 lag.

»Organversagen. Sie hatte ein gebrochenes Bein und nach ihrer Operation … Irgendetwas ging schief.«

»Scheiße.«

»Mhm«, murmelte ich und versuchte, mein Unverständnis darüber, dass diese Multifunktionseinschränkung ausgerechnet sie getroffen hatte, zu verbergen. »Das Schlimme daran ist, dass wir eigentlich Vorsorgemaßnahmen treffen, um so etwas zu verhindern. Die Werte werden ständig überwacht und …« Ich unterbrach mich selbst. Details waren nicht wichtig. »Es wird alles getan, um den Patienten bestmöglich zu versorgen, und … trotzdem sterben Menschen.«

»Es tut mir leid, Ben.«

Ich sah auf und in ihr Gesicht. In ihren Augen lag nichts als ehrliches Mitgefühl. Als wüsste sie ganz genau, wie es mir ging. Für sonderlich abwegig hielt ich diesen Gedanken nicht einmal. Es konnte durchaus möglich sein, dass sie eine Großmutter oder eine Tante verloren hatte oder auch nur eine Bekannte, die einen ähnlichen Stellenwert in ihrem Leben eingenommen hatte wie Mrs Roberts in meinem.

»Danke«, erwiderte ich leise und überlegte für einen Moment, ob ich ihr sagen sollte, dass es mich freute, dass sie hier war. Dass sie entgegen meiner ersten Vermutung nicht wortlos verschwunden war. Doch das hätte vielleicht dazu geführt, dass ich diesen Moment zwischen uns kaputt machte, und das wollte ich nicht riskieren. Nicht, solange sie mit geröteten Wangen und in meinem

T-Shirt auf meinem Bett saß, auch wenn das gleichzeitig bedeutete, dass wir über den Tod sprachen.

Meine Tasse war mittlerweile leer, weshalb ich sie abstellte und nach ihrer griff. Nach den abschätzigen Blicken, die sie meinem Lieblingsgetränk zugeworfen hatte, ging ich stark davon aus, dass sie ihn sowieso nicht mehr trinken würde.

»Danke übrigens für meinen Pinsel.«

Es dauerte einen Moment, bis ich begriff, wovon sie sprach.

»Aber über die hundert Dollar müssen wir noch einmal sprechen.« Ihren Worten folgte eine hochgezogene, kritische Augenbraue.

»Warum?«

»Das ist viel zu viel für ein bisschen Farbe.« Ihre Hände rieben über ihre nackten Oberschenkel und verrieten mir, dass ihr dieses Gespräch unangenehm war. »Ich gebe dir mindestens die Hälfte davon zurück«, stellte sie entschieden klar.

»Das wirst du nicht tun, nein.« Ich schüttelte den Kopf. »Betrachte es einfach als Vorschuss.«

»Also Vorschuss, wofür?«

»Ich bin mir ziemlich sicher, dass das nicht unsere letzte Farbenschlacht war.« Ich grinste kurz, als sie die Stirn runzelte. »Wir sind einfach zu gut darin.«

»Leider.« Das Seufzen, das sich diesem einen Wort anschloss, ließ mich lachen. Ich verstummte jedoch wieder, als sie aufstand und sich neben mein Bett stellte. Mit einem Mal wirkte sie verlegen und zehn Jahre jünger. »Okay, also … ich muss los. Die Redaktion ruft.«

Meine automatische Reaktion war, sie zu begleiten. Ich erhob mich ebenfalls und folgte ihr aus dem Zimmer. Eilig sammelte sie ihre Kleidungsstücke zusammen, die auf dem Boden um mein Sofa verteilt lagen. Als sie fertig war und auf meine Wohnungstür zugehen wollte, räusperte ich mich deutlich hörbar. Verwirrt drehte sie sich zu mir um. Mit meinem Kopf nickte ich in Richtung Fenster.

»Du kamst gestern nicht durch die Tür«, erinnerte ich sie.

»Oh.« Peinlich berührt machte sie kehrt. »Stimmt.« Behände schob sie das Fenster nach oben und kletterte leichtfüßig nach draußen.

»Faith?«

Auf der Feuertreppe angekommen, drehte sie sich noch einmal zu mir um. »Ja?«

Ich trat zu ihr an das Fenster.

Danke, dass du mich nach Mrs Roberts gefragt hast.

Danke für den Kaffee.

Das wollte ich sagen. Doch das Einzige, was ich hervorbrachte, war ein simples »Danke«, gefolgt von einem Lächeln. Ihrem Gesicht konnte ich entnehmen, dass sie nicht recht wusste, wie sie darauf reagieren sollte. Ich vermutete, dass sie wieder mit unzähligen Gedanken kämpfte, und wartete eigentlich nur darauf, dass sie mir maximal zunicken und sich vom Fenster entfernen würde. Schlichtweg deshalb, weil sie das immer tat, wenn ihr eine Situation unangenehm war.

Doch sie überraschte mich.

Wieder.

Ihre Hand legte sich auf meine Schulter, und sie beugte sich zu mir, um mich zu küssen. Ihre Lippen fanden meine und verweilten für eine Sekunde dort. Zu kurz, wenn es nach mir ging, aber die Zeit saß ihr im Nacken. Schnell löste sie sich von mir und huschte davon. *Wie eine Maus*, schoss es mir durch den Kopf, ehe ich den Blick von der Stelle abwenden konnte, an der sie sich eben noch befunden hatte.

Mein T-Shirt hatte sie mitgenommen.

Ich war gerade fertig damit, mir ein sporadisches Frühstück zu machen, als ich die Tür der Nachbarwohnung hörte. Damit war

Faith also auf dem Weg zur Arbeit, und ich hatte keine Vorstellung davon, wann ich sie wiedersehen würde. Wir hatten nach wie vor nicht über die vergangene Woche gesprochen, aber vielleicht war das im Moment auch gar nicht so wichtig. Sie hatte bei mir übernachtet, und ich kam nicht umhin zu denken, dass das ein großer Schritt für sie gewesen war. Wahrscheinlich ein weitaus größerer als für mich, auch wenn ich mir sicher war, dass Daria, hätte sie davon gewusst, anderer Meinung gewesen wäre.

Daria.

Wie lange war es nun her, dass ich unser Telefonat ohne Verabschiedung beendet hatte? Zehn Tage? Zwei Wochen? Ich hatte keine Ahnung. Ich wusste nur, dass es höchste Zeit wurde, das Kriegsbeil zu begraben. Ich hatte sie heftiger angefahren als gewollt, aber ich war nicht davon ausgegangen, dass sie mich tatsächlich in Ruhe ließ. Dass ich seit jenem Telefonat wirklich gar nichts mehr von ihr gehört hatte, fiel mir erst jetzt auf.

Mit einer letzten labbrigen Toastscheibe und einem schrumpeligen Apfel, die ich in den Untiefen meiner Küche hatte finden können, setzte ich mich auf meine Couch und wählte Masons Nummer. Ich wollte meinen Streit mit Daria aus der Welt schaffen, aber nicht, ohne davor Informationen darüber einzuholen, was genau mich erwarten würde, wenn ich sie anrief.

Er meldete sich nach dem zweiten Läuten.

»Wie sauer ist sie noch auf mich?«, fragte ich meinen Kumpel ohne Umschweife. Ich nahm an, dass er wusste, worum es ging.

»Warum fragst du sie das nicht einfach selbst? Sie steht direkt neben mir.«

Ehe ich protestieren konnte, hatte er sein Handy schon an Daria weitergegeben.

»Ben! Endlich! Du hast keine Ahnung, wie schwer es war, dich dreizehn Tage lang nicht anzurufen. Ich hasse es, mit dir zu streiten«, tönte es mir sofort entgegen.

»Wir haben noch nie miteinander gestritten.« Ich konnte nicht anders, ich grinste. Das war einfach typisch Daria, und es tat gut, ihre Stimme zu hören.

»Ich weiß«, stieß sie energisch aus. »Weil es furchtbar ist, hörst du? Furcht-bar.« Sie betonte jede Silbe einzeln. »Es tut mir leid, dass ich … Ich wollte dich nicht nerven. Du hast recht, es geht mich nichts an, was zwischen dir und Faith ist, und ich gelobe …«

»Daria!« Ich unterbrach sie, und es fiel mir wirklich schwer, nicht zu lachen. »Vergeben und vergessen. Okay?«

»Wirklich?« Sie klang ungläubig. »Einfach so? Danke, Ben. Wie geht es dir? Was treibst du den ganzen Tag? Es ist ewig her.« Sie plapperte ohne Punkt und Komma. Wie immer.

Es waren nur knappe zwei Wochen gewesen, aber ich wusste, was sie meinte. Ich hatte sie auch vermisst. Während ich von meinem Toast abbiss, erzählte ich ihr von Ashleys Besuch bei mir und dem Tod von Mrs Roberts. Sie bot mir sofort an, vorbeizukommen, und beteuerte mir, wie leid es ihr täte, das zu hören. Ich lehnte ihr Angebot dankend ab und versprach ihr stattdessen, mich zu melden, wenn ich reden wollte.

»Aber ruf wirklich an, Ben!« Sie hatte in den vergangenen Wochen eindeutig nichts von ihrer Dickköpfigkeit verloren.

Damit war das Kriegsbeil begraben, und Daria gab sich alle Mühe, nicht nach Faith zu fragen. Ich rechnete es ihr hoch an, dass sie es schaffte, ihre Neugierde im Zaum zu halten und Faiths Namen nicht ein einziges Mal zu erwähnen. Zwanzig Minuten später nahm sie mir das Versprechen ab, meinen nächsten freien Tag unbedingt mit ihr und Mason zu verbringen, ehe sie ihm sein Handy zurückgab.

»Hey«, sagte er. »Habt ihr die Sache endlich aus der Welt geschafft?«

»Jups«, bestätigte ich.

»Gott sei Dank.« Mason seufzte laut. »Hättest du dich nicht gemeldet, hätte ich sie zu dir geschleppt und euch eingesperrt, bis ihr eure Differenzen geklärt habt.«

»So schlimm?« Ich grinste, konnte mir aber durchaus vorstellen, wie sehr wir ihn mit unserem Streit gestresst haben mussten. Ich selbst hatte ihn bestens verdrängt. Eine Eigenschaft, auf die ich nicht gerade stolz war.

»Du hast ja keine Vorstellung, Mann.«

»Soll ich ihr beim nächsten Mal Blumen mitbringen? Oder dir? Schokolade? Alkohol? Irgendetwas anderes zur Besänftigung?«

»Untersteh dich«, knurrte er. »Sie ist meine Freundin.«

»Schon gut. Das war nur Spaß.« Schmunzelnd wechselte ich das Thema. »Wann steigt unser nächster Männerabend?«

»*Das* hängt nicht von mir ab, Herr Doktor. Was sagt dein Dienstplan?«

»Der fände nächste Woche Donnerstag ganz gut.«

»Dann gebe ich Jake und Dan Bescheid, und wir sehen uns um acht bei dir? Ich bringe Bier mit.«

»Perfekt.« Damit war die Sache geritzt, und wir verabschiedeten uns voneinander. Ich war froh, die beiden angerufen und die Fronten geklärt zu haben. Ich hatte nicht gelogen, als ich gesagt hatte, dass wir noch nie zuvor gestritten hatten. Eine derart lange Kontaktpause hatte es in unserer Freundschaft bisher nicht gegeben, auch wenn wir durchaus unterschiedlicher Meinung sein konnten. Meistens ging es dabei allerdings um harmlose Dinge. Sie liebte einen Film, ich fand ihn beschissen. In ihrem Musikgeschmack zeigte sie manchmal Aussetzer, die mir Sorgen machten, und wie man in Chicago wohnen, aber kein Fan der Chicago Bulls sein konnte, würde mir wohl für immer ein Rätsel bleiben. Meistens schwieg ich, wenn sie eine ihrer berühmten Reden darüber schwang, wieso es unerlässlich war, irgendeine neue Band anzuhören, die sie in den Untiefen des Internets ausgegraben hatte. Zum Glück traf Mason dieses Los weitaus öfter als mich.

Nachdem ich Spotify angeworfen hatte, machte ich es mir mit meinem Laptop auf der Couch bequem. Ich war noch nicht fertig mit meinen Recherchen für die nächste OP. Eine ganze Weile las ich mir Artikel für Artikel durch. Manche Absätze überflog ich, andere studierte ich intensiver. Als ich an einer Stelle ankam, die eine Methode beschrieb, die mir sinnvoll erschien, erhob ich mich, um mir Stift und Papier für Notizen zu besorgen. Im Gegensatz zu einigen meiner Kollegen half es mir, Dinge von Hand aufzuschreiben und so Struktur in meine Gedanken zu bringen.

Mein Blick fiel auf die losen Papiere auf dem Tisch.

Mrs Roberts' abschließender Bericht.

Ich hatte ihn am Vortag mit nach Hause genommen und ihn seither nicht mehr angerührt. Es würde mir auch jetzt keine neuen Erkenntnisse bringen, ihn noch einmal zu lesen. Ich wusste, was drinstand, und doch flog mein Blick wie von selbst über die Sätze des Pathologen.

Ehe ich michs versah, las ich den Bericht. Und ich las ihn wieder. Wie oft? Keine Ahnung. Am Ende war ich mir sicher, nichts übersehen oder überlesen zu haben. Soweit ich mich erinnerte, hatte Mrs Roberts keine Unverträglichkeit gegen eines der Medikamente gehabt. Nur eine leichte Herzschwäche, die in ihrem Alter normal war. Es hatte keine Anzeichen gegeben, die etwas außerhalb der Norm angekündigt hätten. Nichts, rein gar nichts war ungewöhnlich gewesen.

Dennoch begann ich von vorne. Ich war es meiner Lieblingspatientin schuldig, genau zu überprüfen, was mit ihr geschehen war. Hätte ihr Tod verhindert werden können? Hätte es ihr geholfen, wenn ich bei ihrer Operation dabei gewesen wäre? Wäre mir etwas an ihr aufgefallen, wenn ich sie davor noch einmal besucht hätte? Ich wusste, dass es nicht gesund war, was ich hier tat. Meine Nachforschungen würden sie nicht wieder lebendig machen, aber es war schlichtweg etwas, das ich tun musste. Ich würde kein Eis mehr zu ihr schmuggeln können, aber diesen Gefallen konnte ich ihr tun. Oder mir.

Uns beiden.

Genau deshalb fand ich mich zweieinhalb Stunden vor Beginn meiner Schicht im Krankenhaus wieder. Vielleicht würden mir ihre Akten helfen herauszufinden, was passiert war. Kurz war ich versucht, einen Blick in Mrs Roberts' Zimmer zu werfen. Einfach nur, um mich zu vergewissern, dass sie nicht doch putzmunter in ihrem Bett lag und auf mich wartete.

»Kleiner Scherz, Dr. James«, gefolgt von einem Augenzwinkern. Das sähe ihr ähnlich.

Kopfschüttelnd zwang ich mich, ihr ehemaliges Zimmer links liegen zu lassen, und steuerte direkt auf das Schwesternzimmer zu. Hoffentlich empfing mich dort nicht wieder der alte Drachen vom Vortag.

Im Idealfall war das Zimmer leer.

Es passierte weder das eine noch das andere. Eine Krankenschwester, die ich noch nicht kannte – ich schätzte sie auf Anfang dreißig –, saß vor einem Computer und war auf das, was sich auf dem Bildschirm befand, konzentriert. Ihr Profil verriet, dass sie hübsch war. Lange blonde Haare, schlank, und kein Ring an einem der wichtigen Finger. Prima. Damit konnte ich arbeiten.

»Einen wunderschönen guten Morgen.« Ich klopfte mit den Knöcheln leicht an den Türrahmen und lächelte charmant.

Meine Begrüßung hatte nicht die erhoffte Wirkung. Fragend sah sie auf. »Es ist Mittag.«

Vielleicht war ich doch etwas eingerostet.

»Ich hoffe, ich störe nicht«, begann ich und machte einen Schritt in den Raum. »Ich bin auf der Suche nach den Unterlagen einer Patientin, die bis gestern hier auf der Station lag. Mrs Roberts?«

»Sind Sie nicht freigeschaltet, oder warum sind Sie hier?«

Shit. Sie hatte gut mitgedacht. Wäre Mrs Roberts von mir behandelt worden, hätte ich mir die Berichte problemlos selber aus dem Rechner ziehen können. Aber als Assistenzarzt hatte ich nicht unbegrenzt Zugriff auf alle Akten, die digital hinterlegt waren.

»Ich bin momentan für andere Patienten eingeteilt«, antwortete ich. »Aber Mrs Roberts wurde an ihrem Knie von mir behandelt, bevor sie wegen des Beinbruchs eingeliefert wurde.«

Nickend blickte sie wieder auf den Bildschirm, rief ein Programm auf und begann zu tippen.

»Roberts, sagten Sie?«

»Genau. Jane Roberts. 23. Februar 1943, meine ich.«

Ein paar Sekunden vergingen. Dann: »Was brauchen Sie?«

»Laborberichte, die Anamnese und die Tageskurven.« Ihre Todesursache war bekannt. Auf Röntgen- und Zwischenberichte konnte ich also verzichten. Sie hatten nichts mit Mrs Roberts' Blut oder den Organen zu tun gehabt.

Ein paar Klicks später ratterte der Drucker neben dem Computer. Währenddessen erhob sich die Schwester, öffnete einen Schrank und begann, die Hängeregister durchzusehen. Ungeduldig wippte ich auf meinen Füßen hin und her. Ich war nervös, obwohl ich wusste, dass an meiner Bitte nichts verwerflich war. Es war zwar ungewöhnlich, dass ein Arzt eine Akte sehen wollte, wenn er den Patienten nicht aktiv behandelt hatte, aber es kam vor. Ich hoffte, dass die Schwester mich nicht nach meinem Grund fragen würde. Ich hätte ihr die Wahrheit nicht sagen wollen. Einem Phantom nachzujagen war nichts, worauf ich stolz war. Je öfter ich den Bericht der Pathologie gelesen hatte, umso stärker war das Verlangen in mir geworden, die Laborberichte und Tageskurven von ihr anzusehen. Vielleicht war ein Fehler nicht während, sondern noch vor der Operation passiert.

Die Schwester riss mich aus meinen Gedanken, als sie mir eine braune Mappe und die gedruckten Berichte entgegenhielt.

»Ich vermerke im Programm, dass ich sie Ihnen gegeben habe. Bis vierzehn Uhr muss die Mappe wieder hier sein.«

»In Ordnung. Danke.« Ich nickte und nahm die Akte an mich. Vierzehn Uhr. Das gab mir etwas mehr als zwei Stunden und würde reichen, um ihren Inhalt eingängig zu studieren.

Mitten am Tag war der Bereitschaftsraum im Normalfall frei, weshalb er meinen Ort der Wahl darstellte. Mit der Akte und einigen Fachbüchern setzte ich mich auf das harte Bett, das dort für die Ärzte der Nachtschicht bereitstand. Es glich meiner Meinung nach eher einer alten Pritsche, war unbequem und hart, aber ein Krankenhaus war eben kein Luxusresort. Auch wir mussten sparen.

Ich begann mit der Anamnese. Meine Erinnerung hatte mich nicht getäuscht. Mrs Roberts hatte keine Allergien oder Unverträglichkeiten angegeben. Größere Vorerkrankungen waren ebenfalls keine bekannt. Sie war gesund gewesen, hatte lediglich Probleme mit ihren Kniegelenken und dem gebrochenen Bein gehabt und die altersbedingte Herzschwäche, die sie jedoch in ihrem Alltag nicht beeinträchtigt hatte. Davor war sie bei der Geburt ihres vierten Kindes das letzte Mal in einer Klinik gewesen.

Unkraut vergeht nicht.

Wie oft hatte ich diesen Spruch von ihr gehört, und er hatte mich jedes Mal zum Lachen gebracht. Bis jetzt. Nun versetzte er mir einen Stich in der Brust.

Ich legte den Bogen beiseite und widmete mich alten Laborberichten mit den Ergebnissen ihrer Blutwerte. Mein Blick flog über die verschiedenen Werte. CRP, GOT, GPT, Gamma-GT, Kreatinin, Blutfette, Blutzucker, Cholesterinwerte. Sie alle waren in Ordnung. Die Thrombozytenanzahl war an der oberen Grenze, überschritt den Wert aber nicht. Außerdem wurde genau für solche Fälle vorbeugend ein Gerinnungsmittel gespritzt, das in den Vierundzwanzig-Stunden-Kurven notiert wurde. Jeden zweiten Tag wurde eine neue begonnen und genau festgehalten, welche Medikamente dem betreffenden Patienten verabreicht wurden. Mrs Roberts hatte gute drei Wochen in der Klinik verbracht, wodurch ein beachtlicher Stapel an Kurven zusammengekommen war.

Es war ungewöhnlich, dass jemand so lange am Stück im Krankenhaus blieb und ein Bett blockierte, während darauf gewartet wurde, dass die Operation stattfinden konnte. Normalerweise wurden solche Fälle nach Hause geschickt und erst wieder ein, maximal zwei Tage vor der geplanten Behandlung in der Klinik erwartet.

Nicht Mrs Roberts.

Sie hatte bleiben dürfen. Es hatte eine Weile gedauert, bis ich geschnallt hatte, wieso. Dann war es mir wie Schuppen von den Augen gefallen.

Geld.

Mrs Roberts hatte Geld gehabt. Sie hatte nie darüber gesprochen, aber wann immer es um irgendwelche Kosten gegangen war, hatte sie einfach eine Rechnung verlangt und kommentarlos bezahlt.

Ich begann mit der ersten Kurve, ging sie Zeile für Zeile durch und kontrollierte die Dosierungen der verabreichten Medikamente mit den ärztlichen Anordnungen.

Alles in Ordnung.

Ich schob sie nach links auf den Stapel mit den bereits gelesenen Unterlagen und klappte Nummer zwei auf.

Wieder fand ich nichts.

Ich prüfte jede verdammte Kurve penibel. Oft änderte sich tagelang nichts. Weder bei den Dosierungen noch bei den Medikamenten, die verabreicht wurden. Der Stapel zu meiner Linken wuchs, der direkt vor mir schrumpfte.

Gute eineinhalb Stunden vergingen, in denen ich Zahlen kontrollierte und immer zu ein und derselben Erkenntnis kam: Mrs

Roberts war vorschriftsmäßig behandelt worden, und es wurde Zeit, dass ich das einsah.

Ein paar Kurven lagen noch vor mir, und ich war mir sicher, dass auch sie kein anderes Ergebnis bringen würden. Die Schwestern hatten ihre Aufgabe jeden Tag gewissenhaft erfüllt, meine Kollegen hatten genauso angeordnet, wie die Bücher es vorgaben.

Allmählich machte sich Resignation in mir breit, und mir wurde klar, dass ich sehr wohl gewusst hatte, worauf ich hoffte. Ich hatte einen Fehler finden wollen. Eine Erklärung dafür, warum meine Lieblingspatientin an Organversagen gestorben war. Doch hier war nichts. Die Unterlagen und Behandlungen waren alle korrekt.

Seufzend schob ich eine weitere Kurve beiseite und konzentrierte mich auf die nächste. Dasselbe Spiel begann von Neuem. Ich ging jede einzelne Zeile durch, las jede Zahl und aufgeschriebene Bemerkung genau und hätte es fast übersehen.

Von einem Tag auf den anderen war die angeordnete Infusionslösung geändert worden. Statt einer Kalium-Magnesium-Infusion war plötzlich eine Kalzium-Magnesium-Infusion notiert worden.

Überrascht nahm ich die Kurve, die ich soeben kontrolliert hatte, noch einmal in die Hand. Sah zwischen ihr und der anderen Kurve hin und her. Alle anderen Medikamentenanordnungen waren gleichgeblieben, nur diese eine hatte sich geändert. Nirgends war etwas darüber vermerkt. Und das irritierte mich. Es ergab überhaupt keinen Sinn, die Lösung zu ersetzen, wenn sich die Patientendiagnose – und damit die Vorgehensweise der Behandlung – nicht geändert hatte.

Angespannt sah ich die weiteren Kurven durch. Die neue Lösung war für alle Folgetage bis zu ihrem Tod übernommen worden. Wie von selbst griff meine Hand nach einem der Fachbücher. Ich begann zu blättern, suchte nach Informationen über die beiden Lösungen.

Was ich fand, hatte ich bereits gewusst, und trotzdem ließ es mir den Atem stocken. Zu wenig Kalium konnte zu Herzrhythmusstörungen führen, was bei Mrs Roberts' Herzschwäche möglich gewesen wäre. Also hatten die Kollegen dem vorbeugen wollen und rechtzeitig damit begonnen, ihr die Infusionen zu verabreichen. Kalzium hingegen hatte ein vollkommen anderes Einsatzgebiet und konnte sich, wenn es in zu hoher Dosis verabreicht wurde, in den Organen ansammeln und in weiterer Folge multiples Organversagen auslösen.

Fuck!

Hektisch begann ich den Papierstapel noch einmal nach den aktuellsten Labor- und Blutwerten zu durchsuchen. Ein Blick auf das Datum verriet mir, dass sie Tage vor ihrem Tod genommen worden waren.

Vor der Operation war kein neues Blutbild mehr gemacht worden. Warum nicht, verdammt noch mal? Die Werte hätten angezeigt, dass das Kalium gesunken und der Kalziumwert massiv angestiegen sein musste. Die Infusionen wären überprüft und angepasst worden.

Mrs Roberts wäre aller Wahrscheinlichkeit nach noch am Leben.

Mein Magen zog sich krampfhaft zusammen, als mir klar wurde, was ich hier gerade entdeckt hatte.

Ein beschissener Achtsamkeitsfehler hatte meine Patientin das Leben gekostet!

Schockiert ließ ich die Kurve sinken.

Vor fünf Minuten hatte ich nicht mehr daran geglaubt, dass ich etwas finden würde. Und doch lag der Beweis nun schwarz auf weiß vor mir. Eine kleine Unachtsamkeit hatte eine Katastrophe ausgelöst!

Scheiße.

Scheiße, Scheiße, Scheiße!

Es dauerte, doch langsam wurde mir bewusst, was meine Entdeckung bedeutete. Fehler machten sich nicht von alleine. Es gab einen Verantwortlichen für Mrs Roberts' Tod. Die Schwester oder der Pfleger, der an jenem Tag für sie zuständig gewesen war, hatte ihn begangen. Von diesem Moment an war immer wieder eine falsche Infusion verabreicht worden.

Menschliches Versagen.

Mein Verstand sagte mir, dass Fehler passieren konnten. Niemand war davor gefeit. Und doch … So etwas durfte in einer Klinik nicht geschehen! Ich musste wissen, wer den tödlichen Fehler begangen und Mrs Roberts auf dem Gewissen hatte. Für gewöhnlich stand das Kürzel desjenigen, der abgezeichnet hatte, auf den Kurven. Hektisch fuhren meine Augen über das Papier. Es waren nur drei Buchstaben am Ende der Seite, und doch drohten sie, mir den Boden unter den Füßen wegzuziehen.

Ich kannte das Kürzel.

Ich kannte es zu gut.

Hmg.

Hamilton.

Grace!

16

Es war egal, wie lange ich auf die Kurve blickte. Die Buchstaben änderten sich nicht. Es war Grace' Name, der auf dieser verfluchten Kurve stand, und ich hatte keine Ahnung, was ich nun machen sollte.

Minutenlang starrte ich auf die Unterlagen, die vor mir lagen. Ich hatte gefunden, wonach ich gesucht hatte, doch ich Trottel hatte keinen Gedanken daran verschwendet, was es bedeuten würde, etwas zu finden.

Im Bericht der Pathologie hatte nur die Todesursache gestanden, nicht, wie es dazu gekommen war. Was bedeutete, dass bisher niemand diesen Fehler entdeckt hatte. Einfach nur deshalb, weil kein Mitarbeiter dieser Klinik so sehr von Mrs Roberts' Tod betroffen war wie ich und Nachforschungen angestellt hatte. Also lag es an mir, die Sache zu melden. Ich war verpflichtet, derartige Dinge mitzuteilen, hatte bereits vor Jahren darauf geschworen, Patienten vor Schädigung und willkürlichem Unrecht zu bewahren. Mein abgelegter hippokratischer Eid verlangte dies von mir. Und doch würde eine Meldung Konsequenzen für Grace nach sich ziehen. Eine Untersuchung. Abmahnung. Ein Verfahren wegen Körperverletzung oder sogar fahrlässiger Tötung. Sie würde die Erlaubnis, in ihrem Job zu arbeiten, verlieren. Wegen eines Fehlers, der zwar vermeidbar gewesen wäre, aber jedem anderen genauso hätte passieren können.

Grace machte ihren Job gerne. Sie war gut darin. Die Patienten mochten sie, bei den Kollegen war sie angesehen. Sie lachte viel und verbreitete gute Stimmung. Das war, was man ihr nachsagte. Ich selbst war eher in den Genuss anderer Qualitäten gekommen, die sie durchaus auch hatte. War es wirklich möglich, mit ein paar Treffen im Bereitschaftszimmer dieses andere Bild einer Krankenschwester mit Leib und Seele so sehr zu zerrütten? Seit sie vor meiner Tür aufgetaucht war, Faith sie vertrieben und ich ihr kurz danach deutlich gesagt hatte, dass ich kein Interesse an einer Beziehung mit ihr hatte, war sie in sich gekehrt gewesen. Ruhiger. Sie hatte weniger gelacht und war nach dem Ende ihrer Schichten meistens direkt weg gewesen. Grace war eine der wenigen, die wusste, dass ich immer wieder bei Mrs Roberts vorbeigeschaut hatte. Sie hatte mich vor einer Weile vor dem Zimmer meiner Lieblingspatientin angetroffen und nach einem Date gefragt, das ich abgelehnt hatte. Und das nicht gerade auf nette Art und Weise.

War … war dieser Fehler also vielleicht gar kein Zufall gewesen? Hatte Grace die Lösungen absichtlich vertauscht? Eine verquere Form von Rache?

Kopfschüttelnd erhob ich mich.

Nein. Ich kannte Grace. Das würde sie nicht tun. Ihr Job war ihr wichtig. Die Patienten waren ihr wichtig. Sie war Krankenschwester aus Leidenschaft und hätte ihren Job niemals willentlich derartig in Gefahr gebracht. Dieser Verdacht war Unfug. Abgesehen davon … Ich warf einen Blick auf das Datum der Kurve. Der Fehler hatte sich schon einige Tage, bevor ich mit Grace *das Gespräch* gehabt hatte, eingeschlichen.

Erschöpft rieb ich mir über das Gesicht. Mit einem Mal fehlte mir jegliche Motivation, meine Schicht anzutreten. Wie sollte ich mich Grace gegenüber verhalten, wenn ich sie sah? Eigentlich müsste ich längst auf dem Weg zur Klinikleitung sein und ihnen mitteilen, was ich entdeckt hatte.

Sie wissen nicht, gegen welche Monster sie kämpfen muss.

Mrs Roberts' Worte hatten sich nicht auf Grace bezogen, aber mit einem Mal waren sie in meinem Kopf. Ich wusste nicht, was in Grace an jenem Tag vorgegangen war. War es Absicht gewesen? Oder war sie einfach nur unkonzentriert gewesen? Ich hatte ihr angesehen, dass unser Gespräch sie mehr berührt hatte, als sie vor mir hatte zugeben wollen. War ich der Grund für eine mögliche

Ablenkung ihrerseits gewesen? Weil ich ihr ein Date verweigert hatte? Hatte *mein* Verhalten Grace so sehr abgelenkt, dass sie die beiden Lösungen vertauscht hatte?

War *ich* schuld daran?

Mir wurde übel, als ich die Kurven zusammenlegte und zurück in die braune Mappe schob.

Hatte ich meine liebste Patientin selbst auf dem Gewissen?

Fuck! Ich musste schnellstmöglich mit Grace reden. Nur sie wusste, was dazu geführt hatte, dass sie die Lösungen geändert hatte.

Hastig schnappte ich mir die Laborwerte und die Mappe mit den Kurven. Die medizinischen Fachbücher ließ ich liegen. Mit den Unterlagen in der Hand eilte ich ins Schwesternzimmer. Ich gab die Akte zurück und stempelte mich um Punkt vierzehn Uhr für meine Schicht ein. Mein ganzer Körper war angespannt, als ich zu arbeiten begann. Ich folgte dem Oberarzt bei der Visite, antwortete mechanisch auf seine Fragen, aber war mit den Gedanken nicht wirklich bei der Sache. Immer wieder sah ich mich, in der Hoffnung, Grace zu finden, nach ihr um.

Sie war nirgends zu sehen.

Als die Visite vorbei war, schaffte ich es, einen Blick auf den Dienstplan zu werfen. Grace war für die Spätschicht eingetragen. Also war sie da.

Wo zum Teufel steckte sie?

Es wurde einzig und allein durch einen eingehenden Notfall verschuldet, dass ich nicht weiter nach ihr suchen konnte. Ein junges Mädchen war mit einer Schusswunde und einigen kaputten Knochen eingeliefert worden und musste sofort notoperiert werden. Jason und ich waren als Assistenten eingeteilt worden und erst nach drei Stunden wieder aus dem OP-Saal gekommen.

»Alles okay?« Jason seifte seine Hände übermäßig stark ein.

»Hm.« Meine Antwort war gebrummte Zustimmung, während ich es ihm gleichtat. 60,3 Sekunden lang. Vorschrift.

Ich hasste solche Tage. Da hatte eine Dreizehnjährige vor uns auf dem Tisch gelegen und würde, sobald sie aufwachte, nicht mehr laufen können. Die Kugel hatte zwei ihrer Lendenwirbel und das dazugehörige Rückenmark zerstört.

»Wir haben alles versucht.« Jason war es schon immer leichter gefallen, sich von Misserfolgen nicht den Tag verderben zu lassen. Manchmal beneidete ich ihn darum. Er machte einfach weiter und konzentrierte sich auf den nächsten Patienten. Als wäre er nicht gerade Zeuge gewesen, wie die Welt eines Teenagers, der vermutlich noch nicht einmal sein erstes Date gehabt hatte, in sich zusammenbrach.

Ich wusch die Seife ab und griff nach ein paar Tüchern. »Und trotzdem … verdammt!« Ich knüllte die Tücher zusammen, schmiss sie in den dafür vorgesehenen Behälter und drehte mich so, dass ich Jason ansehen konnte. »In ein paar Wochen wird wieder ein Kind angeschossen werden. Und danach noch eins. Und noch eins. Und in ein paar Monaten sind wir dann diejenigen, die den Eltern sagen müssen, dass ihre Tochter oder ihr Sohn nie wieder laufen wird. Ich kann und will mir nicht vorstellen, was das für eine Familie bedeuten muss. Und das alles nur, weil dieses Land es einfach nicht schafft, endlich ein vernünftiges Waffengesetz zu verabschieden. Ich meine, Lehrer bewaffnen? Das kann doch nicht wahr sein!«

»Ich weiß, Mann.« Jason lehnte sich mit den Beinen an das Waschbecken, verschränkte die Arme vor der Brust und schüttelte den Kopf. »Wenigstens haben sie den Scheißkerl.«

»Das wird sie sicher nicht sonderlich trösten, wenn sie aufwacht.« Am liebsten hätte ich mit der Faust gegen die Wand geschlagen ob all der Ungerechtigkeit. Stattdessen begnügte ich mich mit einem Fußtritt gegen den Mülleimer, der krachend zu Boden fiel. Der Deckel löste sich, und benutzte Tücher kamen zum Vorschein.

Prima, Benton James. Ganze Arbeit geleistet.

»Okay.« Jason legte mir eine Hand auf den Arm. »Mach zehn Minuten Pause, Kumpel. Los!« Er schob mich aus dem Raum und befahl mir, erst auf die Station zurückzukommen, wenn ich mich beruhigt hätte.

Herrgott, wann war es passiert, dass ich meine Emotionen nicht mehr im Griff hatte?

Jason hatte recht. Ich musste runterkommen. Und danach würde ich mit Grace reden. Inzwischen war es kurz nach sechs, vermutlich saß sie im Aufenthaltsraum und aß zu Abend.

Nachdem ich vor den Eingangstüren unzählige Male hin und her gelaufen war, gewann ich die Einsicht, dass zehn Minuten zwar genug Zeit waren, um eine Zigarette zu rauchen, aber viel zu wenig, um die Laune zu verbessern. Das Mädchen war immer noch querschnittsgelähmt, und Grace' Fehler hatte nach wie vor ein Todesopfer gefordert. Und ich sah mich immer noch in der Verpflichtung, die Sache zu melden. Mit jeder Minute, die ich wartete, machte ich mich schuldiger.

Ich musste sie finden.

Und zwar schnell.

Meine Füße trugen mich zurück auf meine Station. Ein Blick in den Aufenthaltsraum verriet mir, dass ich mich getäuscht hatte. Ein paar Kollegen aßen dort zwar gemeinsam, doch Grace war nicht unter ihnen. Das war neu. Im Normalfall ließ sich so gut wie niemand diese tägliche Runde entgehen, wenn man Schicht hatte.

Stirnrunzelnd wandte ich mich ab und trat zurück in den Flur. Ging sie mir aus dem Weg? Ertrug sie meine Anwesenheit nicht länger? Hasste sie mich? Verübeln könnte ich es ihr nicht. Und trotzdem brauchte ich dieses Gespräch mit ihr. Sie musste mir einfach nur einen Grund liefern, wieso ich ihren Fehler für mich behalten sollte.

Ich brauchte nur einen einzigen.

Es war falsch, dessen war ich mir bewusst, aber ich wollte sie nicht melden.

Auf der erneuten Suche nach ihr führten mich meine Schritte den Gang entlang. Ich warf Blicke in alle Zimmer, an denen ich vorbeikam. Und dann sah ich sie vor der großen Glastür, die die Station von der nächsten trennte.

Nicht Grace.

Sondern Faith.

Erstaunt hielt ich inne.

»Was … was machst du denn hier?« Keine sonderlich nette Begrüßung, ich weiß, aber zu meiner Verteidigung sei gesagt, dass ich nicht mit ihr gerechnet hatte. Überhaupt nicht.

Langsam kam sie auf mich zu. »Hey.« Sie lächelte zaghaft. »Tut mir leid, dass ich heute Morgen so schnell weg war, aber …« Sie erreichte mich und blieb rund einen Meter von mir entfernt stehen. »Ich finde, du solltest dein Eis heute dennoch haben.«

Erst jetzt fiel mir auf, dass sie in jeder Hand ein ausgepacktes Eis am Stiel hielt.

»Ich weiß, dass ich nicht deine Mrs Roberts bin, aber ich überlasse dir sogar großzügig das Schoko-Eis, obwohl ich Vanille nicht einmal sonderlich mag.«

Sie sprach schnell. Faith plapperte wie ein Wasserfall, und ich hatte Mühe, akustisch überhaupt zu verstehen, was sie da sagte, ganz zu schweigen von dem Inhalt ihrer Worte.

»Meine Abneigung gegen Vanille ist nicht so schlimm wie die gegen Kaffee, aber meine erste Wahl wäre es nicht.«

Schweigend sah ich sie an. Das Eis in ihren Händen. Wieder sie. Das Eis. Faith. Eis.

»Nur hast du die Sorten erwähnt, die ihr immer gegessen habt und … Ich wollte die richtigen mitbringen, auch wenn ich Vanille nicht mag und deshalb …« Sie verstummte.

»Du hast …« Eis. Vanille und Schokolade. Ich wusste nicht, was ich dazu sagen sollte.

»Ich hatte gehofft, dass du kurz Zeit hast.« Das Lächeln, das sich nun auf ihre Lippen schob, wirkte fast schüchtern. Gleichzeitig drückte sie mir das Eis in die Hand, das für mich bestimmt war.

Während sie auf eine Antwort meinerseits wartete, schossen mir unzählige Gedanken durch den Kopf. *Sie hat sich gemerkt, welche Sorten ich mit Mrs Roberts immer gegessen habe? Sie weiß ihren Namen noch? Sie taucht hier auf, um Eis mit mir zu essen? Und sie nimmt sich freiwillig die Sorte, die ihr überhaupt nicht schmeckt? Warum? Was passiert hier gerade?*

Ich hatte keine Ahnung, wie lange ich sie einfach nur anstarrte. Minuten? Stunden? Sicher war nur, dass ich länger zu schweigen schien, als Faith erwartet hatte. Ihr Lächeln erstarb und wich einem Ausdruck von Verunsicherung.

»Ben?«

»Sorry.« Ich schüttelte leicht den Kopf, wie um mich selbst ins Hier und Jetzt zu befördern. »Das ist … Ja. Klar. Lass uns am besten kurz rausgehen.«

Eis. Und Faith. Vielleicht war das genau die Kombination, die ich nun brauchte, um dem Tag wenigstens etwas Positives abzugewinnen. Eine kurze Ablenkung.

Ich machte einen Schritt auf die Tür zu, legte ihr meine freie Hand sanft auf den Rücken, und wir setzten uns in Bewegung. Allzu weit konnte ich nicht weg, daher steuerte ich den nächsten Wartebereich zwischen meiner und einer anderen Station an. Dort angekommen, ließen wir uns auf den grünen Plastiksitzen nieder, und ich leckte an meinem Eis.

»Wie war dein Tag?«, fragte Faith, und ich konnte kaum glauben, dass es erst elf Stunden her war, dass ich sie zuletzt gesehen hatte.

Es war seither so viel passiert, dass mir der Morgen ewig her zu sein schien. Und ich hatte keine Ahnung, wie ich ihre Frage beantworten sollte. Es wäre im Prinzip *die* Gelegenheit gewesen, ihr von meiner Entdeckung zu erzählen. Doch da war etwas in mir, das mich abhielt. Ich konnte ihr nicht davon erzählen. Niemandem. Nicht, bevor ich nicht mit Grace darüber gesprochen und mir angehört hatte, wie es dazu gekommen war. Also berichtete ich Faith von der Operation und dem Mädchen und hatte Mühe, mich nicht zu sehr in meine Wut über die beschissenen Waffengesetze in Amerika hineinzusteigen.

»Weißt du, wie es dazu kam?« Faith hatte ihr Vanilleeis schon beinahe aufgegessen, obwohl sie es eigentlich nicht mochte. Fast hätte mich diese Beobachtung schmunzeln lassen, wenn ich nicht immer noch so wütend gewesen wäre.

»Nein.« Ich schüttelte den Kopf. »Die Polizei ermittelt. Aber eigentlich spielt es auch keine Rolle, wie es dazu kam. Niemandem, der nicht für die Staatssicherheit oder den Personenschutz tätig ist, sollte es erlaubt sein, eine Waffe zu besitzen.« Ich hatte einfach zu viele von Waffen verursachte Verletzungen gesehen. Und ich war erst seit ein paar Monaten in der Klinik tätig! Schusswaffenopfer wurden schlichtweg viel zu oft eingeliefert, und zu geschätzten 95,3 Prozent wären ihre Verletzungen vermeidbar gewesen, wenn es nicht so leicht wäre, sich eine eigene Waffe zu besorgen. Ein Gesetz gegen den Privatbesitz von Waffen war mit Sicherheit kein Allheilmittel, aber es hätte vieles besser gemacht.

»Verstehe.« Faiths Antwort war ein Murmeln und ein zustimmendes Nicken. »Wirst du dabei sein, wenn deine Patientin die Nachricht bekommt?«

»Nein. Solchen Gesprächen werden wir erst im nächsten Ausbildungsabschnitt beiwohnen.« Und ich war froh drum. Es war eine Sache, eine Fallbesprechung zu leiten oder die Familien der Patienten über den aktuellen Stand der Dinge zu informieren. Aber es war eine völlig andere, wenn man Überbringer einer Hiobsbotschaft war und sich mit den Emotionen der Angehörigen auseinandersetzen musste. Ich war nicht gut darin.

»Ich habe … ich musste … einmal musste ich …«

Ich hörte Faith stottern. Und ich wusste, dass sie immer noch sprach. Ihre Stimme klang dumpf zu mir durch, doch ich hörte nicht mehr, was sie sagte. In der Ferne sah ich eine Krankenschwester in den Flur einbiegen, deren Statur mir sehr bekannt vorkam.

»Grace!«, entfuhr es mir, und ich erhob mich ruckartig. Da vorne war sie. Endlich! Wenn ich mich beeilte, würde ich es schaffen, sie einzuholen.

Ich hatte nur den Bruchteil einer Sekunde, mich zu entscheiden: Faith oder Grace.

Faith. Grace.

Faith. Grace.

Das war die Chance, auf die ich den halben Tag gewartet hatte.

»Es tut mir leid, Faith.« Ich blickte zu ihr nach unten. »Ich muss los. Danke für das Eis.« Mein nächster Blick galt wieder Grace. Sie hatte mich ebenfalls erkannt und war stehen geblieben. Im nächsten Moment drehte sie sich um, und ich ahnte, was sie vorhatte.

O nein!

»Grace!«, rief ich und stürzte ihr hinterher. »Warte!« Im Vorbeilaufen warf ich den Holzstiel meines Eises in den Müll.

Meine Kollegin war schnell. Sie bog um eine Ecke und war für einen Augenblick aus meinem Blickfeld verschwunden. Ich beschleunigte meine Schritte und hastete ihr nach. Kurz beschlich mich das Gefühl, dass sie genau wusste, weshalb ich sie sprechen wollte, auch wenn das ziemlich sicher nicht der Fall war.

Fast wäre sie mir entwischt. Ich bog um die Ecke, als ich sie in einem der Lagerräume verschwinden sah. Damit saß sie in der

Falle. Ich drückte die Klinke nach unten und ließ mich in das kleine Zimmer.

»War ich neulich nicht deutlich genug?« Sie stand mir gegenüber vor einem Regal voller Verbandsmaterial und funkelte mich feindselig an. »Lass mich in Ruhe, Ben. Ich habe dir nichts zu sagen.«

»Deshalb will ich nicht mit dir sprechen.« Ich lehnte mich an die Tür und hielt ihrem Blick stand.

»Sondern?« Der Ausdruck auf ihrem Gesicht wurde misstrauisch. Ihre Hände waren zu Fäusten geballt. Als bereite sie sich darauf vor, sich auf mich zu stürzen und mich zu schlagen.

»Erinnerst du dich an die eine Patientin? Jane Roberts? Fünfundsiebzig Jahre alt?«

»Die alte Lady mit dem gebrochenen Bein, die dich so toll findet?« Ihr Blick sprach Bände. Sie hielt meine Lieblingspatientin für vollkommen bescheuert.

»Fand.« Ich nickte. »Sie ist tot.«

»Mist.« Immerhin schaffte sie es, einigermaßen betroffen zu wirken. »Tut mir leid. Während der OP?«

»Nein. Danach.«

»Danach?« Sie runzelte die Stirn. »Was ist passiert?«

»Organversagen.«

»Okay.« Grace nickte. Sie wusste genauso gut wie ich, dass eine Komplikation, mit der niemand rechnete, vorkommen konnte. So etwas war selten, aber die Möglichkeit bestand immer. »Und warum erzählst du mir das?«

Mein Blick ruhte auf ihr. Nichts an ihrer Haltung oder ihrem Gesichtsausdruck ließ darauf schließen, dass sie von den vertauschten Lösungen gewusst hatte. Allmählich war ich mir sicher, dass es sich dabei um nichts anderes als einen folgenreichen Fehler handelte. Absicht steckte keine dahinter. Und das machte es mir noch schwerer, die nächsten Worte auszusprechen. Ich versuchte, sie mit Bedacht zu wählen.

»Sie bekam eine Kalium-Magnesium-Lösung für ihr Herz.«

»Und?« Grace schien immer noch nicht zu ahnen, worauf ich hinauswollte. »Das klingt doch sinnvoll.«

»Theoretisch schon.«

»Theoretisch? Himmel, Ben, lass dir doch nicht alles aus der Nase ziehen. Was habe ich damit zu tun?«

»Du hast die neue Kurve für Mrs Roberts angefangen, richtig?«

»Kann sein. Ja. Und?«

»Beim Übertrag der Kalium-Magnesium-Lösung auf die neue Kurve hast du Kalzium statt Kalium geschrieben. Und diese neue Lösung wurde auf allen Folgekurven falsch übernommen. Ich hab nachgesehen. Dein Kürzel steht drunter.«

Meine Worte hingen in der Luft, senkten sich zentnerschwer wie Gussblöcke auf Grace. Ich erkannte den Moment genau, als die Last der Blöcke sie zerquetschte und sie begriff, was meine Aussage zu bedeuten hatte. Sie wurde leichenblass, und ihr hilfloses »W-was?« war kaum mehr zu hören.

»Ein Fehler, Grace. Mrs Roberts bekam falsche Infusionen verabreicht.«

Ich konnte kaum reagieren, so schnell sackte sie in sich zusammen und rutschte am Regal entlang auf den Boden. Einige Kisten mit Mullbinden und Pflasterrollen fielen polternd zu Boden und verloren ihren Inhalt.

»Ich habe … ich habe …« Grace sah aus großen, erschrockenen Augen zu mir auf. »Was?«

Ich schwieg.

Sie brauchte Zeit.

»Aber … wie … wie kann das sein? Ich bin immer so sorgfältig, wenn ich neue Kurven schreibe. Ich … ich habe achtgegeben, Ben!

Ich schwöre.« Ihre Stimme brach, und in ihrem Blick schwang eine stumme Bitte mit: *Hilf mir!*

Behutsam ging ich neben ihr in die Knie und legte eine Hand auf ihren Arm. Ich hätte es ihr nicht übel genommen, wenn sie sie beiseitegeschoben hätte, weil sie nicht berührt werden wollte. Nicht von mir.

»Ich weiß.« Ich sprach leise und bedächtig und strich ihr sachte über den Unterarm. Sie ließ mich gewähren. »Es war keine Absicht.«

»Absicht?« Ihre Augen wurden, sofern das überhaupt möglich war, noch größer. »Du denkst, dass ich … Nein. Nein! Ich habe die Infusionen nicht absichtlich vertauscht. Niemals! Hörst du?«

»Ich weiß, Grace«, wiederholte ich.

»Hast du … hast du mich gemeldet?« In ihren Augen sammelten sich Tränen. »Oh, Gott, Ben. Du bist … du bist verpflichtet, mich anzuzeigen. Meine Karriere ist vorbei. Ich …«

»Grace!« Ich unterbrach sie und zwang sie, mich anzusehen. »Ich habe dich nicht gemeldet.«

»Du … *Was?*« Sie rieb sich über die Wange und schluckte schwer. »Warum … warum nicht?« Ich merkte ihr deutlich an, dass sie Angst vor meiner Antwort hatte. Ihre berufliche Zukunft lag ich meiner Hand.

»Ich wollte erst mit dir reden.« Vorsichtig setzte ich mich neben sie auf den Boden und lehnte meinen Kopf gegen das Regal. »Warst du … abgelenkt?« Ich holte tief Luft. »Meinetwegen?«

»Deinetwegen?«

»Ja. Ich war … nicht sonderlich nett zu dir, drücken wir es mal so aus. Ich habe deine Gefühle verletzt und dir wehgetan. Ich weiß, ich hatte dir gesagt, dass wir nicht darüber sprechen würden, aber … Hängt die falsche Lösung damit zusammen?« Ich drehte meinen Kopf wieder so, dass ich sie ansehen konnte. »Bitte sei ehrlich.«

»Ich … ich weiß es nicht.« Schluchzer ließen ihren Oberkörper beben, und ich vermutete, dass sie nicht nur ihren Fehler beweinte. Es hatte sich so viel in den letzten Wochen in ihr angestaut, was endlich ein Ventil nach außen gefunden hatte. Und es tat mir unendlich leid, dass ich einen großen Teil ihres Kummers zu verschulden hatte. Ich hatte die Medikamente nicht vertauscht, aber ich hatte meinen Part dazu beigetragen. »Es stimmt, dass ich seit Wochen nicht ich selbst bin, aber … das hatte nie irgendwelche Auswirkungen auf meinen Job. Ich bin professionell und verantwortungsbewusst. Das weißt du!« Ihre Hände konnten gar nicht so schnell über ihre Wangen wischen, wie neue Tränen über sie liefen. Neben mir saß der Schatten einer Frau, die ich als stark und lebensfroh kennengelernt hatte. Die sich genommen hatte, was sie wollte, und dabei trotzdem freundlich und rücksichtsvoll mit ihren Mitmenschen umgegangen war. Die ihren Job liebte und ihn vor allem mit Hingabe erledigte. Grace war eine der Guten.

Ich konnte nicht derjenige sein, der ihr das nahm.

»Ich habe niemandem davon erzählt, Grace«, begann ich. Meine Stimme war kaum mehr als ein Flüstern. »Wir beide sind die Einzigen, die davon wissen.«

Ihr Blick schnellte in meine Richtung. »Es weiß niemand davon?« Ihre Worte überschlugen sich fast. Ganz so, als konnte sie nicht glauben, was ich gesagt hatte. »Niemand?«

»Niemand«, bestätigte ich. Und ihre Reaktion hatte mir eindeutig gezeigt, dass es richtig gewesen war, bisher nichts zu sagen. Sie hatte nichts davon gewusst und sie hatte die beiden Wörter definitiv nicht absichtlich vertauscht. Oder sie war die beste Schauspielerin der Welt. Wovon ich nicht ausging. Grace trug ihr Herz auf der Zunge. Und sie war ehrlich. Ich glaubte ihr.

»Und wenn es nach mir geht, muss auch niemand davon erfahren.« Es war gefährlich, das so offen auszusprechen. Indem ich der Klinikleitung nicht mitteilte, was ich entdeckt hatte, machte ich mich strafbar und brach den Eid, den ich abgelegt hatte. Und es bestand auch immer noch die Möglichkeit, dass der zuständige Oberarzt weitere Nachforschungen in Auftrag gab, wenn er sich den Bericht der Pathologie durchgelesen hatte. Aber für den Moment waren es nur wir beide, die wussten, warum Mrs Roberts wirklich gestorben war.

Sprachlos starrte sie mich an.

Eine Sekunde.

Zwei.

Drei.

»Ernsthaft?«, wisperte sie.

Ich nickte. »Ja.«

Vor dem Gesetz war es falsch, Grace' Fehler nicht zu melden.

Vor mir selbst war es richtig.

Erleichtert fühlte ich mich trotzdem nicht.

Mit einem Mal weinte sie bitterlich. Ihr Körper wurde von einem regelrechten Weinanfall geschüttelt, während sie ihr Gesicht auf ihre angezogenen Knie presste und die Arme um ihre Beine schlang.

Minutenlang blieb ich schweigend neben ihr sitzen, fuhr lediglich mechanisch mit meiner Hand über ihren Rücken. Ich bezweifelte, dass sie es überhaupt spürte.

»Geh nach Hause, Grace«, sagte ich nach einer Weile. »Ich gebe der Schichtleitung Bescheid, dass es dir nicht gut geht.«

Es dauerte, bis Grace reagierte und ihren Kopf anhob. Ihre Augen waren rot verquollen. Sie sah furchtbar aus und bekräftigte mich in meinem Vorschlag, sie nach Hause zu schicken.

»Soll ich jemanden für dich anrufen?«

»Nein.« Sie schloss die Augen, ehe sie den Kopf schüttelte. Die Erschöpfung stand ihr ins Gesicht geschrieben. »Geht schon.« Im nächsten Moment begann sie aufzustehen. Hastig rappelte ich mich auf und stellte mich neben sie. »Kannst du … kannst du meine Sachen holen? Ich glaube, es ist besser, wenn ich die Station heute nicht mehr betrete.«

»Klar. Spind-Nummer?«

»411. Ich hab nicht abgeschlossen.«

»Okay. Ich bin gleich wieder da.« Nach einem letzten vergewissernden Blick auf Grace verließ ich den Abstellraum und eilte zurück auf unsere Station. Als ich die Sitzgruppe erreichte, auf der ich vor einer halben Stunde noch mit Faith gesessen hatte, erwartete mich dort gähnende Leere.

Sie war weg.

Scheiße. Ich hatte sie einfach sitzen lassen, ohne Erklärung. Schlagartig wurde mir bewusst, wie das aus ihrer Sicht ausgesehen hatte. Sie kam in die Klinik, freiwillig, und brachte mir Eis. *Mein* Eis. Und ich hatte nichts Besseres zu tun, als Grace hinterherzulaufen. Ausgerechnet Grace.

Faith hatte falsche Schlüsse gezogen, die ich ihr nicht verübeln konnte.

An ihrer Stelle hätte ich genau dasselbe getan.

17

Es war bereits kurz nach elf, als ich durch das Fenster auf die Feuertreppe kletterte. Ich hatte Faith erst vor wenigen Stunden mitten in unserem Gespräch wegen einer anderen stehen gelassen. Es hätte mich nicht gewundert, wenn sie mir die Tür nicht geöffnet hätte, hätte ich die Klingel benutzt. Deshalb wollte ich ihr diese Chance gar nicht erst geben und wählte erneut den unorthodoxen Weg in ihre Wohnung. Sie verdiente eine Entschuldigung und eine Erklärung für mein Verhalten, und beides wollte ich ihr so schnell wie möglich liefern.

Ich hatte Glück. Das Fenster war nicht geschlossen, und ich war gerade dabei, es nach oben zu schieben, als ich bemerkte, dass Faith nicht alleine war. Eine Stimme, die ich gut kannte, war zu hören, und obwohl sie mit dem Rücken zu mir saß, wusste ich sofort, dass es sich bei Faiths blondem Besuch um Grace handelte.

Verwundert hielt ich inne. Was hatte das zu bedeuten? Warum war sie hier? Bei *Faith?* Gespannt rückte ich noch ein Stück näher, bis ich genau vor dem Fenster auf der Feuertreppe saß. Und was ich hörte, erstaunte mich noch mehr als der Fakt, dass Grace überhaupt in Faiths Wohnung war.

»Ich habe jemanden umgebracht.« Schluchzend vergrub meine Kollegin ihr Gesicht in ihren Händen, als sie Faith erzählte, was ich vor wenigen Stunden herausgefunden hatte. »Also bin … ich bin … ich bin eine Mörderin.« Ich hatte selten einen Menschen gehört, in dessen Stimme mehr Verzweiflung mitgeschwungen hatte als soeben in Grace'.

»Nein. Bist du nicht.« Die Vehemenz, mit der Faith ihr widersprach, erstaunte nicht nur mich. Grace ließ die Hände wieder sinken.

»Doch …« Mit einem Mal waren ihre Worte nur noch ein Flüstern, aber auch diesen Widerspruch bügelte Faith sofort ab.

»Grace. Nein.« Sie sah sie so eindringlich an, dass ich die Wirkung bis hier draußen spüren konnte. Da lag etwas in ihrem Blick, das eindeutig verriet, dass Faith genau wusste, wovon sie sprach. Ich hatte nur keine Ahnung, was es war. »Du hast einen Fehler gemacht, ja. Das ist nicht von der Hand zu weisen. Aber … Fehler passieren. Geh da raus und sieh dich um. Du wirst niemanden finden, der fehlerfrei ist.«

»Ich bin schuld am Tod einer Frau, Faith. Ich habe nicht einfach nur eine Verabredung vergessen oder den falschen Saft gekauft.«

Faith verzog das Gesicht. »Okay. Das kann ich nicht leugnen. Aber das macht dich dennoch nicht zu einer Mörderin.«

»Zu was denn dann?« Grace schüttelte heftig den Kopf, fast so, als versuche sie die Worte, die Faith soeben gesagt hatte, aus ihrem Gedächtnis zu verbannen. »Meinetwegen ist ein Mensch tot.«

»War es Absicht?«

»Was?«

»Hast du Mrs Roberts absichtlich die falsche Infusion gegeben?« Faiths Frage war hart. Aber ich glaubte zu wissen, worauf sie hinauswollte.

»Bist du verrückt? Nein!«

»Siehst du. Genau das meine ich. Du hast nicht vorsätzlich gehandelt. Und deshalb bist du keine Mörderin.«

»Wie kannst du das so sehen?« Die Ungläubigkeit in Grace' Stimme war nicht zu überhören.

»Das spielt keine Rolle.« Nun war Faith diejenige, die leicht den Kopf schüttelte. »Aber ich weiß, dass es einen Unterschied macht, ob du das falsche Medikament absichtlich verabreicht hast oder nicht. Es war ein Unfall, wenn du es so nennen möchtest. Ein tragisches Versehen. Aber ganz sicher kein Mord.«

Nach Faiths Worten kehrte Stille ein. Grace rieb sich über die Stirn und schien darüber nachzudenken, was meine Nachbarin gesagt hatte. Ich konnte nur hoffen, dass es auf fruchtbaren Boden fiel und Grace ein wenig von ihrem Kummer nahm. Mir selbst war es vor ein paar Stunden leider nicht gelungen, die richtigen Worte zu finden und Grace zu helfen.

Als sie wieder zu sprechen begann, klang sie noch immer furchtbar mitgenommen. »Ich weiß einfach nicht, was ich tun soll.« Ein tiefes Seufzen entwich ihr. »Ben hat gesagt, dass er mich nicht verraten wird, aber …« Ich hörte, wie sie sich die Nase putzte, bevor sie weitersprach. »Aber die Sache wird früher oder später doch sowieso ans Licht kommen. Das tut es immer. Und wenn dann auch noch rauskommt, dass ich schon davon gewusst, aber mich nicht gestellt habe …«

»Hey, hey, hey.« Faith unterbrach das Horrorszenario, das Grace sich gerade ausmalte, indem sie ihr sanft eine Hand auf den Arm legte. »Es gibt keinen Grund, jetzt schon zu verzweifeln. Und du musst heute Abend auch nicht entscheiden, was du tun willst. Schlaf eine Nacht drüber. Wenn du dich dann immer noch stellen willst, kannst du das auch morgen tun.«

»Hm.« Grace' Schultern sackten, sofern das überhaupt möglich war, noch weiter nach unten.

»Du kannst die Vergangenheit nicht ändern, Grace. Egal, wie sehr du dir das wünschst. Aber du kannst jeden neuen Tag als Chance sehen, es ein Stückchen besser zu machen.«

Wieder gab Grace ein unverständliches Raunen als Antwort, ehe sie sich ruckartig erhob. »Ich sollte gehen. Tut mir leid, dass ich dich …« Sie stockte. Und ich vermutete, dass es ihr mit einem Mal unangenehm war, sich vor Faith derart geöffnet zu haben. Grace war niemand, der gerne Schwäche zeigte. Und so ehrlich, wie sie gerade eben zu Faith gewesen war, war sie nicht einmal mir gegenüber gewesen, als ich mit ihr in der Kammer gesprochen hatte.

»Ich habe dich hereingebeten, oder?« Zum ersten Mal, seit ich angefangen hatte, dem Gespräch der beiden zu lauschen, erschien ein zartes Lächeln auf Faiths Lippen. »Du musst dich nicht entschuldigen.«

»Okay.« Grace nickte, machte einen Schritt von der Couch weg, blieb wieder stehen. »Ich … okay. Danke. Danke für … dein offenes Ohr.«

Als Faith ihr mit einem »Gerne« antwortete, glaubte ich es ihr ohne Umschweife. Sie hätte es nicht gesagt, wenn sie es nicht genau so gemeint hätte. Eine Hand auf Grace' Rücken gelegt, begleitete sie meine Kollegin an die Tür. Grace hatte ihre Finger bereits auf dem Türgriff, als Faith sie noch einmal ansprach.

»Und Grace?«

»Ja?«

»Du hast unzählige Male davor und danach alles richtig gemacht. Vergiss das nicht.«

Für einen langen Moment sah sie Faith einfach nur an. In ihr tobte ein Sturm, von dem keiner von uns wusste, wie viel er zerstören würde. Und was heil bleiben durfte.

Ich hörte Grace ein weiteres »Danke« murmeln, ehe sie die Wohnung verließ. Die Tür fiel ins Schloss, Faith war wieder alleine, und ich beschloss, mich zu erkennen zu geben. Geräuschvoll schob ich das Fenster auf und kletterte in das Zimmer. Als ich mich wieder in einer aufrechten Position befand, war Faith zu mir herumgewirbelt und stand mir in wenigen Metern Entfernung genau gegenüber.

»Hey …« Ich versuchte mich an einem Lächeln, während ich auf meinen Fußsohlen hin und her wippte. Faith musterte mich mit verschränkten Armen und fackelte nicht lange.

»Du hättest mir einfach sagen können, was los ist, Ben. Zwei, drei Sätze, und ich hätte …« Sie runzelte die Stirn. »Du kapierst es nicht, oder? Warum ich in der Klinik war?« Sie ließ maximal 0,8 Sekunden verstreichen, ehe sie weitersprach. »Weißt du, wie sehr sich so ein Mäuschen überwinden muss, um sein Versteck zu verlassen? Weil es glaubt, dass das gottverdammte Stück Käse das Risiko lohnt. Und dann ist es da draußen, überall sind Katzen, und es stellt fest – der Käse ist viel weiter weg, als es vom Versteck aus ausgesehen hat. Was würdest du an der Stelle des Mäuschens tun?«

Sie hielt meinem Blick stand. Wartete.

Eine Sekunde.

Zwei.

Drei.

Als ich ihr keine Antwort gab, hörte ich sie ein kapitulierendes »Okay, wow!« schnauben. »Ich dachte … Keine Ahnung, was ich mir gedacht habe.« Sie machte einen Schritt von mir weg. »Vielleicht, dass es eine gute Idee wäre, meine Angst zu ignorieren und sie beiseitezuschieben, aber … ach.« Sie unterbrach sich selbst und schüttelte den Kopf. »Was rede ich da? Es ist nie eine gute Idee.« Sie trat noch einen Schritt nach hinten. Ihre Worte von Mäusen und Verstecken und Käse hallten in meinem Kopf wider, auch wenn sie noch keinen Sinn ergaben. Sie war die Journalistin, ich war nur ein dämlicher Arzt, der sich zwar mit der Anatomie des menschlichen Körpers auskannte, aber von Gefühlen keine Ahnung hatte. Das Einzige, was ich wusste, war, dass ich ihr immer noch eine Entschuldigung schuldete und dass ich ein riesengroßer Trottel war, der seine Fähigkeit zu sprechen augenscheinlich verloren hatte.

Faith war in der Klinik gewesen. Freiwillig. Sie war vorsätzlich vorbeigekommen, obwohl sie gewusst hatte, dass ihr Besuch im Krankenhaus mit sehr hoher Wahrscheinlichkeit nicht auf Sex hinauslaufen würde. Und trotzdem war sie mit ihrem Eis gekommen, um mir eine Freude zu machen.

Mrs Roberts hatte so verdammt recht gehabt. Jeder kämpfte. Grace. Faith. Ich wusste nicht, von welcher Angst genau sie gesprochen hatte, aber ganz offensichtlich hatte sie heute über sie gesiegt und war in die Klinik gekommen.

Zu mir.

Das Mäuschen hatte sein Versteck verlassen, und ich hatte nichts Besseres zu tun gehabt, als es wieder in selbiges zu jagen. Weil ich einer anderen gefolgt war, ohne ihr wenigstens kurz zu erklären, was los war. Ich hatte mich von meinen eigenen Monstern davon abhalten lassen.

Herrgott.

Faith hatte sich getraut, trotz aller Zweifel und Bedenken aus ihrem Mäuseloch zu kommen, nur um dann zu erkennen, dass ich es nicht wert war. Ich war der verfluchte Käse und ich hatte ihre Erwartungen nicht erfüllt, obwohl sie die erste Frau seit Ewigkeiten war, an der ich ehrliches Interesse hegte. Von der ich mehr wollte als Sex und Mario Kart.

Zum ersten Mal seit Jahren wollte ich genug sein.

Ich wollte Faiths Erwartungen und Ansprüchen gerecht werden.

Der Einzige, dem ich die ganze Zeit etwas vorgemacht hatte, war ich selbst. Natürlich war ich in Faith verliebt, und Mrs Roberts hatte es mir von Anfang an gesagt. Sie hatte goldrichtig gelegen, als sie mir immer wieder gesagt hatte, dass da mehr zwischen Faith und mir war als bloße Freundschaft. Wir waren *nie* einfach nur Freunde gewesen. Kein Wunder, dass mir meine Lieblingspatientin den ganzen Unsinn, den ich von mir gegeben hatte, nicht abgekauft hatte. Es wurde Zeit, dass ich für mein Verhalten die Verantwortung trug und mich wie ein erwachsener Mensch verhielt.

»Darf ich trotzdem bleiben?«, fragte ich Faith, die mich noch immer vorwurfsvoll musterte. Es war ihr gutes Recht.

Sie ließ mich zappeln. Ihr Blick glitt an mir auf und ab. Ich hatte keine Ahnung, wonach sie suchte oder ob sie es fand. Wir standen einander eine Ewigkeit gegenüber, ehe sie einen Schritt zur Seite trat, sodass ich mich auf ihre Couch setzen konnte.

»Ich weiß, dass es falsch war, dir nicht direkt zu sagen, was los ist.« Sie war mir gefolgt und nahm in dem gelben Ohrensessel neben ihrem Sofa Platz. Hinter ihr befanden sich überall Staffeleien mit halb fertigen Bildern, Gläsern voller Wasser und einer Unmenge an Pinseln. Kurz kam mir der Gedanke, auf die bewährte Schlacht der Farben zurückzugreifen. Bisher hatte es immer funktioniert, sie mit etwas Farbe und Wasser so weit zu bringen, dass sie ein paar der Mauern, die sie um sich aufgebaut hatte, zerbröckeln ließ.

Als hätte sie meinen Gedanken geahnt, hielt sie mich sofort davon ab. »Denk nicht mal dran. Ich bin auf Öl umgestiegen. Das wirst du mir ganz sicher nicht über den Kopf schütten.«

Ich schmunzelte unweigerlich und hob abwehrend die Hände. »Okay. Keine Farbenschlacht.« Deswegen war ich schließlich auch nicht hier. Nicht heute. Ich wollte nicht einfach nur ein paar Mauern bröckeln lassen. Ich wollte die Gesamtheit ihrer Mauern in ihren Grundfesten erschüttern und Faith keine Chance mehr geben, überhaupt wieder in irgendein Versteck zu flüchten.

Es wurde Zeit, die Karten auf den Tisch zu legen.

»Ich bin kein britischer Gentleman, und nein, es ist auch keineswegs schwedische Tradition, eine Frau ohne eine Form der Erklärung stehen zu lassen. Es tut mir leid, dass ich einfach abgehauen bin, Faith. Das hatte nichts mit dir zu tun. Ich wäre gerne bei dir geblieben, aber ich musste Grace erwischen. Ich hatte sie den ganzen Nachmittag gesucht, und das war das erste Mal an diesem Tag, dass ich sie gesehen habe.« Ich rieb mir über die Stirn. »Ich musste dringend mit ihr reden, weil …«

Sie unterbrach mich. »Ich weiß. Sie hat mir von eurem Gespräch erzählt.«

Das hatte ich mitbekommen. Doch was ich immer noch nicht wusste, war der Grund für Grace' Besuch bei Faith. »Warum war sie überhaupt hier?«

»Sie wollte eigentlich zu dir.« Faith zog die Beine an und umschlang sie mit beiden Armen. »Als ich nach Hause kam, saß sie wie ein Häufchen Elend vor deiner Tür. Ich konnte sie nicht einfach ignorieren.«

»Also hast du sie … « Ich war beeindruckt. Es gab vermutlich nicht viele Menschen, die in Faiths Situation so reagiert und ausgerechnet die Frau in ihre Wohnung gebeten hätten, wegen der sie zuvor sitzen gelassen worden waren.

»Sie hat die Infusionen vertauscht, und du hast es herausgefunden.« Es war keine Frage, und doch wartete sie mein zustimmendes Nicken ab. »Scheiße, Ben. Sie hat richtig Mist gebaut.« Nun klang ihre Stimme anders als noch vor wenigen Minuten vor Grace. Faith war entsetzt.

»Ja. Mrs Roberts' Tod hat mir keine Ruhe gelassen«, gestand ich. »Also habe ich recherchiert. Ich wollte dich wirklich nicht stehen lassen, aber als ich Grace gesehen habe …« Gott, ich wiederholte mich, dabei gab es doch nur eines zu sagen. »Es war blöd von mir, abzuhauen. Ich habe nicht nachgedacht. Oder … nein, das stimmt so nicht. Ich habe nicht *richtig* nachgedacht, und … es tut mir leid.« Ich seufzte. »Kannst du das irgendwie nachvollziehen?« Ihre verhärteten Gesichtszüge hatten sich mittlerweile etwas gelockert. Die Anspannung war von ihr gewichen, und ich sah ihr an, dass sie verstand. Vielleicht nicht das ganze Ausmaß all dessen, was dieser Fehler von Grace tatsächlich zu bedeuten hatte, aber sie schien mir meine erklärenden Worte zu glauben.

»Ja.« Sie nickte. »Kann ich.«

»Also … bist du nicht mehr sauer?« Ich wagte es kaum zu hoffen.

»Doch. Bin ich.«

»Aber …« Ich sah sie unsicher an. Ich hatte mich entschuldigt und ich hatte mich erklärt, und sie hatte mir gesagt, dass sie meinen Grund nachvollziehen konnte. Sie wusste, was Grace getan hatte. Was war mir entgangen? »Warum?«

»Du hast nicht verstanden, was ich dir vorhin gesagt habe.«

Faith suchte meinen Blick. »Aber eigentlich sollte mich das nicht überraschen. Nicht wirklich. Du bist ein Mann und …«

»Ein Idiot?«, unterbrach ich sie. »Tut mir leid, dich enttäuschen zu müssen, aber ich habe deine Metapher durchaus verstanden. Maus.«

Verwunderung machte sich auf ihrem Gesicht breit. »Hast du?«

»Ja.« Ich nickte. »Du bist das Mäuschen, und ich bin der Käse.« Laut ausgesprochen klang der Satz einfach nur dämlich, aber wenn er mich dem Ziel ein Stück näherbringen würde, würde ich diesen Umstand geflissentlich ignorieren.

»Also doch. Doktor Pinkerton.« Sie lächelte, und ich glaubte, sogar eine dezente Röte auf ihren Wangen zu erkennen. Sie stand ihr ausgezeichnet.

Meine nächsten Worte würden einen Schlüsselmoment in meiner Beziehung zu Faith darstellen. Mir war klar, dass ich sie mir gut überlegen musste, ehe ich aussprach, was ich für sie empfand. Also nahm ich mir ein paar Sekunden und grübelte. So lange, bis ich bemerkte, wie Faith unruhig wurde und sich ein Schatten über ihr Gesicht legte.

»Moment.« Ich erhob einen Finger. »Ich überlege kurz, wie ich das am besten formuliere.«

Meine Ankündigung beruhigte sie nicht wirklich, sie sah aus wie ein angeschossenes Reh, dessen Blick angespannt auf mir lag.

»Okay, hör zu … Ich bin nicht sicher, was für eine Art Käse du dir gewünscht hast, als du das Risiko eingegangen bist, dein Versteck zu verlassen. Keine Ahnung, ob der Käse, den du gefunden hast, deinen Vorstellungen entspricht oder ob er dir zu würzig, zu mild, zu … was weiß ich, sahnig ist, aber … er wäre sehr gerne der Käse, den du mit zurück in dein Versteck nimmst und … Himmel!« Ich war eine furchtbare Niete in so was. »Wieso habe ich jemals mit diesem Spitznamen angefangen? Du bist auch darin einfach so viel besser als ich. Das ist wie die verdammte Regenbogenstrecke!«

Einen Augenblick lang sah mich Faith sprachlos an, ehe sie ganz langsam den Kopf schüttelte.

»Also eines ist klar, Gorgonzola bist du nicht.«

»Was für eine Sorte bin ich denn deiner Meinung nach?«

»Hm.« Faith schien einen Moment lang angestrengt zu überlegen. Dann grinste sie. »Mozzarella.«

»Salzig und … weiß?«

Ihr Grinsen wurde breiter. »Muss ich dich von Pinkerton zu Sherlock degradieren?« Mit hochgezogener Augenbraue hielt sie meinem Blick stand.

Und dann fiel der Groschen.

»Oh. Okay.« Ich stand auf, hielt ihr meine Hand hin und zog sie auf ihre Füße. »Kannst du mich dann bitte endlich einfach vernaschen?«

Nun war sie diejenige, die lachte, während ich eine Hand in ihren Nacken schob und mich ihr entgegenbeugte. Sie setzte dazu an, etwas zu sagen, doch ich erstickte ihre Worte mit meinem Mund. Faith reagierte sofort und öffnete ihre Lippen, sodass unsere Zungen ihr Spiel miteinander beginnen konnten.

Ohne uns voneinander zu lösen, manövrierte ich uns in ihr Schlafzimmer. Faith kletterte rücklings auf ihr Bett, ihre Hand war in den Stoff meines Shirts vergraben, während sie mich mit sich zog. Ich folgte ihr, und sogleich befanden wir uns kniend auf ihrer Matratze einander gegenüber. Ihre Finger bahnten sich ihren Weg unter mein Shirt, ehe sie es mir über den Kopf zog. Dann hauchte sie federleichte Küsse auf meine Brust und zeichnete mit ihren Fingerspitzen Bahnen und Wege über meine Haut. Sie ließ sich Zeit, einem Kleidungsstück von mir folgte eines von ihr, bis sie nur noch in schwarzer Unterwäsche vor mir lag. Und obwohl ich es bereits hunderte Male gedacht hatte, sprach ich die Worte nun zum ersten Mal aus.

»Du bist wunderschön.« Ich ließ meine Hand über ihren Hals zu ihrem Schlüsselbein und ihren Brüsten gleiten. Strich den Träger ihres BHs von ihrer Schulter und küsste jeden Zentimeter der neu freigelegten Haut. Ich erkundete ihren Körper auf eine völlig neue Art und Weise. Wo bisher immer Hektik und Eile geherrscht hatten, ließ ich mir Zeit.

Unendlich viel Zeit.

Der Himmel verfärbte sich vor dem Fenster allmählich in hellen Blau- und Pinktönen. Lange würde es nicht mehr dauern, bis der neue Tag anbrach. Doch das Einzige, was ich in diesem Augenblick wahrnahm, war Faith. Die langen Haare, die ihr ins Gesicht fielen. Das sanfte Licht, das sie weich schimmern ließ. Der liebevolle Blick auf ihrem Gesicht.

Der Moment, als ich ihr tief in die Augen sah, war nahezu perfekt. Ihre Hände legten sich wie selbstverständlich auf meine Wangen. Als gehörten sie für den Rest ihres Lebens genau dorthin. Und es tat gut. Es tat so unglaublich gut, von ihr wertgeschätzt zu werden. *Genug* zu sein. Ganz langsam beugte sie sich zu mir und küsste mich. Hauchzart berührten ihre Lippen meine, ehe sie fordernder wurden und ich meine Hände auf ihren Rücken legte, um sie enger an mich zu ziehen.

Ich spürte das Lächeln auf ihrem Gesicht, ihre Hand, die über meine Haut strich, als wäre ich ihre Leinwand, die sie mit ihrem Finger bemalte.

Mein pochendes Herz.

Und ich wusste, dass ich angekommen war.

Faith schlief noch, als ich nach ein paar Stunden die Augen wieder aufschlug. Sie hatte sich im Schlaf gedreht und ihre Hand dabei über meine Brust geschoben. Beinahe so, als wollte sie mich festhalten und sichergehen, dass ich noch da war, wenn sie aufwachte.

Dabei war bisher nie ich derjenige von uns beiden gewesen, der am nächsten Morgen fluchtartig abgehauen war.

Langsam ließ ich meinen Blick über ihren Körper wandern. Ihre langen Haare versteckten die Hälfte ihres Gesichts, und doch erkannte ich den zufriedenen Ausdruck darauf. Es sah fast so aus, als lächelte sie. Nichts deutete darauf hin, dass sie allzu bald aufwachen würde. Offensichtlich brauchte sie den Schlaf dringend. Vorsichtig, um sie nicht zu wecken, nahm ich ihre Hand und legte sie zwischen uns auf die Matratze.

Ein Blick zu der Uhr auf ihrem Nachttisch verriet mir, dass es schon nach elf war. Leise schob ich mich aus ihrem Bett und tapste barfuß in Richtung Küche. Kaffee würde ich dort nicht finden, aber vielleicht hatte sie Saft im Kühlschrank.

Auf meinem Weg in die Küche stoppte ich in ihrem Wohnzimmer, und zum ersten Mal war da keine Faith, die sich mir in den Weg stellte, als ich auf ein Bild zuschritt, das auf einer großen Staffelei stand. Auf blauem Hintergrund waren weiße Flecken zu sehen, die an Wolken erinnerten. Daneben stand ein kleines Bild mit einem einzelnen Stern. Hinter der Staffelei lehnten weitere Leinwände, die bemalt waren. Landschaften. Obskure Formen. Schwarz-weiße Zeichnungen, auf denen Faith mit den Schattierungen gespielt hatte. Es war ein buntes Durcheinander und entsprach doch genau ihr. Ich gebe es zu, ich war neugierig, als ich von einem Bild zum nächsten ging und mir ihre Werke ansah. Ich war nicht vom Fach und ich hatte bei Gott keine Ahnung, ob sie gut war in dem, was sie malte. Aber mir gefielen ihre Bilder. Sie waren modern und freundlich und strahlten in ihrer Einfachheit eine Hoffnung aus, die ich vielen meiner Patienten gerne gegeben hätte.

Es imponierte mir, mit wie viel Leidenschaft sie ihrem Hobby nachging. Sie mochte kein Geld mit ihren Bildern verdienen, aber in meinen Augen war sie trotzdem eine Künstlerin.

Während ich um ihre Bilder schlich, rechnete ich halb damit, von ihr erwischt zu werden. Doch es blieb still in ihrer Wohnung. Die einzigen Geräusche, die zu hören waren, kamen von den Autos weit unter uns.

Nachdem ich noch einmal einen vergewissernden Blick in ihr Schlafzimmer geworfen und festgestellt hatte, dass Faith immer noch tief und fest schlief, beschloss ich, sie nicht zu wecken, um ihr zu sagen, dass ich joggen gehen würde. Stattdessen schnappte ich mir einen der bunten Haftzettel, die überall verteilt lagen, und schrieb ihr eine kurze Nachricht. Anschließend malte ich eine Maus und ein Stück Käse daneben. Vielleicht würde es ihr ein Lächeln auf das Gesicht zaubern, wenn sie später irgendwann aufwachte.

Bevor ich zurück in meine eigene Wohnung kletterte, klebte ich den Zettel und mein Versprechen, nach dem Joggen wieder bei ihr vorbeizuschauen, an ihren Spiegel.

18

Mein heutiger Lauf war nicht so lange wie die Strecken, die ich normalerweise lief. Da war etwas in mir, das mich zurück zu Faith zog. Als wäre sie das Licht und ich die Motte. Und damit war es offiziell: Ich war demselben Club beigetreten, in dem Mason schon seit Jahren Mitglied war. Ich hatte mich verliebt, und verdammt, ich konnte es kaum erwarten, sie wieder zu sehen. Was der Grund war, weshalb ich nach dem halben Weg beschloss, umzukehren, an der Ecke beim Chinesen frische Nudeln zu besorgen und zu Hause so schnell zu duschen, dass das Essen nicht einmal die Chance hatte, kalt zu werden.

Mit den Boxen in der Hand wählte ich wie immer den Weg über die Feuertreppe. Das Fenster war genau so, wie ich es zurückgelassen hatte – nicht ganz geschlossen. Unweigerlich begann ich zu lächeln. Entweder schlief sie noch immer, oder sie wartete auf meine Rückkehr.

Ich hoffte auf Zweiteres.

Als ich mich erneut der kleinen Ausstellung ihrer Bilder gegenüberfand, hörte ich Schritte. Ich sah auf. Und da stand sie. In meinem T-Shirt, das ich irgendwann in der Nacht ausgezogen und bei ihr gelassen hatte. Ihre Haare waren vom Schlaf zerzaust, auf ihrer Wange war der leichte Abdruck des Kissens zu sehen, und ihr Blick war immer noch von Müdigkeit durchzogen. Allzu lang konnte sie noch nicht auf den Beinen sein.

Es gab Frauen, die schön waren, wenn sie Stunden vor dem Spiegel verbracht hatten, um sich hübsch zu machen. Es gab Frauen, die kein bisschen Make-up benötigten, um atemberaubend zu sein. Und es gab Faith, die meine Vorstellung von dem, was ich schön fand, komplett verdreht hatte.

»Hey, Maus«, begrüßte ich sie und betete, dass sie mir die kitschigen Gedanken, die mich auf einmal heimsuchten, nicht ansah.

»Hey, Käse«, entgegnete sie, was mich kurz lachen ließ. Dann kam sie auf mich zu, stellte sich auf die Zehenspitzen und gab mir einen flinken Kuss auf die Lippen, ehe sie sich wieder von mir löste und kehrtmachen wollte.

Stirnrunzelnd griff ich nach ihrer Hand und hinderte sie so am Gehen. »Moment.«

Fragend sah sie zu mir auf.

»War das etwa schon alles?« Gespielt vorwurfsvoll legte ich den Kopf schief.

»Was meinst du?«

»Ach, Faith.« Ich lachte, als ich ihre Hand losließ, die Tüte mit den Essensboxen abstellte und meine Hände dafür an ihre Wangen legte. Dann gab ich ihr einen richtigen, langen, intensiven Kuss. »So«, murmelte ich und spürte das Lächeln auf ihren Lippen. »Jetzt können wir essen.«

Nachdem wir es uns auf ihrem Sofa bequem gemacht hatten, reichte ich ihr eine der Boxen. Während wir aßen, fiel mein Blick ein weiteres Mal auf ihre Bilder, und ich überlegte, sie darauf anzusprechen. Ich hätte gerne gewusst, was hinter den Mustern und Farben steckte, denn ich war mir sicher, dass nichts davon ohne Bedeutung war. Doch der müde Blick, der nach wie vor in ihren Augen lag, ließ mich dieses Gespräch verschieben.

»Alles okay?«, fragte ich und rieb ihr über das Schienbein.

»Ja. Klar.« Sie schenkte mir ein schnelles Lächeln und zog eine neue Nudel mit ihren Stäbchen aus der Box. »Hast du noch einmal etwas von Grace gehört?«

»Nein.« Ich schüttelte den Kopf. »Warum?«

»Ich mache mir einfach Gedanken …« Faith seufzte. »Sie war ziemlich am Ende gestern Abend.«

»Denkst du, ich sollte vor meiner Schicht kurz bei ihr vorbeigehen?« Ich hatte bis eben nicht näher darüber nachgedacht, aber vielleicht war das tatsächlich eine gute Idee.

»Es kann nicht schaden, oder? Willst du, dass ich mitkomme?«

»Willst *du* das denn?«

Falls sie von meiner Frage überrascht war, ließ sie es sich nicht anmerken. »Ich würde, wenn du das möchtest. Aber das gestern … dass sie mit mir gesprochen hat …« Faith zuckte mit den Schultern. »Sie war verzweifelt, und ich war die Einzige, die da war. Aber das hat uns nicht zu Freundinnen gemacht.« Sie überlegte einen Moment lang, ehe sie weitersprach. »Ich glaube, an ihrer Stelle würde ich nicht wollen, dass ich mitkäme.«

»Vermutlich hast du recht. Okay.« Ich hatte mich entschieden. »Ich fahre alleine hin, wenn das für dich in Ordnung ist.«

»Natürlich.« Faith nickte.

Zwei Stunden später tat ich genau das. Nicht sicher, was auf mich zukommen würde, klingelte ich und wartete darauf, dass Grace mir öffnen würde.

Sie ließ sich Zeit. Fast glaubte ich, dass sie gar nicht da war, als schließlich doch ein summender Ton erklang und mir zu verstehen gab, dass die Eingangstür nun geöffnet war. Immer zwei Stufen auf einmal nehmend, lief ich in den dritten Stock. Ich erkannte ihre Wohnung sofort. Grace hatte die Tür einen Spaltbreit geöffnet und erwartete mich bereits.

»Ben.« Ihr Blick war undurchdringlich, als ich näher kam. Die Haare hingen ihr ungekämmt in die Stirn, und auch die alte Jogginghose und das T-Shirt, die sie trug, sahen nicht so aus, als hätte sie vor, heute noch das Haus zu verlassen.

»Hey …«, sagte ich und blieb stehen, nachdem ich bei ihr angekommen war. »Wie geht es dir?«

»Nicht … nicht hier draußen.« Sie öffnete die Tür weiter und ließ mich eintreten. »Entschuldige das Chaos. Ich habe nicht …«

»Grace.« Ich legte ihr eine Hand an die Schulter und unterbrach sie. Als sie sich zu mir umdrehte, fielen mir ihre geröteten Augen auf. »Die Frage war ernst gemeint … Wie geht es dir?«

Ich drückte die Tür ins Schloss und folgte ihr in den Wohnbereich ihres Apartments. Dort setzte Grace sich auf das Sofa und schnappte sich eines der vielen Kissen, die auf der kompletten Couch verteilt lagen. Mit beiden Händen drückte sie es sich an den Bauch. Es wirkte wie ein Anker, an dem sie sich festhalten musste.

»Beschissen«, hörte ich sie sagen. »Es geht mir beschissen.«

»Grace …« Ich wusste nicht, was ich dazu sagen sollte, obwohl mir hätte klar sein müssen, dass es nur diese Antwort auf meine Frage geben konnte.

»Ich werde kündigen, Ben.« Als sie dieses Mal den Blick hob und mich ansah, war die Unsicherheit verschwunden.

»Du wirst … *was?*«

»Ich gehe zurück nach Hause.«

»Aber … warum? Dafür gibt es keinen Grund. Du bist eine tolle Krankenschwester, und …«

»Und ich habe einen Fehler gemacht, der einen Menschen das Leben gekostet hat. Meinetwegen ist sie tot, Ben. Nur meinetwegen. Hätte ich nicht Dienst gehabt an diesem Tag, dann …« Sie holte tief Luft. »Du weißt selbst, dass sie dann noch leben würde.«

»Und hätte sie nicht auf die Katze ihrer Tochter aufpassen müssen, hätte sie sich nicht das Bein gebrochen und wäre nicht im Krankenhaus gelandet. Das ist Blödsinn, Grace.« Ich konnte ihr ihre Logik nicht verübeln. Aber dieses *Hätte-wäre-wenn*-Spiel war viel zu einfach für das, was passiert war.

»Es ist nett, dass du das sagst, aber das ändert nichts an meiner Entscheidung. Ich habe mir einen Termin bei der Klinikleitung geben lassen. Morgen früh werde ich meinen Fehler zur Anzeige bringen.«

»Bist du dir sicher?«

»Ganz sicher.« Sie nickte bekräftigend. »Ich muss die Konsequenzen für meinen Fehler tragen, Ben. Ich kann … ich kann nicht weiterhin in der Klinik arbeiten und so tun, als wäre ich nicht schuld am Tod einer Patientin. Das ist … das ist einfach falsch.«

Ich verstand sie. Ich verstand sie wirklich und ich wollte mir nicht einmal vorstellen, wie es mir an ihrer Stelle gehen würde. Grace musste tun, was sie für richtig hielt. Aber ich wollte trotzdem, dass sie wusste, dass sie fehlen würde. »Du weißt, was das für einen Riesenverlust für die Klinik bedeutet?«

Grace runzelte die Stirn. »Was meinst du?«

»Dich, Grace. Ich meine dich. Du bist immer noch du, und … die Patienten lieben dich. Das sollte auch eine Rolle spielen bei dem, was du tun wirst.«

»Warum bist du so nett zu mir, Ben?« Sie sprach es nicht aus, und dennoch war ihr wortloses *Das verdiene ich nicht* laut im ganzen Raum zu hören. »Wieso hasst du mich nicht? Es war nicht nur irgendeine Patientin, die ich …«

Ich verstand ihren Unglauben, und doch meinte ich jedes Wort, das ich sagte, ernst. »Weil es mir nicht zusteht, dich zu verurteilen. Und weil ich dich kenne. Es war keine Lüge, als ich dir gesagt habe, dass du eine tolle Krankenschwester bist.«

Eine ganze Weile lang sagte Grace nichts. Eine Träne kullerte über ihre Wange, aber wir ignorierten sie beide.

Erst nach vielen weiteren Tränen richtete sich meine Kollegin wieder etwas auf. »Wirst du Mr Smith in der 320 von mir grüßen? Sag ihm … sag ihm einfach, dass es einen familiären Notfall gab und ich nach Hause musste. Das ist im Prinzip nicht einmal gelogen.« Sie versuchte zu lächeln, doch es gelang ihr nicht. Vielleicht war es wirklich eine ganz gute Idee, wenn sie eine Pause einlegte und zu ihrer Familie ging. Wo auch immer dieser Ort war.

»Mache ich«, versicherte ich ihr. »Aber dafür musst du mir auch etwas versprechen.« Ich wartete, bis sie mich ansah. Dann bat ich sie, auf sich aufzupassen.

Wieder verstrichen einige Sekunden, doch schließlich gab sie mir dieses Versprechen. Und es schlich sich sogar ein schmales Lächeln auf ihre Lippen, als ich ihr meinen kleinen Finger hinhielt und sie schwören ließ. Wie früher. Als ihre Welt noch in Ordnung gewesen war.

Am späten Abend verließ ich die Klinik und machte mich auf den Rückweg zu Faith. Als ich vor meiner Wohnung ankam, klebte ein buntes Post-it an der Tür. Genau wie an ihrer eigenen.

Bin auf der Feuertreppe.

Schmunzelnd riss ich die beiden Klebezettel ab, schloss meine Tür auf und legte die kleine Nachricht mitsamt meinem Schlüssel auf dem Tisch ab. Dann nahm ich eine halb leere Wasserflasche vom Boden in die Hand und kletterte aus meinem Fenster.

»Hey.« Ich setzte mich neben Faith auf die eiserne Treppe. »Bist du schon lange hier?« Ich gab ihr einen kurzen Kuss, ehe ich sie erwartungsvoll ansah.

»Eine Weile.« Ihre Worte wurden von einem zaghaften Lächeln begleitet. »Wie geht es Grace?«

»Sie will kündigen und wird ihren Fehler morgen zugeben.«

»Was?« Ihre Augen wurden groß.

»Grace ist …« Ich seufzte leise. »Sie ist ziemlich fertig und braucht eine Auszeit. Sie will zurück zu ihrer Familie.«

»Oh.« Betroffen nahm Faith mir die Flasche ab und trank einen Schluck. »Das tut mir leid.«

»Mir auch.« Ich trank das restliche Wasser aus, ehe ich die Plastikflasche wieder zuschraubte und durch das geöffnete Fenster in mein Wohnzimmer warf. Ich würde sie später aufräumen. »Also, was machst du hier draußen?«

»Ich musste nachdenken.«

»Worüber?« Meine Hand legte sich auf ihr Knie und drückte es sanft, während ich sie eingehend musterte. Ihre Augen waren fest auf ihre Finger gerichtet, die auf ihren Oberschenkeln lagen und leicht zitterten. Verwundert suchte ich ihren Blick. War sie nervös?

Faith schwieg und starrte weiterhin auf einen imaginären Punkt auf dem Boden.

»Alles okay?«, hakte ich nach ein paar Augenblicken nach. Für einen Moment befürchtete ich beinahe, sie könnte wieder angefangen haben, sich zu verkriechen. Zurück in ihre Höhle, zu der ich keinen Zutritt hatte. Bei meiner Frage sah sie zu mir. »Ja.« Dann ein »Nein«, gefolgt von einem »Ich weiß nicht«.

Stirnrunzelnd lehnte ich den Kopf an das eiserne Treppengeländer hinter mir. »Du verwirrst mich, Mäuschen.«

Mein Kosename entlockte ihr ein weiteres kurzes Lächeln, das jedoch sogleich wieder erstarb und dem ein leichtes Kopfschütteln folgte. »Ich verwirre mich selbst.«

»Okay?« Ich strich über ihr Knie. »Vielleicht erzählst du mir einfach, was los ist, und dann sind wir gemeinsam verwirrt?« Mein Vorschlag war nur als halber Scherz gemeint. Ich hatte wirklich keine Ahnung, was sie so sehr beschäftigte, dass sie es nicht einmal schaffte, ihr Lächeln aufrechtzuerhalten. Als ich sie vor ein paar Stunden alleine gelassen hatte, war sie noch besserer Laune gewesen. Nun lag ein Ausdruck in ihren Augen, den ich nicht deuten konnte. Hatte es etwas mit dem zu tun, was sie gestern zu Grace gesagt hatte?

Geh da raus und sieh dich um. Du wirst niemanden finden, der fehlerfrei ist.

Hatte sie auch einen Fehler begangen? Wie meine Kollegin?

Als sie nichts erwiderte, nahm ich ihre Hände in meine. »Was ist los, Faith?«

Es dauerte erneut ein paar Sekunden, in denen sie auf unsere Hände blickte und tief Luft holte. Dann sah sie auf, und mit einem Mal lag in ihrem Blick eine Entschlossenheit, die vor wenigen Sekunden noch nicht dort gewesen war.

»Ich muss … ich muss ehrlich zu dir sein, Ben. Ich *will* ehrlich sein. Das hast du verdient, und ich habe schon viel zu lange nichts gesagt, und wenn ich noch länger schweige, dann weiß ich nicht, ob ich dir jemals davon erzählen werde, und das … das wäre nicht fair. Ich will nicht, dass wir das alles hier … mit einer Lüge beginnen.« Sie hatte den Satz kaum ausgesprochen, als sie auch schon den Kopf schüttelte. »Nein, eine Lüge ist es eigentlich nicht. Es ist eher ein Geheimnis, aber … kein klassisches. Würdest du danach googeln, würdest du es wahrscheinlich mit zwei Klicks herausfinden können, aber …«

»Faith!« Ich unterbrach ihren Redeschwall und drehte mich so, dass ich eine Hand unter ihr Kinn legen konnte. Sanft zwang ich sie, mir in die Augen zu sehen, während ich meine andere Hand an ihr Bein legte. »Hol mal Luft!«, sagte ich. »Und dann fang einfach von vorne an, denn ehrlich gesagt verstehe ich kein Wort von dem, was du hier gerade sagst.« Was für ein Geheimnis meinte sie? Wonach könnte ich bei Google suchen?

»Du willst es wirklich hören?«

»Ich will alles hören, was du bereit bist, mir zu erzählen.« Wie konnte ich ihr begreiflich machen, dass ich mir seit Wochen nichts anderes gewünscht hatte, als dass sie mich endlich hinter ihre Mauern blicken ließ? Ich würde den Teufel tun und sie nun davon abhalten. »Lass mich in dein Versteck«, bat ich.

»Es ist aber kein schönes Versteck«, warnte sie und sah mich ernst an.

»Das ist mir egal. Du bist meine Maus.« Es war nicht kompliziert. Es war, wie Mrs Roberts gesagt hatte: einfach und simpel.

Meine Worte entlockten ihr ein kleines, kaum sichtbares Lächeln, ehe es sogleich wieder verschwand und Faith in ein Schweigen verfiel, das nicht unangenehm war, aber doch deutlich machte, dass sie nach den passenden Worten suchte.

Ein paar Minuten verstrichen, in denen ich unaufhörlich ihr

Bein streichelte. Ich harrte aus, wartete darauf, dass sie mir anvertrauen würde, was ihr auf dem Herzen lag. Ich hatte keine genaue Vorstellung davon, was es sein könnte. Sie war nicht krank, hätte andernfalls nicht regelmäßig Blut spenden dürfen, und ich war mir ziemlich sicher, dass sie auch nicht schwanger war. Wir hatten jedes Mal ein Kondom benutzt, und auch wenn mir durchaus klar war, dass die Dinger kein hundertprozentiger Schutz waren, ging ich doch nicht davon aus, dass sie mir gerade von einer möglichen Schwangerschaft erzählen wollte. Nicht nach diesen einleitenden Worten.

Es musste sich um etwas anderes handeln.

Nur hatte ich keine Ahnung, um was.

Was sie mir letztendlich erzählte, war nichts, mit dem ich gerechnet hatte.

Nicht in Ansätzen.

»Ich war verlobt, Ben. Und ich … ich hatte eine Schwester.«

Betrug. Ihre Schwester und ihr Verlobter hatten sie hintergangen, und sie war nach Chicago geflüchtet. Das war das Erste, was mir bei ihren Worten durch den Kopf schoss.

Dann fiel mir auf, dass sie in der Vergangenheit von ihrer Schwester gesprochen hatte. »Hatte?«

»Sie sind beide tot.«

Ihre Worte hingen noch immer schwer in der Luft, als sie ihren Kopf in ihren Händen vergrub. Einen Moment lang erwartete ich, Tränen zu sehen, sobald sie ihr Gesicht nicht mehr vor mir verstecken würde. Doch als sie ihre Hände wieder sinken ließ, erschreckte mich der glasige, leere Blick, mit dem sie mich ansah, viel mehr als jede Träne es hätte tun können.

»Ich habe … ich habe nicht mehr darüber gesprochen, was passiert ist, seit ich die Therapie beendet habe.«

Ihre Worte erklärten mir nichts, aber ich war klug genug, sie nicht zu unterbrechen. Ich würde mir ihre Geschichte anhören, von Anfang bis Ende. Und *dann* würde ich Fragen stellen.

»Wir waren auf einem Konzert. Rachel, Miles und ich. Eine lokal bekannte Band, nichts Großes. Ich hatte ihr die Karte zum Geburtstag geschenkt, und Miles wollte uns begleiten. Es war toll. Rachel konnte jedes einzelne Lied mitsingen. Sie hat so gestrahlt, Ben. Ich habe sie selten so ausgelassen erlebt und … Scheiße, es war mir manchmal fast schon peinlich, wie sie fröhlich zur Musik getanzt hat, als gäbe es nichts Schöneres auf der Welt. Miles hat mich ausgelacht, weil ich immer wieder die Augen verdreht habe, aber … Rachel hatte den Spaß ihres Lebens.« Ein zartes Lächeln schlich sich auf Faiths Lippen, als sie an ihre Schwester dachte und sich diesen Abend in Erinnerung rief.

Das klang nicht nach einem Betrug.

»Wir haben nach dem Konzert noch ein wenig in diesem Club gefeiert. Rachel und ich haben getrunken, Miles ist gefahren, also hat er sich mit Wasser begnügt. Er war immer so … Wenn er der Fahrer war, hat er keinen Tropfen angerührt. Im Krankenhaus wollten sie mir das nicht glauben, aber der Bluttest, den sie gemacht haben, hat bewiesen, dass ich recht hatte. Miles war nüchtern.«

Faiths Blick senkte sich, und sie starrte auf ihre Finger. Behutsam fuhr sie mit ihrem Zeigefinger über den Ringfinger ihrer linken Hand.

»Wir hatten einen Autounfall. Ein betrunkener Lkw-Fahrer ist am Steuer eingeschlafen und ungebremst auf die Kreuzung gefahren. Er kam von links, und … Rachel saß hinter Miles, damit wir uns leichter unterhalten konnten. Sie war sofort tot, Miles ist ein paar Stunden später im Krankenhaus gestorben.«

»Faith …« Ich wollte nach ihren Händen fassen, doch sie ließ mich nicht.

»Lass mich … lass mich zu Ende sprechen, Ben. Bitte.« Sie sah mich kläglich an. »Das … das kann ich nicht, wenn du …« Sie hielt inne, blickte auf unsere Finger und biss sich auf die Lippe.

»Okay.« Ich nickte und zog meine Hände zurück, obwohl ich nichts lieber getan hätte, als sie in meine Arme zu ziehen und festzuhalten.

»Als wir vor ein paar Wochen essen waren, als das Wasser im Haus nicht ging … Du hast deine Schwester erwähnt und das … Es war wie ein Schlag ins Gesicht. Meine Schwester ist tot, deine lebt und feiert ihren Geburtstag. Also … bin ich weggelaufen. Genau wie ich von zu Hause weggelaufen bin. Meine Eltern … Dieser Unfall hat sie kaputt gemacht. Die eine Tochter ist tot, die andere erinnert sie jedes Mal, wenn sie sie ansehen, an ihr verstorbenes Kind. Rachel und ich sind … Nein!« Sie unterbrach sich selbst und presste sich die Hände zu Fäusten geballt an die Wangen. »Wir *waren* Zwillinge.«

Wahrscheinlich hatte ich nicht die leiseste Ahnung davon, wie viel Überwindung es sie kosten musste, das alles zu erzählen. Nein, ich war mir vollkommen sicher, dass ich keinen Schimmer hatte. Ich wusste nur, wie unglaublich stark Faith war.

»Mein Dad hat mich im Rollstuhl auf die Beerdigungen geschoben. Erst Rachels, einen Tag später war die von Miles. Und ich konnte … ich *kann* es immer noch nicht begreifen, wie die beiden tot sein können, und ich … ich hatte nur ein gebrochenes Bein. Ein lächerlicher Beinbruch. Wie sagte der Arzt? *Glück gehabt. Glatt durch. Keine OP nötig.* Glatt durch.« Faith schüttelte den Kopf. »*Glück.* Kannst du dir das vorstellen? Er hat wirklich behauptet, ich hätte Glück gehabt.« Sie stoppte, nur eine Sekunde lang, ehe sie ihren Blick hob und mich ansah. »Seither hasse ich Ärzte und Krankenhäuser. Und ja, ich weiß, was du nun denkst. Wieso gehe ich dann trotzdem freiwillig in eine Klinik und spende Blut?«

Sie hatte recht. Diese Frage hatte sich mir aufgedrängt, aber ich hatte ihr ein Versprechen gegeben, und daran würde ich mich halten.

»Miles bekam einige Blutkonserven verabreicht, und … die beiden saßen nur in diesem blöden Auto, weil ich Rachel diese Konzertkarte geschenkt habe. Anfangs dachte ich, ich könnte so einen Teil meiner Schuld begleichen. In der Therapie habe ich gelernt, dass es nicht meine Schuld ist, aber das regelmäßige Spenden … Es ist geblieben. Auch hier.« Sie zuckte mit den Schultern. »Ich werde damit weitermachen. Nicht wegen irgendwelcher Schuldgefühle«, beeilte sie sich zu sagen. »Es ist mittlerweile eher eine Art … Tradition, verstehst du? Und es ist gut für die Gesundheit. Aber das muss ich dir ja nicht sagen. Du bist Arzt.« Sie seufzte. »Es sollte mich nicht einmal wundern, dass ich mich ausgerechnet in einen Arzt verliebt habe, oder? Was ist das für eine beschissene Ironie?«

Im Normalfall hätte ich protestiert. Hätte sie gekitzelt und ihr anschließend all die Vorteile aufgelistet, wieso sie mit mir das große Los gezogen hatte. Aber nach allem, was sie mir erzählt hatte, konnte ich es nicht. Ich verstand, warum sie eine Abneigung gegen die Halbgötter in Weiß entwickelt hatte. Ihr war von einem Arzt auf kühle, unsensible Art und Weise erklärt worden, dass sie Glück gehabt hatte, obwohl ihre Welt in derselben Nacht in Millionen von Scherben und Splitter zerbrochen war. Ich wollte mir nicht einmal vorstellen, was es für sie bedeuten musste, dass ich ausgerechnet denselben Beruf ausübte wie der Kerl, der nicht über einen verfickten, glatten Bruch hinausschauen konnte.

»Ich werde nie aufhören, ihn zu lieben, Ben. Miles war … Ich wollte ihn heiraten. Als er mich gefragt hat, habe ich nicht eine Sekunde lang gezögert. Eigentlich sollten wir demnächst unseren zweiten Hochzeitstag feiern und …« Faith stockte und rieb sich über die Wangen. Stumme Tränen liefen über ihre Haut. »Ich will dir nicht wehtun, wenn ich dir das alles sage, aber … du musst wissen, woran du bei mir bist. Für manch einen mögen zweieinhalb Jahre eine lange Zeit sein, aber … nicht für mich. Manchmal wache ich nachts auf und drehe mich auf die Seite, in der Erwartung, *ihn* zu sehen. Und manchmal erwische ich mich dabei, wie ich denke, dass ich Rachel anrufen und ihr etwas erzählen will. Und wenn mir dann klar wird, dass sie nicht mehr da sind … dass sie beide nicht mehr leben … Ich bin immer noch wütend, Ben. Ich bin so unglaublich wütend, dass die beiden tot sind. Und ich weiß, dass das nicht gesund ist, aber …« Sie schüttelte den Kopf. Wieder und wieder und wieder. »Ich habe schlechte Tage.« Ihre Stimme war zu einem Flüstern geworden. »Als ich den Abend mit deinen Jungs gecrasht habe, zum Beispiel. Ich bin eigentlich wirklich umgänglich, aber an diesem Tag … Das Malen hat mir nicht geholfen, und ich fand es nicht fair, dass ihr da drüben so viel Spaß hattet, während ich nie wieder mit meiner Schwester und meinem Freund lachen würde. Also wurde ich noch wütender, und … es tut mir leid, dass ich diese furchtbare Furie war.«

Bevor ich etwas darauf erwidern konnte, sprach sie bereits weiter.

»Und Ben … es wird weitere solcher Tage geben. Tage, an denen ich die Welt verfluche und keine Menschenseele sehen will. Vielleicht auch dich nicht. Ihre Geburtstage sind schlimm. Die Todestage. Der Tag, an dem wir heiraten wollten. Weihnachten. Manchmal passiert es auch einfach so, dass ich …« Sie brach ab. Ich rechnete damit, dass sie lediglich einen Moment benötigte, um sich zu sammeln, doch Faith blieb still. Ihr Blick war fest auf ihre Hände gerichtet, und als die Sekunden zu Minuten wurden, räusperte ich mich.

Sie sah nicht auf.

»Faith«, sagte ich sanft, und als sie mich immer noch nicht ansah, legte ich erneut einen Finger unter ihr Kinn und brachte sie so dazu, aufzublicken. Als ich ihr fest in die Augen, die immer noch von Tränen verschleiert waren, sehen konnte, gab ich ihr ein Versprechen.

»Ich werde nicht weglaufen.« Ich benutzte dasselbe Wort wie sie. »Auch nicht an den schlechten Tagen.«

Scheinbar hatte ich das Richtige gesagt. Ihre Augen schlossen sich, während sie versuchte, ihr Schluchzen vor mir zu verbergen. Gleichzeitig rutschte sie eine Stufe nach unten, sodass sie sich an mich lehnen und ich ihr endlich einen Arm um die Schulter legen konnte.

»Du bist so anders als er«, hörte ich sie an meiner Brust murmeln. »Und trotzdem bist du mir so schnell so wichtig geworden.«

Ich sah ihre Tränen auf mein Shirt fallen, spürte die Vibration ihres Körpers, als sie weitersprach.

»Das … das hat mir Angst gemacht. Es hat sich angefühlt, als würde ich ihn betrügen. Ich weiß, dass das nicht besonders logisch klingt, Miles ist … er ist tot, und Tote kann man nicht betrügen. Aber ich dachte immer, dass es länger dauern würde. Drei, vier … eher sogar fünf Jahre, bis ich wieder so empfinden könnte. Wenn überhaupt. Doch dann … Du hast einfach nicht lockergelassen und du warst so … dreist. Ich meine, du hast meine Wohnung in ein Schlachtfeld verwandelt. Mehrfach.«

Ein Lächeln schlich sich bei dem Gedanken an unsere Farbenschlacht auf mein Gesicht.

»Du hast jede meiner Regeln gebrochen. Jede.« Ihre Hand boxte mir leicht in den Bauch, was es mir nun wirklich schwer machte, ein Grinsen zu verbergen. Es war nicht angebracht, und trotzdem machten mich ihre Worte glücklich. Jedes einzelne davon bedeutete, dass sie mir meinen Wunsch erfüllt und mich in ihr Versteck gelassen hatte.

»Als du mir vorgestern von Mrs Roberts erzählt hast und ich gemerkt habe, dass ich dich einfach nicht alleine lassen konnte … Ich hatte eine Scheißangst, Ben. Die habe ich immer noch, aber mir ist klar, was es zu bedeuten hat, dass ich nicht gehen konnte.« Ihr Kopf an meiner Schulter bewegte sich, und sie richtete sich auf, sodass sie mich ansehen konnte.

»Was hat es denn zu bedeuten?«, fragte ich leise. Nicht, weil ich die Antwort nicht wusste, sondern schlichtweg deshalb, weil ich es aus ihrem Mund hören wollte.

»Ich bin die Maus und du der Käse.«

19

Es fing an zu regnen, als ich Faiths Hand nahm und wir zurück in ihre Wohnung kletterten. Und es regnete noch immer, als ich sie liebte. Mit meinen Händen, meinen Augen, meinem gesamten Körper. Ich fuhr erst mit dem Daumen, dann mit meinen Lippen über ihr Tattoo. Die beiden Sternschnuppen, von denen ich nun wusste, dass sie als Symbol galten. Ein Bild für die Narbe, die der Verlust zweier Menschen in ihre Seele gerissen hatte. Sie gehörten zu ihr, und seltsamerweise fiel es mir überhaupt nicht schwer, diese Tatsache zu akzeptieren. Sie hatte eine Vergangenheit mit einem anderen Mann, den sie sehr geliebt hatte. Den sie immer lieben würde. Doch sie hatte mir auch unmissverständlich klargemacht, dass ich nicht Miles war. Und dass ich ihr wichtig war. Es gab keinen Konkurrenzkampf mit einem Toten. Nicht von meiner Seite aus. Für mich zählte nur, dass sie hier war. In meinen Armen.

Alles, was sie mir erzählt hatte, hallte in meinen Gedanken nach. In den vergangenen Wochen hatte es viele Momente gegeben, während derer ich mich gefragt hatte, was mit ihr los war, und es hatte den heutigen Tag benötigt, damit ich eine Erklärung dafür bekommen sollte. Allmählich ergaben ihre Handlungen Sinn. Ihre schlechte Laune beim Blutspenden, ihr Verschwinden, als Ida betrunken in meine Wohnung geplatzt war. Der Fakt, dass sie jedes Bier, das ich ihr angeboten hatte, ablehnte. Warum ich ihre Bilder, das Ventil ihrer Trauer, nie näher hatte betrachten dürfen. Das alles fand seinen Ursprung in einer einzigen Nacht, die ihr Leben von Grund auf verändert hatte. Unter der sie nach wie vor litt, auch wenn sie im Moment schon fast friedlich wirkte.

Faith in dieser Nacht zu küssen, mit ihr zu schlafen, erfüllte mich mit einer tiefen Ruhe und einer Wärme, die ich nicht einordnen konnte. Ich hatte viele Frauen in meinem Bett gehabt, war definitiv kein Kostverächter gewesen. Und doch hatte ich nie so empfunden wie in diesem Augenblick. Ich hatte keine Angst vor ihren schlechten Tagen. Es würde sie geben, davon war ich überzeugt. Aber ich war vorgewarnt und traute mir zu, damit klarzukommen.

Für Faith würde mir das gelingen.

Als ich am nächsten Morgen die Augen öffnete, war sie bereits wach. Ihren Kopf stützte sie mit einer Hand ab, ein Lächeln lag auf ihren Lippen. Ihr Blick ruhte auf mir.

»Hör auf, mich zu beobachten«, murmelte ich und legte mir einen Arm über das Gesicht. »Das ist gruselig.«

»Eigentlich gilt das gemeinhin als romantisch«, widersprach sie, und obwohl ich sie nicht mehr ansehen konnte, hörte ich deutlich, wie schwer es ihr fiel, ob ihrer eigenen Worte nicht zu lachen. Ihren Blick spürte ich weiterhin auf mir.

»Du hast zu viele Bücher gelesen. Lass den Quatsch«, knurrte ich und drehte mich ruckartig, sodass ich mich über Faith schieben konnte. Ihr Grinsen erstarb, und sie sah mich verdutzt an. »Wenn du Romantik willst, können wir auch einfach knutschen.« Ich gab ihr einen festen Kuss. Dann noch einen.

»Du hast geschlafen«, wandte sie schnell ein, ehe ich sie erneut küsste. »Ich wollte dich nicht wecken.«

»Dafür darfst du mich immer wecken.« Ein weiterer Kuss. »Vorausgesetzt, du hast nichts dagegen, dass du dein Bett in Zukunft mit mir teilen wirst.«

»Werde ich das?« Das Grinsen war zurück und glich einer regelrechten Herausforderung. Eine, die ich nur zu gerne annahm.

»Wirst du!«

Mein Plan für diesen Sonntag war simpel gewesen. Sex, Frühstück im Bett, Zeit miteinander verbringen. Eine Runde Mario Kart. Wir hatten schon länger nicht mehr miteinander gezockt. Zum ersten Mal, seit ich sie kannte, sah es so aus, als würde ich unser Match auf der Regenbogenstrecke gewinnen. Aber ich hatte nicht mit Faith gerechnet. Sie verhinderte meinen sicheren Sieg, indem sie mir mitten im Spiel und komplett aus dem Nichts ein Kissen an den Kopf warf. Verdutzt ließ ich den Controller sinken und blickte die hinterhältige Schönheit neben mir vorwurfsvoll an.

Echt jetzt?

Vollkommen unschuldig saß sie da und biss sich angestrengt auf die Lippe, um nicht zu lachen. Im Moment glich sie eher einer Katze als einer Maus.

»Das gibt Rache«, versprach ich ihr und zog mein Handy hervor. Mit flinken Fingern öffnete ich einen Chat-Verlauf.

»Was hast du vor?«

»Unterstützung anfordern.«

Als ich zu ihr linste, sah ich, dass ihre Erwiderung darauf eine hochgezogene Augenbraue gepaart mit einem skeptischen Blick war.

»Die Jungs«, erklärte ich. »Ich brauche meine Jungs.«

»*Jetzt?* Wir haben noch nicht einmal gefrühstückt.«

»Nein. Nicht jetzt.« Ich ließ das Handy wieder sinken. Natürlich hatte ich nicht wirklich vorgehabt, meine besten Freunde direkt herzubestellen. »Aber bald mal?« In diesem Augenblick erkannte ich, wie sehr ich wollte, dass Faith Mason, Dan und Jake kennenlernte. Und in diesem Zuge auch Daria. Doch das war etwas, was ich nicht alleine entscheiden konnte. Unsicherheit nagte an mir, ob es eine gute Idee wäre, sie direkt meinen Freunden vorzustellen. Nicht, weil ich mir meiner Gefühle für sie nicht sicher gewesen wäre oder Angst davor hatte, dass sie mich vor Faith blamieren könnten. Das würden sie sowieso tun, egal, wann sie sie kennenlernten. Meine Sorge lag darin begründet, dass ich Zweifel hatte, ob Faith schon bereit dafür war. Nach allem, was sie mir am vergangenen Abend erzählt hatte, schien sie selbst nicht zu wissen, wie weit sie mit mir gehen konnte. Ich hatte ihr ein Versprechen gegeben, und das hatte ich ernst gemeint. Weglaufen war keine

Option für mich, doch das bedeutete nicht, dass es ihr auch so ging. Das hier war ebenso neu für sie wie für mich, weshalb ich meine nächsten Worte bewusst wählte. »Sie beißen nicht. Und bis auf Daria hast du sie ja immerhin schon einmal gesehen.«

»Ja.« Sie verdrehte die Augen. »Und ganz bestimmt den besten Eindruck hinterlassen.«

»Es sind Kerle, und du standest quasi halb nackt vor ihnen. Da keiner von ihnen blind ist … Vertrau mir, dein Eindruck war positiv.«

»Oh, Gott.« Sie schlug nach mir, traf allerdings nur die Luft und funkelte mich böse an. »Musst du mich daran erinnern, dass ich kaum etwas anhatte?«

»Ob du es glaubst oder nicht, die Jungs haben schon öfter halb nackte Frauen gesehen. Und du hattest noch weitaus mehr am Körper, als es in einem Freibad der Fall wäre.«

»Ben!«

»Was?« Es fiel mir wirklich schwer, ihre offensichtliche Entrüstung nicht mit einem amüsierten Lachen zu quittieren.

»Das macht es gerade nicht besser«, grummelte sie und sah dabei unglaublich niedlich aus.

»Ich weiß.« Es war nicht schwer, sie näher an mich zu ziehen. Langsam beugte ich mich über sie und hauchte ihr einen Kuss auf die Lippen. Es kam nicht oft vor, dass ich in einem Moment bewusst wahrnahm, wie ich mich fühlte. Doch das hier, das war genau ein solcher Zeitpunkt. Dieser eine Augenblick, in all seiner Einfachheit, brannte sich in mein Gedächtnis. Aus einem einzigen Grund: weil ich genau hier sein wollte. Bei ihr.

»Frühstück?«, fragte Faith nach einigen Minuten und erhob sich. Mir entging nicht, dass wir unser Gespräch nicht zu Ende geführt hatten. Sie hatte einem Kennenlernen meiner Freunde weder zugesagt, noch hatte sie abgelehnt.

Als ich nicht antwortete, hielt sie mir ihre Hand entgegen. »Komm schon, du Faulpelz. Ich habe Hunger.«

Träge ließ ich mich von ihr auf die Beine ziehen und folgte ihr in die Küche. Faith stand vor dem geöffneten Kühlschrank, als ich meine Arme von hinten um ihren Bauch schlang und mein Kinn auf ihrer Schulter ablegte.

»Worauf hast du Lust?«, fragte sie und schob mit einer Hand ein paar Lebensmittel hin und her. In ihrem Kühlschrank war definitiv mehr Auswahl als in meinem. »Ich könnte uns Eier machen. Oder Pancakes.«

»Was immer du möchtest.«

»Okay.«

Während Faith mit den Eiern und einer Pfanne hantierte, machte ich es mir in ihrer Essnische bequem. Gedankenverloren schob ich ein paar Zettel zusammen, die quer verstreut auf dem kleinen Tisch lagen, ehe ich einen davon in die Hand nahm und zu lesen begann. Nur Sekunden später ließ ich das bedruckte Papier wieder sinken.

Faith hatte mich gründlich auf den Arm genommen. Von wegen es fiel ihr schwer, dreihundert Wörter über eine Kunstausstellung zu schreiben. Ich Idiot hatte ernsthaft geglaubt, ihr mit meinen Vorschlägen eine Hilfe zu sein. Kopfschüttelnd las ich den Rest des Artikels. Sie war gut. Ich war wahrhaftig kein Kunstkenner, und ein Kunstliebhaber schon gleich gar nicht, aber sie hatte es mit wenigen treffenden Worten dennoch geschafft, die Ausstellung so zu beschreiben, dass ich Lust bekam, mir den ganzen Unfug anzusehen. Einfach nur, weil sie mir mit wenigen Zeilen Appetit darauf machte.

Ich las immer noch, als Faiths Stimme mich unterbrach. »Was machst du da?«

»Nichts.« Meine Antwort fiel einsilbig aus, weil ich längst in einen zweiten Artikel vertieft war.

Als Faith klar wurde, was ich in den Händen hielt, ließ sie den Pfannenwender fallen und entriss mir das Blatt sofort. »Nicht! Das sind nur Entwürfe. Und sie sind nicht besonders gut.«

»Entwürfe?« Ich runzelte die Stirn. »Ernsthaft?«

»Ja.« Sie faltete den Artikel, den sie mir weggenommen hatte, zusammen und legte ihn außerhalb meiner Reichweite. »Ich hatte bisher keine Zeit, noch mal gegenzulesen, weil mich ein gewisser Jemand ziemlich in Beschlag genommen hatte.«

Ich ignorierte ihren kleinen Versuch der Ablenkung. »Falls du meine laienhafte Meinung dazu wissen willst … eine Überarbeitung ist nicht nötig.« Ich wollte einen dritten Artikel lesen, doch sie hielt mich auf, indem sie mir auch diese Zeilen aus der Hand nahm.

»Hör auf damit.« Sie schnappte sich die restlichen Zettel und drückte mir stattdessen eine große Tasse in die Hand. »Hier, nimm. Aber Achtung, heiß.«

Ich senkte meinen Blick auf das Getränk und roch es sofort. Augenblicklich vergaß ich jeglichen Gedanken an unsere kleine Diskussion und ihre Artikel.

»Ist das … *Kaffee?*«, fragte ich ungläubig.

Als Antwort erhielt ich lediglich ein nonchalantes Nicken.

»Aber … wieso hast du Kaffee da? Du hasst das Zeug.«

»Sagen wir so …« Sie lehnte sich neben den Herd und bedachte mich mit einem zaghaften Lächeln. »Ich hatte … gehofft, dass wir es … dass wir *uns* irgendwann gebacken kriegen, und ich wollte … vorbereitet sein.«

Sprachlos sah ich die Frau vor mir an, die Tasse mit heißem, dampfendem Kaffee in der Hand.

Es war eindeutig, ich hatte den Jackpot geknackt.

Ich musste so verdattert aussehen, dass sie zu lachen anfing. »Jetzt trink schon, bevor er kalt wird.« Mit diesen Worten drehte sie sich zurück an den Herd und kümmerte sich in aller Seelenruhe wieder um unser Frühstück. Als hätte sie mir gerade nicht quasi eine verdammte Liebeserklärung gemacht.

Immer noch erstaunt, kam ich ihrer Aufforderung nach und trank einen großen Schluck. Es war Instantkaffee und hätte in Schweden als Todsünde gegolten. Aber hier, in Chicago, auf Faiths Eckbank, machte mich diese dampfende Tasse einfach nur glücklich.

Zeit mit Faith zu verbringen, seit sie mir von Rachel und Miles erzählt hatte, war anders als zuvor. Obwohl ich sie schon davor als unheimlich starke Frau gesehen hatte, konnte ich nun nicht anders, als stolz auf sie zu sein. Ich hatte keine Ahnung, wie es war, seine Schwester zu verlieren. Die Vorstellung, von einem Tag auf den anderen nicht mehr mit Ida diskutieren zu können, mit Madita zu scherzen oder mit Yosefin über ihr neuestes Reiseabenteuer zu reden, brachte mich schier um, und ich war dankbar für jeden einzelnen Tag, den ich weiterhin in Unwissenheit darüber verbringen durfte. Aber ich konnte mir durchaus vorstellen, dass sich die Leichtigkeit einer Erinnerung mit einem derartigen Verlust in Luft auflöste. Sie ging verloren und war einfach nicht mehr da. Was nur eine grausame Vorstellung für mich war, war Realität für Faith. Und zwar doppelt.

Ich bewunderte sie, wie sie mit ihrem Verlust klarkam. Wie sie lachen konnte und wie sie es schaffte, mich in ihr Leben zu lassen. Ich hatte Miles' Platz an ihrer Seite einnehmen dürfen, und Faith gab mir nicht ein einziges Mal das Gefühl, als vergleiche sie uns miteinander oder als verliere ich sogar.

Umso überraschter traf es mich, als sie sich ein paar Tage nach ihrem Geständnis wieder in ihr Versteck zurückzog.

Die Musik war laut, als ich ihre Wohnung betrat. Faith stand vor ihrer Staffelei, und … als Malen konnte ich das, was sie da veranstaltete, wirklich nicht mehr bezeichnen. Sie spritzte Farbe mithilfe des Pinselns auf ein Bild, auf das sie in Grellgelb und quer *Fuck Perfect* geschrieben hatte.

Jared Letos Stimme schrie aus den Lautsprecherboxen des alten CD-Players und erklärte wem auch immer den Krieg.

Ich hätte wissen müssen, dass es keine gute Idee war, sie in ihrem Tun zu unterbrechen. Aber ich hatte eine anstrengende Schicht hinter mir und wollte sie sehen. Mit ihr sprechen, sie küssen, sie umarmen.

Faith wirbelte zu mir herum, nachdem ich das Lied angehalten hatte. »Was soll das?«

»Ich finde deinen Musikgeschmack ausgezeichnet, Maus, aber ich glaube trotzdem nicht, dass das ganze Viertel mithören möchte.«

»Das ist mir egal.« Sie trat an den CD-Spieler und drückte auf *Play*. Ein Farbklecks blieb auf der Taste zurück. Während Jared nun sanftere Töne von sich gab, starrte Faith mich herausfordernd an.

Los, trau dich. Mach die Musik noch einmal aus.

Ich traute mich nicht. Anstatt das Lied erneut zu stoppen, wartete ich, bis es zu Ende war. Dann zog ich den Stecker des Geräts aus der Dose und unterbrach die komplette Stromzufuhr.

»Schlechter Tag?«

Sie hatte mich gewarnt, hatte mir schlimme Tage und schwere Phasen angekündigt. Doch ich war, aus welchem Grund auch immer, nicht darauf vorbereitet, obwohl ich mir fest vorgenommen hatte, einen Eimer Farbe in ihr Leben zu kippen. Faith verdiente eine Welt, die bunt war. Voller Spaß, Farbe und Lebensmut. Voller Träume. Und nicht dieses schwarze Etwas, das sie manchmal heimsuchte.

Ihre Antwort auf meine Frage war ein wortloses Nicken, ehe sie ihren Blick von mir abwandte und damit begann, die Pinsel und Farbtuben einzusammeln.

»Rede mit mir.«

Sie ignorierte mich.

»Faith.«

»Wozu?« Ohne mich anzusehen, klappte sie einen Tubendeckel nach dem anderen zu.

»Damit ich dir helfen kann.«

Scheinbar sagte ich damit genau das Falsche.

»Kannst du sie wieder lebendig machen?« Mit mehr Schwung, als nötig war, warf sie die Pinsel in eine Box. »Kannst du?«

Ich schwieg, während sie ihre Malutensilien aufräumte.

»Nein, kannst du nicht.« Eine Tube nach der anderen landete in einer zweiten Box. »Du solltest gehen. Ich bin heute keine gute Gesellschaft.«

Als ob ich sie in diesem Zustand alleine lassen würde. Sie sollte mich mittlerweile besser kennen. Schweigend lehnte ich mich an ihre Couch und sah ihr dabei zu, wie sie die Farben verräumte und die Staffelei an die Wand schob. Dabei verrutschte das Bild, das sie kreiert hatte, und landete geräuschvoll auf dem Boden.

»Fuck!« Sie kniete sich daneben, hob es auf, doch es war bereits zu spät. Die Farben waren verschmiert und der Boden dreckig.

»Scheiße«, stieß sie einen weiteren Fluch aus, doch dieses Mal war er um einiges leiser. Bestürzt blickte sie auf das Bild in ihren Händen, die Worte *Fuck Perfect* waren nicht mehr perfekt. Und dann fiel die erste Träne.

»Hey.« Ich stieß mich von der Couch ab und ging neben Faith in die Hocke. Behutsam nahm ich ihr das Bild aus der Hand. Sie ließ mich gewähren. Ich legte es beiseite, fasste nach ihrer Hand und zog sie auf. Sie gab keinen Ton von sich, als ich sie zu ihrem Sofa begleitete. Ihre Tränen waren stumm, als sie sich setzte und ihre Hände in ihrem Gesicht vergrub. In diesem Moment begriff ich, dass ich nicht einmal den Hauch einer Ahnung davon hatte, wie sehr Faith damit kämpfte, ihr neues Leben zu akzeptieren. Ein Leben ohne die beiden Menschen, die ihre Welt gewesen waren.

Schweigend begann ich, die Farbe von ihrem Boden zu putzen, während ich Faith die Zeit gab, die sie gerade brauchte. Als ich mit einem Lappen aus der Küche wiederkam, erklang ihre Stimme. Zerbrechlich und kaum hörbar, und doch war sie immer noch darauf erpicht, mich wegzuschicken.

»Du musst das nicht tun. Es ist wirklich okay, wenn du gehst.«

»Ich habe dir gesagt, dass ich die schlechten Tage aushalte.« Mit großen Bewegungen wischte ich über den Boden, bis die Farbe verschwunden war. »Das gilt immer noch.«

»Verstehst du nicht, Ben? Das ist es, worauf du dich einlässt. Ich bin alle paar Tage ein Häufchen Elend.«

»Na und? Du bist mein Häufchen Elend.«

»Gott, Ben.« Meine Worte ließen sie noch mehr schluchzen, und sie versteckte ihr Gesicht ein weiteres Mal hinter ihren Handflächen. Ich schmiss den Lappen auf den Boden und trat zu ihr.

»Hey«, sagte ich sanft und zog sie in meine Arme. Minutenlang hielt ich sie fest, während sie an meiner Schulter weinte. Ich hätte gerne etwas gesagt, um ihr den Schmerz zu nehmen. Um ihr gebrochenes Herz wenigstens ein bisschen heiler zu machen. Doch ich war mir nicht sicher, ob es überhaupt etwas gab, das ich an diesem Abend hätte sagen oder tun können. Und auf keinen Fall wollte ich einen Fehler machen und etwas Falsches sagen, was ihren Kummer weiter verschlimmern würde.

Also schwieg ich und hielt sie fest umschlungen. So lange, bis ich eine Bewegung an meiner Schulter spürte und Faith sich aufrichtete.

»Es tut mir leid«, murmelte sie und rieb sich über die feuchten Wangen. »Ich wollte nicht …«

Ich legte meine Hand an ihre Wange, strich sanft über die weiche Haut und wartete, bis sie mich ansah. »Du musst dich nicht für deine Tränen entschuldigen, hörst du? Ich kann nicht behaupten, dass ich weiß, wie du dich fühlst, aber falls es dir irgendwie hilft … ich bin stolz auf dich.«

»Wieso solltest du stolz auf mich sein? Ich sitze hier und heule.« Ich sah ihr deutlich an, dass ihre Tränen sie ärgerten. Es hätte mich nicht gewundert, wenn sie sie sogar als Zeichen der Schwäche bewertet hätte. »Dabei ist heute nicht einmal ein besonderer Tag. Der ist erst in zwei Wochen.«

»Was ist in zwei Wochen?«

»Miles hat Geburtstag. Nein.« Sie schüttelte heftig den Kopf. »Hätte. Er *hätte* Geburtstag.« Einen kurzen Moment hielt sie inne. »Zweieinhalb Jahre, Ben.« Sie sah vollkommen erschöpft aus, als sie sich über die Stirn rieb. »Und der Schmerz lässt einfach nicht nach.«

Da schwang so viel Kummer in jedem einzelnen Buchstaben mit, dass der Wunsch, ihr zu helfen, schier übermächtig wurde. Und wahrscheinlich war genau das der Grund, warum ich sagte, was mir durch den Kopf ging.

»Was hältst du von einer Selbsthilfegruppe für Menschen, die jemanden verloren haben?«

»Nein.«

»Warum nicht? Diese Gruppen sind genau für Menschen wie dich gegründet worden.«

»Menschen wie mich?« Sie richtete sich so schnell auf, dass mein Arm von ihrer Schulter fiel. Ihre Stirn runzelte sich, und ihre Augen verengten sich zu dunklen Schlitzen. Ein eindeutiges Zeichen, dass es wohl klüger gewesen wäre, die Klappe zu halten.

»Sie helfen dir, besser damit klarzukommen«, versuchte ich zu retten, was zu retten war, und scheiterte erneut.

»Na, vielen Dank auch.« Faith schob sich von mir weg. »Ich habe dir von Rachel und Miles erzählt, damit du mich verstehst und gewarnt bist, dass ich eben nicht immer damit klarkomme. Ich muss damit leben, keine Schwester und keinen Verlobten mehr zu haben, und das an jedem verfluchten Tag meines Lebens. Aber das heißt nicht, dass ich von meiner Vergangenheit geheilt werden will. Das geht nicht, und … das will ich auch überhaupt nicht. Sie gehören zu mir, Ben. Die beiden sind für immer ein Teil von mir, und … ich kann meine Trauer nicht einfach abschalten. So funktioniert das nicht.«

Das war also das Resultat, wenn man versuchte, das Richtige zu tun, und damit sang- und klanglos unterging. Sie hatte mich vollkommen falsch verstanden.

»Das wollte ich damit auch überhaupt nicht andeuten.«

»Sondern?«

»Ich dachte nur, dass es dir vielleicht guttun könnte, mit jemandem zu reden, dem es ähnlich geht. Oder der dir Tipps gibt.« Ganz offensichtlich war ich dafür nicht die richtige Person, doch das hieß nicht, dass es sie nicht gab. Ich war in der glücklichen Lage, nicht zu wissen, was es bedeutete, einen so sehr geliebten Menschen zu verlieren. Aber es gab Therapeuten und Psychologen, und es war keine Schande, sich Hilfe zu holen. Auch wenn ihr Verlust schon über zwei Jahre zurücklag … Ich hatte nicht viele Vorlesungen zu psychologischen Themen gehabt, aber mir war klar, dass Trauer kein Verfallsdatum hatte.

»Ich war schon einmal in Therapie.« Ihre Wangen waren vom Weinen gerötet, und in ihren Augen sammelten sich neue Tränen. »Es hat nichts gebracht«, flüsterte sie. »Rein gar nichts.«

Ihr Anblick brach mir das Herz.

Hilflos sah ich ihr dabei zu, wie sie gegen den Schmerz verlor. Wenn ich eine Sache in den letzten Sekunden gelernt hatte, dann war es die, dass meine Bitte und Faiths Wünsche nicht unbedingt miteinander konform gingen – und dass ich trotzdem nicht das Bedürfnis hatte, meine Wünsche gegen ihre durchzusetzen. Ich wollte einfach nur, dass es ihr besser ging.

»Darf ich … darf ich dich festhalten?«

Ihr Nicken war wie eine Erlösung. Ich rutschte zu ihr, griff nach ihren Armen und zog sie zu mir. Eine Träne nach der anderen tropfte auf meinen Handrücken, während ihr zierlicher Körper geschüttelt wurde. Und scheinbar tat ich immerhin dieses Mal das Richtige, indem ich sie einfach nur umarmte und keinen Ton von mir gab.

Wenn es nach mir gegangen wäre, hätten wir ewig so dasitzen können. So lange, bis ihr schmerzendes Herz wenigstens einigermaßen wieder zusammenhielt.

Doch Faith hatte andere Pläne. Sie zog ihre Hände zwischen meinen hervor, sodass ich meine Umarmung lockern musste.

»Ich bin müde«, brachte sie kaum hörbar hervor und schlang die Arme um ihren Körper.

»Okay.« Ich nickte. »Willst du schlafen gehen?« Es war eigentlich noch etwas früh dafür, aber ich sah ihr deutlich an, dass sie erschöpft war.

»Bist du mir böse, wenn ich … Ich wäre gerne alleine.« Ihre Bitte war so leise, dass ich Mühe hatte, sie zu verstehen. Während der alte Ben vermutlich den Kopf in den Sand gesteckt hätte, war der neue Ben gewillt, es zu versuchen. Ich wollte, dass das, was zwischen uns war, von Dauer war. Und dafür würde ich alles tun, was in meiner Macht stand.

Das Schlüsselwort war Geduld.

Geduld und Vertrauen darauf, dass auch ich Faith wichtig genug war, um uns trotz all ihrer Monster nicht aufzugeben. Dass sie das hier genauso sehr wollte wie ich. Nickend ließ ich sie an mir vorbei in ihr Schlafzimmer treten. Ich sah ihr nach, bis sie die Tür geschlossen hatte. Dann machte ich es mir auf ihrer Couch bequem. Sie hatte genügend Kissen und eine zusammengefaltete Decke herumliegen, die es mir ermöglichen würden, einen Abend und eine Nacht auf ihrem Sofa zu überleben. Im Gegensatz zu ihr war ich allerdings nicht müde. Immer wieder fiel mein Blick auf ihre geschlossene Schlafzimmertür. Weinte sie noch? Oder wieder? Oder war sie eingeschlafen? Ein paar Stunden Schlaf würden ihr Ruhe und immerhin ein bisschen Frieden geben.

Draußen war es dunkel, als ich beschloss, nach ihr zu sehen. Lautlos drückte ich die Klinke ihrer Schlafzimmertür nach unten und schob sie auf. Faiths Umrisse waren durch das hereinfallende Mondlicht deutlich zu erkennen. Die Matratze senkte sich, als ich mich auf den Bettrand setzte, doch Faith schlief weiter. Ihre Atmung ging ruhig und gleichmäßig. Ich wertete das als gutes Zeichen. Ein paar Herzschläge lang betrachtete ich sie und wurde überrollt von einer Welle der Zuneigung für diese Frau. Es erstaunte mich selbst, wie selbstverständlich es für mich gewesen war, bei ihr zu bleiben. Die Möglichkeit, in meine eigene Wohnung zu gehen, hatte ich überhaupt nicht in Betracht gezogen.

Sie sind in diese junge Frau verliebt.

Mrs Roberts hatte es gewusst. Bei dem Gedanken an die alte Dame schlich sich ein Lächeln auf mein Gesicht. Es waren viel zu wenige Gespräche gewesen, die ich mit ihr geführt hatte, und doch hatte sie mir jedes einzelne Mal schonungslos um die Ohren geworfen, was ich ihrer Meinung nach in diesem Moment hatte hören müssen.

Sie strahlen, wenn Sie von ihr erzählen.

Die Unterhaltungen mit ihr fehlten mir. Liebend gerne hätte ich mir ihr *Ich habe es Ihnen doch gesagt, junger Mann!* angehört, wenn ich ihr von meinem geänderten Beziehungsstatus erzählt hätte. Es war nicht schwer, mir das spitzbübische Grinsen vorzustellen, mit dem sie mich garantiert bedacht hätte. Und ich hätte es stillschweigend ertragen. Wahrscheinlich hätte ich einfach nur dumm gegrinst und der alten Frau ihren Spaß gelassen, weil sie wie immer recht gehabt hatte.

Ich wollte gerade aufstehen und die Vorhänge vor Faiths Fenster zuziehen, als ich eine warme Hand spürte, die sich über meine legte. Mein Blick schnellte in ihre Richtung, fiel auf ihr Gesicht. Ihre Augen waren geschlossen, und doch verrieten mir ihre Finger, dass sie nicht mehr schlief. Sanft umfassten sie mein Handgelenk und hielten mich an Ort und Stelle. Für einen Moment verharrten wir in dieser Position, ehe Faith ein Stückchen rückte und die Decke anhob. Wortlos legte ich mich zu ihr und deckte uns beide wieder zu. Eine Weile lauschte ich ihren gleichmäßigen Atemzügen und genoss erleichtert die Wärme, die von ihrem Körper ausging.

Am nächsten Morgen war der Platz in Faiths Bett neben mir leer. Mit einem Mal war ich hellwach, sprang auf meine Beine und eilte zur Tür. Ein Blick in Faiths restliche Wohnung verriet mir, was ich bereits geahnt hatte.

Sie war weg.

Wieder einmal.

Seufzend rieb ich mir über die Augen und die Stirn, bevor ich tief durchatmete und in ihre Küche ging. Es war nicht das erste Mal, dass ich nach einer gemeinsam verbrachten Nacht ohne sie aufwachte, doch das Gefühl an solchen Morgen blieb jedes Mal dasselbe. Ich war besorgt, frustriert und resigniert zugleich und hatte keine Ahnung, was ich tun sollte. Sie anrufen? Ihr eine Nachricht schreiben? Einfach gar nichts tun und abwarten, bis sie abends nach Hause kam? Ich hasste diese Ungewissheit und war eigentlich davon ausgegangen, dass diese Fluchten von ihr nun der Vergangenheit angehörten. Scheinbar hatte ich mich getäuscht.

Schwungvoll riss ich die Tür des Küchenschranks auf, hinter der sich das Kaffeepulver befand, und hielt erstaunt inne. An der kleinen Dose des Instantkaffees klebte ein Post-it, auf das Faith nur ein einziges Wort geschrieben hatte.

Danke.

Fünf kleine Buchstaben, die doch sofort die Sorgen und Zweifel vertrieben, die in mir aufgekeimt waren, nachdem ich alleine aufgewacht war. Erleichterung durchflutete mich, und ich sah mich suchend nach einem Stift um. Ein einziges Wort schrieb ich unter ihres.

Jederzeit.

Dann klebte ich den Zettel im Flur an den Spiegel und kehrte zurück in die Küche. Nach meiner Tasse Kaffee und zwei übrig gebliebenen Toastscheiben machte ich mich auf den Weg in die Klinik. Mir stand eine Zwölfstundenschicht bevor, von der ich hoffte, dass sie ruhiger verlaufen würde als die Schichten der letzten Tage. Meine Gedanken waren immer noch bei Faith, und auch der Wunsch, ihr bei ihrer Trauerarbeit zu helfen, war über Nacht nicht kleiner geworden. Aber ich hatte eindeutig den falschen Weg gewählt, um meine Bedenken zu äußern. Ich war nach wie vor der Meinung, dass eine Selbsthilfegruppe keine schlechte Idee war, doch das bedeutete nicht, dass Faith das auch so empfand. Es gab unzählige Möglichkeiten, wie mit dem Tod eines geliebten Menschen umgegangen werden konnte. Die einzige, die ich ihr allerdings definitiv nicht gestatten würde, war, sich wieder in ihr Versteck zurückzuziehen. Sie hatte so viel mehr verdient, als in ihrem schwarzen Kummer zu ertrinken.

Eigentlich war mein Plan gewesen, die psychologische Beratungsstelle der Klinik aufzusuchen und mir Tipps geben zu lassen, wie ich sie unterstützen konnte, sobald ich ein paar Minuten Zeit hatte. Doch an diesem Montag war die Hölle los. Ein Busunglück am späten Vormittag hatte die Notaufnahme derart gefüllt, dass jeder Arzt, der nicht dringend auf den Stationen gebraucht wurde, nach unten beordert wurde, um sich um die Verletzten zu kümmern. Platzwunden, gebrochene Knochen, Prellungen. Menschen, die unter Schock standen, und Menschen, die vor lauter Adrenalin regelrecht high wirkten. Es war chaotisch und laut und unübersichtlich und dennoch genau das Richtige an diesem Tag für mich.

Bis auch der letzte Patient versorgt war, war meine Schicht längst vorbei, und ich hatte es nicht einmal bemerkt. Gemeinsam mit Jason verließ ich bei Einbruch der Dunkelheit die Klinik und schlug sein Angebot, noch ein Bier trinken zu gehen, aus.

Irritiert blieb er stehen. »Okay, woah.« Sein Blick glitt fragend an mir auf und ab.

»Was?« Nun war es an mir, ihn verwundert anzusehen.

»Seit wann hast du keine Lust mehr auf ein Feierabendbier?«

Die Antwort war einfach: Seit es etwas wesentlich Wichtigeres in meinem Leben gab. »Hab noch was vor.«

»Was Besseres als Bier?«

»Viel besser.« Nickend schlug ich ihm auf die Schulter und verabschiedete mich in Richtung meines Wagens.

»Eine Frau?«, rief er mir hinterher. »Hat sie eine Freundin? Kann ich mitkommen?«

Anstatt ihm zu antworten, hielt ich im Laufen den Mittelfinger in die Luft.

»Viel Spaaaaß.« Jasons Lachen verstummte erst, als ich die Autotür zuzog und den Motor startete.

In Faiths Wohnung brannte Licht, als ich vor unserem Gebäudekomplex ankam. Oben vor unseren Türen überlegte ich kurz, gleich zu ihr zu gehen, entschied mich dann jedoch zunächst für eine Dusche und frische Klamotten.

Ich musste den Tag abwaschen.

Als ich das Bad wieder verließ, stand Faith in meinem Wohnzimmer. »Hey.«

»Hey«, entgegnete ich und hielt inne. Ein Blick hinter sie und auf das geöffnete Fenster verriet mir zweifellos, wie sie hereingekommen war. Automatisch schlich sich ein Lächeln auf mein Gesicht. Sie war hier und sie erweckte nicht den Eindruck, als würde sie sofort wieder flüchten wollen.

»Gibst du mir eine Sekunde?«, fragte ich und deutete an meinem

Körper hinab. Ich trug lediglich ein Handtuch, das ich mir um die Hüften gebunden hatte. »Dann ziehe ich mir eben etwas an.« Ich hätte sie gerne eingeladen, mir in mein Schlafzimmer zu folgen und zunächst unsere Körper sprechen zu lassen, ehe wir uns über den Elefanten im Raum unterhielten, aber es war ihr deutlich anzusehen, dass ihre Prioritäten im Moment nicht auf Sex lagen.

Nachdem sie genickt hatte, verschwand ich im Nebenraum, löste das Handtuch von meinen Hüften und schlüpfte in ein frisches Paar Boxershorts. Mit dem T-Shirt in der einen und dem Handtuch in der anderen Hand kam ich zurück.

Faith hatte es sich inzwischen auf meinem Sofa bequem gemacht. Sie hielt ein Glas mit Wasser in der Hand, an dem sie immer wieder nippte. Ich schmiss das Handtuch auf den freien Sessel und zog mir das Shirt an. Anschließend ließ ich mich neben sie fallen und zog ihre Beine über meinen Schoß.

Ein paar Sekunden verstrichen, in denen sie einfach nur in das Glas starrte.

Ich wartete.

So lange, bis sie sich genug Mut zugesprochen hatte, um ihren Kopf zu heben und mich anzusehen.

»Es tut mir leid«, sagte sie leise und wandte den Blick direkt wieder von mir ab. »Gestern war …«

Als sie nicht weitersprach, legte ich meinen Zeigefinger unter ihr Kinn und zwang sie liebevoll, aufzublicken. »Kein guter Tag«, beendete ich ihren Satz und lächelte sanft. »Dafür musst du dich nicht entschuldigen.«

Überraschenderweise schüttelte sie jedoch den Kopf. »Nein, ich … also … doch, schon.« Sie hielt kurz inne. »Es war kein guter Abend, ja, aber … Das meinte ich nicht.« Mühevoll richtete sie sich auf, sodass sie das Glas auf dem Tisch abstellen und sich vollständig auf mich konzentrieren konnte. »Es tut mir leid, dass ich deinen … Vorschlag nicht hören wollte. Das war nicht fair, und … und es tut mir leid.«

»Okay.« Ich nickte und strich ihr ein paar Haarsträhnen hinter das Ohr.

»Okay?« Sie musterte mich nachdenklich. »Das ist alles? Ich bin doof zu dir, und das … ist okay?«

»Faith.« Ich zog sie näher zu mir. »Du hast mit offenen Karten gespielt und mich vorgewarnt. Und ich habe dir etwas versprochen. Erinnerst du dich?«

Sie nickte zaghaft.

»Gut. Denn auch wenn ich es dir noch hundert Mal sagen muss … Ich habe das ernst gemeint.« Behutsam schob ich meine Hand in ihren Nacken. »Du wirst mich nicht los. Ich halte diese Tage aus. Versprochen.«

»Aber vielleicht bist du irgendwann so genervt von mir und meinen … Stimmungsschwankungen, dass du …«

»Maus!« Ich unterbrach sie wieder und konnte mir ein Lachen nicht verkneifen. »Hör auf, so viel zu denken. Es ist nicht wichtig, was in ein paar Monaten oder ein paar Jahren sein wird. Wir leben jetzt und wir sind beide hier und reden miteinander. Und solange wir das tun, haben wir nichts zu befürchten. Außerdem …« Ich begann zu grinsen.

»Außerdem was?«

»Diskussionen bieten so viel Potenzial.«

»Wofür?«

»Versöhnungssex.« Ich lachte auf, als Faith den Kopf schüttelte und selbst Mühe hatte, sich ein Schmunzeln zu verkneifen. »Ich sehe, du stimmst mir zu.«

»Eventuell.«

»Eventuell?« Ich zog eine Augenbraue nach oben.

Ihr Blick wanderte von meinem Gesicht über meinen Oberkörper. »Okay. Ja. Du hast recht.«

»Sehr schön.« Ich ließ meine Hand von ihrem Nacken auf ihren Rücken und zu ihrer Hüfte gleiten. Dann zog ich sie auf mich, sodass sie sich mit den Knien neben meinen Beinen abstützen konnte. »Dann los. Ich wäre bereit.«

»Das merke ich.« Sie grinste und warf einen kurzen Blick in meinen Schritt, doch anstatt meiner Aufforderung nachzukommen, lehnte sie sich von mir weg und setzte sich mit ihrem Hintern auf meine Knie. »Aber es gibt da noch etwas …«

»Hm?« Fragend sah ich sie an.

»Dein Vorschlag …«

»Ja?«

»Ich habe drüber nachgedacht.«

»Okay.« Stirnrunzelnd ließ ich meine Hände an ihren Oberschenkeln auf und ab gleiten.

»Und ich habe gegoogelt.« Ihren Lippen entwich ein leises Seufzen. »Ich fasse nicht, dass ich das schon wieder sage, aber … du hattest recht.«

»Freut mich zu hören.« Ich legte den Kopf schief. »Aber womit nun genau?«

»Ich brauche … Unterstützung.« Faith holte tief Luft. »Also habe ich nach Trauergruppen in Chicago gesucht, und ich glaube, ich habe ein Angebot gefunden, das gut für mich wäre.« Ihre Fingerspitzen hatten sich unter mein T-Shirt verirrt und strichen sachte über meinen Bauch. »Die Gruppe wird von einem Kunsttherapeuten geleitet, und die Teilnehmer bekommen verschiedene Aufgaben gestellt, die sie zeichnerisch bewältigen. Ich kann mir noch nicht ganz vorstellen, wie das funktionieren soll, aber die Bewertungen waren gut, und … vielleicht sollte ich der Sache eine Chance geben.« Sie zuckte mit den Schultern. »Zu verlieren habe ich ja nichts, oder?« Das Lächeln auf ihren Lippen wirkte fast schüchtern, während sie weiterhin ihre Hände über meine Haut gleiten ließ und damit einen wohligen Schauer verursachte.

Ich schwieg einen Moment lang, bis sie mich ansah. Dann legte ich meine Hände an ihre Wangen und zog ihr Gesicht näher zu mir.

»Das klingt toll«, versicherte ich ihr. Meine Stimme war kaum mehr als ein Flüstern. »Ich bin unheimlich stolz auf dich.« Im nächsten Augenblick lagen meine Lippen auf ihren. Faith schob ihre Hände in meine Haare und presste sich enger an mich.

»Danke, dass du gestern Nacht nicht gegangen bist«, murmelte sie zwischen zwei Küssen.

»Niemals.« Ein weiteres Versprechen, das ich nicht gedachte zu brechen. »Sind wir nun beim Versöhnungssex?«

Sie kicherte an meinen Lippen, und ich spürte sie nicken. »Sind wir.«

»Gott sei Dank.« Mit einem Ruck stand ich mit ihr in meinen Armen auf. Faiths Beine umklammerten meine Hüfte, als ich sie in mein Schlafzimmer trug.

20

Die Hand in meiner war eisig und umklammerte meine Finger etwas zu sehr, als dass ich ihrer Besitzerin abgenommen hätte, dass sie völlig entspannt und locker war.

»Okay, Maus.« Ich machte den Motor aus und drehte mich zu ihr. »Was ist los?«

»Nichts.«

»Faith …« Es war eindeutig, dass ihre Antwort nicht der Wahrheit entsprach, und ich war eigentlich der Annahme gewesen, dass wir es nicht mehr nötig hatten, nach Ausflüchten zu suchen. »Du weißt, dass du nicht mitkommen musst.« Ich suchte ihren Blick. »Wenn du willst, bringe ich dich zur nächsten U-Bahn-Station, du fährst nach Hause, und wenn jemand fragt, wo du bist, sage ich einfach, dass dir etwas dazwischengekommen ist. Die Redaktion oder so.«

Ich würde sie nicht zwingen, meinen Freunden gegenüberzutreten, wenn sie das nicht selbst wollte. Ganz eindeutig war da etwas, das sie daran hinderte, unbeschwert oder sogar mit Vorfreude auf meine Freunde zuzugehen.

»Nein.« Sie schüttelte vehement den Kopf. »Das würde mein … Problem nur verschieben.« Sie holte tief Luft. »Und außerdem will ich sie ja auch kennenlernen.«

»Ehrlich?« Ich konnte mir nicht helfen, ihre Aussage schrie nach einem Aber.

»Ja. Das ist … es ist nur das erste Mal, dass ich offiziell den Freunden meines … Freundes vorgestellt werde.« Sie sah mir für den Bruchteil einer Sekunde in die Augen, ehe sie ihren Blick wieder auf die Windschutzscheibe richtete. »Miles' Freunde kannte ich … schon immer. Sie waren auch meine Freunde, wir gingen zusammen zur Schule, und … da gab es nie ein offizielles Kennenlernen. Ich schätze, ich bin einfach … nervös. Dumm, ich weiß.«

»Hey.« Es war nicht einfach, doch ich schaffte es, sie über die Mittelkonsole zu mir zu ziehen. »Das ist nicht dumm.« Es war nachvollziehbar. Sie wusste nicht, was sie erwarten würde, und das schien Angst in ihr zu wecken. Vielleicht spielten auch Schuldgefühle eine Rolle in ihrem Kopf. Sie hatte Miles heiraten wollen. Und diesen Menschen zu verlieren … Mir war klar, dass die Folgen davon sehr weit reichen konnten. Vielleicht sogar bis auf einen Gehweg vor dem Haus, in dem Mason und Daria wohnten.

»Ich versichere dir hoch und heilig, dass sie cool sind. Sie werden unangemessene Fragen stellen und dir ganz bestimmt auch peinliche Geschichten aus unserer Studentenzeit erzählen, aber ansonsten sind sie völlig harmlos.«

»Kannst du mir nicht einfach sagen, dass ich kein solches Drama draus machen soll? Ich will überhaupt nicht nervös davor sein.« Sie verdrehte über sich selbst die Augen und ließ ihren Blick über die anderen parkenden Autos am Straßenrand gleiten. »Ich bin so feige«, hörte ich sie murmeln.

Ich hätte ihr ein weiteres Mal versichern können, dass sie das nicht war. Es war immer noch verständlich und menschlich, vor allem in ihrer Situation. Doch anstatt ihr noch einmal dasselbe zu beteuern wie eben, legte ich meine Hände an ihr Gesicht und bat sie, mich anzusehen.

»Soll ich dir ein Geheimnis verraten?« Ich ließ meine Daumen sanft über ihre Wangen kreisen. »Eigentlich müsste *ich* nervös sein.«

»Warum?«

»Weil das hier auch eine Premiere für mich ist.«

»Wie meinst du das?« Sie legte ihre Hände auf meine. Ihr Blick fixierte nach einer Antwort suchend mein Gesicht.

»Ich habe meinen Freunden noch nie eine Frau vorgestellt, mit der ich in einer Beziehung bin. Du bist die Erste.« Ich beugte mich zu ihr und gab ihr einen schnellen Kuss. »Nur deshalb ist Daria so … fordernd gewesen.«

»Oh.« Mit diesem kleinen Geständnis meinerseits schien sie nicht gerechnet zu haben.

Ich lächelte. »Bereit, dich wie ein Zirkustier anstarren zu lassen?«

Statt mir zu antworten, blickte sie zwischen mir und dem Haus hin und her, vor dem ich geparkt hatte. »Wo sind wir hier überhaupt? Ich dachte, wir wollten uns mit deinen Freunden treffen und keinen Ausflug ins Grüne machen. Und wieso musste ich alte Klamotten dafür anziehen? Wie soll ich so denn Eindruck schinden?« Stirnrunzelnd sah sie an sich hinunter. Ich hatte sie vorgewarnt, sich entsprechend zu kleiden. Sie würde heute dreckig werden, ob sie das wollte oder nicht.

»Faith.« Ich zog den Schlüssel aus dem Schloss. »Du siehst immer noch umwerfend aus.« Mein Blick glitt an ihrem Körper auf und ab. Sie trug Jeans, die wie angegossen saßen, und hatte ein T-Shirt dazu gewählt, auf dem bereits Farbflecken von ihrer Malerei vorhanden waren, die auch beim Waschen nicht mehr aus dem Stoff gingen. An einer Seite hatte sie einen Knoten in das Shirt gemacht, wodurch immer wieder ein bisschen Haut zwischen ihrem Oberteil und der Jeans hervorblitzte. Faith hatte keine Ahnung, wie mühelos sexy sie war. Auch oder vielmehr vor allem in alten Klamotten.

Ich nahm ihre Hand und hauchte ihr einen Kuss in die Handinnenfläche. »Lass dich doch einfach mal überraschen.«

»Ich mag keine Überraschungen.«

Ich konnte nicht anders, ich lachte. »Ich weiß.« Schmunzelnd ließ ich ihre Hand wieder los. »Dazu müsstest du schließlich die Kontrolle abgeben und jemand anderem blind vertrauen.«

Ihre Reaktion waren geschürzte Lippen und ein misstrauischer bis vorwurfsvoller Blick.

»Genau das meine ich.« Ich beugte mich zu ihr und gab ihr einen richtigen Kuss. Dann löste ich meine Lippen von ihren, hielt allerdings dicht vor ihrem Gesicht inne. »Vertraust du mir?«, fragte ich sie leise.

»Das weißt du genau.« Sie nagte nachdenklich an ihrer Unterlippe.

Diese Antwort war mir allerdings nicht gut genug.

»Vertraust du mir?«, wiederholte ich meine Frage. Dieses Mal eindringlicher.

Es dauerte einen kurzen Moment.

»Ja.«

»Gut.« Ich lehnte mich in meinen Sitz zurück. »Dann weißt du hoffentlich auch, dass du dir keine Sorgen machen musst.« Mit dem Finger zeigte ich in Richtung des Hauses, vor dem ich geparkt hatte. »Da drin wohnen Mason und Daria. Wir machen unser Treffen heute bei den beiden.«

»Okay?« Es schwang immer noch ein gewisses Maß an Unsicherheit in Faiths Blick mit, doch vermutlich musste ich mich damit einfach abfinden. Sie würde in wenigen Minuten von selbst merken, dass sie nichts zu befürchten hatte.

Ganz im Gegenteil.

Ich stieg aus dem Wagen und hatte das hölzerne Gartentor vor Masons und Darias Haus kaum geöffnet, als auch schon die Haustür aufgerissen wurde.

»Da seid ihr ja.« Daria kam uns entgegengeeilt und strahlte meine Freundin begeistert an. Mason folgte ein paar Schritte hinter ihr, ein belustigtes Grinsen lag auf seinem Gesicht. Hinter ihm erkannte ich Jake, Dan und … War das etwa meine Schwester?

»Ida?«

»Hi.« Sie grinste, drückte sich an allen vorbei und zog Faith in eine kurze Umarmung. »Tut mir leid, dass ich letztens euer Date kaputt gemacht habe.« Sie gab Faith keine Möglichkeit, überhaupt etwas darauf zu erwidern. »Aber wie ich höre, habt ihr es ja trotzdem gebacken gekriegt.« Meine Schwester blickte vergnügt zwischen uns hin und her. »Freut mich.«

»Was machst du denn hier?«, fragte ich sie verwundert.

»Na, mitspielen.«

Ein zweistimmiges »Pssst!« gepaart mit missbilligenden Blicken war die Reaktion von Mason und Daria darauf. Sehr gut. Scheinbar hatte ich sie bestens zur Verschwiegenheit verdonnert. Mit Ausnahme von Ida, die eigentlich gar nicht hätte hier sein sollen.

»Sorry.« Sie schaffte es, immerhin kurz betreten auszusehen.

Kopfschüttelnd wandte ich mich wieder unseren heutigen Gastgebern zu. »Leute, das ist Faith. Faith, das sind Mason, Daria, Jake, meine Schwester Ida und …« Ich drehte mich ein Stück nach rechts, damit ich Dan ansehen konnte.

»Wehe, Mann!«

Ich grinste. Oh doch. Ich würde. Es war einfach jedes Mal zu lustig. »Und das hier ist Daniel Arthur Louis Alexander George der Fünfte.«

Die Irritation stand Faith deutlich ins Gesicht geschrieben. »Äh … was?«

»Dan reicht völlig.« Mein Kumpel schob sich an mir vorbei. »Hallo, Faith.« Er streckte ihr seine Hand entgegen. Verdutzt griff sie danach.

»Heißt du wirklich so, oder erlaubt sich dieser Kerl hier gerade wieder einmal einen Spaß mit mir?«, fragte sie und stieß mich niedlicherweise mit dem Ellbogen in die Seite.

»Leider nicht.« Dan seufzte. »Meine Familie war nicht sonderlich kreativ bei der Namensgebung. Also heißen wir alle gleich und nummerieren halt durch.«

»Bedeutet das, du bist adeliger Herkunft?« Idas Blick haftete interessiert an ihm.

»Verarmter Adel.« Dan stützte sich mit dem Arm auf ihrer Schulter ab. »Aber wenn du willst, kann ich trotzdem gerne dein Prinz sein, Prinzessin.«

Für einen Augenblick war es totenstill. Dann brachen wir alle gleichzeitig in Gelächter aus, und Ida informierte ihn, dass sie momentan nicht auf der Suche nach Prince Charming wäre.

»Schade.« Er zuckte mit den Schultern. »Sollte sich das ändern …«

»Weiß ich, wo ich dich finde, Daniel Arthur Louis … wie auch immer.« Ida tätschelte ihm tröstend den Unterarm, ehe sie sich noch einmal an mich wandte. »Und nur zu deiner Info … Jake und Dan haben mich eingeladen.«

»Ernsthaft?« Seit wann hatten es meine Kumpels auf meine Schwester abgesehen? »Was habe ich verpasst?«

»Da du ja nicht mehr mit mir feiern gehst, musste ich Ersatz suchen.« Ida zuckte mit den Schultern. »Die beiden haben sich angeboten.«

»Aha.«

»Was?« Sie musterte mich herausfordernd. »Sei doch froh. Dann hast du Ruhe vor mir.«

»Und vor uns.« Jake lachte. »Da du nun ja vergeben bist …« Sein Blick fiel erneut auf Faith. »Schön, dich endlich richtig kennenzulernen. Wie ich höre, hast du inzwischen nicht nur mich bei Mario Kart fertiggemacht.« Er hielt ihr die erhobene Hand hin. »Regenbogenqueen.«

Faith schlug lachend ein. »Ihr habt es mir aber auch nicht sonderlich schwer gemacht.«

Nun war ich derjenige, der sie leicht in die Seite stieß. »Könntest du meine Niederlage bitte nicht ins Lächerliche ziehen, Maus?«

Gespielt empört sah ich sie an. »Mein Ego ist immer noch verwundet.«

»Oh, nein, du Armer.« Faiths Stimme triefte nur so vor Ironie. »Revanche?«

»Gott bewahre, nein«, lehnte ich entschieden ab.

»Unbedingt!«, stimmte Jake im selben Moment zu. »Wann?«

»Könnten wir diese Unterhaltung vielleicht auf der Terrasse fortführen?« Daria hakte sich vergnügt bei Faith unter. »Wenn wir den Kuchen zu lange alleine lassen, entdeckt ihn die Katze der Nachbarn und dann …«

»Um Gottes willen. Das müssen wir verhindern!« Dan fasste sich theatralisch an die Brust, ehe er die Beine in die Hand nahm und als Erster davonstürzte.

Lachend liefen wir ihm hinterher.

»Oh, wie hübsch«, entfuhr es Faith, als wir die Terrasse erreicht hatten. Mein Blick folgte ihrem, und ich konnte in der Tat nicht leugnen, dass Daria keine Mühen gescheut hatte. Sie hatte die kleine Terrasse noch gemütlicher gemacht und die Holzpalisaden, die als Abgrenzung dienten, mit allerlei Lichterketten, Laternen und Lampions dekoriert. Auf einem kleinen Beistelltisch standen einige Flaschen Bier.

Ida ließ sich auf einen Stuhl fallen. »Beruf verfehlt, oder? Du hättest Dekorateurin werden sollen, Daria.«

»Ich glaube nicht, dass ich damit groß Geld verdienen würde, aber … danke.« Daria grinste. »Es hat Spaß gemacht, mich auszutoben, ohne dass jemand meckert, was ich da mache.«

Mason ließ ihre Kritik wortlos über sich ergehen und setzte sich stattdessen ebenfalls. In all den Jahren, die er nun schon mit ihr zusammen war, hatte er eindeutig gelernt, wann sich ein Gegenkonter lohnte und wann es besser war zu schweigen. Und wahrscheinlich war auch das Zwinkern, das Daria ihm zugeworfen hatte, ein Indiz dafür, dass sie ihre Worte nicht ganz ernst gemeint hatte.

»Was hast du denn heute gebacken?« Ich überließ Faith die Platzwahl und setzte mich neben sie, nachdem sie sich für einen Stuhl entschieden hatte.

»Ist die Frage ernst gemeint?» Darias Blick ließ keinen Zweifel daran, dass sie mich für völlig bescheuert hielt, ehe sie sich kopfschüttelnd an Faiths anderer Seite niederließ.

»Natürlich nicht.« Ich zwinkerte ihr zu und legte einen Arm über Faiths Stuhllehne. »Daria weiß, wie sehr ich ihre Zimtschnecken liebe«, erklärte ich. »Sollte ich jemals aufgepäppelt werden müssen, stopft mich einfach mit den Dingern voll.«

»Ich werde es mir merken.« Faith nickte. »Erklärt mir nun jemand, warum ich in alten Klamotten hier auftauchen musste?« Sie sah zwischen meinen Freunden und mir hin und her, bevor ihr Blick auf mir zu liegen kam. »Hast du Angst, dass ich nicht ohne zu kleckern essen kann und dich vor deinen Freunden blamiere?« Ihre hochgezogene Augenbraue sprach Bände, und ein Blick in Darias Gesicht verriet mir deutlich, dass sie Mühe hatte, sich das Lachen zu verkneifen. Dan und Jake grinsten unverfroren.

Vielleicht macht es mich zu einem schlechten Menschen, aber ich hatte Spaß daran, sie zappeln zu lassen. Ich wusste mit hundertprozentiger Sicherheit, dass sie meine Überraschung lieben würde. Sie war nur nicht sonderlich geduldig.

»Ich warte, Ben.«

Ich lächelte. »Okay. Fika-Pause.« Ich warf einen Blick in die Runde. »Daria? Bringst du den Kuchen und die Schnecken in Sicherheit?«

»Mach ich.« Sie nickte, ehe sie ihrem Freund einen Blick zuwarf. »Maze?« Er griff nach der Platte mit den Zimtschnecken, und die beiden verschwanden im Haus.

»Sehr gut.« Ich erhob mich, schob meinen Stuhl nach hinten

und begann meine Erklärung für den Rest der Truppe. »Heute wollen wir das innere Kind rauslassen.«

»Das was?« Ida runzelte die Stirn. Ich ignorierte sie und blickte stattdessen zu dem Grund, warum wir hier waren.

»Willkommen zur Schlacht der Farben«, sagte ich an Faith gewandt.

»Uhm … okay?« Sie runzelte die Stirn.

»In der XXL-Variante. Im Freien.« Ich grinste breit, während Faiths Mundwinkel zu zucken und ihre Augen zu strahlen begannen. Es war nicht zu übersehen, sie hatte kapiert, worauf ich anspielte.

»Und das bedeutet was genau?« Ida dagegen tappte nach wie vor im Dunkeln und blickte mich verwirrt an. »Ich dachte, wir spielen Monopoly oder so was.«

»Aufstehen und mitkommen.« Ich hielt Faith meine Hand entgegen und zog sie auf die Beine.

»Er ist ganz schön bossy heute«, hörte ich Ida murmeln, ehe sie meiner Bitte doch Folge leistete und ebenfalls aufstand. »Okay, Benton, wo müssen wir hin?«

»Nur nach hinten auf den Rasen.« Ich marschierte los, an den Palisaden und Büschen vorbei, auf die freie Grünfläche. Ich ließ meinen Blick von links nach rechts schweifen und erkannte, dass Daria und Mason meinem Vorschlag, alles beiseitezuschaffen, was nicht beschmutzt werden durfte, nachgekommen waren. Es war wirklich nichts weiter als eine grüne Grasfläche zu sehen. Und ihr Grün würde bald verschwunden sein.

Zufrieden drehte ich mich um und beobachtete, wie mir meine Mitstreiter einer nach dem anderen auf den Rasen folgten. Auch die beiden Gastgeber waren wieder da.

»Gut.« Ich erwiderte Darias Grinsen und Masons Schmunzeln. Sie waren die Einzigen, die ich eingeweiht hatte. Die anderen hatten lediglich dieselbe Information erhalten wie Faith: alte Kleidung anziehen und eventuell Ersatzklamotten einpacken. Die zweite Garnitur für Faith hatte ich selbst ins Auto geworfen.

Ida hatte sich mittlerweile neben Faith gestellt und flüsterte ihr etwas ins Ohr, was meine Freundin lachen ließ.

»Die Regeln sind einfach«, begann ich und sah Ida mahnend an. »In den Eimern sind Farbkugeln verteilt, mit denen wir uns gegenseitig abwerfen. Es sind Trockenfarben, wie bei den Holi-Festivals. Alles natürlich rein biologisch und abwaschbar. Ziel ist es, so wenig wie möglich getroffen zu werden.«

»Gibt es Teams?« Ida rieb sich voller Vorfreude die Hände.

»Ja.« Ich nickte. »Faith und ich gegen euch.«

»Was?« Das breite Grinsen auf Faiths Gesicht verschwand und wich echtem Entsetzen. »Zwei gegen fünf? Das ist doch nicht fair.«

Ich machte einen lässigen Schritt auf sie zu. »Hast du Angst zu verlieren, Maus?«

»Im Gegenteil.« Das Funkeln in ihren Augen, als sie mir ebenfalls näher kam, warnte mich davor, sie zu unterschätzen. »Was halten wir von Mädels gegen Jungs?« Sie wich meinem Blick keine Sekunde aus.

»Sicher? Dann bist du aber immer noch in der Unterzahl.«

»Das schaffen wir schon.« Daria war neben Faith getreten, dicht gefolgt von Ida. »Herausforderung angenommen, Bruderherz. Mädels gegen Jungs«, unterstützte auch meine Schwester den Vorschlag meiner Freundin.

»Okay.« Ich zuckte unbeeindruckt mit den Schultern. »Ganz wie ihr wollt. Jungs?« Ich winkte meine Teammitglieder für eine kurze Teambesprechung zu mir. Daria zog die anderen beiden ein Stückchen von uns weg und sprach eifrig auf Ida und Faith ein, die beide mindestens genauso Feuer und Flamme waren wie Daria. Im Prinzip redeten alle drei unaufhörlich durcheinander.

»Geile Idee, Mann.« Jake dehnte seine Finger. Dan bewegte seinen Kopf hin und her und ließ den Nacken knacken. Mason kniete bereits neben einem der Eimer, die überall verteilt standen.

Ich grinste. Das würde ein Kinderspiel werden.

Zwanzig Minuten später war ich mir in meiner Einschätzung nicht mehr ganz so sicher. Meine Kumpels waren genauso bunt von Kopf bis Fuß wie ich, während die Damen es immer wieder geschickt geschafft hatten, vielen unserer Farbschüsse auszuweichen.

»Das geht so nicht«, schnaufte Jake und schüttelte den Kopf. »Wir sind in der Überzahl und verlieren? Kommt schon, Leute.«

»Vielleicht hättest du dich weniger auf Partys rumtreiben und dafür deine Geschicklichkeit öfter trainieren sollen.« Ich lachte – bis Jake mir kurzerhand eine Farbbombe an den Kopf warf. »Ey!«, protestierte ich. »Ich bin immer noch in deinem Team, falls du das vergessen haben solltest, du Penner!«

»Beruhigt euch.« Dan legte Jake eine Hand auf die Brust und schob ihn etwas von mir weg. »Spar dir deine Farben für den Gegner.« Er sah auf – und hielt erstaunt inne. »Apropos … wo sind die Ladys?«

Auch Mason, der sich keuchend auf seinen Knien abgestützt hatte, blickte verwundert auf.

»Keine Ahnung«, murmelte er. »Eben waren sie noch da.«

»Gibt es hier irgendwelche Geheimverstecke?« Ich sah mich suchend um. Wenn dem so war, kannte Daria sie unter Garantie alle. »Maze?«

»Eigentlich nicht, Mann.« Er rieb sich nachdenklich über die Stirn, ehe er sich wieder aufrichtete und den Kopf in den Nacken legte. »Die Terrasse vielleicht, aber …«

»Auf sie!«

Er wurde von lautem Gebrüll unterbrochen, als besagte Damen hinter den Büschen, die die Terrasse umzäunten, hervorgestürmt kamen. Alle drei hielten Farbbomben in den Händen, die sie aus einigem Abstand, aber doch nah genug, um uns nicht zu verfehlen, auf uns warfen.

Jede einzelne war ein verdammter Treffer.

»Was zum Henker?« Jake sah aus wie vom Blitz getroffen, als er fassungslos auf seine Brust blickte, auf der ein wunderschöner blauer Fleck zu sehen war.

»Die machen uns fertig«, hauchte Dan, und es klang fast schon bewundernd, als er Faith, Ida und Daria hinterherstarrte, wie sie an das andere Ende des Gartens flüchteten. Ihr Gelächter war lautstark zu hören.

»Sie sind wie die verfluchten Musketiere«, grummelte Mason.

»Ach Quatsch. Sie haben sich nur für eine weitaus klügere Taktik entschieden als wir.«

»Wir haben überhaupt keine Taktik gewählt.« Jake musterte mich, als hätte ich den Verstand verloren. »Wildes Draufloswerfen hat noch nie zum Ziel geführt, Ben.«

»Richtig.« Ich stimmte ihm zu. Zwar ungern, aber es war wohl leider wirklich nicht mein klügster Vorschlag gewesen, die drei Damen einfach so lange abzuwerfen, bis sie aufgaben. »Vielleicht sollten wir uns jeder eine aussuchen und sie gezielt in die Enge treiben.«

»Denkst du wirklich, dass das funktioniert?« Die Skepsis in Masons Stimme war nicht zu überhören.

»Keine Ahnung«, gestand ich ehrlich. »Aber falls ihr keine bessere Idee habt …«

»Wir kümmern uns um Ida.« Jake und Dan nickten einander zu.

»Also gut.« Mason seufzte. »Ich nehme natürlich Daria.«

»Faith hätte ich dir auch nicht kampflos überlassen.« Lachend schlug ich ihm auf die Schulter, ehe ich mir die Hände rieb. »Dann los?«

»Los!«

Masons und Darias Rasen glich bereits einem Farbenmeer, doch nach unserer Attacke auf die Ladys war er ein regelrechtes Schlachtfeld. Ich konnte nur hoffen, dass der Verkäufer recht gehabt hatte und der nächste Regen die viele Farbe in der Tat restlos wegspülen würde.

Faith machte einen Schritt nach hinten, als ich mich ihr langsam und bedächtig näherte. Dann noch einen und noch einen. Bis sie mit dem Rücken auf den Zaun traf, der das Grundstück umgab und vom nächsten trennte.

»Verdammt«, hörte ich sie fluchen und sah, wie sie hektisch nach links und rechts blickte, um ihre Möglichkeiten abzuchecken. Ich hatte längst beschlossen, ihr keine Chance zu lassen. Faith war vielleicht klein und flink, aber ich war schneller und hatte den Vorteil, dass mein Laufweg kürzer war.

Amüsiert beobachtete ich sie.

»Was ist?« Ich fixierte ihr Gesicht mit meinem Blick. »Denkst du wirklich, dass ich dich entkommen lasse?«

Ihre Antwort fiel schweigend aus. In dem Moment, als sie eine Chance witterte, deutete sie eine Flucht nach links an, nur um dann rechts an mir vorbeipreschen zu wollen. Zu Faiths Pech war ich zu schlau, um auf ihren miesen Trick hereinzufallen. Ich jagte ihr nach und hatte sie innerhalb weniger Sekunden eingeholt. Eine Hand schlang ich um ihre Hüfte, mit der anderen zerdrückte ich die Farbkugel über ihrem Kopf.

Sie kreischte entsetzt auf, duckte sich, krallte und versuchte mit aller Macht, sich von mir loszumachen.

Es gelang ihr nicht.

»Gib auf«, flüsterte ich an ihrem Ohr. »Du gehörst mir.«

»Niemals.«

Von irgendwo zauberte sie eine neue Farbbombe hervor. Ihre Hand erschien vor meinem Gesicht, und mir war sofort klar, was sie vorhatte. Ich drehte meinen Kopf zur Seite, sodass sie lediglich mein Ohr und meine Wange mit der Farbe traf.

Lachend wischte ich mir das Zeug vom Gesicht und rieb ihr die Reste über die Stirn.

»Ah, Ben, hör auf damit!«, kicherte sie und versuchte erneut, mich von sich zu stoßen. Wir hatten schon lange keine Farbbomben mehr, doch das bedeutete nicht, dass der Kampf bereits zu Ende war. Sie wand sich unter meinem Griff hin und her, wollte sich befreien, mich wegschieben, doch das Einzige, was ihr Gezappel verursachte, war ein Sturz meinerseits. Ich landete mit einem dumpfen Schlag im Gras, Faith auf mir.

»Shit, alles okay?« Besorgt rappelte sie sich sofort auf, stützte sich mit ihren Händen neben meinem Gesicht ab und suchte meinen Blick. »Hast du dir wehgetan? Das wollte ich nicht, alles …«

Ihre nächsten Worte erstickte ich mit einem Kuss. Natürlich war alles in Ordnung. Wir waren zusammen, wir hatten Spaß, überall klebten Farbreste, und gedämpft drangen die lachenden Stimmen der anderen zu uns.

Ich hatte mein Ziel erreicht. Ich hatte einen Eimer Farbe in ihr Leben gekippt.

Meine Hand vergrub sich wie von selbst in Faiths Haaren. Ihr Zopf hatte sich aufgelöst, und ihre langen Wellen umspielten ihr Gesicht in einem wilden Durcheinander. Ihr Körper schmiegte sich perfekt an meinen, als sie mit den Zähnen über meine Unterlippe strich und das leise Stöhnen auffing, das mir entwich.

»Faith …«, raunte ich nach einer schieren Ewigkeit an ihren Lippen.

»Hmm.« Ich spürte ihr ungetrübtes Lächeln. »Was ist?«

»Eventuell sollten wir damit aufhören, wenn wir nicht gleich eine … Situation haben wollen.«

»Ich glaube, momentan achtet niemand auf uns.« Faith grinste und drehte den Kopf zur Seite. Ich folgte ihrem Blick, und tatsächlich, Jake und Dan jagten immer noch meine Schwester durch den Garten. Von Mason und Daria war nichts zu sehen.

»Wir sollten uns trotzdem zusammenreißen.« Ich streckte mich ihr entgegen und drückte ihr einen festen Kuss auf den Mund. »Ehrlich, das wird sonst äußerst unangenehm.«

»Na gut.« Sie rollte sich von mir und blieb neben mir im weichen Gras liegen. Über uns tanzten weiße Wolken am Himmel, und die herbstlichen Sonnenstrahlen erwärmten angenehm unsere Haut.

Mit einem Mal spürte ich ihre Finger, die nach meiner Hand tasteten. Ich verwob unsere Finger miteinander und drehte den Kopf so, dass ich sie ansehen konnte.

»Danke«, hörte ich sie sagen. Ein glückliches Lächeln lag auf ihren Lippen. »So etwas wollte ich schon immer mal machen.«

»Das freut mich. Überraschung also geglückt?« Ich erwiderte ihr Lächeln.

»Sehr sogar.« Der Blick, den sie mir schenkte, war genug. Er würde immer genug für mich sein.

Ein paar Minuten lagen wir schweigend nebeneinander, blickten in den Himmel und hielten unsere Finger verschränkt. Dann war Faith diejenige, die mich ansprach. »Hey, Ben?«

»Ja?«

»Ich habe auch eine Überraschung für dich.«

»Ach ja?« Fragend sah ich sie erneut an – und erkannte augenblicklich das diabolische Grinsen auf ihrem Gesicht. »Shit, was hast du vor?« Der Argwohn in meinen Worten konnte sich gar nicht richtig entfalten, als ihre Hand auch schon nach vorne schnellte. Es dauerte nur den Bruchteil einer Sekunde, bis ich erkannte, was sie mit ihren Fingern festhielt.

»Dein Ernst?« Die Farbenfee hatte tatsächlich noch eine Farbbombe zurückgehalten.

»Oh ja.« Ganz langsam senkte sie ihre Hand in Richtung meines Kopfes ab. Kurz überlegte ich, sie zu stoppen. Ich war mir sicher, dass es mir gelungen wäre, ihr die Bombe abzunehmen und sie im Gegenzug selbst damit zu bewerfen. Doch irgendetwas in mir hielt mich zurück. Diesen kleinen Sieg würde ich ihr gönnen. Ich schloss die Augen, als mich ihre Hand mit der Bombe traf. Da war sowieso schon überall Farbe an und auf mir. Dieser eine Farbklecks würde das Unheil nicht mehr schlimmer machen.

Lachend sprang Faith neben mir auf die Beine und hielt mir ihre Hand hin, damit sie mir aufhelfen konnte.

»Lass uns Nachschub holen, solange noch was da ist«, grinste sie frech. »Ich finde, Jake und Dan sehen aus, als könnten sie Hilfe gebrauchen.«

»Alle gegen Ida also?« Die Idee gefiel mir. Ich zwinkerte Faith zu, die immer noch fröhlich grinste und nickte. Mit einem Ruck zog ich sie an mich und küsste sie ein weiteres Mal.

Nachdem ich sie wieder losgelassen hatte, sah ich ihr tief in die Augen. »Ich weiß, warum ich mich ausgerechnet in die Furie von nebenan verliebt habe.«

Als Faith mir daraufhin gegen beide Arme boxte, lachte ich laut auf. Wir würden uns wirklich dringend über ihre masochistische Ader unterhalten müssen. Mit meinen Fingern umschlang ich ihre Hände, um sie von weiteren Schlägen abzuhalten, und zog sie mit mir zur Lagerstation der Farbkugeln.

»Also … alle gegen Ida?«, fragte ich und drückte ihr ein paar der Bomben in die Hand.

»Alle gegen Ida«, bestätigte sie und wartete, bis auch ich mir ein paar Farbbälle geschnappt hatte.

»Du hast keine Ahnung, worauf wir uns mit diesem Angriff einlassen.« Meine Worte waren eine letzte Warnung für Faith, die sie allerdings achtlos in den Wind schoss.

»Angsthase«, stichelte sie und eilte davon.

»Von wegen«, rief ich ihr nach und beeilte mich, zu ihr aufzuschließen. Ich würde ihr immer und überallhin folgen.

Dann stürzten wir uns gemeinsam auf meine Schwester.

Danksagung

Wow. Mein Name steht zum ersten Mal auf einem Buchcover. Jahrelang existierten Ben und Faith lediglich in meinem Kopf. Dass sie nun wirklich hier sind, in Buchform und bereit, in die große, weite Welt entlassen zu werden … das erforderte verdammt viel Arbeit und Teamwork. Und all diesen wunderbaren Menschen möchte ich von Herzen meinen Dank aussprechen.

Von Anfang an dabei waren Nadine, Anne und Nina. Ihr habt mit mir geplottet, Logikfehler entdeckt, Rechtschreibfehler gesucht, und vor allem habt ihr mich angefeuert, wann immer ich einen Durchhänger hatte oder an allem gezweifelt habe. Ohne euch gäbe es Ben und Faith in ihrer heutigen Form nicht. Vielen, vielen Dank. Für einfach alles.

Ein riesiges Dankeschön geht auch an meine Testleserinnen Verena, Angi, Beate, Mareike und Jasy. Ihr fünf habt die erste Komplettversion von »Keeping Faith« gelesen, und eure Reaktionen haben mir gezeigt, dass die Story tatsächlich so funktioniert, wie ich mir das gewünscht habe. Danke für eure konstruktiven Rückmeldungen. Ich weiß euren Einsatz sehr zu schätzen.

Danke an Susi und ihren Papa, die mir mit ihrem medizinischen Fachwissen weitergeholfen haben. Sollte jetzt noch etwas unlogisch oder gar falsch in den medizinischen Abläufen sein, ist es ganz allein meine Schuld.

Meinen Nachtschwärmern, meinen Mädels und meinen Lieblingskolleginnen danke ich für ihre Freundschaft und ihre Begeisterung, weil mein Traum in Erfüllung geht.

Meine wundervolle Lektorin. Sonja, ich bin immer noch etwas sprachlos. Als deine Mail im April 2019 in meinem Postfach auftauchte, konnte ich mein Glück kaum fassen. Du erfüllst mir hiermit einen Lebenstraum, und dafür danke ich dir so, so sehr. Du hast so viel Zeit und Mühe in dieses Projekt gesteckt; ich hoffe sehr, dass du mit dem Resultat genauso glücklich bist wie ich. Tausend Dank für die großartige Zusammenarbeit mit dir.

Dank gebührt auch allen anderen Mitarbeitern des tollen Feelings-Verlags. Ihr habt mir ein wundervolles Cover gezaubert und mich so lieb in der Buchwelt aufgenommen, dass ich mich direkt heimisch gefühlt habe.

Was mich zu meiner Familie bringt: GG, Nick, Lotte und Mario. Seit fast zwanzig Jahren nerve ich euch mit meinen Geschichten. Danke, dass ihr mich immer unterstützt habt, selbst wenn ich nach zu langen Schreibnächten hundemüde und schlecht gelaunt zum Mittagessen erschienen bin. Mein Traum war immer irgendwie auch euer Traum für mich. Danke. Ich liebe euch.

Hali. Es bricht mir nach wie vor das Herz, dass du das hier nicht mehr erleben darfst. Du bist in allem, was ich tue, Mama. Und ich gehe sehr davon aus, dass du da oben die schönste aller Wolken mit bester Sicht zu uns auf die Erde bekommen hast. Meine Liebe für dich hört niemals auf.

Zu guter Letzt möchte ich dir danken, liebe Leserin/lieber Leser. Du hältst mein Baby in deinen Händen und hast hoffentlich genauso viel Spaß beim Lesen, wie ich ihn beim Schreiben hatte. Ich würde mich sehr freuen, von dir zu hören. Schreib mir gerne auf Instagram @rebekka.wedekind oder auf Facebook, wie dir mein Buch gefallen hat.

Alles Liebe
Rebekka